ullstein

Das Buch

Dreiunddreißig Jahre nach dem Abitur kommen Kurt Appaz und seine ehemaligen Mitschüler – darunter auch alte Bekannte aus *1975 – Im Jahr der Weiber* – im Landheim des Gottfried-Wilhelm-Gymnasiums zu einem Klassentreffen zusammen. Aber während die anderen in Erinnerungen an die Schuljahre zwischen 1966 und 1975 schwelgen, muss Appaz immer wieder an seinen besten Freund Rockenbauch denken. Mit ihm zusammen hat er damals alles entdeckt, die erste Zigarette, das erste Moped, die erste Band, die erste Demo, den ersten Joint und – natürlich – die erste Freundin. Gemeinsam ertrugen sie die Auseinandersetzungen und Aufregungen zu den allgemeinen Reizthemen in Familie und Schule – Politik, Rockmusik, lange Haare – und standen einander bei, wenn der feindselige Klassenlehrer sie schikanierte. Doch dann kam es in genau diesem Landheim zur Eskalation. Und die Ereignisse scheinen sich zu wiederholen, unerwartet gerät die Situation auch diesmal außer Kontrolle.

»1968« in einer neuen Perspektive – ein erinnerungspraller Generationenroman zwischen Witz und Melancholie und zugleich eine dramatische Schülergeschichte, wie sie sich auch heute noch ereignen könnte.

Der Autor

Kurt Appaz wurde 1956 geboren. Nach einer eher dürftigen Schulkarriere versuchte er sich zunächst äußerst erfolglos als Rockmusiker und schlug sich dann viele Jahre mit Gelegenheitsjobs durch, bis ihm klar wurde, dass er damit längst seine informelle Ausbildung zum Schriftsteller absolviert hatte. Seitdem veröffentlicht er unter seinem eigentlichen Namen erfolgreich Kinder- und Jugendbücher.

Kurt Appaz lebt meistens in Hannover und manchmal in der Nähe von Kilmore Quay im Südosten von Irland. *Klassentreffen* ist sein zweiter Roman für Erwachsene.

Von Kurt Appaz ist in unserem Hause außerdem erschienen:
1975 – Im Jahr der Weiber

KURT APPAZ

KLASSENTREFFEN

Bekenntnisse eines
ehemaligen Oberschülers

Roman

Ullstein

Bsuchen Sie uns im Internet:
www.ullstein-taschenbuch.de

Originalausgabe im Ullstein Taschenbuch
1. Auflage Juli 2009

Konzeption: HildenDesign, München
Umschlaggestaltung: Sabine Wimmer, Berlin
Titelabbildung: © getty images/Martin Diebel
Satz: LVD GmbH, Berlin
Gesetzt aus der Exzelsior und Akzidenz Grotesk
Druck und Bindearbeiten: CPI – Ebner & Spiegel, Ulm
Printed in Germany
ISBN 978-3-548-26962-7

Für U. und H.,
wie immer.

Zur freundlichen Kenntnisnahme
durch den aufmerksamen Leser:
Alle Personen und Handlungen in diesem Roman
sind frei erfunden –
bis auf die, die gar nicht erst erfunden
werden mussten,
weil sie ohnehin schon unglaublich genug sind!

Allerdings möchte der Autor betonen,
dass er nie zu einem Abiturtreffen eingeladen war.
Demzufolge hat er auch nie bei einem solchen Anlass
seinen ehemaligen Klassenlehrer wiedergetroffen.
Und er hat auch nicht die leiseste Ahnung,
wie ein solches Treffen wohl ablaufen könnte –
die entsprechenden Szenen sind also vollständig
seiner schriftstellerischen Phantasie entsprungen.

Aussagen, die im Dialog gemacht werden,
geben im Übrigen nicht unbedingt
die Meinung des Autors wieder.

»Köpfe abschlagen ist nicht sehr klug.
Die Stecknadel, der man den Kopf abschlug,
fand, der Kopf sei völlig entbehrlich,
und war nun vorn und hinten gefährlich.«

Erich Kästner

1

Als Appaz den Mann mit dem Beil im Kopf sieht, ist es kurz nach ein Uhr nachts. Und natürlich hat Appaz zuviel getrunken und verflucht jetzt jedes einzelne Bier des Abends. Bis auf die ersten zwei oder drei vielleicht, als noch alles in Ordnung war und er sich köstlich über die Geschichte amüsierte, die Kerschkamp gerade zum Besten gab. Wie er, Kerschkamp, beim Zahnarzt im Wartezimmer gesessen und eher zufällig einen Blick aus dem Fenster geworfen hatte, wo in eben diesem Moment ein Mann die Straße überquerte, mit einer Aufblaspuppe von Beate Uhse unter dem Arm, und zielstrebig die Tankstelle auf der gegenüberliegenden Seite ansteuerte. Um dann in aller Ruhe mit dem Reifenprüfgerät neue Luft in seine Puppe zu füllen, bis sie wieder prall und glatt war!

Die Geschichte ist gut gewesen, und Appaz hat noch gedacht, dass sie vielleicht als Anfang für einen Roman taugen könnte. Aber jetzt zweifelt er einen Moment lang daran, ob er jemals wieder einen Roman schreiben wird. Vielleicht landet er eher im nächsten Landeskrankenhaus in der geschlossenen Abteilung, wo er dann für den Rest seines Lebens weiße Mäuse zählt. Oder was auch immer ihm sein fortschreitendes Delirium sonst an Bildern vorgaukeln wird. Wenn das hier alles nicht wahr ist, denkt er noch, und ich hoffe, dass es nicht wahr ist, dann werde ich nie wieder einen Tropfen Alkohol anrühren, das schwöre ich bei allen Aufblaspuppen dieser Welt. Und ich werde den Teufel tun und irgendjemandem erzählen, dass ich tatsächlich für einen Moment geglaubt habe, nachts um kurz nach eins auf dem Weg zur U-Bahn einen Typen mit einem Beil im Kopf zu sehen.

Aber auch als er die Augen fest zusammenkneift und gleich darauf wieder aufreißt, hat sich die Szenerie nicht verändert. Der Kerl ist immer noch da, und das Beil steckt immer noch in seinem Kopf. Das Bild ist verdammt echt. Ein alter Mann, das erkennt Appaz jetzt ganz deutlich, die Schultern der Jacke dunkel vom Nieselregen, die nackten Füße in den ausgelatschten Filzpantoffeln unter der Schlafanzughose käsig weiß. Ein dünner Blutfaden zeichnet eine verschwommene Linie von der Stirn bis zum Kinn.

Das Beil wirkt wie ein schlechter Witz, aber es ist ohne jeden Zweifel da.

Appaz blickt sich um. Irgendwie hat er die vage Hoffnung, dass vielleicht Kerschkamp mit seinem Fahrrad noch mal umgedreht hat und jetzt zurückkommt, um ihm zu versichern, dass auch er den Alten mit dem Beil sieht. Aber Kerschkamp ist und bleibt verschwunden. Und auch sonst ist niemand zu sehen. Nur eine tote Taube liegt mit verdrehtem Hals im Rinnstein. Zögernd macht Appaz einen Schritt auf den Alten zu. Der Alte hebt die Hand, als wollte er winken. Irgendwo bellt ein Hund.

Der Hund hat schon vorher gebellt, daran kann sich Appaz erinnern. Aber vielleicht ist das auch ein anderer Hund gewesen, denkt er jetzt. Ich muss mich bemühen, dass ich nicht alles durcheinanderbringe. Es gibt mehr Hunde als nur einen. Und ein bellender Hund ist kein Beweis dafür, dass ich noch richtig ticke. Oder dass ich wirklich mit Kerschkamp in der Kneipe war. Obwohl es ihm andererseits keine Schwierigkeiten macht, sich den Ablauf des Abends ins Gedächtnis zu rufen. Wenn es denn so gewesen ist …

Sie haben wie üblich in ihrer Ecke neben dem Flipper gehockt, der schon außer Betrieb ist, seit Appaz sich mit Kerschkamp am ersten Freitag jeden Monats im »Voss« trifft. Und wie üblich war das Voss wieder brechend voll, nicht zum ersten Mal hat Appaz vorgeschlagen, dass sie sich vielleicht an einem anderen Tag treffen sollten. Aber Kerschkamp hat auf dem vor Jahren eher zufällig entstandenen Termin beharrt, als würde jede Veränderung den Bruch mit ehernen Prinzipien bedeuten.

»Wir brauchen irgendeine Konstante, kapierst du?«, hat Kerschkamp erklärt. »Irgendwas, was nicht in Frage gestellt werden kann, sonst geht alles den Bach runter. Und außerdem ist es auch einfacher so, Susanne hat sich dran gewöhnt und ich muss nicht jedes Mal neu diskutieren, ob es gerade passt oder nicht. Der Termin steht, und sie weiß, dass sie mir da gar nicht erst mit irgendwas Anderem zu kommen braucht.«

Susanne ist Kerschkamps Frau und bis auf das eine oder andere belanglose Gespräch bei irgendeiner Geburtstagsfeier kennt Appaz sie kaum. Im Stillen mutmaßt er ohnehin, dass Susanne nicht gerade begeistert ist von der Freundschaft zwischen ihm und Kerschkamp, wahrscheinlich hat sie Sorge, dass sein Einfluss Kerschkamp nicht unbedingt guttut. Aber wie auch immer sich Kerschkamp mit Susanne arrangiert, ist nicht Appaz' Sache. Er ist sowieso der Letzte, der sich ein Urteil anmaßen kann, wenn es um Beziehungen geht, nicht umsonst lebt er jetzt schon seit bald drei Jahren wieder alleine.

Er und Kerschkamp haben jedenfalls ziemlich schnell hintereinander die ersten paar Bier getrunken, dann hat Kerschkamp sich »einmal Curry-Pommes« bestellt. Appaz hat keinen Appetit gehabt, obwohl das Voss für seine Currywurst berühmt ist. Sogar der Ex-Kanzler ist für diese Currywurst früher ins Voss gekommen, noch zu seinen Juso-Zeiten, böse Zungen behaupten, dass von damals auch seine Abneigung gegen Lehrer rührt. Der Ex-Kanzler kommt jetzt nicht mehr, die Lehrer sind geblieben. Genauso wie die Dozenten, Ärzte und Anwälte, die den Stadtteil schon für sich entdeckt haben, als die Fünf- und Sechszimmerwohnungen in den ehemals hochherrschaftlichen Häusern aus der Jahrhundertwende auch für Wohngemeinschaften noch bezahlbar waren. Geblieben ist auch die Einrichtung, die, wenn überhaupt, das letzte Mal renoviert worden ist, lange bevor der Ex-Kanzler hier seine erste Currywurst bekommen hat. Und genauso geblieben ist der barsche Umgangston, mit dem die Bedienung jedem, der nicht zu den Stammgästen gehört, seinen Platz an einem der langen Holztische zuweist, ohne irgendeinen Widerspruch zu dulden. Geduzt werden ohnehin alle, und wer es aus Mangel an Erfahrung nicht besser weiß und sein Bier am Tisch bezahlen will, wird unwirsch mit den Strichen auf dem Deckel zur Theke geschickt. Ein zweites Mal jedenfalls begeht keiner diesen Fauxpas. Seit kurzem hängt hinter der Theke eine Urkunde, die die Kneipe laut dem Londoner Guardian als »one of the best bars in Europe« ausweist: »A typical German pub with local beer and delicious pub classics such as currywurst.«

Appaz' Verhältnis zu dem Szenetreff ist eher gespalten, und als der Wirt Kerschkamp zu dessen fünfzigstem Geburtstag ausgerechnet hat, dass er im Laufe der Jahre bei ihm gut und gerne ein Reihenhaus in Bier umgesetzt hat, hat Appaz das bei weitem nicht so witzig gefunden wie der überwiegende Teil der anderen Gäste. Allerdings ist auch Kerschkamp bei dieser Eröffnung merklich still geworden, was aber dennoch nicht zu einer Reduzierung seines Bierkonsums geführt hat. Und, ehrlich gesagt, kann man im Voss auch kaum etwas anderes tun, als Bier auf Bier zu trinken, die Akustik ist lausig und gleicht der einer Bahnhofshalle, spätestens ab zwanzig Uhr versteht man in den hohen Räumen kaum noch sein eigenes Wort.

An den Freitagabenden kommt erschwerend hinzu, dass sich im Keller eine Rockband ihren Übungsraum eingerichtet hat, Lehrer des benachbarten Gymnasiums, die die Jahre bis zu ihrer Pensionierung zählen und sich so lange jeden Freitag aufs Neue mit respektabler Beharrlichkeit ausgerechnet an Songs wie »Dead End Street« versuchen. Meist aber scheitern sie schon am ersten Rhythmuswechsel, noch vor der Zeile »*What are we living for?*«.

Appaz erinnert sich, wie die Glasscheibe des Flippers im Rhythmus der Bässe gezittert hat. Und wie Kerschkamp sich den letzten Bissen Currywurst in den Mund geschoben und gegen den Lärm angebrüllt hat: »Ich muss dir überhaupt noch eine Geschichte erzählen, du, was mir neulich passiert ist …!«

Das war dann die Sache mit der Gummipuppe. Und Kerschkamp hat per Handzeichen noch mal zwei Bier geordert. Als kurz darauf die Bedienung kam und sich vorbeugte, um neue Kugelschreiberstriche auf ihre Deckel zu malen, brachte Kerschkamp seine Geschichte ein zweites Mal an. Diesmal allerdings war aus dem vorher nicht näher beschriebenen Mann ein Typ im Anzug geworden, der die Puppe aus dem Kofferraum seines Jaguars holte, »irgend so ein Banker oder Anwalt oder so was«, schrie Kerschkamp der Bedienung ins Ohr, und die Bedienung lachte und strich Kerschkamp im Weggehen wie zufällig über den Arm. Appaz ist sich nicht mehr so ganz sicher gewesen, was an Kerschkamps Geschichte nun eigentlich dran war. Außerdem hat er sich gefragt, ob Kerschkamp und die Bedienung sich womöglich besser kannten, als er bisher dachte.

Wenig später haben die Lehrer im Keller nach einer verunglückten Version von »Death of a Clown« endgültig aufgegeben. Nacheinander kamen sie durch die Hintertür ins Voss und quetschten sich dann mit ihren Bieren in die Ecke zu Appaz und Kerschkamp. Sie kennen sich schon länger, einer der Lehrer hat Appaz' Tochter früher in Deutsch unterrichtet. Und einige Male hat es Appaz auch durchaus genossen, sich in irgendwelche Diskussionen über den desolaten Zustand des Bildungssystems verwickeln zu lassen. Heute allerdings hat er keine Lust auf die Mischung aus Wut und Verzweiflung und den zunehmenden Zynismus gehabt, mit dem die Lehrer versuchen, die letzten Jahre ihres Berufslebens zu überstehen.

Kerschkamp schien es ähnlich zu gehen, er hat Appaz einen kurzen Blick zugeworfen und sein Tabakpäckchen aus der Tasche geholt. Appaz hat sich vor ihm her zur Tür gedrängt.

Sie sind dann nicht die einzigen gewesen, die rauchend vor dem Voss auf dem Fußweg standen. Eine Frau nickte Appaz zu, er konnte sie beim besten Willen nicht einordnen, grüßte aber freundlich zurück. Kurz darauf hat er zum ersten Mal den Hund bellen gehört. Er erinnert sich jetzt auch, dass Kerschkamp noch irgendeinen Kommentar zu dem Bellen abgegeben hat. Vielleicht auch zu Hunden im Allgemeinen, zu herrenlosen Hunden, die einem nachts auf dem Rückweg aus der Kneipe plötzlich den Weg verstellen. Oder so ähnlich. Jedenfalls lehnte Kerschkamp an der Hauswand und laberte ohne Pause, als wollte er die durch die Lautstärke im Voss verlorengegangene Redezeit wieder wettmachen. Und er hat schon deutlich Mühe gehabt, die Konsonanten klar voneinander zu trennen.

Aber Appaz hat sowieso nur halb hingehört. Weil er sich ärgerte, nicht vor der Raucherpause noch mal pinkeln gegangen zu sein und jetzt überlegen musste, ob er sich wieder den langen Weg zurück durch die Menschenmassen bis zum Klo quetschen sollte.

Und dann hat Kerschkamp plötzlich gesagt: »Wir gehen da hin, du und ich. Wir beide. Und dann mischen wir den Laden mal so richtig auf.«

»Was? Wohin?«

»Habe ich doch eben erzählt! Ein Abitreffen, von unserem alten Jahrgang. Wo sie uns immer nicht einladen, du weißt schon. Aber diesmal hab ich den Termin im Netz entdeckt. Und wir gehen dahin, ist doch wohl klar!«

Appaz hat einen Moment gebraucht, bis er begriff. Ein Klassentreffen, dreiunddreißig Jahre nach dem Abitur, bei dem sie damals mit Pauken und Trompeten durchgefallen sind. Weshalb sie auch bisher nie eingeladen wurden, wenn ihre ehemaligen Mitschüler irgendein rundes Jubiläum feierten. Aber jetzt hatte Kerschkamp den Termin also in irgendeiner Leute-Such-Maschine entdeckt und war offensichtlich wild entschlossen, es ihnen allen heimzuzahlen.

»Ohne mich«, hat Appaz nach kurzem Zögern erklärt, »ich will da nicht hin.«

»Du musst! Alleine mache ich das nicht.«

Und dann hat Appaz so was wie einen Filmriss. Sie müssen wohl noch eine Weile mit den Lehrern zusammengesessen haben, Appaz meint sich undeutlich an eine hitzige Diskussion über die neue CD von Jack Bruce erinnern zu können, dass Robin Trower zwar ohne Frage ein exzellenter Gitarrist ist, aber kaum Raum für Jack Bruce selber lässt. Und dass solche Experimente ohnehin keinen Sinn machen, nachdem Bruce, Clapton und Baker ja mit ihrem Reunion-Konzert in der Royal Albert Hall bewiesen haben, dass nichts über die alten Songs von Cream geht, in der alten Besetzung! Später dann hat Kerschkamp sein Fahrrad neben Appaz hergeschoben, um ihn noch bis zur nächsten Ecke zu bringen. Es hat angefangen zu nieseln, Appaz hat sich den Reißverschluss seiner Lederjacke zugezogen, als Kerschkamp pinkeln musste, hat Appaz solange das Fahrrad gehalten. Und kurz vor ihrem Abschied hat Kerschkamp noch zu einem erleuchteten Fenster hinaufgezeigt und gesagt: »Weißt du noch? Da oben waren wir mal zusammen auf einer Fete! Das muss elfte Klasse oder so gewesen sein, mit den ganzen alten Leuten noch. Wäre doch vielleicht sogar ganz schön, die alle mal wieder zu sehen, oder? Also überleg es dir, Alter, ich rufe dich an!«

Damit hat er sich auf sein Rad geschwungen und ist in Schlangenlinien in die Fußgängerzone eingebogen.

Und Appaz hat den Mann mit dem Beil im Kopf gesehen.

»Kann ich Ihnen helfen?«, fragt Appaz. »Wohin wollen Sie?«

»Ich muss ins Krankenhaus«, stammelt der Alte und zeigt mit fahriger Hand auf das Beil.

»Klar«, sagt Appaz schnell und greift nach seinem Arm. »Kommen Sie, das Krankenhaus ist gleich da vorne, ich bringe Sie hin.«

Ignorier das Beil einfach, sagt er zu sich selbst, genauso wie den Blutfaden im Gesicht und die Schlafanzughose. Zumindest die Idee mit dem Krankenhaus macht Sinn. Ich hoffe nur, dass uns nicht ausgerechnet jetzt jemand entgegenkommt. Wahrscheinlich wirken wir nicht gerade vertrauenerweckend.

Aus dem gleichen Grund schiebt er auch sein Handy zurück in die Tasche. Das Risiko, irgendeiner Streifenwagenbesatzung eine Erklärung geben zu müssen, erscheint ihm deutlich zu groß. Stattdessen lenkt er den Mann in die richtige Richtung und führt ihn dann leicht am Ellbogen.

Der Mann schlurft neben Appaz her. Das Beil zittert bei jedem Schritt. Appaz' Knie zittern ebenfalls.

»Wie ist das passiert?«, fragt er leise.

»Meine Alte«, kommt mit leichter Verzögerung die Antwort. »Wir hatten Streit.«

»Klar«, sagt Appaz wieder. Er beugt sich unauffällig vor, um im Licht einer heftig blinkenden Schaufensterreklame den Aufdruck auf dem Stiel des Beils zu lesen. Ein Heimwerkermarkt, der mit der Aufforderung »Besorg's dir selber« wirbt.

»Nur noch über die Straße, dann sind wir da …«

In der Wärmeschleuse zwischen den Eingangstüren hängt kalter Zigarettenrauch. Der Mann an Appaz' Arm hustet.

»Nicht«, sagt Appaz mit besorgtem Blick auf das Beil und schiebt ihn weiter. Die Filzpantoffeln klatschen bei jedem Schritt mit einem schmatzenden Geräusch auf den Fliesenboden.

Der Pförtner sitzt mit gekrümmtem Rücken auf seinem Drehstuhl, den Kopf in die Hand gestützt. Mit leerem Blick starrt er auf den tragbaren CD-Spieler vor sich, eine Hörbuch-CD plärrt schlecht gebaute Dialoge. Die Stimme des einen Sprechers kommt Appaz vage bekannt vor.

»Ein Notfall«, erklärt Appaz. »Wir brauchen einen Arzt.«

Ohne aufzublicken klickt der Pförtner das Menü auf dem Bildschirm an.

»Name, Vorname, Anschrift, Geburtsdatum, Krankenkasse ...«

»Ein Notfall«, sagt Appaz noch mal, »ich glaube, Sie sollten möglichst schnell einen Arzt holen.«

»Name und Vorname«, wiederholt der Pförtner automatisch und eindeutig genervt, während er bemüht ist, nur ja kein Wort von seiner Hörbuchgeschichte zu verpassen. Der Name des Sprechers ist Dietmar Bär, fällt Appaz unerwartet ein.

Er beugt sich durch das geöffnete Schiebefenster und drückt die Aus-Taste des CD-Spielers.

»Ich fürchte, Sie haben mich nicht ganz verstanden ...«

Ärgerlich ruckt der Pförtner hoch. Er hat schon den Mund geöffnet für irgendeine scharfe Zurechtweisung, dann weiten sich seine Augen vor Schreck.

Appaz nickt. Da sind wir immerhin schon zwei, die sich erschreckt haben, denkt er. Und: Ich gönne dir deinen Schreck, du Sack!

»Damit müssen Sie rüber in die Notaufnahme«, stammelt der Pförtner. Als er Appaz' Blick sieht, hebt er abwehrend die Hände. »Schon gut, ich rufe den diensthabenden Chirurgen …« Er greift zum Telefon. Während er auf die Verbindung wartet, irren seine Augen ziellos über die Schalter und blinkenden Lämpchen auf dem Pult vor ihm. Auf seiner Stirn bilden sich dicke Schweißperlen.

Er ist noch jung, denkt Appaz, und es wird nicht mehr lange dauern, bis er eine Glatze hat. Er überlegt, ob auch Pförtner als Ein-Euro-Kräfte eingestellt werden. Eher nicht, denkt er, aber jemand mit einer Behinderung ist wahrscheinlich im Vorteil gegenüber Nicht-Behinderten. Bleibt die Frage, ob eine Glatze mit Mitte Zwanzig bereits als Behinderung gilt. Ein Beil im Kopf ist dagegen mit Sicherheit eine ernstzunehmende Behinderung. Ich muss mich zusammenreißen, denkt Appaz. Verdammter Alkohol! Sowie die Sache hier geklärt ist, mach ich mich vom Acker. Ich will nur noch warten, bis der Arzt kommt. Fast hätte er gekichert. Bis der Arzt kommt. Das ist so ein Spruch, den er immer schon blöd gefunden hat: Trinken, bis der Arzt kommt …

Der Pförtner nuschelt etwas in den Hörer. Appaz versteht nur »Beil im Kopf«.

»Kommt gleich jemand«, erklärt der Pförtner an Appaz gewandt. Seine Stimme ist kaum mehr als ein heiseres Flüstern.

»Kommt gleich jemand«, gibt Appaz an den Mann mit dem Beil im Kopf weiter. Er greift wieder den Arm des Alten und führt ihn zu einem grell orangefarbenen Plastikstuhl. Aus den Augenwinkeln sieht er, wie der Pförtner aus seiner Loge stürzt und hinter der Tür mit der Aufschrift »Patienten-WC« verschwindet.

Er klopft dem Mann neben sich beruhigend auf die Schulter. Der Alte ist vielleicht noch gar nicht so alt. Appaz schätzt ihn auf Ende sechzig, vielleicht Anfang siebzig. Er hat jetzt die Augen geschlossen, seine Knie zittern unkontrolliert, er knetet die leberfleckigen Hände im Schoß.

Mach mir jetzt bloß nicht schlapp, denkt Appaz, und meint eigentlich eher sich selbst als den Alten. In der Pförtnerloge klingelt das Telefon.

Eine Ärztin kommt vom Fahrstuhl her durch die Halle. Die blonden Haare hat sie zu einem Pferdeschwanz zusammengebunden, statt des üblichen weißen Mantels trägt sie ein blaues Kittelhemd.

Appaz geht ihr entgegen.

»Ich bin die Neurochirurgin hier im Haus. Der Pförtner hat irgendwas gesagt, dass Sie nicht in die Notaufnahme …«

Appaz weist mit dem Kopf hinter sich.

Mit ein paar schnellen Schritten eilt die Ärztin an ihm vorbei. Als sie sich zu dem Mann mit dem Beil im Kopf bückt, sieht Appaz, wie sie hart schluckt. Aber ihre Augen versuchen, den Blick des Mannes auf sich zu ziehen, mit ihren Händen stoppt sie einen Moment das nervöse Auf und Ab seiner Knie. Ihre Hände sind überraschend groß und kräftig.

»Wir setzen Sie jetzt ganz vorsichtig in den Rollstuhl da drüben und dann …«

»Wieso wir?«, hakt Appaz sofort ein. »Ich …«

Die Ärztin wirft ihm einen schnellen Blick zu.

»Ich brauche Ihre Hilfe. Es ist niemand weiter da.«

Schulterzuckend holt Appaz den Rollstuhl. Das linke Vorderrad ist blockiert und zieht quietschend einen schwarzen Gummistreifen über den Fußboden.

Sie fassen den Mann mit dem Beil im Kopf unter den Achseln und hieven ihn auf den Sitz des Rollstuhls.

»Wer von Ihnen hat eigentlich diese unglaubliche Fahne?«, fragt die Ärztin.

»Ich, aber … also ich war den ganzen Abend in der Kneipe und dann, als ich zur U-Bahn wollte, da stand er da und … Aber ich gehe jetzt auch, ich muss los.«

»Nein.« Wieder der schnelle Blick. Die Augen der Ärztin sind von einem leuchtenden Blau, das kein Ausweichen zulässt »Ich brauche Sie noch.«

»Ich bin müde«, setzt Appaz noch mal an. Er blickt auf seine Uhr. »Es ist nach eins, und … ich bin betrunken. Ich muss jetzt los, wirklich.«

»Ich habe Kaffee auf der Station. Gerade frisch aufgesetzt.«

Keine Chance, denkt Appaz. Ich weiß nicht, wieso ich nicht trotzdem gehe, sie kann mir gar nichts, ich bin schneller draußen, als sie gucken kann. Aber sie hat irgendwas, was mich hier festhält. Und es ist lange her, dass mich jemand zum Kaffee eingeladen hat. Oder so. Egal. Auf zehn Minuten kommt es jetzt auch nicht mehr an.

Auf dem Weg zum Fahrstuhl rutscht dem Mann einer seiner Pantoffeln vom Fuß. Appaz schiebt ihn in das Netz, das von der Rückenlehne des Rollstuhls baumelt.

Die Ärztin spricht jetzt leise mit dem Alten, der angestrengt darüber nachzudenken scheint, wieso einer seiner Füße des Filzpantoffels beraubt ist. Als der Fahrstuhl anruckt, drückt sie beruhigend seine Hand.

Es scheint keine Frage zu sein, dass Appaz mit ins Behandlungszimmer kommt. Diesmal ist er es, der dem Mann gut zuredet, während die Ärztin dessen Ärmel hochstreift, um ihm irgendeine Spritze zu setzen.

»Er hat vorhin erzählt, dass er Streit mit seiner Frau gehabt hat«, berichtet Appaz in dem unklaren Versuch, sich nützlich zu machen. »Es scheint so, als hätte sie ihm das Beil ...« Er macht eine hilflose Geste in Richtung des Altmännerschädels.

Die Ärztin nickt. Behutsam tastet sie mit den Fingern das Umfeld der Klinge ab. Als sie die Aufschrift auf dem Stiel des Beils sieht, verdreht sie die Augen. Dann rollt sie den Mann zum Röntgenzimmer.

Appaz wartet auf dem Gang. Und als die beiden zurückkommen, tappt er wie selbstverständlich hinter ihnen her, wieder in den Behandlungsraum.

Die Ärztin wirft einen Blick auf die Röntgenbilder. »Es scheint tatsächlich nur oberflächlich zu sein«, sagt sie mehr zu sich selber als zu Appaz. »Die Klinge ist im Knochen steckengeblieben. Soweit ich sehen kann, ist das Gehirn nicht verletzt. Obwohl er eigentlich komatös sein müsste, aber ...«

Sie stellt sich vor den Alten und holt tief Luft. Dann zieht sie mit einem kurzen Ruck das Beil aus dem Schädel des Mannes. Der Alte zeigt kaum mehr Reaktion als ein unwillkürliches Zucken mit dem Hals.

Appaz guckt schnell woandershin und klammert sich an die knochigen Schultern unter dem feuchten Jackett, bis der Schwindelanfall vorbei ist.

»Er hat Glück gehabt«, sagt die Ärztin, als sie das Beil auf einen Tisch legt.

»Und ... das war's schon?«, fragt Appaz und merkt, wie seine Stimme zittert.

Ohne eine Antwort zu geben, beginnt die Ärztin, die Wunde zu vernähen. Appaz bewundert sie im Stillen. Das ist cool, denkt er, echt cool. Sollte ich mal ein Beil im Kopf stecken haben, möchte ich auch, dass sie es mir rauszieht. Ich sollte sie vielleicht nach ihrem Namen fragen.

Plötzlich ist ein Zivi da. Seine Augen flackern unsicher in einem Gesicht, das nach Schlaf schreit. Entweder ist er noch nicht lange dabei, denkt Appaz, oder er hat sich die halbe Nacht mit Gras zugedröhnt. Die Wolke, die den Zivi umgibt, lässt eher Letzteres vermuten.

Als die beiden anfangen, dem alten Mann die nassen Klamotten auszuziehen, geht Appaz wieder auf den Gang hinaus. Er überlegt, ob er die Gelegenheit nutzen und einfach verschwinden soll. Aber er will die Ärztin ja noch nach ihrem Namen fragen.

Nach einer Weile kommt der Zivi mit dem Bett. Appaz greift nach der Hand des Alten, die kraftlos über den Rand hängt, und legt sie ihm vorsichtig auf den Bauch.

»Also dann«, sagt er und nickt der Ärztin zu. »War nett, Sie kennengelernt zu haben.« Er wartet, bis der Zivi um die Ecke ist. »Ach ja, ich wollte noch fragen …«

»Gehen wir ins Arztzimmer«, unterbricht ihn die Ärztin. »Ich habe Ihnen ja einen Kaffee versprochen. Und den Papierkram müssen wir auch noch erledigen.«

Appaz folgt ihr. Unter der blauen Baumwollhose zeichnet sich deutlich ihr Slip ab. Auf der Rückseite des Kittelhemdes sind ein paar verwaschene Blutflecken.

Dann sitzen sie sich gegenüber an einem Schreibtisch, dessen Platte nahezu vollständig von irgendwelchen Papieren und einem Wirrwarr aus Arzneimittelpackungen, Rezeptblöcken und Werbekugelschreibern verschiedener Pharmafirmen bedeckt ist. Es regnet inzwischen stärker. Die Regentropfen lassen den Blick durch die Scheibe nach draußen verschwimmen und trommeln eintönig auf das Fensterbrett.

Die Ärztin dreht abwesend ihren Kaffeebecher zwischen den Händen. Appaz verbrennt sich gleich mit dem ersten Schluck die Zunge, lässt sich aber nichts anmerken, sondern zieht sich nur die Jacke auf und streckt die Beine aus. Der Schirm der Schreibtischlampe ist gegen die Wand gedreht. Eine Kinderzeichnung hinter Glas zeigt ein Mädchen im Krankenbett; die Sternschnuppe, die am oberen Bildrand für immer festhängt, ist leuchtend gelb.

Appaz würde gerne rauchen. Er räuspert sich.

»Das ist mir auch noch nicht passiert«, sagt die Ärztin im selben Moment. »Aber neulich hatte ich zwei junge Männer, beide Fixer, beide schwul. Der Eine hatte dem Anderen ein Messer in den Hals gerammt, irgendeine Eifersuchtsgeschichte. Aber dann hat er Angst gekriegt, dass er ihn umgebracht hat, und ist mit ihm hierhergekommen. Mit einem blutdurchtränkten Küchenhandtuch auf der Wunde.«

»Und?«

»Zum Glück hatte er nicht die Ader getroffen.«

Sie lacht. Dann beugt sie sich vor und streckt Appaz die Hand hin.

»Darleen.«

Für einen kurzen Augenblick ist er irritiert. Aber Darleen klingt nicht nach einem Nachnamen.

»Kurt«, sagt er also und schüttelt die ausgestreckte Hand. Nur um seine eigene gleich darauf zurückzuziehen und hektisch in der Innentasche seiner Lederjacke nach einer Autogrammkarte zu suchen.

»Auf der Rückseite steht meine Homepage«, sagt er. »Und E-mail und alles.«

Die Ärztin blickt auf das Foto und zurück zu Appaz.

»Sie sind das also. Ich kenne einen Roman von Ihnen. Hat Spaß gemacht, ihn zu lesen. Aber dass ich jetzt hier plötzlich mit Ihnen sitze, hätte ich nie gedacht!«

»Mit dir«, korrigiert Appaz. »Darleen und Kurt. Du hast damit angefangen, nicht ich.«

»Kurt«, wiederholt die Ärztin lachend. »Gut. Gerne.«

Appaz überlegt, ob er fragen soll, welchen Roman sie gelesen hat. Aber die Frage erscheint ihm plötzlich zu heikel. Er will es gar nicht so genau wissen, vielleicht würde sie etwas sagen, was ihm nicht gefällt. Lass es langsam angehen, denkt er, ich weiß ohnehin gar nicht, was das hier werden soll …

Mit sicherem Griff fischt die Ärztin jetzt eine Zigarettenschachtel aus dem Chaos auf ihrem Schreibtisch. Der Aschenbecher ist in der obersten Schublade versteckt und müsste dringend geleert werden.

Sie hält Appaz die Schachtel hin.

»Ich dachte, Ärzte rauchen nicht«, sagt Appaz.

»Ärzte trinken auch zu viel, die meisten jedenfalls.«

Appaz nickt. »Schriftsteller auch. Fallada soll angeblich 140 Zigaretten am Tag geraucht haben. Und Jack London hat nur deshalb morgens um vier schon zu schreiben angefangen, weil er unbedingt tausend Worte geschafft haben wollte, bevor er sich den ersten Whiskey genehmigte, so gegen acht dann.«

Du redest Blödsinn, denkt er gleichzeitig, was um alles in der Welt laberst du da? Doch dann erzählt er auch noch von Erich Kästner, der ebenfalls Kettenraucher war und grundsätzlich nicht vor zwei Uhr mittags aufstand, weil er jede Nacht in der Kneipe verbrachte. Aber wenigstens die Geschichte von Brendan Behan spart er sich, der seine Schreibmaschine gleich auf der

Theke aufgebaut hatte und zwischendurch gerne auch mal ins Spülbecken kotzte.

Die Ärztin lässt ihr Feuerzeug aufflammen. Unter ihren Augen sind dunkle Schatten, die Appaz vorher nicht bemerkt hat.

Als es an der Tür klopft, schrecken beide hoch. Der Zivi stammelt irgendwas, dass der Alte wieder bei sich ist und unbedingt nach Hause zu seiner Frau will.

Die Ärztin drückt ihre Kippe aus.

»Ich muss mich kümmern«, sagt sie zu Appaz.

»Und der Papierkram?«, fragt Appaz. »Soll ich hier warten?«

Die Ärztin schüttelt den Kopf.

»Schlaf dich aus. Und nimm eine Aspirin, bevor du ins Bett gehst, damit du morgen ein paar zusammenhängende Sätze aufs Papier bringst.«

Dann ist sie auch schon zur Tür raus.

Appaz steht einen Moment unschlüssig vor ihrem Schreibtisch, bevor er nach einem Kugelschreiber greift und seine Handynummer auf der Autogrammkarte notiert. »Ich würde mich freuen«, schreibt er dahinter, »K.«

Der Pförtner guckt schnell weg, als Appaz aus dem Fahrstuhl kommt.

Draußen regnet es immer noch. Am Eingang zur U-Bahn-Station zögert Appaz einen Moment. Dann entschließt er sich, zu Fuß zu gehen. Wahrscheinlich ist die letzte U-Bahn ohnehin längst weg, denkt er, und es ist lange her, dass du nachts alleine durch die Stadt gelaufen bist, wird mal wieder Zeit für einen ordentlichen Fußmarsch. Und deinem Kopf kann es nur gut tun, Alter.

Als wieder irgendwo ein Hund bellt, muss er grinsen. Wenn sie sich das nächste Mal sehen, wird er Kerschkamp von dem Mann mit dem Beil in Kopf erzählen. Dagegen ist die Geschichte mit der Gummipuppe gar nichts, das wird auch Kerschkamp zugeben müssen. Von Darleen wird er ihm nichts erzählen. Oder vielleicht doch, das macht die ganze Sache vielleicht glaubwürdiger. Quatsch. Gerade das wahrscheinlich nicht. Du bist immer noch betrunken, denkt er, und guck mal, da vorne ist die Fahrschule, wo Kerschkamp und ich den Führerschein gemacht haben, aber damals haben wir noch auf einem Käfer gelernt und nicht auf einem tiefergelegten Golf mit Regensensoren und solchen Sachen! Wie lange kennt er jetzt Kerschkamp eigentlich schon? Bestimmt fast vierzig Jahre, nein, sie sind ja schon in der Volksschule zusammengewesen, das macht über vierzig Jahre, mindestens.

So viel Zeit, denkt Appaz, aber wir sind immer noch befreundet, und das ist gut.

Zu Anfang mochte Appaz Kerschkamp nicht besonders. Kerschkamp war groß und dick und schwitzte stark, und außerdem war Appaz sich sicher, dass Kerschkamp ihm gleich in der ersten Woche seine Buntstifte geklaut hatte. Aber als er sich endlich traute und Kerschkamp zur Rede stellte, drohte der ihm eine Tracht Prügel an und lauerte ihm dann tatsächlich am nächsten Tag vor der Schule auf, um ihn mit wüsten Schimpfworten und gezielten Schlägen und Tritten bis in die Klasse zu verfolgen. Woraufhin Karin und Trixi Kerschkamp in der Pause vor aller Augen so verdroschen, dass er Appaz schon fast wieder leid tat.

Die Lehrerin hatte dann ausgerechnet die Idee, Appaz und Kerschkamp nebeneinander zu setzen, damit sie Freunde würden, wie sie hoffnungsvoll erklärte. Aber Appaz wollte gar nicht mit Kerschkamp befreundet sein. Und Kerschkamp teilte ihren gemeinsamen Tisch kurz entschlossen mit einem Kreidestrich genau in der Mitte und warnte Appaz: »Wenn du über die Linie kommst, gibt es Krieg.«

Damit war die Sache erst mal geklärt. Sie erneuerten jeden Tag den Kreidestrich und taten im Übrigen so, als wäre der andere gar nicht da.

Das hielten sie erstaunlich lange durch. Vor allem im Sportunterricht wandten sie alle möglichen Tricks an, um nur ja nicht in dieselbe Mannschaft zu kommen, und als Trixi sie unerwartet zusammen zu ihrem Geburtstag einlud, gingen sie beide nicht hin. Appaz und Kerschkamp waren unversöhnliche Feinde, so viel stand fest.

Ansonsten gefiel es Appaz in der Volksschule am Rehmer Feld eigentlich recht gut. Der Rektor begrüßte morgens am Eingang jeden Einzelnen von ihnen mit Namen, in Deutscher Schrift bekam Appaz eine Eins mit Sternchen und sein im Religionsunterricht gemaltes Bild von Abraham inmitten seiner Schafherde wurde in der Pausenhalle aufgehängt, mit einem Schild daneben, auf dem in ordentlichen Großbuchstaben für jeden zu lesen stand: Kurt Appaz.

Ihre Klassenlehrerin war eine »Hausfrauen-Lehrerin«, die aufgrund akuten Lehrermangels eingestellt worden war und jetzt die ihr anvertrauten Schüler in Lesen und Schreiben, Rechnen und Heimatkunde auf den Ernst des Lebens vorbereiten sollte – eine Aufgabe, der sie eher mit mütterlicher Indifferenz als mit Strenge nachkam. Appaz fand sie nett, vor allem wenn sie ihn wieder mal überschwänglich für das fehlerfreie Aufsagen der Gedichte von Hölty oder Hermann Löns lobte. Zu Weihnachten schenkte er ihr dann auch einen selbst gebastelten Strohstern. Und selbst die Musiklehrerin fand er nett, obwohl sie Appaz beim gemeinsamen Singen stets in die letzte Reihe stellte. Wo allerdings auch Kerschkamp jedes Mal landete. Und da in der letzten Reihe passierte es auch eines Tages, dass Appaz und Kerschkamp sich eher aus Versehen plötzlich zugrinsten und sich in der Folge dann darin zu überbieten versuchten, die Texte der meist einfachen Lieder durch Stegreifreime ein bisschen aufzuwerten. Zunächst nur leise und nur für sich, schließlich und zum nicht geringen Entsetzen der Musiklehrerin zunehmend auch so, dass die anderen in den Genuss der neuen Qualität kamen und der gemeinsame Gesang in haltlosem Gekicher endete.

Kurze Zeit später verzichteten Appaz und Kerschkamp auf die tägliche Erneuerung des Kreidestrichs. Stattdessen legten sie jetzt den Weg von der Schule grundsätzlich zusammen zurück, wenn einer von ihnen sich morgens verspätete, konnte er sich sicher sein, dass der andere auf ihn wartete. Und schließlich verabredeten sie sich auch, um nach der Schule oder am Wochenende irgendetwas zu unternehmen.

Kerschkamp kam aus der »Neuen Heimat«, einer Sozialbausiedlung, von der Appaz' Eltern wussten, dass die Bewohner »aus den Ostgebieten« stammten und nach Kriegsende in den Baracken am Misburger Mühlenweg untergebracht gewesen waren, was den Umgang mit ihnen – so verstand es zumindest Appaz – nicht unbedingt wünschenswert machte. Zwar waren auch Appaz' Eltern Flüchtlinge aus dem Osten, aber es schien da irgendeinen wesentlichen Unterschied zu geben, über den Appaz allerdings nicht weiter nachdachte.

Im Zusammenhang mit der Neuen Heimat hörte Appaz auch zum ersten Mal das Wort »Polacken«, ohne sich darunter etwas Konkreteres vorstellen zu können als Kerschkamps Vater, der jeden Samstag in einer alten Wehrmachts-Trainingshose und schon am Vormittag mit einer Flasche Bier in der Hand ein motorgetriebenes Modellflugzeug auf der Wiese vor den Feldern zu starten versuchte. Appaz hatte dieses Geschehen zunächst immer aus sicherer Entfernung von seinem Fahrrad aus beobachtet, bis Kerschkamp ihn dann herüberwinkte und sie das Flugzeug nach jedem Fehlstart abwechselnd zu Kerschkamps Vater zurückbrachten.

Appaz wusste, in welchem Haus Kerschkamp wohnte, doch in die Wohnung kam er nie. Wenn er klingelte, kam Kerschkamp grundsätzlich keine Minute später an die Haustür, war Kerschkamp nicht da, dann riss seine Mutter das Küchenfenster auf und schickte Appaz wieder weg. Umgekehrt war Kerschkamp häufig bei Appaz zu Hause. Appaz' Mutter schmierte ihnen dann jedes Mal dicke Brotscheiben mit frischer Leberwurst und behandelte Kerschkamp wie jemand, der ihrer besonderen Fürsorge bedurfte. Kerschkamp schien das durchaus zu genießen, und Appaz und er verbrachten lange Nachmittage auf dem Fußboden im Flur damit, mit Appaz' Sammlung von Siku- und Wiking-Autos zu spielen. Der Geruch nach frischgebohnerten Marley-Fliesen und Leberwurst war für Appaz eng verknüpft mit seiner Freundschaft zu Kerschkamp.

Ihr beider Traum war es, genug Geld zu haben, um sich die deutlich teureren und auf der Hinterachse gefederten Matchbox-Modelle leisten zu können, die sie manchmal durch die Schaufensterscheibe des Spielwarengeschäftes in der Podbielskistraße bewunderten. Was aber Kerschkamp und Appaz vor allem in ihrer Freundschaft bestärkte, war ihre unverrückbare Abneigung, gleichzeitig mit den verschieden großen Modellen von Siku und Viking zu spielen, entweder Siku oder Wiking, darin waren sie sich von Anfang an einig gewesen. Ansonsten war Kerschkamp jetzt derjenige, der Appaz zu solchen Sachen überredete, wie das Stoppelfeld anzuzünden und dann schnell wegzurennen, oder die tote Katze, die sie eines Morgens mit aus dem Bauch quellenden Eingeweiden mitten auf dem Weg gefunden hatten, am Schwanz hinter sich her bis zur Schule zu schleifen. Mit dem Ergebnis, dass sich erst Trixi übergab und dann Karin, und die Klassenlehrerin umgehend einen Brief an Kerschkamps und Appaz' Eltern schrieb. Aber Kerschkamp und Appaz waren für die nächsten Tage die erklärten Helden der Klasse.

Kerschkamp war es auch, der aus der sicheren Höhe des Garagendachs einer Nachbarin von Appaz' Eltern zurief: »Du hast doch 'ne Macke, Alte!«, eine weitere Heldentat, für die Appaz seinen Freund einen Moment lang aufrichtig bewunderte. Bis Kerschkamp bei der anschließenden Flucht vom Garagendach sein Glasauge verlor, von dessen Existenz Appaz bis dahin nichts geahnt hatte, wenn ihm auch Kerschkamps Blick manchmal merkwürdig starr vorgekommen war.

Das Glasauge war und blieb verschwunden, egal wie lange sie in dem Dreck hinter der Garagenmauer danach suchten, und Kerschkamp musste mit leerer Augenhöhle nach Hause. Am nächsten Tag kam er nicht zur Schule, aber nachmittags traf Appaz ihn vor dem A&O-Laden,

da kam Kerschkamp gerade vom Arzt und präsentierte stolz ein neues Glasauge, das allerdings blau statt braun war. »Braun hatten sie gerade nicht«, erklärte Kerschkamp, und Appaz versuchte, Kerschkamp nicht allzu auffällig anzustarren, er sagte nur irgendetwas wie »Ist ja nicht so schlimm, merkt man kaum.«

Kurz darauf war das Schuljahr zu Ende, und die Klassenlehrerin gab bekannt, wer nach dem Sommer auf eine weiterführende Schule kommen würde. Kerschkamp war nicht dabei, obwohl sein Zeugnis nicht schlecht war und er in Rechnen sogar eine Eins bekommen hatte. Aber sein Vater, der bei VW im Transporter-Werk in Stöcken am Band arbeitete, fand, dass es vollkommen ausreichend war, wenn Kerschkamp die Volksschule abschloss, um dann eine Lehre bei VW anzufangen.

Appaz würde aufs Gottfried-Wilhelm-Gymnasium gehen, ein »mathematisch-naturwissenschaftliches und neusprachliches Gymnasium für Knaben«, wie es auf dem Anmeldeformular stand, das Appaz' Mutter bereits stolz ausgefüllt hatte.

Karin und Trixi waren auf dem benachbarten Mädchen-Gymnasium angemeldet. Appaz wäre wenigstens gerne mit ihnen zusammengeblieben, wenn er schon auf Kerschkamp verzichten musste. Aber dann kam doch alles ganz anders, die Klassenlehrerin hatte es irgendwie noch geschafft, Kerschkamps Vater davon zu überzeugen, dass er seinem Sohn wenigstens die Chance geben sollte, es auf dem Gymnasium zu versuchen. Und Kerschkamps Vater hatte nach langen Hin und Her tatsächlich zugestimmt. Allerdings war es jetzt Kerschkamp, dem nicht ganz geheuer dabei war und der eindeutig Angst vor dem Gymnasium hatte, auch wenn

Appaz ihm immer wieder sagte, dass es bestimmt gut werden würde. Was er aber vor allem tat, um sich selber Mut zu machen.

Aber erst mal waren ohnehin noch Sommerferien, und das größte Abenteuer dieses Sommers war ohne Frage der goldfarbene Mercedes 600 Pullmann, der eines Tages bei einem Bauern gegenüber von ihrer alten Schule auf dem Hof stand und den Appaz und Kerschkamp wiederholt ehrfürchtig bestaunten. Es hieß, dass der Bauer seine sumpfigen Wiesen, die nicht mal als Kuhweiden taugten, an die Stadt verkauft hatte, die dort ein Krankenhaus bauen wollte – und über Nacht zum Millionär geworden war. Aus Kerschkamps Autoquartett wussten sie, dass der Pullmann 250 PS hatte, 6,24 Meter lang war und 28 Liter Super schluckte, alles Werte, mit denen kein anderes Auto mithalten konnte. Nur bei den jährlichen Produktionszahlen von »ca. 30 Stück« konnte man ihn ohne Mühe stechen, der Käfer war da mit einer Million der absolute Spitzenreiter.

Appaz' Vater besaß einen Käfer »Standard«, noch älter als der »Export« in Kerschkamps Autoquartett, grau und ohne eine einzige Chromleiste, und mit einem ovalen Rückfenster, aus dem Appaz bei der jährlichen Urlaubsfahrt in die Berge oder ans Meer den nachfolgenden Verkehr beobachtete. Appaz und Kerschkamp rechneten sich aus, wie viele Käfer man für die 63 500 Mark, die der Pullmann kostete, kriegen würde. Oder wie viele Motorroller von Heinkel. Kerschkamps Vater hatte einen solchen Heinkel-Roller, schneeweiß, mit zwei zusätzlichen verchromten Scheinwerfern an der Lenkstange. Einmal, als er noch klein genug war, um zwischen seine Eltern auf den Sitz zu passen, waren sie damit sogar bis zum Gardasee nach Italien gefahren, hatte Kerschkamp erzählt.

Zwei Tage vor Ferienende fuhr Appaz' Mutter mit Appaz zum Gottfried-Wilhelm-Gymnasium, damit er sich mit dem Schulweg vertraut machen konnte, den er demnächst täglich würde zurücklegen müssen. Am Klingerplatz über die Ampelkreuzung, mit der Linie 7 oder 3 in Richtung Stadt, bis zur Haltestelle Hammersteinstraße. Die Sammelkarten für Schüler kosteten dreißig Pfennig, waren gelb und wurden von einem Schaffner oder vom Fahrer selbst abgestempelt, die Straßenbahn war beige mit dunkelrot abgesetzten Kanten, die geteilte Frontscheibe schon nicht mehr senkrecht, sondern aerodynamisch nach hinten geneigt. Wenn Leute einstiegen, die älter als man selber waren, hatte man grundsätzlich aufzustehen, das wusste Appaz bereits von den Einkaufsfahrten in die Innenstadt.

Manchmal waren auf der Linie 7 auch noch die alten Wagen mit den beidseitigen Holzbänken eingesetzt, bei denen der Schaffner mit einem kurzen Ruck an der Zugleine über den Sitzreihen das Klingelsignal zum Anhalten oder Weiterfahren gab. Appaz gefiel vor allem das rote »Zugluft-Schild« an der Schiebetür am Gangende: »Bitte vordere Wagentür nicht während der Fahrt öffnen«, die einzelnen Buchstaben des Wortes »Zugluft« waren jeweils nach links mit ausfransenden Pinselstrichen versehen, als könnten sie sich nur mit Mühe im Wind halten. Auf einem Emailleschild unter dem Fenster stand: »Bitte nicht in den Wagen spucken!«

Appaz fand es peinlich, dass seine Mutter, kaum dass sie auf ihren Plätzen saßen, einem wildfremden Mann erzählte, dass sie zum Gottfried-Wilhelm-Gymnasium fuhren, wo Appaz in Kürze in die 5. Klasse käme. Der Mann nickte freundlich in Appaz' Richtung, bevor er sich zu Appaz' Mutter beugte und ihr vertraulich – aber für

Appaz deutlich hörbar – zuflüsterte, er sei mit seinem Sohn auf dem Weg zum Arzt. Er zeigte auf den jungen Mann neben sich, der so tat, als würde er nicht dazugehören. Er war vielleicht Anfang zwanzig, hatte blonde Haare, die ihm bis über die Augen fielen, und eine auffällig karierte Hose an. Und er veränderte immer wieder seine Sitzhaltung, als hätte er Schmerzen.

»Hodenbruch«, erklärte sein Vater.

»Oje«, sagte Appaz' Mutter mitfühlend.

Appaz war froh, dass er an der nächsten Haltestelle aufstehen konnte, um einer älteren Frau seinen Platz anzubieten. Er hatte keine Ahnung, was genau ein Hodenbruch war, geschweige denn, wie man einen bekam.

Das Gottfried-Wilhelm-Gymnasium war in der Röntgenstraße, Appaz' Mutter erklärte ihm, ein Wilhelm Conrad Röntgen habe 1895 die nach ihm benannten Strahlen entdeckt und dafür den Nobelpreis für Physik erhalten – falls man Appaz in der Schule danach fragen sollte. Für Appaz waren die Röntgenstrahlen ungefähr so schwer vorstellbar wie Hodenbrüche.

Gottfried Wilhelm war ein Philosoph gewesen, darüber hatten sie schon zu Hause gesprochen, und der blonde Typ mit der karierten Hose studierte Philosophie, wie sein Vater Appaz' Mutter erzählt haben musste, während Appaz noch über die Sache mit dem Hodenbruch grübelte. Vielleicht würde Appaz ja später auch mal Philosophie studieren, meinte seine Mutter und legte ihm aufmunternd den Arm um die Schultern, bevor sie am Eingang zum Gymnasium wieder kehrtmachten und in einem kleinen Café mit vom Zigarettenqualm vergilbten Gardinen jeder ein Stück Käsekuchen aßen, der Appaz aber nicht so gut schmeckte wie der, den seine Mutter selber backte.

Auf dem Weg zurück zur Straßenbahn roch es nach frischem Spekulatius, zwei Straßen weiter war die Bahlsen-Keksfabrik. Eine Nachbarin arbeitete bei Bahlsen, sie hatte eine Einkaufskarte, mit der man für wenige Pfennige bei der Produktion beschädigte Kekse in großen, gelblich-weißen Papiertüten bekommen konnte. Diese Einkaufskarte machte reihum die Runde unter den Nachbarsfrauen, auch Appaz' Mutter hatte schon mehrmals »Bruch« geholt. Am liebsten mochte Appaz die Bruchstücke von »Russisch Brot«, die er dann auf dem Küchentisch wieder zu vollständigen Buchstaben zusammenzusetzen versuchte.

Am Abend vor seinem ersten Schultag auf dem Gottfried-Wilhelm-Gymnasium klagte Appaz über Bauchweh, bis seine Mutter sich zu ihm setzte und ihm ein Kapitel aus Marie Hamsuns »Die Langerud-Kinder« vorlas. Die Geschichte spielte in Norwegen, wo Appaz' Vater im Krieg gewesen war. Appaz' Mutter erzählte, dass die Bauernhäuser in Norwegen in der gleichen dunkelroten Farbe gestrichen waren, die auch sein Vater für die Laube in ihrem Schrebergarten ausgewählt hatte. Appaz stellte sich vor, wie er und Kerschkamp mit Einar und Ola am Fluss hinter der dunkelroten Scheune spielten und zusammen die große Birke aus dem Wasser fischten, um genug Feuerholz für den Winter zu haben. Und er und Kerschkamp waren es dann auch, die Einar mutig vor dem Ertrinken retteten, während Ola nur dastand und vor Angst die Hosen voll hatte. Appaz fand Ola ziemlich blöd.

Am nächsten Morgen war Appaz fast schlecht vor Aufregung. Nur mit Mühe schaffte er es, seinen üblichen Brei aus Haferflocken und heißer Milch – mit einer in dicke Scheiben geschnittenen Banane – wenigstens zur

Hälfte zu essen, dann half ihm seine Mutter in die Träger des neuen Schulranzens und brachte ihn bis zur Haltestelle. Kerschkamp stand schon da und hob kläglich grinsend die Hand, als er Appaz kommen sah. Er trug jetzt eine Brille mit schwarzem Gestell, hinter deren getönten Gläsern das Glasauge kaum noch als solches zu erkennen war.

Auf der Fahrt blieben sie dicht nebeneinander im Gang stehen, obwohl genug Sitzplätze frei waren. Eine Frau schimpfte über ihre Schulranzen, die den Weg versperren würden. An der Haltestelle des Mädchen-Gymnasiums sahen sie Karin und Trixi, die aus dem hinteren Wagen stiegen und kichernd Hand in Hand zum Zebrastreifen liefen.

»Die haben es gut«, sagte Kerschkamp unvermittelt. »Mädchen-Gymnasium ist bestimmt einfacher als bei uns.«

Appaz nickte.

Auf dem Weg zur Röntgenstraße überlegte er, wer von den anderen Schülern, die mit ihnen unterwegs waren, wohl in ihrer Klasse sein würde. Er war froh, dass Kerschkamp bei ihm war. Kerschkamp war so groß, dass man sie ganz bestimmt in Ruhe lassen würde, trotz der Brille, die mit Sicherheit Anlass zu hämischen Kommentaren geben würde. Dieser Gedanke musste auch Kerschkamp schon gekommen sein, kurz vor der Schule hielt er Appaz am Arm fest und erklärte: »Wenn einer was wegen meiner Brille sagt, haue ich ihm einfach eine. Der Brillenträger hat immer den ersten Schlag, das weißt du ja.«

In der Pausenhalle wurden sie von einem Mann mit einer schwarzen Hornbrille in Empfang genommen, die Kerschkamps Brille zum Verwechseln ähnlich sah. Sie mussten sich in Zweierreihen aufstellen, ein paar der älteren Schüler, die vorbeikamen, lachten sie aus und riefen: »Fünfte Klasse, Nuckelflasche!«

Von weitem sah Appaz eine Gruppe Oberstufenschüler, die Haare bis auf den Hemdkragen hatten. Einer trug eine Hose, die aussah wie eine vollgekleckste Malerhose, als Schultasche hatte er einen Lederbeutel mit langen Fransen über der Schulter.

»Hippies«, sagte Kerschkamp. Seine Stimme klang verächtlich.

Appaz wusste, dass Hippies so etwas waren wie die Gammler. Sein Vater hatte von den Gammlern erzählt, die auf dem Georgsplatz, wo er und seine Kollegen im Sommer ihre Mittagspausen verbrachten, die Bänke blockiert und für allgemeinen Unmut gesorgt hatten. Mehrmals waren sogar Angestellte der Stadt dagewesen und hatten den gesamten Platz mit scharf riechenden Desinfektionsmitteln eingesprüht, aber kaum waren die Bänke abgetrocknet, waren auch die Gammler zurückgekehrt. »Gammler lassen sich trotz Säuberungsaktion nicht vertreiben«, hatte in der Zeitung gestanden, und Bundeskanzler Ludwig Erhard hatte versprochen »Solange ich regiere, werde ich alles tun, um dieses Unwesen zu zerstören«. Appaz' Mutter hatte erzählt, wie schnell man sich irgendwo »Läuse holen« konnte. Allein die Vorstellung, dass ihr Mann womöglich seinen Mittagskaffee auf einer zuvor von Gammlern besetzten Bank getrunken hatte, schien bei ihr nachhaltiges Entsetzen hervorzurufen.

»Guck mal«, sagte Kerschkamp plötzlich und rammte Appaz seinen Ellbogen in die Seite. Er zeigte auf ein Schwarzweiß-Foto, das als Vergrößerung an der Wand neben ihnen hing. Auf dem Foto war das Kollegium des

Gottfried-Wilhelm-Gymnasiums abgebildet, eine Gruppe von älteren Herren in dunklen Anzügen, die, auf der Treppe vor dem Schulgebäude aufgereiht, starr und ohne ein Lächeln in die Kamera blickten, als müssten sie irgendeiner unklaren Bedrohung standhalten. Ganz vorne erkannte Appaz den Mann mit der schwarzen Hornbrille, offensichtlich der Schulleiter, links und rechts von ihm standen die beiden einzigen Frauen des Kollegiums, beide in grauen Kostümen mit weit über die Knie reichenden Röcken und nahezu identisch ondulierten Haaren.

Der Schulleiter hieß Dr. Siegfried, wie Appaz auf der Namensliste sah.

Hinter Dr. Siegfried her marschierten sie jetzt in die Aula und verteilten sich auf die Stuhlreihen, ihre Schulranzen stellten sie zwischen ihre Beine. Kerschkamp schwitzte stark, rechts von Appaz setzte sich ein Junge hin, dessen Fingernägel bis aufs Blut abgekaut waren.

Dr. Siegfried betrat das Podium, auf dem ein Rednerpult stand, links vor den Fenstern versammelte sich die Gruppe der Klassenlehrer, die sie bekommen würden. Auch eine der beiden Frauen war dabei und ein kleiner, dicker Lehrer, der über seinem Anzug einen weißen, bis zum Hals durchgeknöpften Kittel trug. Genau vor dem Bauch fehlte ein Knopf, und der Kittel klaffte weit auseinander.

Der Junge neben Appaz kicherte und schob seine Finger in den Mund.

Dr. Siegfried begrüßte sie. Sie seien jetzt auf einer Schule mit einer langen Tradition, er könne nur hoffen, dass sie dem Namen Gottfried Wilhelm alle Ehre machen würden, es läge jetzt an jedem Einzelnen von ihnen, was er mit den ihm gebotenen Chancen anfing. Und: Die Schüler des Gottfried-Wilhelm-Gymnasiums hätten es nicht nötig, arrogant zu sein, sie seien »privilegiert« allein durch die Zugehörigkeit zur Gemeinschaft der »Gottfried-Wilhelmer«, das sei gerade in Zeiten wie diesen wichtiger denn je, »wenn humanistische Werte und Bildungsideale plötzlich nichts mehr gelten sollen ...«

»Was?«, fragte Kerschkamp laut, wurde aber sofort von der Lehrerin niedergezischt und suchte mit rotem Kopf Deckung hinter den Schultern seines Vordermannes.

Dr. Siegfried verlas nun eine Liste mit Namen, nach der sie in die einzelnen Klassen aufgeteilt wurden. Appaz und Kerschkamp kamen beide in die 5d, der Klassenlehrer war der Dicke mit dem weißen Kittel, er hieß Löffler. Oberstudienrat Löffler.

Auch Buchmann kam in ihre Klasse. Buchmann wohnte zwei Eingänge neben Appaz, sein Vater arbeitete in der gleichen Versicherung wie Appaz' Vater. Sie waren auch im gleichen Kegelverein, der sich jeden Freitagabend im »Gasthaus zur Eiche« in der Silberstraße zusammenfand. Buchmann hatte Appaz mal im Winter mit einer Wäscheleine an einen Laternenpfahl gebunden und mit Schneebällen beworfen. Und Appaz hatte sich gerächt, indem er ihm – Wochen später – aufgelauert und ihn dann von hinten vom Fahrrad gestoßen und seinen Kopf in eine Pfütze gedrückt hatte, bevor er schnell weggelaufen war.

Jetzt nickte Buchmann ihm mit einem unsicheren Lächeln zu.

Appaz nickte zurück.

»Per aspera ad astra«, schloss Dr. Siegfried seine Begrüßung, »durch Mühen zu den Sternen, denkt immer daran, dass ihr hier für euer späteres Leben lernt, ich wünsche euch viel Erfolg für die vor euch liegende Schulzeit.«

Er schob seine Zettel zusammen. Im gleichen Augenblick meldete sich der Junge rechts neben Appaz, seine Hand mit den blutigen Fingerkuppen streckte sich zitternd nach oben und blieb auf halber Höhe unentschlossen hängen.

Dr. Siegfried guckte irritiert und erteilte mit einem Nicken die Erlaubnis zum Sprechen.

»Ich ... mein Name ...«, stotterte der Junge hilflos.

»Lauter«, forderte ihn Dr. Siegfried auf.

»Ich bin nicht drangekommen. Mein Name war nicht dabei.«

»Wie heißt du?«

»Klaus-Dieter ...«

»Nachname!«

»Brennecke. Klaus-Dieter Brennecke.«

Dr. Siegfried überflog erneut die Namensliste.

»5d«,erklärte er mit einem Gesichtsausdruck, als wäre es die Schuld des Jungen, dass er ihn vergessen hatte.

»Dann bin ich bei euch«, flüsterte Klaus-Dieter und wirkte deutlich erleichtert.

Appaz versuchte, so was wie ein Grinsen zustandezubringen, obwohl ihm nicht nach Grinsen zumute war und er Klaus-Dieter mit seinen abgebissenen Fingernägeln auch nicht unbedingt mochte, geschweige denn zum Freund haben wollte.

Oberstudienrat Löffler trat vor und hielt die Hände wie einen Trichter vor seinen Mund: »Fünfte Dora, antreten!«, brüllte er über die Sitzreihen hinweg.

»Das sind wir«, sagte Kerschkamp.

Sie nahmen ihre Schulranzen und drängten sich aus der Reihe.

»Fünfte Dora, Abmarsch!«, brüllte Löffler, als sie vollzählig waren, und sie folgten ihm – wiederum in ordentlicher Zweierreihe – aus der Aula hinaus und quer über den Pausenhof. Appaz und Kerschkamp bildeten das Schlusslicht, Klaus-Dieter war ein Stück weiter vorn gelandet.

Unter dem einzigen Baum auf der geteerten Fläche stand ein Denkmal, ein einfacher Stein mit der Aufschrift: »Unseren Toten«. Davor lagen zwei Kränze, deren Blumen lange schon verwelkt waren.

Als sie den Seitenflügel betraten, in dem sich ihr Klassenraum befand, merkte Appaz, dass er seine Jacke in der Aula vergessen hatte. Ohne zu überlegen, scherte er aus der Reihe aus und rannte zurück, gerade noch, dass er Kerschkamp zurief: »Ich hab meine Jacke vergessen, bin gleich wieder da!« In der Pausenhalle kam ihm die nächste Klasse entgegen, sie wurde von der Lehrerin angeführt, die Appaz mit einem raschen Schritt zur Seite stoppte und ihm zwei schallende Ohrfeigen verpasste: »Hier wird nicht gerannt! Das Rennen ist im gesamten Schulgebäude verboten!«

»Aber …«, stotterte Appaz entgeistert und hielt sich die brennende Wange, »ich wollte doch nur … ich habe meine Jacke in der Aula vergessen, tut mir leid.«

»Merk es dir einfach«, sagte die Lehrerin, ohne auf Appaz' Erklärung zu reagieren, »beim nächsten Mal schreibst du die Hausordnung ab und meldest dich beim Direktor!«

Appaz' Jacke lag noch auf seinem Stuhl, aber natürlich kam er zu spät in die Klasse, alle anderen saßen schon. Oberstudienrat Löffler zeigte wortlos auf den freien Platz neben Klaus-Dieter. Gleich in der ersten Reihe ganz links außen. Die Sitzordnung folgte der alphabetischen Abfolge ihrer Namen, Appaz war der einzige Schüler, dessen Name mit A begann, nach Brennecke kam Buchmann.

2

Als Appaz in Kerschkamps verbeulten Volvo einsteigt, dröhnen ihm die Kinks entgegen: *»Everybody's a dreamer, everybody's a star ...«* Und anstelle irgendeiner Form von Begrüßung legt Kerschkamp sofort mit einem seiner erklärten Lieblingsthemen los – dass die Kinks das beste Beispiel dafür sind, dass die Scorpions nichts taugen. Egal wie fragwürdig Kerschkamps Schlussfolgerung auch sein mag, entbehrt sie doch nicht einer gewissen Logik: »Du brauchst nur ein einziges Mal ›Celluloid Heroes‹ von den Kinks hören, um zu begreifen, dass ›Wind of Change‹ keine Rockballade, sondern bestenfalls billige Autoscooter-Musik ist«, regt er sich auf, während er gleichzeitig den Gang reinwuchtet und Gas gibt.

Appaz nickt nur. Kerschkamps Begeisterung für Ray Davies und die Kinks ist genauso bekannt wie die Tatsache, dass die Scorpions auf seiner persönlichen Worst-of-Music-Liste womöglich sogar noch vor Heinz Rudolf Kunze rangieren. Aber die Geschichte, die Kerschkamp gleich darauf zum Besten gibt, ist auch für Appaz neu.

»Da war ich Ostern mit Susanne und den Kindern zum Skilaufen«, erzählt er, »wieder da in Österreich, du weißt schon, wo wir immer hinfahren. Und dann hocken wir auf irgend so einer Berghütte und lassen uns die Ohren zudröhnen von dem Mist, den sie da immer spielen. Und jetzt halt dich fest, erst kommt ›Meiner hat zwanzig Zentimeter‹ oder so was und dann ›Wind of Change‹. Da hast du es doch, genau das ist es, was ich meine!«, erklärt er, während er einem Radfahrer rücksichtslos die Vorfahrt nimmt, »Bumsmusik, nichts anderes! – Hier, lies dir den Scheiß doch mal durch ...«

Kerschkamp zeigt auf die Stapel aus einzelnen Zeitungsseiten, die auf dem Armaturenbrett liegen. Als Appaz ihn verständnislos ansieht, beugt er sich vor und wühlt mit einer Hand zwischen den Ausschnitten, bis er gefunden hat, was er sucht. »Hier, das ist echt der Hammer! Lies mal!«

Er hält Appaz einen Artikel hin und reißt gleichzeitig das Lenkrad herum, um schlingernd auf die Hauptstraße einzubiegen.

Appaz klammert sich am Türgriff fest. Er ist lange nicht mehr mit Kerschkamp im Auto unterwegs gewesen und hat fast vergessen, dass Kerschkamps Fahrstil einiges zu wünschen übrig lässt. Wenn auch der Volvo im Gegensatz zu ihrem alten VW-Bus von damals selbst grobe Fahrfehler gutmütig zu verzeihen scheint. Wäre ich bloß selber gefahren, denkt Appaz dennoch, und: Wenn er so weitermacht, muss ich irgendwas sagen, auch auf die Gefahr hin, dass er dann sauer ist. Aber ich habe keine Lust, am nächsten Laternenpfahl zu landen!

»Lies mal!«, wiederholt Kerschkamp, nachdem er den Volvo von den Straßenbahnschienen zurück auf die Fahrbahn gezwungen hat. »Die wichtigsten Stellen habe ich angestrichen ...«

Es geht um irgendeinen Bericht aus der hannoverschen Tageszeitung, der überschrieben ist mit »Der Soundtrack für die Revolution«. Darunter sind ein Bild von den Anfängen der Scorpions in den sechziger Jahren und ein Interview mit Klaus Meine, wie er das Jahr 1968 als Panzerjäger bei der Bundeswehr in Schwanewede bei Bremen erlebt hat.

Kerschkamp hat einzelne Sätze aus Meines Antwort dick mit einem gelben Filzstift markiert.

»Ich war nicht der Typ, der sich mit allen Mitteln um diese Verantwortung drückte«, fängt Appaz an zu lesen. Weiter kommt er nicht.

»Alles klar?«, fragt Kerschkamp. »Der ist auch noch stolz darauf, dass er beim Bund war! Ich habe mich nicht um diese Verantwortung gedrückt! Das ist doch unglaublich. Der sagt doch nichts anderes als dass alle, die den Scheiß nicht mitgemacht haben, Drückeberger waren. Und das sagt er heute noch, das ist das Schlimmste daran! Damit macht er alles platt, was damals an guten Sachen gelaufen ist. Und außerdem ist er ein Frog!«, setzt er hinzu und bringt den Volvo im letzten Moment vor einer Ampel zum Stehen, die schon seit geraumer Zeit Rot zeigt.

»Ein was?«, fragt Appaz irritiert und reibt sich über die Stelle an seiner Schulter, wo sich der Sicherheitsgurt bei Kerschkamps Vollbremsung gestrafft hatte.

»Ein Frog«, wiederholt Kerschkamp. »F-R-O-G, friend of Gerd, alles klar? Schröder, Mann, unser Ex-Kanzler!«

Die Ampel springt auf Grün. Aber Kerschkamp macht keine Anstalten loszufahren. Stattdessen nimmt er beide Hände zu Hilfe, um Schröders Freunde aufzuzählen.

»Erstens, ein Bauunternehmer, der mit verblüffender Regelmäßigkeit immer wieder wegen irgendwelcher Umweltskandale in der Presse auftaucht, zweitens, ein

Finanzoptimierer, der mittlerweile rund eine Milliarde Euro Privatvermögen auf der hohen Kante hat, drittens, der Bumsmusik produzierende Meine, viertens, irgend so ein Havanna-Zigarren rauchender Rechtsanwalt ...«

Der Wagen hinter ihnen hupt.

»Ja, ist ja gut, reg dich ab«, sagt Kerschkamp und lässt mit einem Ruck die Kupplung kommen, sodass der Volvo aufheulend über die Kreuzung schießt. Nachdem Kerschkamp ruckartig geschaltet hat, nimmt er immerhin die Hände wieder ans Lenkrad. Appaz stößt erleichtert die Luft aus.

»Wo war ich stehengeblieben?«, fragt Kerschkamp. »Ach ja, ich weiß schon wieder, Schröders Freunde. Da unten, habe ich alles gesammelt ...«

Er zeigt auf die Matte vor Appaz' Füßen, auf der sich noch mehr Zeitungsartikel stapeln.

»Alles! Wie Schröder zu seinem Geburtstag mit Gottschalk und Karl Dall und natürlich wieder dem singenden Panzerjäger Tischfußball gespielt hat. Und wie irgendein Sternekoch in einem Luxusschrebergarten Bratwürstchen für die Frogs gegrillt hat. Luxusschrebergarten, achte drauf, Alter! Und wie Schröder auf einer Party für den Finanzoptimierer mit Veronica Ferres und Ex-Spice Girl Mel C. ...«

»Was soll das eigentlich?«, unterbricht ihn Appaz, während er nervös beobachtet, wie sich der Volvo schon wieder bedenklich den Straßenbahnschienen nähert. »Warum sammelst du das ganze Zeug?«

»Alles Material für ein neues Buch! Wir machen mal was ganz anderes, habe ich mir überlegt, wollte ich dir eigentlich neulich schon erzählen, aber dann warst du ja plötzlich echt weggetreten. Mann, du hattest vielleicht einen im Kahn! Aber ich auch. Aber ist ja auch egal, der Titel steht jedenfalls schon, für unser Buch, meine ich. Frogs, ist ja klar, in Großbuchstaben, F-R-O-G-S, und wir nehmen uns alle vor, jeden Einzelnen von ihnen, die ganze Bande, auch Heinz Rudolf! Schon gut, sag nichts, ich weiß, dass der nicht zu den Freunden von Schröder gehört, aber andererseits irgendwie doch wieder, verstehst du? Er muss jedenfalls unbedingt mit rein in unser Buch ...«

»Warte mal«, sagt Appaz in der durchaus berechtigten Sorge, dass Kerschkamp gleich auch noch auf die angeblich getönten Haare des Ex-Kanzlers oder seine frühere Vorliebe für die Currywürste im Voss kommt. »Wer soll das Ganze hinterher lesen? Wenn wir ein neues Buch machen, sollte es schon irgendwas sein, das wenigstens ein paar Leute interessiert.«

»Wie, wer soll das hinterher lesen? Die ganze Republik natürlich! Das wird für Monate ganz oben auf der Spiegel-Liste stehen, das sage ich dir, du.«

»Aber das interessiert keinen«, wiederholt Appaz. »Außer vielleicht ein paar Leute in Hannover. Sonst gibt es sowieso niemand mehr, der Heinz Rudolf noch kennt.«

»Was?«

Kerschkamp zieht den Volvo mit quietschenden Reifen nach rechts und bringt ihn mit dem Vorderrad auf der Bordsteinkante zum Stehen.

»Du meinst, die Leute kennen Heinz Rudolf Kunze nicht mehr?«, fragt er entgeistert.

»Tausendmal berührt, tausendmal ist nichts passiert«, sagt Appaz.

»Warte mal!«, ruft Kerschkamp. »Das ist doch gar nicht von Heinz Rudolf, das ist doch von ...«

»Eben. Aber es interessiert sowieso keinen mehr, das meine ich damit.«

»Aber die Scorpions, Alter!«, setzt Kerschkamp wieder an.

»Auch schon länger her, oder?«

»Mann, du kannst einen aber auch echt fertig machen.« Kerschkamp haut mit der flachen Hand aufs Lenkrad. »Und Schröder, fällt dir dazu auch irgendwas ein?«

»Nur dass ganz bestimmt keiner wissen will, ob er mit irgendwelchen Rechtsanwälten Tischfußball spielt.«

»Vielleicht hast du recht«, gibt Kerschkamp nach kurzem Zögern zu. »Ist nur schade eigentlich. Ist eine Menge gutes Material dabei, du, das kannst du mir glauben ...«

Ein bisschen wehmütig blickt er auf die Zeitungsausschnitte zu Appaz' Füßen und auf dem Armaturenbrett. »Aber die Sache ist noch nicht vom Tisch, Alter, lass uns da trotzdem nochmal drüber nachdenken ...«

»Apropos Rechtsanwälte«, hakt Appaz schnell ein, weil er befürchtet, dass Kerschkamp sich sonst unerbittlich an dem einmal gefundenen Thema festbeißt, »apropos Rechtsanwälte«, sagt er also, »was meinst du, wie viel Leute von uns werden wohl Rechtsanwälte geworden sein?«

»Keine Ahnung. Nurminski ist Kinderpsychologe, das hat mir irgendjemand erzählt. Und Buchmann ist Lehrer geworden, glaube ich jedenfalls. Aber Rechtsanwalt? Keine Ahnung«, wiederholt Kerschkamp. »Höchstens Nolle vielleicht, der hatte schon damals irgendwas Perverses ...«

»Nölle«, korrigiert Appaz und schüttelt den Kopf. »Nölle ist Pathologe geworden.«

»Ach, echt? Na ja, sag ich doch, passt doch. Aber das werden wir ja gleich hören, was der Rest so macht. Versicherung wahrscheinlich. Oder Bank. Und jede Menge Computer-Fuzzis, aber irgendeiner ist auch garantiert Rechtsanwalt. Trotzdem, Alter«, ruft er dann und haut Appaz begeistert aufs Knie, »ich wette, die Einzigen, die immer noch lange Haare haben, sind wir beide!«

Kerschkamp fädelt sich wieder in den fließenden Verkehr ein, indem er einfach den linken Arm aus dem Fenster hält und Gas gibt.

Als Ray Davies *»I'm not like everybody else«* singt, stellt Appaz die Musik noch lauter, als sie ohnehin schon ist. Aber so hört er wenigstens das wütende Gehupe hinter ihnen nicht mehr.

Sie sind tatsächlich auf dem Weg zu diesem Klassentreffen, von dem Kerschkamp im Voss erzählt hat. Gleich am nächsten Tag hat er noch mal bei Appaz angerufen und so lange ein mehr oder weniger haarsträubendes Argument nach dem anderen vorgebracht, bis Appaz schließlich zusagte, wenn auch mit deutlich gemischten Gefühlen. Die Zeit auf dem Gymnasium war nicht gut gewesen, und er sah eigentlich keinen Grund dafür, das alles noch mal aufzuwärmen. Andererseits reizte es ihn plötzlich, ein paar Leute von früher wiederzusehen. Und zusammen mit Kerschkamp könnte das Ganze vielleicht sogar Spaß machen. Hat er neulich am Telefon noch gedacht.

Jetzt ist er sich nicht mehr so sicher. Kerschkamp scheint nicht gerade sonderlich gut drauf zu sein. Appaz kennt solche Phasen bei ihm schon, immer wenn Kerschkamp irgendwelche Probleme hat, neigt er dazu, anderen unbedingt die Welt erklären zu wollen. Und die Idee jetzt mit dem Buch über Schröder und Schröders Freunde aus der Boulevard-Presse läuft genau in diese Richtung. Kerschkamp regt sich über irgendetwas auf, was eigentlich völlig ohne Bedeutung ist, und will gleich blindlings um sich schlagen: Wir nehmen sie uns alle vor, jeden Einzelnen von ihnen! Aber wozu, denkt Appaz, es ist ein Unterschied, ob wir uns abends in der Kneipe darüber einig sind, dass in den letzten zehn oder zwanzig Jahren ein paar Sachen deutlich aus dem Ruder gelaufen sind, ohne dass wir es eigentlich so richtig mitgekriegt haben, oder ob wir deswegen gleich alle von unserer Sicht der Dinge überzeugen wollen. Und wenn, dann bestimmt nicht mit einem Buch über den Ex-Kanzler und den singenden Panzerjäger, von Heinz Rudolf mal ganz zu schweigen. Das ist kleinlich und riecht verdammt nach Frustration, denkt er, und womöglich nach Neid. Das haben sie nicht nötig. Sie haben es ja beide hingekriegt, sie schaffen ganz gut den Spagat, das nötige Geld zum Leben zu verdienen, ohne ihre Haltungen aufzugeben. Und dass sie sich hartnäckig allem verweigern, was nach Karriere riecht, das wollen sie so und können es wahrscheinlich auch gar nicht anders. Also haben sie auch keinen Grund, sich zu beschweren, nicht wirklich jedenfalls. Andererseits ist es wichtig, die Wut zu behalten und immer wieder das Maul aufzumachen, da hat Kerschkamp schon recht. Sonst würden sie über kurz oder lang entweder einfach nur resignieren oder in selbstgefälliger Versunkenheit Whiskey schlürfend vor dem offenen Kaminfeuer sitzen, das sie beide nicht haben …

Drei Romane hat Appaz bisher abgeliefert, zwei Theaterstücke, zwei Hörspiele. Von denen das eine immerhin einen Preis gewonnen hat, der ihm ermöglicht hat, eine

Weile lang einfach so vor sich hinzuschreiben, ohne ständig Sorge haben zu müssen, dass die eher mageren Vorschüsse nicht bis zum nächsten Vertrag reichten. Von den Verkaufszahlen allein kann er nicht leben, aber mit Hilfe einer wöchentlichen Glosse in einer überregionalen Frauenzeitschrift und zwei bis drei Jerry-Cotton-Heften pro Jahr kommt er ganz gut über die Runden. Sowohl die Glosse als auch den Jerry Cotton schreibt er unter verschiedenen Pseudonymen, bis auf Kerschkamp und Appaz' frühere Frau weiß kaum jemand etwas von diesen schriftstellerischen Nebenschauplätzen, und das soll möglichst auch so bleiben.

Kerschkamp arbeitet als Fotoreporter für eine Bildagentur. Trotz oder vielleicht gerade wegen des Glasauges hatte er damals nach der Schule alles daran gesetzt, eine Ausbildung zu machen, die für ihn eher nicht in Frage zu kommen schien. Und er hat es geschafft. Auch finanziell kann er nicht klagen, zumal Susanne als Übersetzerin regelmäßig etwas dazuverdient. Aber sie haben auch drei halbwüchsige Kinder mit ziemlich teuren Hobbys, vor kurzem erst ist die Rede davon gewesen, dass Kerschkamps Älteste ein Pferd bekommen soll. Appaz ist froh, dass seine Tochter nie auf diesem Trip war. Obwohl sie sich seit Neuestem anscheinend für alles interessiert, was mit Snowboarden oder Surfen zu tun hat – und soweit Appaz weiß, kann auch das eine Menge Geld kosten. Wenn sie am nächsten Wochenende wieder bei ihm ist, wird er mal mit ihr darüber reden, was sie überhaupt so vorhat. Noch drei Wochen, dann würde sie ihr Abi in der Tasche haben. Und sie hat mal irgendwas gesagt, dass sie im Sommer vielleicht gerne eine Zeitlang an dem neuen Projekt mitarbeiten würde, das er mit Kerschkamp geplant hat.

Vor einigen Jahren haben Appaz und Kerschkamp nebenher einen Kleinst-Verlag für schräge Bildbände gegründet, Kerschkamp liefert die Fotos und Appaz schreibt die Texte, das Layout machen sie gemeinsam. Mit einigen Titeln sind sie ziemlich auf die Nase gefallen, sie haben immer noch eine Garage voll mit nicht verkauften Exemplaren, aber ihr Hit ist ein Buch über Badezimmer, »Der Deutsche auf dem Klo«, das mittlerweile in der vierten Auflage erscheint. Als Nächstes will Appaz unbedingt ein Buch über Turnschuhe machen, »Stinkfoot« ist der Arbeitstitel. Dass Kerschkamp jetzt plötzlich mit der völlig hirnrissigen Ex-Kanzler-Idee ankommt, ärgert Appaz. Manchmal ist es schwierig, mit Kerschkamp zu arbeiten.

Anstrengend, denkt Appaz. Genauso anstrengend, wie neben ihm im Auto zu sitzen. Und dunkel zu ahnen, dass Kerschkamp in seiner momentanen Stimmung es wahrscheinlich darauf anlegen wird, auf dem Abitreffen allen endlich mal die Meinung zu sagen. Während er selber gar nicht weiß, ob ihm wirklich daran gelegen ist, die Rechnung, die sie beide mit den anderen noch offen haben, nach so vielen Jahren jetzt zu begleichen.

Vielleicht wäre es sinnvoller, das alles zu vergessen und nach vorne zu blicken, denkt er, und macht gleich darauf die Augen zu, als vor ihnen die Einmündung auf den Schnellweg auftaucht und Kerschkamp den Volvo im dritten Gang bis an die Drehzahlgrenze zwingt.

Appaz tastet nach seinem Handy in der Jackentasche, das leicht vibriert. Das könnte sie sein, denkt er, obwohl sie es wahrscheinlich nicht ist, aber wenn doch, dann brauche ich wenigstens nicht mehr zu überlegen, wie ich sonst an ihre Nummer komme. Oder unter welchem Vorwand ich im Krankenhaus auftauchen kann.

Tatsächlich hat er schon erwogen, sich wie zufällig nach dem Alten mit dem Beil im Kopf zu erkundigen. Weil er gerade in der Nähe sei oder so was, aber er hat Bedenken gehabt, dass der Alte vielleicht wirklich noch da ist und er dann nicht umhin kann, sich mit ihm zu unterhalten. Was nun absolut nicht das ist, was er eigentlich will …

Eine SMS. Von ihr!

»Sorry dass ich mich nicht schon eher gemeldet habe. Ich habe erst deine Karte suchen müssen. Du weißt ja, wie es auf meinem Schreibtisch aussieht.«

Quatsch, denkt Appaz, ich habe die Karte doch mittendrauf gelegt! Weiter …

»Hier ist die Hölle los. Lass mal was von dir hören. LG. Darleen«

Appaz fängt sofort an zu tippen.

»Was macht unser gemeinsamer Freund? Hast du noch was von ihm gehört?«

Das ist gut, denkt er. Das macht den Eindruck, als wäre ihm wirklich wichtig, was mit dem Alten mit dem Beil im Kopf passiert ist. Und außerdem knüpft es geschickt an ihr gemeinsames Erlebnis an. Nicht schlecht, denkt er, cool. Aber auch nicht zu cool.

»LG zurück. Kurt«

Und abschicken.

Offensichtlich hat sie erwartet, dass er sich sofort meldet. Ihre Antwort kommt innerhalb der nächsten Minute.

»Unser Freund war heute zur Nachuntersuchung hier. Diesmal nur mit einem blauen Auge und einer blutenden Lippe. Was machst du gerade?«

»Bin auf dem Weg zu einem Abitreffen«, tippt Appaz. »Weiß aber noch nicht, ob ich überhaupt Lust dazu habe.

Würde lieber in einem ganz bestimmten Arztzimmer sitzen und mir die Zunge an heißem Kaffee verbrennen.«

Nein, stopp! Das ist zu schnell, denkt er. Gar nicht cool. Weg mit dem letzten Satz. Löschen. So noch mal …

»Sag mal«, unterbricht ihn Kerschkamp. »Ist alles in Ordnung mit dir? An wen schreibst du da die ganze Zeit? Irgendjemand, den ich kenne?«

»Kennst du nicht. Hat was mit neulich nachts zu tun. Mit dem Typen mit dem Beil im Kopf, hab ich dir ja erzählt.«

»Und?«

»Nichts und. Bin gleich so weit.«

Er fängt wieder an zu tippen.

»Melde mich später noch mal. Grüß den zugekifften Zivi von mir. Kurt«

Bescheuert, denkt er, aber egal. Und ab damit.

»Scheint ja sehr wichtig zu sein«, meint Kerschkamp und wechselt auf die linke Spur, um einen BMW zu überholen, der sich überraschenderweise an die vorgeschriebene Geschwindigkeit hält.

Appaz schiebt das Handy zurück in die Jacke und grinst still vor sich hin. Kerschkamp platzt fast vor Neugierde. Aber er wird ihm nicht den Gefallen tun und irgendwas erzählen. Noch nicht. Vielleicht später. Wenn sie von diesem idiotischen Klassentreffen zurückkommen, zu dem er eigentlich immer weniger Lust hat.

Oberstudienrat Löffler unterrichtete sie in Mathe. Da er in der Oberstufe auch als Chemielehrer eingesetzt war, trug er den immer gleichen weißen Kittel, der sich über seinem gewaltigen Bauch spannte und mit jedem Tag bis zum Beginn der nächsten Ferien mehr Säureflecken aufwies. Nach den Ferien erschien Löffler dann in einem neuen Kittel, und Appaz und seine Mitschüler schlossen Wetten ab, wie lange der mittlere Knopf wohl diesmal halten würde. Löffler fuhr einen grauen NSU-Prinz, der stets auf Hochglanz poliert war. Eine Plakette neben dem hinteren Nummerschild wies Löffler als »Kavalier der Straße« aus. Appaz fand es irgendwie ungerecht, dass sein Vater keine solche Plakette an ihrem Käfer hatte.

Die erste Arbeit, die Appaz bei Löffler schrieb, war auch seine erste Fünf. Klaus-Dieter bekam eine Zwei und bot großzügig an, Appaz beim nächsten Mal abschreiben zu lassen. Was sich aber als schwierig erwies, da Klaus-Dieter Linkshänder war, und Appaz beim besten Willen nichts anderes sehen konnte als seine blutig gebissenen Fingerkuppen. Nach der nächsten Fünf setzte sich Appaz' Mutter jeden Nachmittag mit ihm an den Schreibtisch, um das große Einmaleins zu pauken. Appaz' Vater war deutlich irritiert, dass sein Sohn in Mathe versagte, schließlich hatte er selber doch jeden Tag mit endlosen Zahlenkolonnen zu tun und konnte nicht verstehen, wieso Appaz damit irgendwelche Schwierigkeiten haben sollte.

Dennoch hatte Appaz vor Löffler weniger Angst als vor den meisten anderen Lehrern, tatsächlich war Löffler der Einzige, der sie nicht mit verbaler oder körperlicher Gewalt bedrohte.

Der Erdkundelehrer schlich sich gern von hinten heran, während sie bemüht waren, in ihrem Diercke-Weltatlas die Bodenschätze in Mitteldeutschland aufzuspüren, und rammte ihnen dann mit einem kurzen

Schlag auf den Hinterkopf das Gesicht auf die Tischplatte.

»Hättest du gerade gesessen, wäre das nicht passiert«, war sein einziger Kommentar, als Kerschkamp sich die blutende Nase hielt. Und natürlich bekam Kerschkamp dann auch noch einen Eintrag ins Klassenbuch, »wegen unachtsamen Umgangs mit Unterrichtsmaterialien«, waren doch die mitteldeutschen Bodenschätze auf Kerschkamps Karte jetzt flächendeckend mit getrocknetem Blut gesprenkelt.

Tietemann, der Englischlehrer, neigte dazu, wahllos und unerwartet Backpfeifen zu verteilen, wenn sie nicht schnell genug die richtige Vokabel ausspuckten. Im Übrigen hatte er einigen von ihnen gleich in der ersten Stunde neue Namen gegeben, an denen er für die nächsten zwei Jahre unbeirrbar festhielt. Appaz war »Rindvieh«, Kerschkamp »Kamel« und Nurminski »Hornochse«.

Außerdem gab es noch »Dumpfbacke«,«Blödmann« und »Maulesel«, der »Menschenaffe« war für einen kleinen Dicken reserviert, der mit Nachnamen Nölle hieß. Klaus-Dieter hatte keinen Namen abbekommen und wurde, ebenso wie die anderen Namenlosen, auch gar nicht erst aufgerufen. Es war also besser, ein »Rindvieh« zu sein und damit wenigstens die Chance auf eine richtige Antwort und ein Pluszeichen im Zensurenbuch zu haben. Appaz und Nurminski konkurrierten dabei schon nach kurzer Zeit um die Führungsrolle, beide konnten noch vor den ersten Herbstferien Sätze wie »This is a hat. Is it Jack's hat?« korrekt mit »Yes, it is« beantworten. Und wenn Appaz abends stolz auf seine neu erworbenen Kenntnisse zu seinen Eltern sagte: »Good night«, antwortete sein Vater kaum weniger stolz mit »Sleep very well in your Bettgestell.«

Appaz' Vater nahm Appaz die Fünf in Musik übrigens nicht übel.

»Ich konnte auch nie singen«, sagte er nur, und damit war der Fall für ihn erledigt. Während diesmal Appaz' Mutter irritiert war, sie selber sang gerne und viel. Vor allem wenn sie im Herbst nach Baltrum fuhren und lange Strandwanderungen machten, griff sie nach Appaz' Hand und versuchte ihn jedes Mal zum Mitsingen zu animieren: »Wir lieben die Stürme, die brausenden Wogen, der eiskalten Winde raues Gesicht …«

Aber bei Musiklehrer Kunze wurde nicht gesungen, sondern sie mussten der Reihe nach ans Klavier treten und die verschiedenen Handzeichen für die einzelnen Noten vorführen. Oder die Noten zu den Handzeichen benennen. Machte einer von ihnen einen Fehler, zeigte Kunze die Faust mit dem nach unten gestreckten Daumen: »Kennst du dieses Handzeichen? Das heißt, du gehst moralisch zu Boden, mein Junge!« Danach musste der Schüler die Hände ausstrecken und bekam den Taktstock über die offenen Handflächen gezogen.

Vor allem aber sollten sie alle Blockflöte spielen. Appaz weigerte sich. Er wusste selber nicht, warum oder woher er überhaupt den Mut dazu nahm. Selbst seine Mutter konnte flehen und betteln, Appaz blieb bei seiner einmal getroffenen Entscheidung. Auch die Alternative, die Kunze ihm unerwartet anbot, mit einer »Melodica« am gemeinsamen Blockflötenspiel teilzunehmen, lehnte er rundweg ab.

Klaus-Dieter und auch Nölle hatten eine solche Melodica, und das Instrument mit seinen klavierähnlichen Tasten erschien Appaz nicht nur äußerst schwierig zu spielen, sondern auch absolut lächerlich. Was vor allem an dem olivgrünen Plastikkasten lag, den Klaus-Dieter in seinem Schulranzen mit sich herumschleppte und der Appaz noch schlimmer vorkam als die schottenkarierten Stoffhüllen für die Blockflöten.

Damit war allerdings endgültig jede Chance bei Kunze vertan, und für die nächsten zwei Jahre musste Appaz in jeder Musikstunde in der Ecke stehen. »Appaz, du guckst schon wieder frech. In die Ecke!«, war Kunzes regelmäßige Einleitung für diese Strafmaßnahme.

Mehr als nur einmal musste auch Kerschkamp in die Ecke, der trotz der getönten Brille offenbar ebenfalls etwas in seinem Blick hatte, was Kunze nicht gefiel. Dann grinsten sie sich heimlich zu und schnitten Grimassen, während Kunze seine Noten an die Tafel malte. Nur irgendwelche Liedtexte mit frei erfundenen Reimen zu verballhornen, trauten sie sich bei Kunze nicht.

Zu Hause kaufte Appaz' Mutter dem wohl gänzlich unmusikalischen Sohn in ihrer Not eine teure Hohner-Mundharmonika. »Unsere Lieblinge« war auf der braunroten Pappschachtel zu lesen, links und rechts des Schriftzuges waren in einem Oval die glücklichen Gesichter zweier Frauen zu sehen, die durchaus Ähnlichkeit mit Appaz' Mutter hatten. Die Rückseite zeigte das Foto eines Mundharmonika-Orchesters. Eine der Mundharmonikas war gut einen Meter lang und auf einem Stativ angebracht, der Spieler bewegte sich freihändig vor der Riesenharmonika hin und her. Auch Appaz' Mutter hatte früher beim »Bund Deutscher Mädel« Mundharmonika in einem Orchester gespielt. In einem Kriegslazarett, in dem schwer verwundete Wehrmachts-Soldaten für den nächsten Einsatz an der Front zusammengeflickt wurden und ein wenig Freude in all dem Elend bitter nötig hatten, wie Appaz' Mutter gerne erzählte.

Seiner Mutter zuliebe versuchte sich Appaz mehrere Nachmittage lang an »Hänschen klein«, bis ihnen beiden klar wurde, dass die Mühe vergeblich war.

Kaum besser erging es Appaz im Sportunterricht. Zu Beginn war Appaz noch stolz gewesen auf sein neues Turnzeug, blau und mit dem silbern glänzenden Emblem des Gottfried-Wilhelm-Gymnasiums, das seine Mutter ihm sorgfältig aufs Hemd genäht hatte. Aber schon in der ersten Stunde stellte sich heraus, dass die Hosenbeine zu weit geschnitten waren und kaum Halt für die Pennäler-Pimmel boten, so dass bei jeder unachtsamen Bewegung alles zu sehen war. Entgegen der eindeutigen Anweisung von Sportlehrer Zint trugen die meisten von ihnen ihr Turnzeug fortan mit einer Unterhose darunter, nur Klaus-Dieter schien das völlig egal zu sein, er zog seine blaue Turnhose sogar nachmittags zum Spielen an, ohne sich darum zu kümmern, dass sein kleiner Sack deutlich sichtbar aus dem Hosenbein baumelte.

Die Sportstunden liefen alle nach dem gleichen Schema ab. Zunächst mussten sie zehn Minuten im Kreis hintereinander her durch die Halle rennen, danach wurde Sitzfußball gespielt. Appaz fand Sitzfußball von Anfang an einfach nur albern. Er versuchte, möglichst unauffällig auf der einmal eingenommenen Position zu bleiben und darauf zu warten, dass der Ball zufällig in seine Richtung rollte. Aber Zint erkannte solche »Drückeberger« sofort und benutzte sein Schlüsselbund, um mit einem gezielten Wurf Appaz und andere »Weicheier« zu mehr sportlicher Leistung anzustacheln.

Der eindeutige Held des Sportlehrers war Buchmann, der begeistert mit seinem Hintern den Hallenboden polierte und mit Abstand die meisten Tore schoss.

Weshalb Buchmann dann auch als Auszeichnung in der großen Pause, während die anderen sich in dem stickigen Umkleideraum aus ihren verschwitzten Klamotten quälten, zum nächsten Kiosk sprinten durfte, um Zint sein tägliches Päckchen Roth-Händle zu besorgen.

Zint unterrichtete die älteren Schüler auch in Latein, die Unterstufenschüler kamen zunächst nur in den Genuss des zur Eröffnung jeder Sportstunde zitierten Satzes des römischen Dichters Juvenal, mens sana in corpore sano. »Ein gesunder Geist in einem gesunden Körper, schreibt euch das hinter die ungewaschenen Ohren, ihr kleinen Schwachmaten!« Zint wohnte ein Stück von Hannover entfernt, in Wunstorf. Nurminski erzählte den anderen, dass in Wunstorf die größte Irrenanstalt Deutschlands sei, was sie alle sehr beeindruckte. Hinter vorgehaltener Hand machten sie bösartige Kommentare, die sich auf den aus dem Wohnort abzuleitenden Geisteszustand des Sportlehrers bezogen.

Im Kunstunterricht malten sie das erste Schuljahr über nur bunte Bilder, bei denen sie die Abgrenzungen zwischen den verschiedenen Farben mit Wasser verlaufen lassen sollten, was Appaz recht gut gelang. In der sechsten Klasse klebten sie dann Herbstblätter, die sie nachmittags im nahen Stadtwald sammelten, zu braun-gelb-roten Collagen. Zum Schutz sollten sie die Collagen mit durchsichtiger Folie abdecken und diese Folie dann auf der Rückseite mit Tesafilm befestigen. Schon nach kurzer Zeit fingen die Blätter unter der Folie an zu schwitzen und bildeten bald interessante Schimmelformationen, woraufhin Appaz' Mutter die gesammelten Kunstwerke ihres Sohnes kurzerhand in den Müll entsorgte.

Der Kunstlehrer hieß Schleicher und war auffallend

klein, zumindest Buchmann überragte ihn schon um gut einen halben Kopf. Schleicher war deutlich jünger als die anderen Lehrer, vielleicht gerade mal dreißig. Er hatte einen sauber ausrasierten Kinnbart und trug, dem Image des Künstlers entsprechend, mit Vorliebe großkarierte Hemden und manchmal sogar eine Jeans, wenn auch mit Bügelfalte. Wenn Schleicher den Zeichensaal betrat, brachte er grundsätzlich eine Wolke von Zigarettenqualm und stechendem Schweißgeruch mit herein.

Trotz seiner Jugendlichkeit und der legeren Kleidung beherrschte er jedoch den am Gottfried-Wilhelm-Gymnasium üblichen Katalog an Strafmaßnahmen. Seine ganz persönliche Ergänzung bestand darin, unaufmerksame Schüler an die Tafel zu holen, sie mit dem Kopf parallel zu der Ablageschiene für die Kreide auszurichten und sie dann mit einem Stoß gegen die Kante zu rammen. Ihrer Größe entsprechend knallten die meisten von ihnen genau mit dem Ohr auf die Kante.

Appaz war froh, als Schleicher ihn in die »freiwillige Arbeitsgemeinschaft für Flugmodellbau« wählte, bei der sie einmal in der Woche am Nachmittag zuvor mit Hilfe einer Schablone aufgezeichnete Flugzeugteile aus Balsaholz ausschnitten und zu sogenannten »Gleitern« zusammenklebten, die meist spätestens beim »Luftkampf« im Werkraum wieder zu Bruch gingen. Aber wer in Schleichers freiwilliger AG war, gehörte zu seinen Lieblingsschülern und lief damit deutlich weniger Risiko, sein Ohr gegen die Tafelkante geknallt zu bekommen. Auch Kerschkamp war in der AG, genauso wie Klaus-Dieter, der von nun an nicht mehr nur die Haut von seinen Fingerkuppen kaute, sondern auch dicke Lagen von Uhu-Hart.

Appaz' Mutter war stolz auf Appaz' neues Hobby, sie selber war nach dem Krieg mehrmals auf der Wasserkuppe mit einem Segelflugzeug mitgeflogen und beschrieb Appaz begeistert das unglaubliche Gefühl, über den Wolken dahin zu gleiten. Unverzüglich versuchten sich Appaz und Kerschkamp denn auch zu Hause an einem Segelflugmodell, bei dem die Balsaholzgerippe der Tragflächen mit dünnem Papier bezogen und mit einem Speziallack behandelt wurden, wodurch sich eine zum Zerreißen straff gespannte Fläche bildete. Das Modell hieß laut Aufschrift auf dem Bausatz »Sonny« und stürzte bei einem ersten Testflug trudelnd in ein Dornengestrüpp, das die Bespannung unwiderruflich zerfetzte.

Aber zum ersten Mal schien auch Kerschkamps Vater irgendeinen Sinn in dem zu sehen, was sein Sohn in der Schule trieb. Das nächste Modell bauten Appaz und Kerschkamp dann unter seiner Anleitung – und tatsächlich war es deutlich flugtauglicher und ließ die Zuschauer auf der Wiese spontan Beifall klatschen, als es sich in eleganten Kurven mit dem Wind immer höher schraubte.

Noch stolzer aber war Appaz' Mutter, als er aus dem Deutschunterricht eine Eins mit nach Hause brachte, für eine Kurzgeschichte, die sie bei Dr. Strotzeck geschrieben hatten. Auch Dr. Strotzeck war Oberstudienrat, für Deutsch und Religion. Er war so alt, dass er schon im Ersten Weltkrieg Soldat gewesen war, im Religionsunterricht aber erzählte er vor allem aus dem Zweiten Weltkrieg, den er ebenfalls mitgemacht hatte. Er ließ sie gerne teilhaben an der einen oder anderen Erfahrung »mit dem Russen«, der nach der Besetzung von Berlin zum ersten Mal ein Wasserklosett sah und keine Ahnung hatte, wofür es gedacht war. Weshalb er dann seine Kartoffeln in der Kloschüssel wusch und schließlich entgeistert feststellte, dass nach Betätigen der Spülung die Kartoffeln auf Nimmerwiedersehen verschwunden waren.

Über diese Geschichte konnten sie alle herzlich lachen, es war tatsächlich unglaublich, wie dumm der Russe war. Und nicht nur das, er war auch ein kleines Dreckschwein, »um seine Notdurft zu verrichten, benutzte er einfach den Keller«, wie Dr. Strotzeck zu berichten wusste.

Eigentlich war der Unterricht bei Dr. Strotzeck gar nicht so schlimm. Wenn sie ihn dazu kriegten, die immer gleichen Geschichten vom Krieg zu erzählen, hatten sie für die folgenden fünfundvierzig Minuten meist nichts zu befürchten. Sie hatten auch gehört, dass die älteren Schüler den Oberstudienrat fast liebevoll als »Opa Strotzeck« bezeichneten, trauten sich aber nur hinter vorgehaltener Hand, diesen Spitznamen selber zu benutzen. Denn als Andenken an den Krieg hatte Dr. Strotzeck nach einem Kopfschuss eine »Silberplatte im Gehirn« mitgebracht und neigte in größeren Abständen unvermittelt zu cholerischen Ausfällen, bei denen er wahllos einen vermeintlichen Störenfried aus der Reihe holte, mit sich überschlagender Stimme brüllte: »Du hast wohl Kopfschmerzen, du Schlingel!« und den wimmernden Schüler mit verdrehtem Ohr hinter sich her zum Schulleiter zerrte.

Vor dem Schulleiter zitterten sie alle, allein schon das Schild an seiner Tür, Oberstudiendirektor Dr. Siegfried, machte ohne jeden Zweifel klar, dass er weit über allen Lehrern stand. Und so wagte niemand, auch nur den Mund aufzumachen, wenn Dr. Siegfried sie barsch zum Säubern des Schulhofs verdonnerte oder, schlimmer noch, sie nach Schulschluss für eine zusätzliche Stunde zur Arbeit im Schulgarten abkommandierte, wo sie dann Unkraut jäten, die Wege harken und den modrigen Teich von Schlingpflanzen befreien mussten, während die anderen längst in die nachmittägliche Freiheit entlassen waren.

Aber von Opa Strotzecks gelegentlichen Wutanfällen abgesehen, mochte Appaz die Deutschstunden. Es waren vor allem die Geschichten, die sie bei ihm lasen und die Appaz ausnahmslos gut fand. Wolf-Dietrich Schnurres »Veitel und seine Gäste« oder Georg Brittings »Brudermord im Altwasser« eröffneten ihm eine neue Welt, die weit über seine bisherigen Lieblingslektüren »Fury« und »RinTinTin« hinausging. Dr. Strotzeck ermutigte sie auch zu eigenen Schreibversuchen, bei denen sie neue stilistische Mittel ausprobieren sollten. Und so entstand Appaz' Kurzgeschichte »Der Sprung vom Zehner«, in der er seine Erfahrungen an einem von vielen im Freibad am Mittellandkanal verbrachten Sommernachmittagen verarbeitete, als er mit Kerschkamp und Klaus-Dieter voll ehrfürchtiger Bewunderung beobachtet hatte, wie Buchmann tatsächlich vom Zehner gesprungen war und gleich nach ihm Nurminski und sogar Nölle die Heldentat wiederholt hatten. Appaz traute sich kaum aufs Dreimeterbrett, Klaus-Dieter hielt sich schon beim Sprung vom Beckenrand, mit den Füßen voran, die Nase zu, Kerschkamp kletterte grundsätzlich nur über die Leiter ins Wasser. Und setzte auch seine getönte Brille nicht ab.

»Versucht, mit wenigen und einfachen Worten eine Geschichte aus eurem Alltag zu erzählen«, hatte Dr. Strotzeck sie aufgefordert, und nachdem Appaz erst mal einen Anfang gefunden hatte, reihte er in kurzer Zeit Satz an Satz und hatte Spaß daran zu sehen, wie seine Geschichte sich fast von selbst entwickelte. Aber dann war er doch unsicher, ob man das wirklich so schreiben konnte, wie er es getan hatte. Er las den Text seiner Mutter vor, während sie in der Küche das Abendessen vorbereitete.

»Gut«, sagte seine Mutter nur, und am folgenden Tag lieferte Appaz seine Geschichte bei Dr. Strotzeck ab, obwohl Klaus-Dieter ihm nach einem flüchtigen Blick auf die ersten Zeilen geraten hatte, sie bloß niemand zu zeigen, und schon gar nicht dem Deutschlehrer!

»Bist du doof?«, hatte Klaus-Dieter gesagt. »Das ist doch keine Geschichte! Was soll das überhaupt?«

Klaus-Dieter hatte eine Geschichte über einen Besuch bei seinen Verwandten in der Ostzone geschrieben, die Appaz nicht schlecht fand, nur vielleicht ein bisschen an den Haaren herbeigezogen, vor allem die Stelle, an der Klaus-Dieter den Verwandten seine neue Timex-Uhr zeigte, und Onkel und Tante nicht nur angeblich noch nie zuvor eine Uhr mit Leuchtziffern gesehen hatten, sondern auch noch erzählten, dass ihnen die eigenen Uhren von den Russen weggenommen worden waren.

»Hab ich extra so gemacht«, hatte Klaus-Dieter dazu erklärt, »du weißt doch, dass Opa Strotzeck was gegen die Russen hat, also muss er meine Geschichte gut finden, ist doch klar!«

Ganz abgesehen davon, dass Klaus-Dieter in Wirklichkeit gar keine Timex-Uhr hatte, war sich Appaz auch nicht sicher, ob sein Plan wirklich funktionieren würde. Aber vor der nächsten Deutschstunde wünschte er sich, dass auch er etwas geschrieben hätte, was gegen die Russen ging.

Und dann kam Dr. Strotzeck mit den korrigierten Aufsätzen in den Klassenraum und erklärte mit offenbar echter Enttäuschung: »Was ihr da verbrochen habt, ist durch die Bank Mist. Nur eine einzige Geschichte hat es verdient, dass sie überhaupt vorgelesen wird …«

Er zog die ersten Seiten von dem Stapel auf seinem Tisch.

Klaus-Dieter nahm die Fingerkuppen aus dem Mund und flüsterte Appaz zu: »Habe ich dir doch gesagt. Das fand der gut, dass ich die Russen schlecht gemacht habe!«

Dr. Strotzeck fing an zu lesen.

Appaz brauchte einen Moment, bis er begriff, dass es die Sätze waren, die er selber geschrieben hatte.

»Der Turm ist hoch. Die Leiter ist rot. Ich habe Angst. Der Bademeister beobachtet mich. Ich höre meine Freunde lachen. Ich gucke nicht nach unten. Ich bin alleine. Ich klettere weiter. Ich hasse die rote Leiter …«

Erst kicherten noch ein paar seiner Mitschüler. Aber als der Ich-Erzähler in Appaz' Geschichte dann auf dem Zehn-Meter-Brett stand, herrschte atemlose Stille. Und auch als er nicht sprang, sondern über die Leiter wieder nach unten kletterte, lachte niemand.

»Der Turm ist immer noch hoch«, las Dr. Strotzeck die letzten Sätze. »Die Leiter ist immer noch rot. – Sehr gut, Kurt. Schreib weiter!«

Dr. Strotzeck gab ihm seinen Aufsatz zurück. Appaz' Kopf glühte. Nicht nur, dass seine Geschichte wider Erwarten für »sehr gut« befunden worden war, es war auch das erste Mal, dass ein Lehrer am Gottfried-Wilhelm-Gymnasium ihn mit Vornamen angeredet hatte! Und es machte ihm auch kaum etwas aus, dass Nölle in der Pause zischte: »Streber!« Oder dass Klaus-Dieter sich mit seiner Kakaotüte beleidigt in die hinterste Ecke des Pausenhofs verzog und nicht mehr mit ihm reden wollte.

»Mach dir nichts draus«, sagte Kerschkamp, der wie üblich neben ihm stand. »Die sind nur neidisch. Ich fand deine Geschichte gut. Ich finde nur, du hättest ruhig auch schreiben können, dass da im Nichtschwimmer vom Lister Bad echt fiese Kackwürste rumschwimmen. Das hätte gut gepasst, wenn du das noch geschrieben hättest.«

Appaz' Hochstimmung hielt nicht an. Schon am nächsten Tag kassierte er eine Ohrfeige von Biologielehrer Gnuschke, weil er die Rampe zum Fahrradkeller hinuntergefahren war und sein Rad nicht, wie es die Schulordnung verlangte, geschoben hatte. Und damit war alles wieder beim Alten. Jeder Schultag war geprägt von der Angst, irgendetwas falsch zu machen, unbeabsichtigt gegen eines der zahllosen Ordnungsgebote zu verstoßen oder auch nur durch »unpassendes Verhalten« wie zu lautes Lachen, zu schnelles Rennen oder zu freches Gucken die Aufmerksamkeit eines Lehrers auf sich zu ziehen: »Ihr seid nicht hier, um Spaß zu haben, sondern um etwas für euer zukünftiges Leben zu lernen«, stellte Dr. Siegfried anlässlich der Weihnachtsfeier in der Aula noch einmal unmissverständlich klar. Wobei sie nicht so recht wussten, was genau das nun war, was sie da für ihre Zukunft lernen sollten. Vielleicht hatte Kerschkamp recht, als er morgens in der Straßenbahn zu Appaz sagte: »Die wollen nur, dass wir keine Scheiß-Hippies werden. Davor haben die echt Angst!«

Zu Hause erzählte Appaz nichts von den diversen Strafmaßnahmen, denen er und die anderen ausgesetzt waren. Unbewusst ging er davon aus, dass seine Eltern, und insbesondere seine Mutter, die Ohrfeigen und Schläge zwar zweifellos empörend finden, es aber gleichzeitig doch niemals wagen würden, sich einzumischen und eine Konfrontation mit den Lehrern zu riskieren. Und irgendwie war sich Appaz auch nicht sicher, ob er nicht manchmal tatsächlich etwas machte, was man nun halt mal nicht tat. Womöglich waren die Lehrer tatsächlich im Recht, wenn sie solches Fehlverhalten mit Strafen belegten – wenn auch die Strafen häufig in keinem Verhältnis zu den Vergehen standen und Appaz sie oft ungerecht fand.

Aber seine Mutter würde wahrscheinlich nur sagen: »Du musst da durch« und einmal mehr darauf hinweisen, dass es nie gut sei, aufzufallen und »aus der Reihe zu tanzen«. Dieses Grundprinzip hatte sie sich zu eigen gemacht, nachdem sie als ehemalige BDM-Führerin mit aller Konsequenz hatte lernen müssen, dass das, was sie über Jahre für gut und erstrebenswert gehalten hatte, mit einem Male nichtig und falsch gewesen sein sollte.

Bei Appaz' Vater war es anders, ihm ging es vor allem darum, gegenüber den Nachbarn und Arbeitskollegen nicht aufzufallen, um bloß beim freitäglichen Kegeln keine hämischen Kommentare zu ernten. Die er im Übrigen selber gelegentlich von sich gab. Appaz sollte sich noch lange daran erinnern, wie seine Eltern ihn eines Nachmittags aufgeregt auf den Balkon riefen, um dann in einträchtigem Entsetzen den ältesten Sohn eines Nachbarn zu beobachten, wie er am Straßenrand mit einem Freund seine BMW Isetta reparierte.

»Furchtbar«, stellte Appaz' Vater fest und zündete sich eine neue Lord Extra an, »so läuft man doch nicht rum!«

»Was muss das vor allem für seine Eltern bedeuten?«, fügte Appaz' Mutter kopfschüttelnd hinzu und legte schützend den Arm um Appaz. »Guck dir das an, Kurt! Das wird aus jemand, der die Schule nicht zu Ende macht!«

Der Nachbarssohn hatte tatsächlich die Schule abgebrochen. Und seine Eltern wurden jetzt »nicht mehr fertig« mit ihm, wie Appaz' Vater erzählte. Nicht nur, dass der Junge eine ausgefranste Jeans und ein bunt bedrucktes Batikhemd trug, sondern er lief auch barfuß und hatte Haare, die ihm weit über den Rücken fielen.

»Wie ein Mädchen«, sagte Appaz' Vater. »Schlimm!«

Später erfuhr Appaz, dass dieser erste Hippie ihrer Siedlung mit dem Freund und der Isetta über Nacht verschwunden war und nie wieder auftauchte. Von dem Freund – ebenfalls ein Nachbarssohn, aber zumindest mit adrettem Haarschnitt und vernünftigem Schuhwerk – erhielten die Eltern Wochen danach eine Postkarte aus Südfrankreich. Ihr Sohn hatte in Hannover ein Mädchen geschwängert und sich deshalb freiwillig zur Fremdenlegion gemeldet. Er bat seine Eltern, ihn nicht zu suchen. Von dem Hippie hörte nie wieder jemand ein Wort. Sein kleiner Bruder, der in die Oberstufe des Gottfried-Wilhelm-Gymnasiums ging, brachte sich kurz vor dem Abitur um.

»Das musste ja so kommen«, war der einzige Kommentar von Appaz' Vater, der zunehmend Schwierigkeiten hatte mit einer Welt, die offensichtlich alle bislang gültigen Werte und Normen auf den Kopf stellte.

»Das musste ja so kommen«, war dann auch sein Kommentar, als kurz hintereinander Martin Luther King ermordet und Rudi Dutschke angeschossen wurden. Und auch die Studentenunruhen in Berlin und Paris, die gewalttätigen Auseinandersetzungen zwischen der Polizei und den »Krawallmachern« und die daraus resultierende Verabschiedung der Notstandsgesetze durch Bundeskanzler Kiesinger folgten nach Meinung von Appaz' Vater nur zwangsläufig einer vorhersehbaren Entwicklung. Worum es eigentlich ging, wurde nicht besprochen, weder zu Hause noch in der Schule, und blieb für Appaz nahezu vollständig im Dunkeln.

Da sie, wie die meisten von Appaz' Mitschülern, noch keinen Fernsehapparat hatten, waren die einzigen Informationen, die er aufschnappen konnte, die Fotos und Schlagzeilen aus der Tageszeitung. Und da erschien es ihm allemal interessanter, die Meldungen über die erste Herzverpflanzung des südafrikanischen Arztes Barnard zu verfolgen, und jeden Tag zu zählen, den der Patient überlebte. Diese medizinische Pioniertat begeisterte auch Appaz' Mutter, sie war vor allem weit weg von jeder Politik, aus der man sich besser raushielt.

Die Kuba-Krise war ebenso wenig vergessen wie der Einsatz der Rosinenbomber in Berlin, und die Angst vor dem, was die Sowjetunion der freien Welt noch alles antun könnte, reichte vollkommen, um jetzt auch die Warnungen vor allen umstürzlerischen Ideen ernst zu nehmen – der Einmarsch russischer Panzer in Prag bestätigte das erneut, und auch die Fotos der nackten Mitglieder der Kommune 1 passten in dieses Bild. Das verbindende Glied war die »rote Gefahr«, die hinter allem lauerte, auch Langhans und Teufel waren natürlich »von drüben« bezahlt.

Appaz' Eltern schickten also weiterhin regelmäßig Kukident und Kaffeepulver in die Ostzone, stellten Weihnachten zum Gedenken an die Brüder und Schwestern im Osten eine Kerze ins Wohnzimmerfenster und hofften im Übrigen, dass der Sohn noch möglichst lange damit beschäftigt wäre, Fotos von Autorennfahrern in seinem Zimmer aufzuhängen. Was Appaz auch begeistert tat. Und als Jim Clark, Bruce McLaren, Gerhard Mitter und Jochen Rindt kurz nacheinander tödlich verunglückten, malte er schweren Herzens hinter jeden Namen ein Kreuz und das Todesdatum.

Abends saß er manchmal mit seinem Vater auf dem Sofa neben dem großen Philips-Radio, über den eingebauten Plattenspieler hörten sie einträchtig die Werbe-Single von Esso, die der Tankwart dem Vater als treuem Kunden überreicht hatte: Ralf Bendix sang »Pack den Tiger in den Tank«. Appaz konnte den Text von der ersten bis zur letzten Zeile auswendig hersagen: »Pack den Tiger in den Tank, und dein Auto weiß dir Dank, gleich wird seine Leistung steigen! Hei, wie läuft der Wagen zügig, wie geschmeidig ist die Kraft, die das gute Esso-Extra schon vom Start weg ihm verschafft ...« Appaz' Eltern waren glücklich, dass bei ihnen zu Hause alles so gut lief.

Und dann kam der Tag, an dem Appaz' Vater unerwartet – und, hätte er darüber nachgedacht, wahrscheinlich auch zu seiner eigenen Verblüffung – selber zum revolutionären Kämpfer wurde. Die ÜSTRA, die städtischen Verkehrsbetriebe in Hannover, hatten zum wiederholten Mal die Fahrpreise erhöht, und jetzt sollte der Einzelfahrschein 80 Pfennig kosten. Umgehend blockierten Hunderte von Demonstranten in der Innenstadt die Straßenbahnschienen und skandierten ein vielstimmiges »Üstra, Üstra, Ungeheuer, erstens Scheiße, zweitens teuer!«

Appaz und Kerschkamp warteten an diesem Morgen vergeblich auf ihre Bahn und fuhren schließlich mit dem Fahrrad zur Schule, Appaz' Mutter schrieb ihm eine Entschuldigung für die Verspätung. Nach Schulschluss wagten sie sich dann bis zum Klagesmarkt in der Innenstadt, und beobachteten aus sicherer Entfernung, wie die Polizei vergeblich versuchte, die Schienen zu räumen, bis ein Polizist auf seinem BMW-Motorrad sie noch nicht mal unfreundlich mit den Worten »Macht, dass ihr hier wegkommt, Jungs! Ihr habt hier nichts zu suchen«, wieder nach Hause schickte.

Zwei Tage später stellte die ÜSTRA endgültig ihren Betrieb ein, und der Oberstadtdirektor forderte Hannovers Bürger in einer Zeitungsanzeige vorsorglich auf: »Folgen Sie den Anordnungen der Polizei!« Gleichzeitig tauchten überall im Stadtgebiet handtellergroße rote Punkte auf, zunächst noch selbst gemalt, kurz darauf von den Tageszeitungen in hoher Auflage gedruckt und verteilt – Autofahrer klebten sich diese roten Punkte an die Windschutzscheiben und zeigten damit an, dass sie unentgeltlich Fahrgäste mitnehmen würden. Freiwillige Helfer organisierten den improvisierten Nahverkehr, wiesen Autos zu den Haltepunkten und riefen Fahrziele aus. Selbst Oberstudienrat Löffler hatte einen roten Punkt an seinem NSU, und Appaz war nicht wenig stolz darauf, dass auch sein eigener Vater sich offen zu dieser Selbsthilfeaktion von Bürgern bekannte, die nicht länger alles mit sich machen ließen. Wobei ihm durchaus auffiel, dass sein Vater ohnehin schon länger eine Fahrgemeinschaft mit vier seiner Kollegen gegründet hatte, und der Käfer somit trotz rotem Punkt im Fenster gar keine solidarischen Sitzplätze für autolose Mitfahrer mehr frei hatte.

Natürlich befestigten auch Appaz und Kerschkamp an ihren Fahrrädern rote Punkte, und Klaus-Dieter nahm tatsächlich einmal einen Schüler der benachbarten Mittelschule auf dem Gepäckträger mit. Der Fahrgast wackelte allerdings so hin und her, dass Klaus-Dieter im Stadtwald dann vom Radweg abkam und sie beide mitten in den Brennnesseln landeten.

Nach zwei Wochen beschloss der Rat der Stadt die Kommunalisierung der ÜSTRA und die Einführung eines Einheitstarifes von 50 Pfennig. Busse und Bahnen fuhren wieder – wer beim »roten Punkt« mitgemacht hatte, gehörte zu den Gewinnern, gemeinsam hatten sie ihr Ziel erreicht und die hannoverschen Verkehrsbetriebe in die Knie gezwungen! Und Appaz hatte zum ersten Mal eine Idee davon bekommen, dass gemeinsames Handeln tatsächlich Macht bedeutete …

Noch im gleichen Sommer landete der erste Mensch auf dem Mond, auch dies schien nur möglich geworden zu sein durch eine gemeinsame Kraftanstrengung, und Appaz' Mutter wusste stolz zu berichten, dass aller Anfang des Raketenflugs Wernher von Braun zu verdanken war, einem Deutschen, der noch dazu in der Lüneburger Heide und damit gar nicht weit weg von Hannover seine ersten Triebwerke gezündet hatte.

Zur Mondlandung kaufte Appaz' Vater dann auch den ersten Fernseher, Appaz durfte aufbleiben, bis Neil Armstrong seinen Fuß in den grauen Mondstaub setzte und von Knistern und Knattern bis zur nahezu vollkommenen Unverständlichkeit verzerrt verkündete: »Das ist ein kleiner Schritt für einen Menschen, aber ein großer Sprung für die Menschheit.«

In der Folge durfte Appaz dann gemeinsam mit seinen Eltern erst Kulenkampffs »Einer wird gewinnen« angucken, später auch »Aktenzeichen XY ungelöst«, noch später »Bonanza« und »Der Kommissar«. Und »Percy

Stuart« schließlich avancierte zur absoluten Lieblingssendung der ganzen Familie, Appaz' Eltern konnten herzlich über den typisch britischen Butler lachen, Appaz träumte davon, irgendwann selber mal eine weiße Schafspelzjacke wie die von Claus Wilcke zu besitzen. Kerschkamp war es, der Appaz den Tipp gab, unbedingt mal »Wünsch dir was« anzusehen: »Die Frau da ist toll«, schwärmte er Appaz vor, »die sieht total gut aus und ist echt witzig!« Bei Appaz' Eltern allerdings stieß Vivi Bach auf wenig Gegenliebe, was zweifellos nicht nur mit ihrem gelispelten »sch« zu tun hatte.

Noch eine andere Frau sollte Appaz kurz nach der Mondlandung für eine ganze Weile beschäftigen. In Amerika war Sharon Tate ermordet worden. Nach den Zeitungsberichten war Tate in ihren Filmen immer äußerst »freizügig« gewesen, und der Mörder war, zumindest nach den abgebildeten Fotos, ein unrasierter, langhaariger »Hippie« – für Appaz' Eltern passte beides nur zu gut zusammen. Aber Appaz empfand eine unklare Wut auf Charles Manson, der seiner Meinung nach die ganze Hippie-Bewegung, die Appaz – genauso wie Kerschkamp und die meisten anderen – gerade erst anfing, gut zu finden, in Verruf gebracht hatte.

3

Das Abiturtreffen findet im ehemaligen Landschulheim des Gottfried-Wilhelm-Gymnasiums statt, in einem Kaff an der Südseite des Deisters, gut dreißig Kilometer von Hannover entfernt. Appaz erinnert sich vor allem an endlose Wanderungen über matschige Waldwege, labberige Graubrotscheiben mit irgendeinem undefinierbaren Aufstrich und den kasernenähnlichen Schlafsaal direkt über den Klos, mit den zwei Reihen von jeweils zwanzig Doppelstockbetten. Allein der Schlafsaal war schon eine Zumutung, denkt Appaz, wir waren nichts als kleine Jungen damals, aber sie haben uns behandelt wie Zöglinge einer Besserungsanstalt. Wahrscheinlich stammt aus dieser Zeit auch meine Abneigung, irgendwo anders als zu Hause zu übernachten …

Zu jedem Bett hatte eine kratzige Decke aus alten Wehrmachtsbeständen gehört, über die sie das mitgebrachte Bettzeug ziehen mussten. Viel schlimmer für Appaz aber waren die nesselfarbenen Leinenschlafsäcke gewesen, die sie »aus hygienischen Gründen« zusätzlich zu benutzen hatten und die mit eigens dafür vorgesehenen Bändern an den vier Bettpfosten befestigt wurden. Appaz hatte sich in diesen Schlafsäcken immer gefühlt, als würde er in einer Zwangsjacke stecken. Wenn nachts die Bettdecke verrutscht war, wachte er gegen Morgen zitternd vor Kälte auf und lag dann schlaflos, bis Frau Bolle die Glocke zum Wecken läutete.

Frau Bolle war die Heimleiterin gewesen, sie hatte einen Pudel gehabt, der auf einer Wolldecke in der Küche im Kellergeschoss lebte, wo Frau Bolles Mutter in einer lilablauen Kittelschürze unermüdlich Kartoffeln schälte. Frau Bolles eigene Kittelschürze war weiß gewesen und hatte über ihrem Busen weit auseinandergeklafft, die Träger ihres BHs schnitten tief ins Fleisch.

Frau Bolle hatte auch die Enten gefüttert, die auf dem Teich zwischen Fußballplatz und Berghang schwammen. Angeblich maß der Teich an seiner tiefsten Stelle über 50 Meter, wenn Appaz und die anderen Steine in das brackige Wasser geworfen hatten, waren stinkende Blasen aufgestiegen, es gab das Gerücht, dass vor Jahren mal eine Kuh in diesem Teich ertrunken war. Im »Merkblatt für den Aufenthalt im Landheim«, das sie in der Unterstufe jedes Mal vor Beginn der Fahrt auswendig lernen mussten, hatte gestanden: »Wir wollen den Teich nicht als Schwimmbad benutzen. Wir wollen nicht Steine oder andere Gegenstände hineinwerfen. Wir wollen die Tiere am Teich und auf dem Grundstück nicht necken oder reizen, sondern uns an ihrem Anblick erfreuen«.

Die einzigen Tiere, die sie jemals zu sehen bekommen hatten, waren außer den Enten in ihrem mit einer mehrere Zentimeter dicken Schicht aus Scheiße und Federn bedeckten Holzhaus die Ratten gewesen, die unter dem alten Schweinestall am Ende des Grundstücks lebten, in der Dämmerung aus einem Loch in der Mauer gehuscht kamen und sich auch durch gezielte Steinwürfe nicht vertreiben ließen.

Der Aufenthalt im Landschulheim hatte immer sieben Tage gedauert, von Mittwoch bis Mittwoch, am Sonntag war ab 14 Uhr Besuchszeit für die Eltern, vorher gab es grundsätzlich Hühnerfrikassee. Einmal hatte Buchmann ein altes Pflaster zwischen den Fleischstücken gefunden.

In der sechsten Klasse war Appaz krank geworden. Bereits lange vor der Zeit hatte er am Sonntag mit fiebrig verschwitztem Kopf an der Einfahrt zum Parkplatz gewartet, seinen Rucksack schon fertig gepackt vor dem Spind im Schlafraum. Als der Käfer mit seiner winkenden Mutter hinter dem Seitenfenster in Sicht kam, hatte er Mühe gehabt, nicht einfach loszuheulen. Am Abend durfte er mit seinen Eltern nach Hause. Sein Vater hatte allerdings eindeutig den Verdacht gehabt, dass Appaz in Wirklichkeit gar nicht krank war, sondern Heimweh hatte, und auf der Rückfahrt kein Wort mit ihm gesprochen.

Während Kerschkamp den Volvo über die kurvige Landstraße prügelt, versucht Appaz, den Gedanken an die Sache mit Rockenbauch zu verdrängen. Kerschkamp geht es ähnlich, das weiß er. Aber solange Kerschkamp nicht von Rockenbauch anfängt, wird auch er nichts sagen.

Stattdessen nehmen sie sich in stiller Übereinstimmung einen Lehrer nach dem anderen vor. Den Sportlehrer, der quer durch die Turnhalle mit dem Schlüsselbund nach vermeintlichen Störenfrieden warf. Den Geschichtslehrer, der mit seiner prallgefüllten Aktentasche zuschlug, wenn man ihm auf dem Gang nicht schnell genug Platz machte. Den Musiklehrer, bei dem Appaz Stunde um Stunde in der Ecke hatte stehen müssen, weil er angeblich »frech« guckte.

»Manchmal habe ich dir Gesellschaft geleistet«, meint

Kerschkamp grinsend. »Obwohl ich mich, im Gegensatz zu dir, nicht mal geweigert habe, Blockflöte zu spielen.«

Sie haben keinerlei Mühe, sich die Riege der damals schon alten Herren in ihren dunklen Anzügen oder den mit Säureflecken übersäten Chemiekitteln ins Gedächtnis zu rufen, vor denen sie vom ersten bis zum letzten Schultag eigentlich immer nur Angst gehabt hatten.

»Aber am schlimmsten war Frau Dr. A.!«, erklärt Kerschkamp, während er dazu ansetzt, mitten in einer Kurve und unter gnadenlosem Einsatz der Hupe einen Trecker zu überholen. »Du weißt schon, die alte Schachtel mit ihrer gestärkten Bluse und dem Faltenrock. Ich bin bloß froh, dass wir sie nie hatten. Die hätte uns echt noch gefehlt!«

»Mir hat sie gleich am ersten Tag eine gescheuert, weil ich gerannt bin«, sagt Appaz.

Kerschkamp nickt. »Ich erinnere mich. Außerdem erzählst du das jedes Mal. – Alle gestört und pervers«, stellt er gleich darauf fest, während der Volvo über die Grasnarbe schlingert. »Oder Alt-Nazis oder beides! Ein Panoptikum professionell deformierter Säcke, von denen jeder Einzelne seine perverse Freude daran hatte, Schüler kaputtzukriegen. Das dürfen wir nie vergessen!«

»Das vergesse ich auch nicht, da kannst du dir sicher sein.«

»Das meine ich.«

Während Kerschkamp mit jaulendem Motor die Passstraße über den Deister in Angriff nimmt, überlegen sie, ob irgendeiner der Lehrer wohl zum Abiturtreffen kommen wird.

»Von den Alten ganz sicher keiner mehr«, sagt Kerschkamp. »Die waren ja damals schon mehr tot als lebendig! – Mann, überleg dir mal«, setzt er dann unvermittelt hinzu, »die anderen, die uns dann später fertiggemacht haben, diese Bande von hilflosen Technokraten, wie alt werden die damals wohl gewesen sein?«

»Jünger als wir heute jedenfalls«, sagt Appaz. »Und so hilflos waren sie gar nicht.«

Kerschkamp blickt zu Appaz hinüber.

»Du denkst an den Klassenlehrer, richtig? Du weißt, dass er später Dezernent bei der Bezirksregierung geworden ist, oder? Nach oben weggelobt, so einfach geht das.«

Appaz nickt nur, ohne etwas zu sagen.

»Er müsste inzwischen pensioniert sein«, überlegt Kerschkamp. »Eigentlich wünsche ich mir fast, dass er da ist«, setzt er dann hinzu.

Appaz sagt immer noch nichts.

Als sie durch das Dorf fahren, in dem das Landschulheim ist, zeigt Kerschkamp auf einen Netto-Markt.

»Da war früher so ein kleiner Laden, weißt du noch? Wo wir immer hin sind und geklaut haben wie blöd. Und der Typ hat nie was gemerkt, auch wenn wir soviel Zeug unter unsere Jacken gestopft hatten, dass wir kaum an der Kasse vorbeikamen, ohne die Hälfte zu verlieren.«

»Da geht's runter«, sagt Appaz, als die Einfahrt zum Landschulheim in Sicht kommt.

»Weiß ich. Ich war neulich mal hier, mit Susanne und den Kids.«

»Du warst hier?«, fragt Appaz verblüfft.

»Ich wollte ihnen das nur mal alles zeigen«, sagt Kerschkamp fast entschuldigend. »Und danach sind wir zum Nordmannsturm hoch gewandert. Fast wie früher. Aber wusstest du eigentlich, dass da oben im Wald ein

Kinderfriedhof ist? Wusste ich gar nicht. Hab ich neulich erst gesehen. Ist aber schon alt.«

»Ich kann mich erinnern. Ratte hat mal irgendwann behauptet, das wären die Gräber von Schülern, die das Landheim nicht überlebt hätten.«

»Sehr witzig«, sagt Kerschkamp grinsend und steuert den Volvo vorsichtig um die Schlaglöcher in der Einfahrt herum. Als wollte er plötzlich die Zeit verlängern, bis sie da sind.

Aus den Autolautsprechern kommen die ersten Takte von »Lola«.

»Passt«, sagt Kerschkamp, »haben wir damals auch gehört, als wir hergefahren sind. In der Achten, glaube ich.«

»In der Neunten«, sagt Appaz. »Erst ›Let it be‹ und dann ›Lola‹.«

Kerschkamp tritt auf die Bremse und hält an. Der Volvo dieselt im Leerlauf vor sich hin.

»Well I'm not dumb but I can't understand, why she walked like a woman und talked like a man, oh my Lola«, singt Kerschkamp wie abwesend mit, während er auf dem Lenkrad den Takt trommelt. *»La-la-la-la Lola ...«*

»Jetzt fahr schon weiter«, sagt Appaz. »Oder wir drehen gleich wieder um und machen, dass wir wegkommen hier.«

»Nichts da!«

Kerschkamp haut den Gang rein und fährt mit schleifender Kupplung los. Ein handgemalter Zettel mit einem »P« und einem Pfeil zeigt in Richtung Fußballplatz, der mit rotweißem Flatterband umspannt ist und für das Treffen offensichtlich als Parkplatz dient. Weder vor dem Landschulheim noch auf dem Parkplatz ist irgendjemand zu sehen. Aber der Parkplatz steht voll mit Autos.

»Wir sind wieder mal die Letzten«, sagt Kerschkamp. »Wie früher!« Er rangiert den Volvo in eine Lücke zwischen einem Golf »Rolling Stones« und einem Honda oder Toyota.»Nach den Autos zu urteilen, haben sie es ja nicht besonders weit gebracht«, stellt er dann irgendwie befriedigt fest.

Sie stiegen aus.

Appaz zeigt auf einen Audi-Geländewagen, der quer über zwei Plätze geparkt ist. »Guck mal da«, sagt er. »Von wegen aus den Leuten ist nichts geworden. Da stehen mal eben 80 000 Euro in der Gegend rum.«

»Wahrscheinlich der Rechtsanwalt«, nickt Kerschkamp. »Mann, Mann«, regt er sich dann kopfschüttelnd auf, »solche Karren gehören doch echt verboten! Und damit fahren die Typen dann zum Brötchenholen und halten jeden, der zu Fuß unterwegs ist, für einen Penner! – Wollen wir nicht mal gucken, ob er vielleicht vergessen hat, die Handbremse anzuziehen? Dann könnten wir die Karre einfach zum Teich runterrollen lassen und zack, weg mit dem Teil!«

Appaz grinst und zieht Kerschkamp mit sich. Sie gehen ein Stück am Teich entlang in Richtung Terrasse, von wo jetzt auch Stimmen zu hören sind.

Plötzlich bückt sich Kerschkamp und hebt einen Stein auf. Er holt aus und zielt auf das Entenhaus. Mit einem dumpfen »Plop!« trifft der Stein auf das Holz. Zwei Enten fliegen schnatternd hoch.

»Was ist denn mit dir los?«, fragt Appaz irritiert.

»Wollte ich schon immer mal. Früher, meine ich. Weißt du noch, dieses Merkblatt, dass sie uns damals gegeben haben? – Wir wollen keine Steine in den Teich werfen, ihn nicht als Schwimmbad benutzen und die Tiere an seinem Ufer nicht necken oder reizen ...«

»Wir wollen die Stühle nicht unnötig über das Linoleum schurren und den Anweisungen des Lehrer jederzeit und unverzüglich Folge leisten«, zitiert Appaz aus dem Gedächtnis.

»Es ist ärgerlich und beschämend, vom Landheimaufenthalt ausgeschlossen und nach Hause geschickt zu werden«, macht Kerschkamp weiter. »Scheiße, was? Als wäre es gestern gewesen!«

Er zuckt mit den Schultern und stiefelt auf die Terrasse zu. Aber schon nach wenigen Metern bleibt er wieder stehen. Er dreht sich zu Appaz um.

»Der alte Schuppen ist weg. Aber war ja klar, war ja auch nicht mehr viel von übrig, nachdem …«

»Klar«, unterbricht ihn Appaz. »Aber irgendwas haben sie da wieder hingebaut, was ist das?« Er kneift die Augen zusammen, um den hölzernen Verschlag unterhalb der Turnhalle besser erkennen zu können. »Sieht aus wie … ein Vogelkäfig, oder was haben sie da jetzt?«

»Mann, Mann«, erwidert Kerschkamp grinsend, »du wirst langsam älter, was? Deine Augen sind auch nicht mehr das, was sie mal waren.«

»Sagte der Einäugige zum Blinden«, frotzelt Appaz. Kerschkamps Glasauge ist ein alter Witz zwischen ihnen.

Aber diesmal antwortet Kerschkamp ganz ernst. »Ich danke dem lieben Gott heute noch für die Erfindung von ovalen Glasaugen statt dieser runden Murmel, die ich früher hatte«, sagt er. »Die kaputten Reste von meiner Heino-Brille habe ich übrigens immer noch«, setzt er dann hinzu. »Liegen bei mir in der Schreibtischschublade. Genauso wie ich sie damals aus dem Dreck geklaubt habe. Du weißt schon, als …«

»Ich weiß.«

»Muss irgendwo hier gewesen sein.«

Kerschkamp kickt einen Kieselstein über den Weg.

»Ein paar Meter weiter da rüber«, sagt Appaz. »Bei der Gedenktafel da. Ich weiß, dass ich mit dem Kopf fast an dem Stein gelegen habe.«

»Was steht da überhaupt? Kann ich mich gar nicht mehr dran erinnern …«

Kerschkamp beugt sich vor, um die eingemeißelten Buchstaben auf dem verwitterten Stein zu lesen.

»Das Landschulheim ist im Aufbau des Schulwesens eine Stelle, an der das Zusammenwirken von Schulleitung, Lehrerschaft und Elternbeiräten sich wohl am gesündesten zu entfalten vermag«, murmelt er halblaut vor sich hin. »Darin wird für alle, die mit beruflicher Verantwortung oder familiärer Liebe und Sorge auf die Jugend blicken, ein Gewinn beschert sein. Bundespräsident Theodor Heuss. – Unglaublich, Mann«, sagt Kerschkamp kopfschüttelnd. »Und so einen Scheiß lassen sie einfach stehen! Wenn schon, hätten sie doch wenigstens irgendwas für Rockenbauch danebenschreiben müssen, oder?«

»Und was?«, fragt Appaz. »Dass ihre ganze berufliche Verantwortung und die familiäre Liebe und Sorge nichts genützt haben?« Er merkt selbst, wie bitter seine Stimme klingt.

»Zum Beispiel«, nickt Kerschkamp. »Das wär's doch mal gewesen.«

Ohne etwas zu erwidern, geht Appaz zu dem Verschlag hinüber, den er aus der Entfernung für eine Voliere gehalten hat. Irritiert guckt er auf das Pelzknäuel hinter dem Drahtgitter, das aus dunkel umrandeten Augen zurückstarrt und dann fauchend eine Reihe spitzer Zähne zeigt.

»Ein Waschbär«, sagt Kerschkamp, der hinter ihn getreten ist. »Ich hab neulich ein paar gute Fotos von dem Vieh gemacht, als ich hier war. Und die Kids waren völlig begeistert. Natürlich will der Kleine jetzt auch einen Waschbären haben, für zu Hause! – Sag mal«, fragt er dann unvermittelt, »seit wann kannten wir Rockenbauch eigentlich? Seit der Siebten erst, oder?«

Appaz nickt.

»Er war einer von den Sitzenbleibern, die damals zu uns in die Klasse gekommen sind.«

»Eigentlich auch irgendwie ein komischer Typ«, sagt Kerschkamp. »Irgendwie ziemlich durch den Wind, fand ich jedenfalls immer. Schon gleich zu Anfang …«

Von der Terrassentür ruft jemand nach ihnen.

»Kennst du den?«, fragt Kerschkamp. »Ich nicht. Nie gesehen.«

»Geh schon mal vor«, meint Appaz und holt sein Handy aus der Tasche. »Ich komme gleich.«

»Ich warte«, erklärt Kerschkamp. Er fängt an, sich eine Zigarette zu drehen.

Appaz entfernt sich ein paar Meter, bis ihm das Waschbärengehege genügend Schutz gibt, dann tippt er Darleens Nummer. Ist doch egal, denkt er, ich will nur mal kurz ihre Stimme hören, auch wenn sie das vielleicht komisch findet. Ich kann ja einfach sagen, dass ich jetzt auf dem Klassentreffen bin, aber nicht lange bleiben werde. Und ob sie vielleicht noch einen Kaffee mit mir trinken will, wenn ich zurück bin …

Aber es meldet sich nur Darleens Mailbox. Appaz spricht keine Nachricht auf das Band.

Als Appaz in die siebte Klasse kam, musste er zwischen Latein- und Französischzweig wählen. Nach einer Informationsveranstaltung in der Aula, bei der der Latein- und Sportlehrer Zint ein begeistertes Plädoyer für »die Lateiner« hielt, entschied Appaz' Mutter, dass Latein ihrem Sohn im späteren Leben deutlich bessere Chancen ermöglichen würde. Gemeinsam büffelten sie dann auch Vokabeln, und solange Appaz Sinnsprüche wie »ora et labora« auswendig lernen durfte, schien alles gut zu laufen. Aber bereits gegen Ende des Schuljahres musste er bei dem älteren Sohn eines Kollegen seines Vaters Nachhilfe bekommen. Damit war zwar fürs Erste die drohende Fünf im Zeugnis abgewendet, aber dieser Kollegensohn war es dann auch, der Appaz regelmäßig die neuesten Beatles-Hits vorspielte. Ein Nebeneffekt, der Appaz' Eltern besorgt aufhorchen ließ, als er ihnen beim Abendessen offenbarte, dass George Harrison mit Sicherheit der beste Gitarrist der Welt sei, Paul McCartney der beste Bassmann und Ringo Starr folgerichtig der beste Schlagzeuger. Von John Lennon hielt der Kollegensohn nicht ganz so viel, weshalb Appaz auch kein näheren Angaben zu Lennons eventuellen Qualitäten machen konnte.

Aber von jetzt an hörte er jeden Samstagabend die Internationale Hitparade und gelangte schnell zu der Überzeugung, dass es neben »Mama« von Heintje vielleicht doch noch etwas anderes gab, auch »Heidschi Bumbeitschi« konnte mit »Eloise« und »In the Year 2525« eindeutig nicht mithalten. Appaz' Mutter bedauerte diese Entwicklung sehr, Appaz' Vater untersagte kurzerhand den offensichtlichen Missbrauch des guten Philips-Radios. Da er aber ohnehin häufig genug sogar samstags bis weit in den Abend in der Versicherung am

Aegidientorplatz unaufschiebbare Akten zu bearbeiten hatte, lernte Appaz auch die Kinks kennen, die Stones, die Bee Gees. »In the Ghetto« allerdings schien ihm eine ähnliche Schnulze zu sein wie die Lieder von Heintje oder Peter Alexander – womit er den zaghaften Versuch seiner Mutter, sich mit Elvis' Hilfe vielleicht doch nach und nach noch an die »neue Musik« zu gewöhnen, von vornherein zum Scheitern verurteilte.

In der Schule schmückten sie ihr Klassenzimmer mit einem Foto von Shocking Blue, das Buchmann mitgebracht hatte. Aufgeregt kommentierten sie den extrem kurzen Minirock der Sängerin – beziehungsweise das, was auf dem Bild unter dem Minirock gerade so eben nicht mehr zu sehen war –, als der neue Klassenlehrer in den Raum gestürmt kam. Er unterrichtete sie in Deutsch und Mathe und war noch Assessor, ein großer, breitschultriger Mann mit teigiger Haut und dunklen Bartstoppeln an Kinn und Wangen, der tagein tagaus dasselbe hellgrüne Jackett zu der beigefarbenen Hose und den braunen Halbschuhen trug. Er hieß Breitung, aber schon nach den ersten Wochen nannten sie ihn unter sich nur noch den »Klassenlehrer«, weil er nicht müde wurde zu betonen, dass eine neue Zeit angebrochen sei und damit endlich auch der Arbeiterklasse der Einzug in die Gymnasien möglich gemacht werde.

»Ich sehe meine Aufgabe darin, mit aller Kraft die Ausbildung der Arbeiterklasse voranzutreiben. Die Arbeiterklasse steht für Fortschritt und Zukunft, es gilt jetzt, mit den verknöcherten Bildungsstrukturen in diesem Land endgültig aufzuräumen«, hatte er gleich in der ersten Stunde mit schnarrender Stimme verkündet. Wovon genau er eigentlich sprach, war Appaz und den anderen nicht klargeworden. Aber offensichtlich hielt der Klassenlehrer ausgerechnet Buchmann für ein Mitglied der Arbeiterklasse und fing unverzüglich an, Buchmanns bislang nicht erkannte Talente zu fördern.

Vielleicht hatte es damit zu tun, dass Buchmann außer Fußballspielen kaum irgendwelche Interessen hatte und generell einen eher weniger intelligenten Eindruck hinterließ. Dass der Vater von Buchmann in der gleichen Versicherung arbeitete wie Appaz' Vater, schien der Klassenlehrer nicht zu wissen. Genauso wenig wie er offensichtlich wusste, dass Kerschkamps Vater bei VW am Band arbeitete und seinen Sohn erst gar nicht aufs Gymnasium hatte gehen lassen wollen. Ab sofort jedenfalls war es Buchmann, der für jede auch nur im Ansatz richtige Antwort überschwänglich gelobt wurde und schon in der ersten Deutscharbeit eine glatte Zwei schrieb. Appaz rutschte mit einem »Thema verfehlt« auf Fünf.

Jetzt aber stürmte der Klassenlehrer in den Raum, erfasste mit einem Blick die Situation und riss das Shocking-Blue-Plakat von der Wand. Buchmann meldete sich zögerlich auf die Frage, wer für »diese Sauerei« verantwortlich gewesen sei. Der Klassenlehrer kniff die Lippen zusammen. Sie warteten gespannt, welche Strafe Buchmann nun ereilen würde.

»Da ihr alle mitgemacht habt«, schnarrte der Klassenlehrer mit rotem Kopf, »werdet ihr es sicher auch nicht als ungerecht empfinden, wenn wir jetzt unangekündigt ein Diktat schreiben. – Buchmann ist davon befreit, da seine Ehrlichkeit Respekt verdient.«

Zur nächsten Deutschstunde erschien der Klassenlehrer dann mit einem Werbeplakat der Stadt Hannover, das er Buchmann sorgfältig an die Wand hängen ließ: »Hannover – Großstadt im Grünen« lautete der Text.

Es war Rockenbauchs Idee, das Poster von Shocking Blue, das er in der Pause aus dem Papierkorb gefischt hatte, wieder aufzuhängen – genau an die Stelle des Hannover-Plakats, mit dem sie dann einige Tage lang jedes Mal kurz vor der Deutschstunde die schockierende Minirock-Ansicht von Mariska Veres schnell wieder verdeckten. Bis Gnuschke, den sie jetzt in Erdkunde hatten, die sofortige Entfernung des anstößigen Posters forderte. Daraufhin hängte Rockenbauch das Poster vor der nächsten Erdkundestunde so weit oben an die Wand, dass Gnuschke unmöglich heranreichen konnte, um es selber wieder abzunehmen. Frech behauptete Rockenbauch, auch von den Schülern sei niemand groß genug dazu.

»Und einen Stuhl auf den Tisch stellen geht nicht, weil das zu gefährlich ist«, erklärte er ganz ernsthaft, »das ist sogar verboten, so was! Wenn einer von uns runterfällt und sich den Hals bricht, sind Sie als Lehrer dran.«

Für dieses erstmalige Auflehnen gegenüber einem Lehrer wurde Rockenbauch von den anderen ehrlich bewundert. Für Gnuschke schien er ohnehin ein hoffnungsloser Fall zu sein, bei dem jeder erzieherische Ansatz zum Scheitern verurteilt war. Rockenbauch bekam also prompt einen Eintrag ins Klassenbuch und wurde fortan einfach ignoriert. Er war eben einer der »Sitzenbleiber«, von denen nichts zu erwarten war und fertig.

Rockenbauch war zu Beginn des Schuljahres mit zwei oder drei anderen Sitzenbleibern in ihre Klasse gekommen und zufällig auf dem Platz neben Appaz gelandet. Appaz fand ihn vom ersten Moment an sympathisch. Zwar spielte Rockenbauch gerne den Klassenclown und nahm sich als solcher auch weiterhin Kommentare gegenüber den Lehrern heraus, die sich sonst niemand traute, aber eigentlich war er gar kein schlechter Schüler, und Appaz fragte sich, wieso er überhaupt sitzengeblieben war. Außerdem wusste Rockenbauch ein paar Sachen, von denen weder Appaz noch Kerschkamp bisher gehört hatten. Vor allem, wenn es um Musik ging. Rockenbauch kannte alle Bands, die es gab, und einmal nahm er Appaz und Kerschkamp nach dem wöchentlichen Schwimmunterricht im Goseriede-Bad mit in einen Schallplattenladen und spielte ihnen in der »Hörkabine« eine neue Band vor: Led Zeppelin! Appaz und Kerschkamp stimmten ihm zu, dass die Musik von Led Zeppelin tatsächlich »irre« sei, ganz ehrlich aber fand Appaz nach wie vor die Beatles deutlich besser. Er hatte sich gerade seine erste Schallplatte gekauft, das weiße Album, mit »Ob-la-di Ob-la-da«, Appaz' absolutem Lieblingssong.

Aber Kerschkamp hatte Blut geleckt! Er wollte plötzlich unbedingt Schlagzeuger werden, so wie John Bonham, während des Unterrichts trommelte er jetzt unentwegt auf seinen Knien und klopfte mit dem rechten Fuß den Grundtakt. Er musste jede Minute nutzen, um zu üben, und Rockenbauch lieh ihm sogar seine Led-Zeppelin-Platte. Wahrscheinlich war es dann auch Rockenbauch, der Kerschkamp vor der plötzlich drohenden Nicht-Versetzung rettete. Rockenbauch hatte in Biologie eine freiwillige Jahresarbeit für »Jugend forscht« angenommen und lieferte die dicke Mappe über den »Lebensraum der Turakos« dann als gemeinsam mit Kerschkamp geschriebene Arbeit ab. Mit dem Ergebnis, dass sich der Biologielehrer in der Zeugniskonferenz immerhin für Kerschkamp einsetzte und er tatsächlich in die achte Klasse versetzt wurde.

Die Zeiten der körperlichen Strafen waren zwar vorbei, aber die Angst vor der Willkür der Lehrer blieb. Bis auf wenige Ausnahmen waren ihre Lehrer immer noch alte Herren, für die Zucht und Ordnung nach wie vor unverrückbare Ideale waren. Aber für Appaz war es jetzt ausgerechnet der noch junge Klassenlehrer, mit dem er gar nicht klarkam. Er hätte gerne alles richtig gemacht, wusste aber nicht genau, was nun eigentlich »richtig« sein sollte. Der Unterricht in Deutsch, der ihm bislang immer Spaß gemacht hatte, entwickelte sich für Appaz zunehmend zu einem Spießrutenlauf, er lernte schnell, dass es sicherer war, gar nichts zu sagen. Aber dann lasen sie Wolfgang Borcherts »Die Küchenuhr« und sollten sich an einer Interpretation versuchen. Appaz meldete sich. Er begann mit seinen Eltern, die ihm erzählt hatten, wie schwer es nach dem Krieg für sie gewesen war, sich als Flüchtlinge in den Trümmern eine neue Existenz aufzubauen.

»Aber daran, was die deutsche Wehrmacht in Ländern wie Polen oder Russland angerichtet hat, denkst du nicht, was?«, unterbrach ihn der Klassenlehrer schon nach dem ersten Satz. Als sie wenig später auch »Draußen vor der Tür« lasen, meldete sich Appaz nicht mehr. Was die deutsche Wehrmacht nun allerdings genau »angerichtet« hatte, blieb auch weiterhin im Verborgenen. Das Dritte Reich war kein Thema im Unterricht, das »dunkelste Kapitel der Deutschen Geschichte« wurde nahezu vollständig ausgespart. Gesprochen wurde dagegen in der Schule wie eben auch zu Hause häufig genug über die schwierigen Zeiten danach, als Deutschland sich aus eigener Kraft aus den Trümmern wieder emporarbeiten musste – und damit verknüpft war stets auch die Hoffnung formuliert, dass das letzte Wort über den Mauerbau und »Mitteldeutschland« noch nicht gefallen sei und die unter dem Joch des Kommunismus leidenden Brüder und Schwestern »drüben« irgendwann noch einmal genauso »frei« sein würden wie die glücklichen Verwandten, die es in den Westen geschafft hatten.

Über das, was im Krieg passiert war, erfuhr Appaz von seiner Mutter vor allem durch die Geschichten von den Bombenangriffen auf ihre Heimatstadt und von ihrer späteren Angst vor den marodierenden und Mädchen und Frauen vergewaltigenden Russen. Mehrmals allerdings erzählte sie auch von den Kriegstagebüchern, die sie – wieso auch immer – von verschiedenen im Russland-Feldzug gefallenen Schulfreunden eingesehen hatte, und immer war das Leid, von dem die Soldaten an der Front berichteten, unvorstellbar gewesen, immer aber, so kam es bei Appaz an, waren es ausschließlich die eigenen »armen Jungs«, die gelitten hatten.

Dazu passte auch, dass sein Vater nach den Jahren in den finnischen Sümpfen und an der norwegischen Eismeerküste, in denen er sich mehr oder weniger nur von Trockenfisch ernährt haben musste, nahezu ohne Zähne aus dem Krieg zurückgekehrt war und deshalb schon als noch eher junger Mann ein Gebiss brauchte. Ansonsten erzählte auch Appaz' Vater nur wenig, und wenn, dann waren es Episoden, die ebenso gut in Friedenszeiten hätten stattgefunden haben können – am besten gefiel Appaz die Geschichte, wie sein Vater als Kradmelder in Finnland von einem Bienenschwarm verfolgt worden war und sich nicht anders zu helfen wusste, als sich samt Motorrad in den nächsten See zu stürzen, woraufhin die Bienen glücklicherweise einfach geradeaus weiterflogen.

Ein einziges Mal hatte Appaz den Versuch unternommen, etwas mehr über den Alltag im Krieg zu erfahren, nachdem er mit zwölf oder dreizehn das von Nölle geliehene »Landser-Heft« mit dem Titel »In der Schneewüste von Alakurtti« gelesen hatte. »Sag mal, hast du da im Krieg auch Leute erschießen müssen?«, hatte Appaz seinen Vater in einem Tonfall gefragt, der von vornherein klarstellen sollte, dass die Antwort nicht wirklich wichtig war. Kopfschüttelnde Empörung über die Naivität seines Sohnes war die einzige Reaktion gewesen, wenig später schon war Appaz dann froh darüber, nichts Genaueres und eigentlich gar nichts zu wissen, und dabei sollte es bleiben, er stellte keine weiteren Fragen und schonte damit seinen Vater und sich gleichermaßen.

Dennoch oder umso mehr setzte ihm Borcherts »Draußen vor der Tür« zu. Er hielt Borchert für einen außergewöhnlichen Schriftsteller und lieh sich in der Schulbücherei dessen Biographie, gerne hätte er auch im Unterricht über einen Autor gesprochen, der nicht nur von der Ausweglosigkeit berichtete, sondern selber keinen Ausweg mehr sah. Aber auch hier – im Deutschunterricht – schien es sicherer, die Geister, die da zweifellos lauerten, nicht zu wecken. Unklar blieb, warum sie solche Bücher überhaupt lasen.

Einzig in Englisch gab es noch Momente, in denen Appaz gerne in der Schule war. Nach dem ewig brüllenden Tietemann und seinen Verbalattacken hatten sie jetzt einen jüngeren Lehrer, der ihnen einigen Respekt abnötigte. Wilde kam mit dem Motorrad zur Schule, hatte für einen Lehrer auffällig lange Haare und trug eine runde John-Lennon-Brille, vor allem aber schien er alle vorstellbaren Schülerstreiche längst zu kennen – sowohl die mit Kaugummi beklebte Türklinke oder die Reißzwecke auf dem Lehrerstuhl als auch den Luftballon über dem tropfenden Wasserhahn, und alle Versuche, ihn vorzuführen, liefen ins Leere, und das ohne ein lautes Wort. Wilde drehte den Wasserhahn zu, warf die Reißzwecke in den Papierkorb, ließ einen Schüler die Tür öffnen. Nur ein einziges Mal kriegten sie ihn tatsächlich dran. Während der Stunde rückten sie geschlossen mit ihren Tischen und Stühlen Zentimeter für Zentimeter nach vorne, bis Wilde sich plötzlich mehr oder weniger an die Tafel gequetscht sah. Aber wider Erwarten fing er an zu lachen und sagte: »Well, guys, I didn't know that before. But I'll keep it in mind!« Und das war's. Sie rückten ihre Stühle und Tische zurück, und Wilde setzte seinen Unterricht fort.

Die Tatsache, dass er ausschließlich Englisch mit ihnen sprach, machte seine Stunden nicht unbedingt einfach, und Wildes Anforderungen waren hoch. Aber mit der Zeit gewöhnten sie sich daran, in immer fließenderem Englisch irgendwelche kleineren Episoden aus ihrem Alltag zu erzählen. Wilde war der erste Lehrer, der sie ernst nahm, und das lernten sie bald zu schätzen. Er war es dann auch, der sie ermutigte, sich mit den Texten der englischsprachigen Hits, die sie alle hörten, auseinanderzusetzen. Er selber mochte die Doors und übersetzte mit ihnen »The Unknown Soldier«.

Das war auch das einzige Mal, dass irgendjemand mit ihnen über den Krieg in Vietnam sprach. Als Appaz zu Hause davon erzählte, hörten seine Eltern kaum hin, Appaz' Mutter gab nur ihrem Entsetzen Ausdruck, dass »schon wieder« ein Krieg stattfand, aber wenigstens war dieser Krieg weit weg. Und es schien Appaz, als würden seine Eltern es auch nicht richtig finden, dass ein Lehrer seine Schüler mit einem Thema konfrontierte, das den Verdacht nahe legte, hier sollte womöglich eine antiamerikanische Position bezogen werden. Wobei Appaz durchaus der Widerspruch auffiel, dass es ja die Amerikaner gewesen waren, wegen denen seine Mutter unzählige Nächte im Bombenkeller hatte verbringen müssen. Diesmal jedoch schien der neuerliche Einsatz noch viel brutalerer Bomben jenseits jeder Kritik.

Als Hausaufgabe sollten sie sich dann bei Wilde in Gruppenarbeit einen Song ihrer Wahl aussuchen. Rockenbauch schlug Appaz das neue Album der Beatles vor, »Abbey Road«.

»Die machen die einfachsten Texte«, sagte er, »da kriegen wir keine Probleme.«

In der letzten Zeit hatten sich Appaz und Rockenbauch immer mehr angefreundet. Sicherlich war Appaz' bester Freund immer noch Kerschkamp, aber als Rockenbauch jetzt die gemeinsame Gruppenarbeit vorschlug, sagte Appaz ohne Zögern zu. Und er war sogar froh, als Kerschkamp erklärte, dass er ohnehin »keinen Bock« auf die Beatles hatte und sich lieber alleine an irgendeinen Song von Led Zeppelin machen wollte.

Rockenbauch hatte aus einer Musikzeitschrift die Texte von »Abbey Road« besorgt, sie einigten sich auf »Come together«.

Sie trafen sich bei Rockenbauch zu Hause, wo Appaz noch nie zuvor gewesen war. Rockenbauchs Vater war Architekt, sie wohnten in einem Bungalow am Mittellandkanal, den Appaz' Vater beim sonntäglichen Nachmittagsspaziergang vor einiger Zeit, kopfschüttelnd über soviel Beton und Glas, schlicht als »Angeberschuppen« betitelt hatte.

Rockenbauchs Zimmer war ganz anders eingerichtet als bei den meisten von ihnen, es gab kein einziges Möbelstück, das noch irgendwie an ein ehemaliges Kinderzimmer erinnert hätte. Bei Rockenbauch sah Appaz auch zum ersten Mal eine Art Sack, der mit Styropor-Kügelchen gefüllt war und den man sich nach Belieben als Sitzmöbel zurechtklopfen konnte.

»Scharfes Teil«, sagte Appaz.

»Mein Alter hat eine Macke«, erwiderte Rockenbauch, »er kauft nur solchen Scheiß.«

In der Ecke neben Rockenbauchs Schreibtisch stand eine Gitarre. Schwarz und mit einer perlmutt schillernden Verzierung um das Schallloch herum.

»Spielst du Gitarre?«, fragte Appaz erstaunt.

»Manchmal«, sagte Rockenbauch.

Mit Hilfe eines Wörterbuches machten sie sich daran, »Come together« Wort für Wort zu übersetzen. Das Ergebnis war nicht gerade befriedigend.

»Hier kommt alte Flachspitze, hier kommt langsam losgrooven, er hat joojoo Augapfel er eins, heilige Rolle, er hat Haare bis runter zu den Knien, er muss ein Spaßvogel sein, er macht nur, was ihm gefällt, komm zusammen, richtig jetzt, über mich«, las Appaz ihren ersten Übersetzungsversuch vor, für den sie über eine halbe Stunde gebraucht hatten. »Zu Anfang macht es überhaupt keinen Sinn, was soll das?«

»Am Schluss macht es auch keinen Sinn«, sagte Rockenbauch frustriert. »Aber grooven stimmt auf jeden Fall, das kommt vom Jazz, das kann man nicht übersetzen.«

»Und joojoo?«

»Vielleicht Jojo? So ein Augapfel, der immer raus und reinflutscht oder so! Oder ein Glasauge, wie bei Kerschkamp.«

»Lass uns ›I want you‹ machen, vielleicht geht das einfacher«, schlug Appaz vor.

»I want you« ging einfacher, wenn ihnen auch »ich will dich so schlecht« zumindest merkwürdig vorkam. Und bei der Zeile *»she's so heavy«* kriegten sie fast Streit miteinander.

»Also«, sagte Rockenbauch, »er will sie haben, und die ist irgendwie total schwer.«

»Vielleicht total fett oder so«, meinte Appaz.

»Das ist doch Quatsch! Dann würde er sie doch nicht haben wollen. Der will doch keine fette Frau, Mann, das ist Lennon, der kann jede Frau kriegen, die er will. Auch Brigitte Bardot oder Ingrid Steeger, der nimmt keine fette Frau, garantiert nicht!«

Sie einigten sich schließlich darauf, dass es wahrscheinlich um Lennons Freundin ging, die schwanger war.

»Das macht Sinn«, nickte Rockenbauch.

Dann zählten sie noch mal, wie oft am Ende des Songs die Zeile *»I want you«* gesungen wurde.

»Fünfundsiebzig Mal«, sagte Rockenbauch. »Aber das schreiben wir jetzt nicht fünfundsiebzigmal hin. Schreib einfach nur »Ich will dich« und in Klammern dahinter eine Fünfundsiebzig und ein kleines x oder so.«

Was immer nun *»she's so heavy«* bedeutete, erfuhren sie nie. Denn als sie am nächsten Tag in die Schule kamen, fiel Englisch aus. Und am übernächsten Tag erschien Dr. Siegfried, der Schulleiter, persönlich in der Klasse und informierte sie darüber, dass »ein Herr Wilde« nicht wiederkommen würde.

»Ein Herr Wilde wird nicht wiederkommen«, sagte er. »Studienrat Tietemann wird ihn vertreten, bis wir einen neuen Englischlehrer für euch gefunden haben.«

Schon kurze Zeit darauf sickerte das Gerücht durch,

dass Wilde hatte gehen müssen, weil er ein »Homo« gewesen sei.

Homos waren etwas, worüber man nicht sprach. Und ein Homo zu sein, bedeutete auch für Appaz' Eltern etwas, was womöglich noch schlimmer war, als lange Haare zu haben oder Jesuslatschen zu tragen. Wobei lange Haare und Jesuslatschen sogar durchaus den Verdacht nahelegten, dass sich dahinter womöglich ein solcher Homo verbarg.

In einer Parterrewohnung in der Versicherungssiedlung gab es einen alleinstehenden Mann, einen »Schriftsteller«, der grundsätzlich bis mittags die Rollläden unten hatte und dann im Laufe des Nachmittags irgendwann im Bademantel und mit einer Zigarette im Mundwinkel durch das jetzt geöffnete Fenster zu sehen war, wie er für die nächsten Stunden auf seine Schreibmaschine einhämmerte. Was den Mann für die Siedlung so suspekt machte, war nicht nur sein Beruf – der frühere Bundeskanzler Ludwig Erhard hatte Schriftsteller generell als »Schmutzfinken und Pinscher« tituliert – und die »nicht normalen« Arbeitszeiten, sondern auch, dass er regelmäßig am Abend Besuch bekam, und zwar ausschließlich von Männern! Und Appaz' Mutter war nicht die Einzige, die sich sicher war, dass sie es hier mit einem »Hundertfünfundsiebziger« zu tun hatten. Natürlich war es nicht richtig gewesen, solche Leute im Dritten Reich in die Konzentrationslager zu schicken, aber Tür an Tür mit einem Homosexuellen zu wohnen, war doch alles andere als angenehm, soviel hatte Appaz schon begriffen, ohne dass ihn das »warum« eigentlich weiter interessiert hätte. So schien es Appaz jetzt auch nicht weiter verwunderlich, dass Wilde aus dem Unterricht entfernt worden war: Wilde war eben nicht normal, das war klar. Appaz bedauerte nur, dass sie jetzt wieder Tietemann hatten. Klaus-Dieter und ein paar andere dagegen waren sogar eher froh über diese Veränderung, wenigstens hielt Tietemann den Englischunterricht wieder auf Deutsch ab!

Zu Hause erzählte Appaz nichts weiter von dieser Geschichte, nur dass eben der Lehrer gewechselt hätte. Sex war – egal ob normal oder abartig – ganz sicher nichts, worüber man mit den Eltern sprechen konnte. Umgekehrt sahen das die Eltern offensichtlich genauso. Appaz' Mutter hatte mal irgendwas gesagt wie »Das lernt ihr ja heute alles in der Schule. Da habt ihr es besser als wir damals.« Damit war das Thema für sie erledigt gewesen. Nur einmal hatte sie ihn kurz darauf nach dem obligatorischen Wannenbad am Samstagabend gefragt, ob er auch immer daran denken würde, sich den Penis ordentlich zu waschen, »auch unter der Vorhaut«. Und als Appaz mit rotem Kopf eine eher unbefriedigende Antwort stammelte, war sie irritiert gewesen, dass sein Vater »darüber« noch nicht mit ihm geredet hatte.

Allerdings war Appaz' Vater ohnehin der Meinung, dass die Erziehung seines Sohnes nicht in seinen Zuständigkeitsbereich fiel. Er musste schließlich Geld verdienen, er ging oft genug sogar am Samstag in die Firma, brachte manchmal auch am Sonntag noch Akten mit nach Hause, und da war es ja wohl nur folgerichtig, wenn Appaz' Mutter neben dem Haushalt auch die erzieherische Verantwortung für den Sohn übernahm.

Der im Übrigen umso schwieriger wurde, je älter er wurde. Und der in letzter Zeit sogar deutlich Tendenzen zeigte, sich in eine Richtung zu entwickeln, die Onkel Karl, der große Bruder von Appaz' Vater und selbsternannte Familienpatriarch, beim letzten Besuch am

Starnberger See bereits warnend als »typisch für einen von diesen Chaoten« erkannt zu haben glaubte. Der Auslöser für die brüderliche Warnung war die Tatsache gewesen, dass Appaz zum ersten Mal nicht in seiner knielangen Lederhose mit den grüngrau gemusterten Wanderstrümpfen erschienen war, sondern mit einer Cordhose und dem nachgemachten Militärparka, zu dessen Kauf er seine Mutter nach endlosen Diskussionen hatte bewegen können. Außerdem waren Appaz' Haare zu lang gewesen, als Kompromiss mit den Idealen seines Vaters waren sie zwar hinten immer noch sauber mit der ziependen Haarschneidemaschine ausrasiert, vorne aber fiel Appaz eine Strähne bis weit über die Augen, so dass er immer wieder mit dem Kopf rucken musste, um etwas sehen zu können.

Appaz' Vater jedenfalls hatte genug damit zu tun, seine Frau beim Abendessen hin und wieder mit nicht überhörbarem Vorwurf in der Stimme an ihre erzieherische Verantwortung zu erinnern, und ansonsten den Sohn eher ratlos als ein ihm völlig unbekanntes Wesen zu betrachten. Wie sollte er da nun auch noch etwas zur Sprache bringen, wofür ihm auch unter anderen Umständen die Worte gefehlt hätten?

Über Sex redete man nicht, Sex gehörte, wenn überhaupt, ins eheliche Schlafzimmer, schlimm genug, dass ein Oswald Kolle meinte, die Nation aufklären zu müssen und damit auch die Jugendlichen auf dumme Gedanken brachte.

So blieb Appaz also erst mal mit ungewaschenem Pimmel in der Badewanne sitzen und musste sich ansonsten Stück für Stück zusammenreimen, was sich hinter den Andeutungen von Buchmann und anderen, die schon weiter waren, verbarg.

Und auch das Aufklärungsbuch, das sie gemeinsam im Biologieunterricht durcharbeiteten, trug nur wenig dazu bei, Klarheit in die Sache zu bringen. Zwar versuchte Kerschkamp ihnen in der Pause mit dicken Bleistiftstrichen auf der Doppelseite »Der Mann – Die Frau« deutlich zu machen, wie »die Sache« aller Wahrscheinlichkeit nach ablief, aber Klaus-Dieter blieb skeptisch: »Und dann pisst der da rein oder wie?«

Aber Rockenbauch konnte Appaz zumindest erklären, was es mit der hingeschmierten Pinselschrift auf dem Stromhäuschen an der Straßenbahnhaltestelle auf sich hatte: »Fotze ficken« ergab damit für Appaz endlich einen Sinn. Und Buchmann löste schließlich auch das Problem mit dem Pimmel, der unter der Vorhaut gewaschen werden sollte: »Du musst da immer den Eichelkäse wegschrubben, weil die Frauen das sonst eklig finden!«

Ein anderes Problem ließ sich nicht so leicht lösen – Appaz' Leistungen in der Schule ließen zunehmend zu wünschen übrig, in den meisten Fächern stand er nur noch zwischen Drei und Vier, die Fünf in Latein wurde trotz Nachhilfe zur festen Größe in jedem Zeugnis. Appaz' Mutter hörte jetzt regelmäßig im Radio die Sprechstunde mit Dr. Walther von Hollander, in der andere Eltern Rat in vergleichbarer Not suchten. Und dann hatte ihr der Klassenlehrer auf dem Elternsprechtag offenbar mitgeteilt, dass Appaz' Intelligenz womöglich nicht ausreichte, um die schulischen Anforderungen befriedigend zu erfüllen – kurz entschlossen vereinbarte Appaz' Mutter einen Termin beim Schulpsychologischen Dienst, Appaz sollte einen Intelligenztest machen, um da Klarheit zu schaffen.

Appaz malte also einen Baum, Appaz ordnete kleine

Quadrate, Dreiecke und Kreise den richtigen Reihen zu, Appaz löste Rechenaufgaben und wählte aus verschiedenen aufgelisteten Materialien das aus, woraus üblicherweise ein Wohnzimmertisch hergestellt war: Holz. Appaz erledigte alle Aufgaben in der vorgegebenen Zeit – und offensichtlich auch zur Zufriedenheit der Psychologen.

Mit dem konkreten Ergebnis, das sie nach einigen Tagen mit der Post zugeschickt bekamen, hielt Appaz' Mutter zwar hinter den Berg – damit Appaz nicht »größenwahnsinnig« werde, wie sie erklärte –, aber ihr Stolz war offenkundig. Und umgehend schickte sie die nun amtliche und alle Befürchtungen zerstreuende Bestätigung der vollauf ausreichenden Intelligenz ihres Sohnes an den Klassenlehrer – was allerdings nicht eben dazu beitrug, das Verhältnis zwischen ihm und Appaz zu verbessern.

4

Der Typ, der ihnen auf den Stufen entgegenkommt, ist noch größer als Kerschkamp. Er hat einen neonfarbenen Eastpak auf dem Rücken und geht gebeugt, als hätte er aufgrund seiner Größe permanent Angst, mit dem Kopf irgendwo anzustoßen. Seine Haare sind ordentlich zur Seite gescheitelt, das Gesicht ist immer noch ein Kindergesicht und kommt Appaz augenblicklich bekannt vor. Aber erst als der lange Typ kichernd seine Hand vor den Mund hält und Appaz die abgekauten Fingernägel sieht, fällt ihm der Name wieder ein.

»Klaus-Dieter?«, fragt er dennoch zögernd.

»Du hast mich gleich erkannt, was?«, freut sich Klaus-Dieter. »Aber ich euch auch, schon als ich euch da drüben habe stehen sehen. Auch wegen eurer Haare und so. Die meisten von uns haben ja gar keine Haare mehr.« Er kichert wieder. »Nur bei Kerschkamp war ich mir erst nicht sicher. Hattest du nicht früher immer so eine komische Brille auf, mit getönten Gläsern und so, weil irgendwas mit deinen Augen nicht in Ordnung war, glaube ich, stimmt's?«

»Stimmt«, nickt Kerschkamp. »Und sonst, Alter, alles klar?«

»Klar«, sagt Klaus-Dieter und schiebt sich kichernd die Finger in den Mund. »Ihr müsst ganz schnell mitkommen«, setzt er dann hinzu. »Gremlitz ist da. Die anderen sind alle im Essensraum, aber wir stehen mit Gremlitz auf der Terrasse und er erzählt gerade! Wisst ihr überhaupt, dass er voll was geworden ist und so? Habt ihr den Audi Q7 gesehen draußen? Das ist seiner! Aber ist nur ein Leihwagen, weil er nämlich eigentlich in New York lebt, Leute! Und er ist extra wegen dem Abitreffen hier rübergekommen, mit dem Flieger, heute Morgen erst angekommen ...«

»Echt, aus Amerika?«, fragt Kerschkamp. »Und mit dem Flieger?«

»Klar«, meint Appaz. »In Schwimmen war er nie besonders gut, das hätte er nicht geschafft.«

Kerschkamp grinst.

Klaus-Dieter guckt einen Moment irritiert, dann sagt er begeistert: »Leute, ihr müsst euch das anhören! Das ist voll spannend! Gremlitz ist echt berühmt, er ist da Rockmanager oder so was!«

»Rockmanager?«, fragt Kerschkamp. »Gremlitz? Unser Gremlitz, ja?«

»Ja, sage ich doch. Und er kennt echt jeden. Ist aber total nett geblieben dabei, ganz normal und so. Kommt, der freut sich bestimmt, euch zu sehen ...«

»Und was machst du eigentlich?«, fragt Appaz, während sie hinter Klaus-Dieter die Stufen hochsteigen.

»Ach, nichts Besonderes«, murmelt Klaus-Dieter undeutlich. »So was mit Computern. In so einer Firma da. Aber es kann sein, dass sie mich kündigen. Bauen gerade Stellen ab, ihr wisst ja, wie das ist. – Da ist er! Das ist Gremlitz!«, ruft er dann und zieht sie mit sich zu der Gruppe von Leuten, die achtungsvoll um Gremlitz herumstehen.

Gremlitz trägt einen dunklen Anzug und eine Brille

mit bunt geflecktem Rahmen, in der Hand hält er eine Zigarre und gestikuliert wild, während er mit stark amerikanischem Tonfall eine Geschichte zum Besten gibt.

»Gremlitz, der kleine Schleimscheißer, sieh an«, knurrt Kerschkamp leise.

»Und da habe ich bloß gesagt, ist kein Problem, don't panic«, erzählt Gremlitz, »wenn ihr Patti Smith wollt, holen wir Patti Smith! Wusste ich, dass sie dringend Geld brauchte gerade, habe ich also mit Patti telefoniert und wir haben eine große … wie sagt man in Deutsch, Campaign gestartet, erste Platte nach über vier Jahre, und sie auf Tour geschickt, mit ihre alte Band, quer durch die States! Aber wartet mal, Leute, ich erzähle gleich weiter, muss ich nur erst mal auf die Klo. Wo war die hier noch mal, habe ich ganz vergessen …?«

Klaus-Dieter weist ihm beflissen den Weg, Gremlitz drückt ihm dafür seine Zigarre zum Halten in die Hand, dann erkennt er Appaz.

»Oh, Mann, du, the last Hippie! Hi, Kört! How's it goin?«

Das fängt ja gut an, denkt Appaz, und wir sind noch keine zehn Minuten hier! Bleib ganz ruhig, Alter, was soll's …

»Du bist in Amerika gelandet?«, fragt er zurück.

»Hört man, oder?«

»Ein bisschen. Und was machst du da?«

»Oh, bin ich in die Rock-Biz. Produziere viel, gerade der letzte CD von Patti Smith, hast du gar nicht mitgekriegt eben? Habe ich die Jungs gerade von erzählt, großer Erfolg! We're only in it for the money, ain't it?«

»Du wolltest pissen gehen!«, erinnerte ihn Kerschkamp.

»Oh, yes, stimmt. Muss ich nötig. – Aber ihr, macht ihr immer noch Musik? Müssen wir drüber reden, vielleicht kann ich was tun für euch. Machen wir nachher, okay? Oder ich gebe euch meine Karte, könnt ihr mich anrufen in die Office bei Columbia!«

»Anrufen, bei Columbia, in die Office?«, fragte Kerschkamp ebenfalls mit amerikanischem Akzent zurück.

»Ist okay, folks. Für euch habe ich immer Zeit.«

»Das ist ja gut zu wissen«, sagt Kerschkamp. »Hast du eine große Wohnung da in Amerika? Falls wir mal Urlaub in die States machen wollen, mein ich.«

»Oder braucht Patti Smith vielleicht gerade noch jemand mit einer Mundharmonika?«, macht Appaz mit. »Ich hab zwar lange nicht mehr gespielt, aber ...«

»Für Patti Smith reicht das schon«, meint Kerschkamp aufmunternd.

»Verarscht mich nicht, Leute! Das merke ich sofort ...«

Gremlitz klopft Appaz auf die Schulter und macht sich auf den Weg zum Klo.

Kerschkamp blickt fassungslos hinter ihm her. »Das gibt's doch gar nicht«, stammelt er. »Das ist ja die Lachnummer schlechthin! Glaubt der den Scheiß eigentlich selber, den er da labert?«

Die anderen bemühen sich eiligst, Appaz und Kerschkamp über Gremlitz' Werdegang aufzuklären. Gremlitz hat Jura studiert und sich auf Vertragsrecht spezialisiert. Und über irgendwelche Kontakte der alten Herren in seiner Studentenverbindung ist er dann vor ein paar Jahren in Amerika und bei Columbia gelandet.

»Er ist echt ein großes Tier da«, sagt Klaus-Dieter, »aber habt ihr ja gehört.«

Kerschkamp verdreht nur die Augen.

Erst jetzt kommt Appaz dazu, sich die anderen anzusehen, mit denen sie auf der Veranda stehen. Eher dickere und gemütliche Herren, die in ihren Jeans und betont lässigen Sweatshirts mit den Schriftzügen von irgendwelchen amerikanischen Universitäten oder Mode-Labels ein bisschen wie verkleidet aussehen, als wollten sie unbedingt noch einmal die jugendliche Dynamik demonstrieren, die ihnen im Laufe der Jahre unvermutet verloren gegangen ist.

Die Gesichter kommen Appaz vage vertraut vor, ohne dass er auf Anhieb Namen nennen könnte, vor allem irritieren ihn die Ohrstecker, die seine ehemaligen Klassenkameraden allen altersbedingten Abnutzungserscheinungen zum Trotz jetzt tragen. Nur bei dem Typen mit der Stirnglatze und dem offenen Jeanshemd, aus dem vereinzelte Büschel grauer Haare quellen, ist sich Appaz sofort sicher, wen er vor sich hat: Johnny!

Im gleichen Moment sagt Kerschkamp auch schon: »Mann, Johnny! Lange nicht gesehen. Und? Was machst du so?«

»Key Account Manager, Deutsche Bank«, erwidert Johnny betont lässig. »Jeder sieht zu, wo er bleibt, was?«

»Und spielst du noch in irgendeiner Band oder so?«

»Keine Chance. Der Job frisst mich echt auf, Alter. Ist eine Menge Verantwortung, die ich da habe. Kann ich mir kein Hobby leisten, sonst bin ich weg vom Fenster. Harte Zeiten, aber das weißt du ja selber.«

»Klar«, meint Kerschkamp. »Kenn ich. Und privat?«, setzt er dann noch hinzu, obwohl deutlich zu spüren ist, dass er bereits nach Johnnys ersten Sätzen keine große Lust mehr auf eine Fortsetzung der Unterhaltung hat.

Johnny zuckt mit der Schulter.

»Verheiratet, vier Kinder. Und seit kurzem eine Freundin.« Johnny grinst. »Zwanzig Jahre jünger. Aus der Devisenabteilung.«

Appaz versucht, sich Johnny im Anzug und mit Krawatte vorzustellen, wie er gerade mit irgendeinem armen Schwein über einen Zahlungsaufschub verhandelt. Das Ergebnis ist nicht gerade dazu angetan, ihm Johnny sympathischer zu machen.

Kerschkamp scheint es ähnlich zu gehen.

»Zwanzig Jahre jünger«, sagt er und pfeift anerkennend durch die Zähne. »Und ist gut im Bett, was? Musst du nur aufpassen, dass du nicht plötzlich den Schlaffmann machst, wenn ihr gerade dabei seid. Soll es alles geben, pass auf dich auf, du!«

»Neidisch, oder?«, fragt Johnny ungerührt. »Aber lass mal stecken. Kann ja nicht jeder so tun, als wäre Woodstock erst gestern gewesen. Manche Leute haben wenigstens verstanden, dass man irgendwann mal die Kurve kriegen muss. Und dass du und Kurt nicht dazu gehören, war ja wohl eigentlich klar.«

»Danke für den Hinweis«, sagt Kerschkamp. »Ich werd mal drüber nachdenken.«

Johnny dreht sich ohne ein weiteres Wort um und verschwindet im Essensraum.

Er würde den Zahlungsaufschub mit Sicherheit verweigern, denkt Appaz, und das arme Schwein, dem das Wasser bis zum Hals steht, mit irgendeinem arroganten Spruch wieder vor die Tür schicken.

»He, Leute«, sagt Klaus-Dieter und beißt sich nervös auf die Fingerkuppen. »Warum gleich so aggressiv? Wir waren doch alle mal befreundet, und Johnny war mal unser Held, wisst ihr nicht mehr?«

»Du sagst es«, knurrt Kerschkamp. »War mal!« Er beugt sich zu Appaz und fragt leise: »Mann, wo sind wir hier gelandet? Haben die alle einen an der Schüssel? – Weißt du, was ich schon öfter mal gedacht habe?«, setzt er dann hinzu. »Vielleicht wäre alles ganz anders geworden, wenn wir damals Mädchen bei uns in der Schule gehabt hätten! So als Korrektiv irgendwie, vielleicht wären die Typen dann nicht ganz so durchgeknallt …«

»Kommt, hört auf«, mischt sich jetzt einer der Ohrstecker ein. »Ich freu mich, euch zu sehen, Leute, echt!« Er legt Appaz und Kerschkamp die Arme um die Schultern. »Ihr erkennt mich nicht, richtig?«

»Doch«, sagt Appaz. »Buchmann! Ich glaube, ich habe neulich deine Eltern gesehen, als ich in der Siedlung war, um meine Mutter zu besuchen.«

»Na bitte, geht doch«, sagt Buchmann. »Also los, gucken wir mal, was die anderen so treiben …« Er schiebt Appaz und Kerschkamp in Richtung der Tür zum Essensraum. »Ich spiele übrigens noch manchmal Bass«, verkündet er dabei unvermittelt. »Und ich höre auch noch die alten Scheiben von früher! Ich hab mich gar nicht so sehr verändert, ich sehe nur ein bisschen anders aus als früher. – Ich bin übrigens Lehrer inzwischen«, erklärt er dann übergangslos. »Sport und Physik, und ausgerechnet in unserer alten Penne, schräg, was? Aber hat sich einfach so ergeben. Und ich meine, ist ja auch nichts weiter dabei, ist schon okay so, ist auch kaum noch einer von den alten Lehrern da …«

Appaz' Handy klingelt.

»'tschuldigung«, murmelt er und dreht sich zur Seite.

Eine SMS. Aber nicht von Darleen, sondern von seiner Tochter! Lara ist gleich nach der letzten Prüfung mit ein paar Freundinnen nach Frankreich gefahren. Eigentlich wollte sie erst kurz vor der Abifeier wieder zurückkommen, aber jetzt schreibt sie: »Ist ätzend hier, nichts los und auch keine coolen Typen da. Sind jetzt schon wieder in Le Gurp. Fahren morgen nach Hause. Lieb dich. Ich«

Appaz merkt, wie er sich freut. Vielleicht können wir dann noch für ein paar Tage irgendwo zusammen hin, denkt er.

»Freu mich«, tippt er. »Lieb dich auch. Don't drink and drive. K.«

»Kommst du heute noch mal?«, fragt Kerschkamp von der Tür her. »Was ist überhaupt los mit dir? Mit wem machst du da ständig rum?«

»Lara hat geschrieben. Sie kommen morgen schon zurück, oder übermorgen oder so.«

»Ist irgendwas passiert?«

»Nee, alles okay, glaube ich. Haben nur keine Lust mehr.«

»Kenn ich irgendwoher«, grinst Kerschkamp.

»Meine Tochter«, sagt Appaz erklärend zu Buchmann. »Sie ist gerade in Frankreich.«

»So, du hast also auch eine Tochter. Ist doch klasse, Alter, was? Ich hab drei davon …«

Zwei Jahre waren sie nicht im Landschulheim gewesen. Und Appaz war froh darüber gewesen. Das graue Gemäuer hatte ihn bei ihren früheren Aufenthalten jedes Mal in nackte Panik versetzt, ohne dass er eigentlich hätte sagen können, was genau ihm solche Angst machte.

Aber als sie jetzt mit Beginn der neunten Klasse wieder in den Deister fuhren, freute sich Appaz zu seinem eigenen Erstaunen sogar darauf. Er hatte seinen Eltern ausdrücklich untersagt, ihn zu besuchen, und sie hatten bereits die Betten untereinander verteilt, Kerschkamp und Rockenbauch und Appaz und Klaus-Dieter. Appaz wollte oben liegen, Klaus-Dieter hatte ohne zu murren zugestimmt. Eigentlich waren sie gar nicht mit Klaus-Dieter befreundet, aber irgendwie hatte er sich an sie angehängt und wich ihnen kaum noch von der Seite. Andere Freunde hatte Klaus-Dieter nicht.

Am letzten Tag vor der Abfahrt weihte Buchmann Appaz in seinen Plan ein, sich nachts an Klaus-Dieters Bett zu schleichen und dessen Hand in eine Schüssel mit lauwarmem Wasser zu tauchen, was unweigerlich dazu führen würde, dass Klaus-Dieter ins Bett machte.

»Das klappt immer«, sagte Buchmann, »der pisst sich voll, garantiert!«

Appaz wusste noch nicht, ob er Klaus-Dieter vielleicht warnen sollte.

Sie fuhren zusammen mit der Parallelklasse aus dem Französischzweig. Sie kannten sich zwar alle vom Sehen, hatten aber sonst nichts weiter miteinander zu tun. Im Bus saßen »die Franzosen« als geschlossene Gruppe hinten.

Der Busfahrer stellte das Radio an. »Let it be«.

Ein paar von den Franzosen sangen laut mit, auch Appaz mochte den Song, sagte aber nichts, als Kerschkamp verkündete, dass »Let it be« eine »typische McCartney-Schnulze« sei. Und dass es nur gut sei, dass die Beatles sich endlich getrennt hätten. Ausgerechnet Klaus-Dieter stimmte Kerschkamp zu. Appaz fand es immer noch schade, dass es die Beatles nicht mehr gab.

Er blickte kurz zu Rockenbauch hinüber, der auf der anderen Seite des Mittelganges saß. Rockenbauch hatte sich während der Sommerferien ziemlich verändert, mit seinen dunklen Haaren, die ihm bis über die Augen fielen, sah er jetzt fast ein bisschen wie ein Mädchen aus. Er war nicht länger der Klassenclown, sondern im Gegenteil eher still geworden. Den größten Teil des Unterrichts verbrachte er jetzt damit, unter dem Tisch irgendwelche Musikzeitschriften zu lesen, er hatte als Einziger auch immer die neue »Sounds«.

Appaz las lieber »Pop« oder »Pop-Foto«.

Eher nebenbei hatte Rockenbauch Appaz vor ein paar Tagen morgens in der Straßenbahn erzählt, dass sich seine Eltern getrennt hätten.

»Meine Mutter ist jetzt weg«, hatte er gesagt, »zusammen mit meinem Bruder. Und wir haben jetzt eine Haushälterin, aber die nervt.«

Mehr hatte er nicht gesagt. Und Appaz hatte auch nicht weiter nachgefragt. Er wusste, dass Rockenbauch noch einen zwei Jahre jüngeren Bruder hatte, Martin. Eigentlich nur ein Stiefbruder. Rockenbauchs richtige Mutter war schon früh gestorben, und mit der neuen Frau seines Vaters hatte Rockenbauch ständig Streit gehabt. Aber mit Martin hatte er sich immer ganz gut verstanden.

Als nächster Song kam »Lola« von den Kinks, und »Lola« war wirklich gut, da waren sich alle einig.

Unter den Franzosen war ein Typ mit ziemlich langen Haaren und einer Lederjacke mit Fransen, der eine Gitarre bei sich hatte und den alle Johnny nannten. Er schien den Text von »Lola« auswendig zu kennen und auch zu verstehen, worum es eigentlich ging, jedenfalls grinste er anzüglich, als Ray Davies sang: *»But I know what I am and I'm glad I'm a man, and so is Lola, la-la-la-la, Lola, la-la-la-la Lola …«*. Beim Refrain sang

Appaz' Klasse ebenfalls mit, auch Kerschkamp, bis der Klassenlehrer den Busfahrer aufforderte, das Radio auszustellen.

»Da kriegt man ja Kopfschmerzen«, sagte er, »und viel mehr als ›lalala‹ scheinen die ja auch nicht zu können.«

Johnny steckte zwei Finger in den Mund und stieß einen schrillen Pfiff aus, ein paar seiner Freunde, die um ihn herumsaßen, brüllten laut »buh!«.

Ihr Lehrer zuckte nur mit der Schulter, als wäre er solche Kundgebungen von seinen Schülern gewohnt. Er unterrichtete die andere Klasse in Französisch und Geschichte und war – genau wie ihr eigener Klassenlehrer – einer der Jüngeren im Kollegium, unter den Schülern galt er als schwer einzuschätzen. Er hieß Kühling und hatte den Spitznamen »Pissfleck«, wobei eigentlich keiner wusste, wieso.

Während sich der Bus durch die Kurven zum Nienstedter Pass hinaufquälte, verlas der Klassenlehrer noch einmal die »Merksätze für das Landheim«. Zu jedem Merksatz kamen irgendwelche Kommentare von Johnny und seinen Freunden, bei Merksatz Nr. 12 – »Wir wollen die Dorfbewohner stets freundlich grüßen und uns für die Dauer unseres Aufenthaltes zu ihrer Gemeinschaft zugehörig fühlen« – brachen sie in lautes Gelächter aus.

Appaz bewunderte sie für ihren Mut.

Nachdem sie ihre Rucksäcke aus dem Gepäckkasten gezerrt hatten, sollten sie sich in dem Torgewölbe versammeln, das zum Treppenhaus führte. Der Getränkeautomat neben der Eingangstür war neu, es gab Cola, Fanta und Sprite. Appaz teilte sich mit Rockenbauch eine Sprite, Johnny und seine Freunde nahmen alle Cola.

Sie wollten möglichst schnell in die Schlafsäle, aber

der Klassenlehrer ließ sie in Zweierreihen antreten und verschwand dann mit einer Flasche roten Sekt, die er für Frau Bolle mitgebracht hatte, in der Küche.

»Der will die Alte bumsen, deshalb bringt er ihr was mit, ist doch klar«, sagte Buchmann leise zu Appaz.

Von den Klos her stank es penetrant nach Desinfektionsmitteln.

»Und was soll das jetzt?«, wollte Johnny wissen. »Wieso können wir nicht schon hoch?«

Pissfleck tat so, als hätte er ihn nicht gehört.

»Das ist ja wie im Knast«, sagte Johnny. Er blickte sich um, als wollte er die Stimmung bei den anderen einschätzen. »Los, Leute, alle zusammen«, sagte er dann: »Ho-Ho-Ho-Tschi-Min! Ho-Ho-Ho-Tschi-Min!!«

Seine Freunde machten begeistert mit, und kurz darauf brüllten sie alle: »Ho-Ho-Ho-Tschi-Min! Ho-Ho-Ho-Tschi-Min! Ho-Ho ...«

Das Gewölbe der Toreinfahrt verstärkte den Hall ihrer Stimmen, sie begannen im Takt mit den Füßen zu stampfen. Pissfleck lehnte sich mit verschränkten Armen gegen die Wand, ohne irgendeine Reaktion zu zeigen. Sie brüllten noch lauter.

Der Klassenlehrer kam mit hochrotem Kopf die Treppe von der Küche heraufgestürmt. Ihr gemeinsamer Schlachtruf erstarb, nur Kerschkamp hatte noch nichts mitgekriegt und brüllte jetzt allein ein letztes Ho-Ho-Ho-Tschi-Min.

Der Klassenlehrer ignorierte ihn völlig, stattdessen fixierte er Johnny: »Wer hat damit angefangen?«

Johnny grinste nur unverschämt, ohne eine Antwort zu geben.

»Weiß irgendjemand von euch, was ihr da überhaupt gebrüllt habt?«

Keiner sagte etwas.

Der Klassenlehrer ließ seinen Blick über die Gruppe der Schüler schweifen und verharrte ausgerechnet auf Appaz.

Appaz bückte sich und tat so, als müsste er seine Schuhe neu binden.

»Irgendwas mit China oder so«, sagte Kerschkamp leise.

»Mit den Kommunisten da«, ergänzte Klaus-Dieter.

Der Klassenlehrer kniff die Lippen zusammen, Appaz konnte deutlich sehen, wie seine Kiefermuskeln die Wangenhaut spannten, aber er sagte nichts, sondern gab mit einer resignierten Handbewegung die Tür frei.

Eigentlich hätte Appaz gerne gewusst, ob Kerschkamps Antwort stimmte. Er hätte auch gerne noch ein bisschen mehr erfahren, zum Beispiel über die Mao-Bibel. Er war sich ziemlich sicher, dass es da einen Zusammenhang gab. Aber jetzt war es zu spät, um zu fragen, und er hätte sich wahrscheinlich auch gar nicht getraut.

Sie stürmten an den beiden Lehrern vorbei ins Treppenhaus und hoch zu den Schlafsälen. Während sie noch die Spinde einräumten, kam Buchmann vom Waschraum zurück.

»Johnny spielt Gitarre, Leute, oben bei denen! Los, kommt, das müssen wir sehen!«

Sie rannten hinter ihm her ein Stockwerk höher.

Die Franzosen hatten mehr Glück gehabt und den oberen Raum bekommen, der mit den freiliegenden Dachbalken zwischen den Betten gemütlicher war und nicht ganz so wie der Schlafsaal einer Kaserne wirkte.

Johnny saß auf einem Hocker im Mittelgang, er hatte die Jacke ausgezogen und jetzt nur noch ein Unterhemd mit einem Batikmuster an, um den Hals trug er eine Münze und einen Tabakbeutel, dessen Wildleder vom Gebrauch speckig glänzte. Außerdem hatte er ein Gestell mit einer Mundharmonika, wie Bob Dylan auf dem Foto, das bei Appaz zu Hause im Zimmer hing. Aber die Art, wie er Mundharmonika spielte, hatte nichts mit Bob Dylan zu tun, bei Johnny klang es irgendwie voller und kräftiger, er spielte einen Bluesrhythmus, zu dem die anderen den Takt klatschten, und sang mit einer unvermutet tiefen Stimme: *»Baby gonna love you long, never ever gonna do you wrong, sugar bee, sugar bee …«*

Auch Rockenbauch war inzwischen dazugekommen. Mit verschränkten Armen lehnte er am Fenster und beobachtete Johnnys Griffe auf der Gitarre.

Als Johnny den Song beendete, klatschten sie alle Beifall.

»Thank you very much indeed«, sagte Johnny.

»He«, meinte Klaus-Dieter und stieß Appaz mit dem Ellbogen an, »du spielst doch auch Mundharmonika, los, hol mal deine!«

Johnny blickte hoch.

»Na ja«, sagte Appaz, »nur so ein bisschen.«

»Hol mal«, nickte Johnny.

Appaz holte die Mundharmonika aus seinem Spind.

»Irgendwas von John Mayall?«, fragte Johnny. »Oder Canned Heat? Kennst du ›Going up the country‹?«

»Ich weiß nicht …«

»Spiel mal irgendwas!«

Appaz brachte ein paar eher klägliche Töne zustande, er fand selber, dass es wie ein Volkslied klang. Irgendwas, was auch seine Mutter hätte spielen können.

»Hör auf, Mann«, sagte Kerschkamp und hielt sich die Ohren zu.

»Du musst die Töne mehr quetschen und ziehen, nicht blasen!« Johnny machte vor, was er meinte. Es klang gut! Vor allem, als dann die Gitarre dazu kam und Johnny wieder zu singen anfing, diesmal mit einer hohen Fistelstimme: *»Going up the country, seven thousand miles and more, I'm going, I'm going, going to some place where I've never been before …«*

Appaz ärgerte sich, dass er seine Mundharmonika überhaupt geholt hatte. Vor allem weil Johnny jetzt jegliches Interesse an ihm verloren zu haben schien. Außerdem ärgerte er sich über Kerschkamp.

Plötzlich stand der Klassenlehrer im Raum.

Johnny spielte einfach weiter. Und als er fertig war und die anderen klatschten, sagte er wieder: »Thank you very much indeed.«

»Und was war das?«, wollte der Klassenlehrer wissen.

»Blues«, sagte Johnny. »Canned Heat. Die beste Bluesgruppe, die es gibt. Außer vielleicht noch John Mayall.«

»Ihr wisst, dass der Blues ursprünglich von den schwarzen Sklaven auf den Baumwollfeldern gesungen wurde, oder? Und wenn jetzt Weiße diese Musik spielen, dann ist das nichts als der Ausdruck imperialistischer Arroganz.«

»Ist ja der Hammer«, sagte Johnny, wobei nicht klar war, was er damit eigentlich meinte. »By Jove«, setzte er dann noch hinzu und fing wieder an zu spielen.

Der Klassenlehrer schickte Appaz und die anderen aus seiner Klasse in den Schuhputzraum.

Am Nachmittag spielten sie Fußball, Franzosen gegen Lateiner. Buchmann stand im Tor, Kerschkamp erzielte schon in den ersten Minuten einen Treffer, die Franzosen heulten wütend auf, die Lateiner jubelten.

Klaus-Dieter war nicht in die Mannschaft gewählt worden, weil jeder wusste, dass er von Fußball keine Ahnung hatte. Deshalb sollte er den Ball zurückholen, wenn ein Schuss über das Feld hinausgehen würde. Einen Zaun gab es nicht, nur die beiden Tore und die mit weißer Farbe auf den Schotter gepinselten Linien.

Auch Appaz hatte keine Ahnung von Fußball. Aber weil er mit Kerschkamp befreundet war, durfte er als Verteidiger mitspielen. Kerschkamp hatte auch Rockenbauch aufgerufen, aber Rockenbauch hatte nicht gewollt, er stand den Nachmittag über am Rand des Spielfelds, einfach nur so, als wäre er mit seinen Gedanken weit weg.

Zum Abendbrot gab es die übliche Teewurst und glitschige Graubrotscheiben, nur der Klassenlehrer bekam von Frau Bolle einen Extrateller mit Aufschnitt und verschiedenen Käsesorten hingestellt, den er sich kollegial mit Pissfleck teilte.

Dann sahen sie einen Film über den Zweiten Weltkrieg, »Die Brücke«. Als auf der Leinwand ein junger Soldat mit herausquellenden Gedärmen zusammenbrach, flüsterte Klaus-Dieter: »Ich glaube, mir wird gleich schlecht.«

Über den Inhalt des Films wurde nicht weiter gesprochen, nach den letzten Bildern schickten die Lehrer sie ins Bett.

Im Schlafsaal war Klaus-Dieter dann der Erste, der zwischen den Betten herumtorkelte und sich stöhnend den Bauch hielt, bevor er zusammensackte und mit zuckenden Beinen liegen blieb. Es dauerte nicht lange, bis sie alle durch den Mittelgang torkelten und vor Schmerzen wimmerten, als Kerschkamp sich mit einem letzten Röcheln nach vorne warf, knallte er mit dem Kopf gegen einen Bettpfosten, danach hatten sie keine Lust mehr.

Vom Schlafsaal der Franzosen hörten sie, wie Pissfleck mehrmals »Ruhe!« brüllte, gleich darauf kam der Klassenlehrer und ging noch einmal zwischen den Bettreihen hindurch, bis er ausgerechnet bei Buchmann stehenblieb und ihm mit einem Ruck die Decke wegzog, um dann die »Wochenend« zu konfiszieren, die Buchmann sich zum heimlichen Wichsen bereitgelegt hatte. Auf dem Titelblatt war eine Frau mit nackten Brüsten zu sehen, sie trug einen Slip, unter dessen Rändern ihre dichte Schambehaarung hervorquoll. Buchmann musste sein Bettzeug nehmen und für den Rest der Nacht auf eine der Holzbänke im Essensraum umziehen.

Am nächsten Morgen saß Appaz auf dem Klo. Die Türen endeten zwanzig Zentimeter über dem Boden, und wenn man sich auf die deckellose Schüssel stellte, konnte man oben über die Trennwand in die Nachbarkabine gucken. Appaz versuchte, immer erst dann in eine Kabine zu gehen, wenn kein anderer da war. Er wollte gerade nach der Papierrolle greifen, als die Verbindungstür zum Schuhputzraum aufging und sich zwei Schüler an die Pissrinne stellten. Appaz konnte ihre Schatten auf dem Fußboden sehen. Der Stimme nach musste der eine Kerschkamp sein, die Stimme des anderen kannte Appaz nicht.

»Mann, ich hab voll die Morgenlatte«, sagte Kerschkamp.

»Weißt du, was du beim Wichsen mal machen musst?«, fragte der andere und kicherte. »Macht mein Bruder immer. Du musst dir Reiskörner unter die Vorhaut schieben! Mein Bruder sagt, das zwiebelt so, dass du sofort abspritzt.«

»Echt?«, fragte Kerschkamp.

»Echt. Mein Bruder hat gesagt, neulich hat er bis hoch auf den Spiegel gespritzt. Bei uns im Bad, weißt du?«

»Scharf«, sagte Kerschkamp. »Hast du das auch schon mal gemacht?«

»Mach ich noch. Wenn wir wieder zu Hause sind.«

»Ich auch«, sagte Kerschkamp.

Appaz überlegte kurz, wo seine Mutter eigentlich den Reis aufbewahrte. Und ob der Reis gekocht sein müsste. Wahrscheinlich aber nicht.

Nach dem Frühstück teilte der Klassenlehrer ihnen mit, dass sie mit dem Linienbus nach Springe fahren würden.

»Zu einer Informationsveranstaltung der Bundeswehr«, sagte er, »vielleicht gibt es sogar die Möglichkeit, mit einem Hubschrauber zu fliegen!«

Appaz hatte zu Hause über seinem Schreibtisch die technische Zeichnung eines Sikorski-S-65-Transport-Hubschraubers hängen, ein Poster, so groß wie drei quer nebeneinanderliegende Din-A-4-Blätter, allein schon das Format begeisterte Appaz. Gleich daneben hing seine Zeichnung eines selbst entworfenen Sportwagens, zu der Kerschkamp mal irgendwann mit aufrichtiger Bewunderung gesagt hatte: »Irre, Mann, so würde ich auch gerne zeichnen können!«

Appaz hatte beide Bilder eigentlich schon längst abnehmen wollen, weil sie ihm zu kindlich vorkamen. Aber zunächst hatte er nur ein Poster von den Beatles über sein Bett gehängt, bis auf McCartney alle mit Vollbärten und schulterlangen Haaren, und Lennon mit seiner runden Brille und einem Schlapphut. Daneben hingen ein paar Fotos, die er sorgfältig aus verschiedenen

Zeitschriften ausgeschnitten hatte: Bob Dylan, Mick Jagger, Jimi Hendrix, Roger Daltrey mit Fransenjacke und zum Kreuz ausgebreiteten Armen, und seit kurzem auch Robert Plant. Der mit seinen Locken fast ein bisschen an Johnny erinnerte.

Der Hubschrauber auf der Bundeswehr-Schau war tatsächlich ein S-65 mit Tarnanstrich und der Aufschrift HEER quer über die Seite.

Der Platz, auf dem der Hubschrauber stand, war mit Absperrgittern umzäunt, aber Pissfleck winkte sie schon zu einem Panzer, den man besichtigen konnte. Jeweils in Dreiergruppen durften sie durch das Turmluk klettern, Pissfleck zeigte ihnen den Fahrersitz und den Platz des Richtkanoniers, wenn man an einem Rad kurbelte, senkte oder hob sich das Mündungsrohr, mit einem anderen Rad ließ sich die gesamte Kuppel schwenken. Buchmann richtete das Mündungsrohr genau auf den Hubschrauber und brüllte begeistert »Bumm!«. Als Nächster wollte Kerschkamp an das Rad.

Appaz wollte nur schnell aus der nach Dieselöl und Metall riechenden Enge zurück ans Tageslicht. Als er von der Kette auf den Boden sprang, stand der Klassenlehrer vor ihm.

»Na, ist das was für dich? Willst du auch mal Soldat werden?«

»Nein, eigentlich nicht«, stotterte Appaz.

»Aber dein Vater war doch Soldat, oder?«

»Ja, in Finnland, in Alakurtti, am Polarkreis. Und dann noch in Norwegen.«

»Na, du scheinst ja gut Bescheid zu wissen«, meinte der Klassenlehrer.

Appaz fand, dass jede Frage, die der Klassenlehrer ihm stellte, immer etwas von einer Prüfung hatte. Nur wusste er nie, was für eine Antwort er geben sollte. Und jetzt hatte er das deutliche Gefühl, dass er vielleicht lieber nichts von seinem Vater hätte sagen sollen, irgendwie schien es ihm so, als würde der Klassenlehrer jetzt denken, dass Appaz begeistert vom Krieg war.

»Aber ich finde es eigentlich doof«, sagte er deshalb schnell, »Panzer und so, und Krieg, meine ich.«

»Na, das kommt schon noch, warte mal ab«, erklärte der Klassenlehrer und ließ Appaz einfach stehen.

»Irgendwie kapiere ich das nicht«, sagte Rockenbauch. »Ich meine, was will er denn eigentlich? Wenn er die Bundeswehr doof findet, hätte er ja nicht mit uns hierher kommen brauchen. Oder glaubst du, dass er Panzer und so was eigentlich gut findet?«

Er zeigte auf den Klassenlehrer, der gerade selber auf den Panzer kletterte. Wobei er sorgfältig darauf bedacht war, dass seine Hose nicht mit der ölglänzenden Kette in Berührung kam.

Appaz guckte sich zusammen mit Rockenbauch und Klaus-Dieter einen Unimog an, die Stollenreifen gingen ihnen fast bis zur Brust.

»Mein Vater hat mal erzählt, dass sie im Krieg in Norwegen unter einer Brücke durch mussten, aber die Laster waren zu hoch. Also haben sie einfach die Luft aus den Reifen gelassen und hinterher wieder aufgepumpt.«

»Mein Vater war in Frankreich«, sagte Klaus-Dieter. »Und einmal mussten sie durch einen Fluss schwimmen, mein Vater und noch ein Kumpel. Der andere ist ertrunken, aber mein Vater hat es geschafft.«

Ein DKW-Mungo knatterte mit einer blauen Qualmfahne an ihnen vorbei. Es stank nach Zweitakt-Gemisch.

»VW-Kübel waren besser«, sagte Appaz. »Die DKWs bringen es nicht.«

Der Klassenlehrer rief sie zu der Absperrung am Hubschrauber. Es würde zwei Rundflüge geben, jeder mit zehn Schülern. Das Los würde entscheiden. Die Lose waren unterschiedlich lange Papierstreifen, Appaz erwischte einen langen Streifen.

»Viel Spaß«, sagte Klaus-Dieter, der Pech gehabt hatte. Allerdings sah er nicht so aus, als wäre er darüber besonders unglücklich.

Zu Appaz' Gruppe gehörten auch Kerschkamp und Johnny, als letzter kam noch Rockenbauch dazu. Sie quetschten sich aufgeregt nebeneinander auf die Sitzbänke und schnallten sich an. Als sich die Rotorblätter in Bewegung setzten, brüllte Johnny gegen den Lärm an: »In Vietnam hören sie immer Hendrix, wenn sie zu einem Einsatz losfliegen. ›Purple Haze‹ und so was, volles Brett!«

Der Pilot hielt seinen Arm mit dem ausgestreckten Daumen nach oben, dann fing der Hubschrauber an zu steigen. Appaz spürte, wie sich sein Magen zusammenzog.

»Mann, wie im Fahrstuhl!«, brüllte Johnny und beugte sich zum Fenster. Er zeigte nach unten, wo die anderen standen und winkten. Der Klassenlehrer hielt mit einer Hand seine sorgfältig gescheitelten Haare, sein Jackett flatterte im Sog der Rotorblätter. Die Gruppe wurde schnell kleiner. Als der Pilot den Hubschrauber in eine schräge Kurve zog, konnten sie das ganze Gelände überblicken, die Fahrzeuge sahen aus wie Spielzeugautos, auch der Panzer hatte jede Bedrohlichkeit verloren. Dann rauschten sie dicht über die Baumwipfel am Berghang, bei der nächsten Kurve beugte sich

Kerschkamp plötzlich vor und spuckte einen übelriechenden Schwall auf seine Schuhe. Er war fast grün im Gesicht, und auf seiner Stirn glänzten dicke Schweißtropfen.

Als Johnny grinste, grinste Appaz zurück.

Rockenbauch holte ein Papiertaschentuch aus seiner Hose und hielt es Kerschkamp hin.

Der Flug dauerte gerade mal zehn Minuten, Kerschkamp musste noch zweimal kotzen, dann sprangen sie vom Hubschrauber auf den rissigen Beton des Landeplatzes und rannten geduckt zu den anderen zurück.

»War gut, Alter, oder?«, fragte Johnny und boxte Appaz gegen den Arm.

Appaz nickte.

Er war froh, wieder festen Boden unter den Füßen zu haben. Ihm war noch ein bisschen schwindlig, aber wenigstens war ihm nicht schlecht geworden. Und Johnny hatte ihm zugegrinst und sogar »Alter« zu ihm gesagt!

»Dachte ich mir doch, dass dir so was gefällt«, meinte der Klassenlehrer und betrachtete Appaz einen Moment kopfschüttelnd, als würde er in ihm bereits den späteren Kampfpiloten sehen.

Am Abend nach dem Hubschrauberflug erwischte der Klassenlehrer Kerschkamp und Buchmann im gleichen Bett.

»Wir haben überhaupt nichts weiter gemacht«, versuchte sich Buchmann zu verteidigen, »nur was erzählt.«

Allerdings konnten sie deutlich seinen Ständer sehen, der sich unter dem Stoff der Badehose abzeichnete. Sie trugen fast alle halblange Bermuda-Badehosen anstelle von Schlafanzügen, Appaz' Badehose hatte ein orange-rotes Blumenmuster. Nur Klaus-Dieter hatte einen Schlafanzug an, grau mit hellblauen Streifen.

Kerschkamp sagte gar nichts, sondern tastete nur nach seiner Brille, um dann mit seinem Bettzeug unter dem Arm hinter dem Klassenlehrer her in den Essensraum zu stolpern.

Buchmann kam diesmal für den Rest der Nacht ins Krankenzimmer.

»Wenn sie noch welche von uns erwischen, kriegen sie ein Problem«, stellte Rockenbauch leise fest. »So viele Möglichkeiten haben sie nicht mehr, uns noch irgendwo unterzubringen.«

Als Appaz wenig später aus dem Nesselschlafsack kroch, um pinkeln zu gehen, sah er, wie sich Rockenbauchs Decke rhythmisch auf und ab bewegte.

Appaz hangelte sich nach unten, bis seine Füße den kalten Linoleumboden berührten. Im gleichen Moment spürte er Klaus-Dieters Hand auf seinem steifen Schwanz.

»Du alte Sau«, flüsterte Klaus-Dieter.

Am nächsten Tag machten sie eine Wanderung zum Nordmannsturm. Der Klassenlehrer trug wie üblich sein grünes Jackett und die Bügelfaltenhose. Er kam schnell außer Atem und schwitzte stark.

Appaz fragte Johnny nach der Münze, die er wieder um den Hals trug.

»Ein One-Penny«, erzählte Johnny bereitwillig. »Aus England, hat mir mein großer Bruder mitgebracht, als er in London war. Er hat die Stones im Hydepark gesehen, Open Air, Alter, und er hat alles auf Super 8! Muss ich dir mal zeigen, wenn wir wieder in Hannover sind.«

Gleich hinter ihnen ging der Klassenlehrer und diskutierte mit Klaus-Dieter. Der Klassenlehrer hatte sein Jackett ausgezogen und trug es jetzt mit dem Zeigefinger in der Schlaufe über seiner Schulter. Alle paar Meter zog Klaus-Dieter hoch und spuckte neben sich an den Wegrand.

»Seid ihr Freunde oder so was?«, wollte Johnny wissen.

»Nicht richtig«, sagte Appaz ausweichend. »Eigentlich sind nur Kerschkamp und Rockenbauch meine Freunde.«

Nach dem Abendessen spielten sie Tischtennis. Nur die Lateinklasse. Am nächsten Tag sollten dann die beiden Besten von ihnen gegen die zwei besten Franzosen antreten. Rockenbauch war richtig gut, und Appaz kam bis in die Zwischenrunde, dann verlor er mit 22 zu 24 ausgerechnet gegen Klaus-Dieter.

»Das kann aber noch besser werden«, sagte der Klassenlehrer, als er Appaz von der Liste strich. Appaz bezweifelte im Stillen, dass der Klassenlehrer überhaupt jemals selber einen Tischtennisschläger in der Hand gehalten hatte.

In einem Anbau neben der Tischtennishalle war der Werkraum. Kerschkamp hatte sich den Schlüssel geben lassen, weil er mit seinem Glasauge sowieso nicht an dem Turnier teilnehmen konnte. Als Appaz jetzt an der Tür vorbeikam, winkte Kerschkamp ihn aufgeregt zu sich.

»He, komm mal! Hilf mir mal!«

Hinter einem Stapel Holzplatten hatte Kerschkamp eine Lautsprecherbox entdeckt. Oben auf der Box lag ein Schaukasten mit aufgespießten Schmetterlingen, die auf keinen Fall aus dem Deister kommen konnten. Ein Schmetterling war fast handtellergroß und schimmerte grünlichblau. Die Glasscheibe war zerbrochen, die lateinischen Beschriftungen waren verblasst, ein

Schmetterling fehlte. Gemeinsam schleppten sie den Schaukasten zur Werkbank hinüber und räumten die Holzplatten zur Seite.

»Mann, guck mal hier!«, rief Kerschkamp und zog einen Pappkarton hinter der Lautsprecherbox hervor.

DYNACORD, las Appaz die Aufschrift auf dem Deckel.

»Weißt du, was das ist?«, fragte Kerschkamp. Seine Stimme klang triumphierend.

Appaz hatte keine Ahnung.

»Ein Verstärker, Mann!«

Kerschkamp machte den Deckel auf.

»Alles da«, flüsterte er fast andächtig. »Kabel und alles. Und sogar ein Mikro!«

Er blickte sich suchend um. Dann steuerte er zielstrebig auf die Farbeimer zu, die aufgereiht an der Wand standen. Mit einem von Farbresten verkleisterten Rührstock klopfte er nacheinander auf die Deckel der Eimer. Je voller die Eimer waren, desto dumpfer klang es.

»Das geht«, stellte Kerschkamp zufrieden fest. »Klingt fast wie echt.«

»Was?«, fragte Appaz. »Was machst du da überhaupt?«

»Wir machen eine Band auf, ist doch klar, Mann! Johnny hat einen Tonabnehmer für die Gitarre dabei, und dann schicken wir Gitarre und Gesang über den Verstärker hier, und ich bau mir Drums aus den alten Eimern. Und dann schleppen wir alles rüber in den Essensraum, wo das Klavier steht. Klavier, Drums und Gitarre ...«

»Soll ich den anderen Bescheid sagen?«, fragte Appaz. »Also Johnny und so, meine ich?«

Kerschkamp nickte.

»Und überleg dir schon mal einen Namen!«, rief er hinter Appaz her. »Für die Band ...«

Pissfleck lehnte neben der Tür zum Schuhputzraum und rauchte. Appaz drückte sich an ihm vorbei. Er rannte die Treppen hoch, ohne Licht anzumachen. Auf dem obersten Absatz hockte einer der Franzosen. Er sprang erschreckt auf. Als er Appaz erkannte, sagte er: »Mann, ich dachte schon, es wäre einer von den Paukern!«

»Ich will zu Johnny.«

»Geht nicht. Kannst da jetzt nicht rein.« Der Franzose grinste. »Wir machen gerade Wettwichsen. Ich steh Wache, falls einer von den Paukern kommt.«

»Pissfleck ist draußen und raucht. Und unserer ist noch beim Tischtennis.«

»Okay, komm ...«

Der Franzose machte die Tür zum Schlafsaal auf und zog Appaz mit sich.

Eine Gruppe von Schülern stand eng gedrängt im Mittelraum und feuerte halblaut die beiden an, die auf den Betten lagen und wichsten.

»Au Mann, ist das Scheiße!«, stöhnte der eine. »Ich kann nicht, wenn ihr alle um mich rumsteht.«

»Du musst an dicke Titten denken«, sagte Johnny. »Stell dir einfach einen Tittenfick vor, dann kommst du sofort!«

Johnny hielt eine Stoppuhr in der Hand. Er nickte Appaz grinsend zu. Appaz überlegte angestrengt, was um alles in der Welt ein Tittenfick sein könnte.

»Ich komme!«, brüllte jetzt der auf dem Bett genau vor ihnen. »Jaaa!«

Nach seiner Stimme war er der, den Appaz zusammen mit Kerschkamp an der Pissrinne gehört hatte. Der mit den Reiskörnern. Die anderen nannten ihn Ratte, das hatte Appaz inzwischen mitgekriegt.

»Einundvierzig Sekunden«, stellte Johnny fest. »Nicht schlecht.«

»Zeig mal«, verlangte einer der Franzosen. »Mach mal Licht an!«

Im Schein der Neonröhre begutachteten sie das vollgewichste Taschentuch.

»Ist ja voll gelb«, sagte einer. »Eklig irgendwie.«

Appaz versuchte, Johnnys Blick auf sich zu ziehen. Er deutete mit dem Kopf zur Tür. »Komm mal eben mit zum Werkraum, ich muss dir was zeigen …«

Am nächsten Morgen nach dem Frühstück trug Johnny ihr Anliegen vor. Dass sie mit der neuen Band unbedingt ein paar Songs proben müssten. Gitarre, Drums und Klavier.

»Ist doch gut«, erklärte Johnny. »Französisch- und Lateinklasse zusammen, ein Gemeinschaftsprojekt, you know? Ich meine, wir sollen doch immer was zusammen machen, also, können wir?«

Die anderen brüllten begeistert ihre Zustimmung.

»Und wer spielt Klavier?«, fragte der Klassenlehrer skeptisch. Als wäre das Klavier als einziges ernst zu nehmendes Instrument ausschlaggebend für seine Entscheidung.

»Rockenbauch! Los, komm, Alter, zeig mal was!«

Dass Rockenbauch Klavier spielte, hatte sich erst gestern Abend rausgestellt. Als sie überlegt hatten, wer zur Band gehören sollte. Johnny Gitarre, Mundharmonika und Gesang, Kerschkamp Drums und eventuell noch Buchmann als zweiter Sänger – Buchmann konnte immerhin den Text von »I'm the walrus« fast auswendig. Appaz sollte die Technik übernehmen.

»Als Roadie, you know?«, hatte Johnny erklärt. »Das Mikro runterregeln, wenn es Rückkopplungen gibt, und so was.«

Buchmann hatte unerwartet behauptet, dass er auch Bass spielen könne, aber sie hatten keinen Bass, nur das Klavier im Essensraum. Und nachdem Buchmann ein paar Töne geklimpert hatte, war zumindest klar, dass er auf keinen Fall Klavier spielen konnte.

»Ich kann das machen«, hatte Rockenbauch plötzlich zu ihrer Verblüffung gesagt, »ich spiele Klavier.«

Sein unerwartetes Selbstbewusstsein ließ sie seinen Vorschlag ohne Zögern akzeptieren.

Trotzdem beobachteten sie jetzt nervös, wie er zum Klavier ging und den Deckel hochklappte. Noch im Stehen schlug er ein paar Tasten an.

»Müsste mal wieder gestimmt werden«, sagte er, während er den Klavierhocker auf die richtige Höhe drehte.

Dann fing er an zu spielen. »Lady Madonna«.

Der Klassenlehrer guckte an die Decke. Pissfleck wippte mit dem Fuß.

Rockenbauch spielte mit geschlossenen Augen. Er wechselte zu einem Boogie Woogie, dann zu einem langsamen Blues. Die Leichtigkeit, mit der seine Hände über die Tasten glitten, ließ sie mit offenen Mündern dasitzen und ihm zuhören.

»Mann, ist ja irre«, sagte Kerschkamp leise und begann, mit den Händen auf seinen Knien den Takt zu trommeln.

Johnny grinste zufrieden.

Als Rockenbauch plötzlich wieder zu der Melodie

von »Lady Madonna« zurückkehrte, klatschten sie begeistert Beifall.

Der Klassenlehrer nickte mit zusammengekniffenen Lippen und verließ ohne ein weiteres Wort den Raum.

Sie probten den ganzen Samstag über. Appaz hatte die Idee gehabt, dass sie am Sonntag nach dem Mittagessen auftreten sollten. Und wenn tatsächlich ein paar Eltern kämen, könnten sie gleich mit zuhören.

Klaus-Dieters Eltern hatten sich angesagt. Weshalb Klaus-Dieter Appaz auch fragte, ob er nicht irgendwie mitmachen könnte. Neben Appaz am Verstärker sitzen oder so was. Als Appaz ablehnte, sagte Klaus-Dieter: »Was ihr spielt, ist sowieso Scheiße. Und außerdem hat Kerschkamp noch nicht mal ein richtiges Schlagzeug.«

»Drums«, korrigierte ihn Appaz.

Appaz hatte auch die Idee für den Namen ihrer Band gehabt: »The Hungry Freaks«. Warum Appaz ausgerechnet auf »hungry« gekommen war, wusste er selber nicht so recht, aber irgendwie klang es nach Aufstand und Revolution. Und Freaks waren so was wie Hippies. »Ausgeflippte«, hatte Johnny gesagt, »so Typen, die gegen Vietnam sind und so und die Welt verändern wollen, you know?«

Sie fanden alle, dass der Name gut für eine Band passte.

Appaz malte mit schwarzer Farbe einen Schriftzug auf den größten Eimer von Kerschkamps Drums. Das »s« kriegte er nicht so gut hin, irgendwie war der untere Bogen kleiner als der obere, aber Kerschkamp sagte trotzdem: »Scharf. Wenn wir wieder in Hannover sind, besorge ich mir sowieso ein echtes Drum-kit, dann musst du mir das da auf die Bass draufmalen.«

Ansonsten hatte Appaz nicht viel zu tun. Wenn es

Rückkopplungen gab, musste er die Lautstärke runterdrehen. Und zwischen den Songs holte er für die anderen Cola vom Getränkeautomaten.

Johnny wollte unbedingt mit »Going up the country« beginnen, danach sollte Buchmann »I'm the walrus« singen. Buchmann zog sich zum Singen seinen ausgebeulten Parka an, in der rechten Tasche hatte er einen Zettel mit dem Text und ein Päckchen Reval ohne Filter, das er im Laufe des Nachmittags zusammen mit Johnny auf der Veranda wegrauchte. Immer mit einem Blick zu den Fenstern der beiden Lehrerschlafzimmer hinauf, aber weder der Klassenlehrer noch Pissfleck ließen sich sehen.

»Roth-Händle sind eigentlich besser«, erklärte Johnny, während er einen fast perfekten Rauchring in den Himmel blies.

Die meisten der Anderen waren auf dem Fußballplatz, nur Ratte und noch zwei von den Franzosen hingen die ganze Zeit über auf den Stühlen im Essensraum rum und klatschten nach jedem Song Beifall. Irgendwann erlaubte Buchmann ihnen, zum Mikrofon zu kommen und den Refrain mitzusingen: *»I am the eggman, they are the eggman, I am the walrus, goo goo goo joob …«*

Appaz hätte auch gerne mitgesungen, traute sich aber nicht zu fragen.

Rockenbauch ließ sie immer wieder von vorne anfangen, bis er endlich zufrieden war. Johnny hatte eine kurze Auseinandersetzung mit ihm, wer bei welchem Song das Solo spielen durfte, sie einigten sich darauf, dass Johnny alle Soli spielen würde und Rockenbauch dafür einen Boogie Woogie, ohne Gesang, nur von Kerschkamps Schlagzeug begleitet.

Kerschkamp drosch so stark auf seine Farbeimer, dass er bei jedem Song mindestens einen der Rührstöcke zerbrach, die er als Trommelstöcke benutzte. Bis Ratte und die beiden anderen in den Wald verschwanden, um ihm einen Vorrat an passenden Ästen zu besorgen.

Als der Rest von ihnen vom Fußballspielen zurückkam, gaben sie kurzentschlossen ein erstes Konzert.

»Nur eine Probe, für morgen, you know«, erklärte Johnny.

Sie spielten zweimal hintereinander »Sugar bee«, dann »Going up the country«.

Pissfleck lehnte an der Wand und wippte wieder mit dem Fuß im Takt, der Klassenlehrer blieb in der halboffenen Tür stehen und hielt sich demonstrativ die Ohren zu. Als Rockenbauch mit seinem Boogie begann, zog er die Augenbrauen zusammen. Appaz hatte das Gefühl, dass er Rockenbauchs Spiel als persönlichen Angriff sah. Gerade weil Rockenbauch so gut spielte, schien er jetzt viel mehr als Johnny oder Kerschkamp die Wut des Klassenlehrers auf sich zu ziehen. Vielleicht hatte es auch damit zu tun, dass Rockenbauch nicht aus der Französisch-Klasse war, sondern einer seiner eigenen Zöglinge. Appaz ahnte aber, dass Rockenbauch einen entscheidenden Fehler gemacht hatte. Er war »auffällig« geworden, und das würde der Klassenlehrer nicht einfach so hinnehmen …

Nach dem Abendessen ging Appaz in den Schuhputzraum, um seine durchgeschwitzten Segeltuchturnschuhe auszuziehen. Plötzlich stand der Klassenlehrer hinter ihm.

»Hältst du das wirklich für Musik, was ihr da macht? Gefällt dir das?«

»Ja, klar! Also, ich meine«, stotterte Appaz, »Rockenbauch ist doch echt gut, find ich, und ...«

»Hat jemals einer von euch Dvorak gehört? Oder Tschaikowski? Beethoven? Bach?«

»N ... nein, also, ich weiß nicht ...«

Der Klassenlehrer schüttelte den Kopf und ging.

Am Abend sollte eine Nachtwanderung stattfinden.

Der Klassenlehrer ließ sie in der Tordurchfahrt antreten.

»Euer Auftritt morgen findet nicht statt«, erklärte er unvermittelt. »Nach dem Frühstück bringt ihr die Sachen in den Werkraum zurück. Und es wird auch keine weiteren Proben geben.«

Johnny war der erste, der nach einem Moment ungläubiger Verblüffung reagierte.

»Aber wieso? Was soll das? Das war doch so abgesprochen!«

»Ich verbiete es, ganz einfach.«

5

Kerschkamp steuert auf ein paar freie Plätze am Ende der als Hufeisen aufgestellten Tische zu. Sie setzen sich über Eck, Buchmann, immer noch ohne Pause redend, gleich neben Kerschkamp, Klaus-Dieter wie selbstverständlich neben Appaz.

Appaz blickt sich um. Es ist offensichtlich nicht nur ihre alte Klasse eingeladen, sondern der gesamte Abitur-Jahrgang. So um die hundert Schüler müssen sie damals gewesen sein, Appaz schätzt, dass ungefähr zwanzig gekommen sind, vielleicht fünfundzwanzig. Nicht allzu viele, denkt er, und mit einigen Gesichtern kann er so gut wie gar nichts anfangen, aber es ist ihm auch egal.

Schräg gegenüber steht Gremlitz und beglückt jetzt die Leute dort drüben mit seiner Anwesenheit. Appaz entdeckt Nurminski, der ihm freundlich zuwinkt, etwas näher bei ihnen sitzt Lepcke. Weil er eine Glatze hat, braucht Appaz einen Augenblick, bis er ihn erkennt.

Er nickt. Lepcke nickt zurück.

Vor jedem Platz steht ein Teller mit einem Stück Käsekuchen, in regelmäßigen Abständen sind Thermoskannen mit Kaffee aufgebaut.

Klaus-Dieter hält immer noch Gremlitz' Zigarre in der Hand, die inzwischen ausgegangen ist. Er betrachtet den kalten Stummel einen Moment, dann schiebt er ihn sich kurzentschlossen in die Brusttasche seines karierten Hemdes.

»Als Andenken«, flüstert er Appaz zu. »Aber nicht Gremlitz sagen, okay?«

Kerschkamp gießt sich eine Tasse Kaffee ein. Dann beugt er sich zu Appaz und sagt: »Ich hab gerade eine Idee für eine Geschichte, vielleicht kannst du da mal was draus machen. Pass auf: Ein Typ geht zu so einem Treffen wie hier, obwohl er nie dabei war. Aber keiner traut sich, irgendwas zu sagen. Weil alle denken, es wird schon stimmen und sie erkennen ihn nur nicht. Mach was draus, Alter! Einen Krimi vielleicht ... Das ist der Plot überhaupt für einen Krimi! Aber vergiss nicht, dass ich Prozente kriege für die Idee!«

Kerschkamp wirft seinen grauen Zopf zurück und schiebt sich eine Gabel voll Käsekuchen in den Mund.

»Finde ich übrigens gut, dass du jetzt Bücher schreibst«, mischt sich Buchmann ein, bevor Appaz irgendetwas sagen kann. »Ich würde auch gerne schreiben, aber ich komme einfach nicht dazu. Zu erzählen hätte ich genug, da kannst du aber einen drauf lassen!«

»Und ich wäre gern Gehirnchirurg«, antwortet Appaz, »aber mir geht's wie dir, ich komme einfach nicht dazu.«

»Sehr witzig«, sagt Buchmann. Aber er scheint Appaz nicht wirklich böse zu sein. »Schon klar, kapiert. Wahrscheinlich labert dich jeder voll mit so einem Scheiß. Aber ich bin manchmal echt ein bisschen neidisch auf dich. Muss geil sein, einfach nur zu schreiben und sich um nichts weiter kümmern zu müssen.«

»Außer dass Kurt manchmal nicht weiß, von was er die Miete bezahlen soll«, knurrt Kerschkamp. »Echt geil, und während du arme Sau dein Weihnachtsgeld zählst, sitzt er da und genießt einfach seine Freiheit! Der Künstler im Bett unterm Regenschirm, weil das Dach undicht ist, kennen wir, Alter. Hör auf, von was zu reden, wovon du keine Ahnung hast!«

»Lass gut sein«, sagt Appaz. »Ist doch okay. Ich hab keine Lust auf das Thema.«

»Ist nicht okay«, beharrt Kerschkamp. »Diese blöde Arroganz geht mir so was von auf den Sack!« Er dreht sich zu Buchmann. »Es war doch deine Entscheidung, Lehrer zu werden, oder? Hat dich doch keiner dazu gezwungen, du hättest genauso wie Kurt auf irgendwelche Scheiß-Sicherheiten verzichten können und …«

Appaz hört nur noch mit halbem Ohr hin, wie Kerschkamp sich mit Buchmann streitet. Sein Blick wandert wieder zum gegenüberliegenden Tischende. Gremlitz hat sich inzwischen gesetzt. Johnny steht halb über ihn gebeugt, mit dem Arm auf Gremlitz' Stuhllehne, sie und noch ein paar andere diskutieren mit den zwei Lehrern, die Appaz erst jetzt richtig zur Kenntnis nimmt. Der eine ist ohne Zweifel ihr alter Klassenlehrer, Appaz könnte wetten, dass das schiefsitzende hellgrüne Jackett immer noch das gleiche ist, das er schon vor vierzig Jahren angehabt hat. Nur dass aus dem ehemals großen breitschultrigen Mann mittlerweile ein kleines eingefallenes Männchen geworden ist, dessen Gesichtszüge unter den spärlichen, grauen Haarsträhnen wie zerknittert aussehen. Ganz anders als bei seinem Kollegen, der mit dem weißhaarigen Stoppelschnitt und braungebrannten Gesicht eher wirkt wie ein nur leicht gealterter Playboy, der sein Leben immer noch in vollen Zügen genießt.

»Wer ist der andere Lehrer?«, wendet sich Appaz an Klaus-Dieter. »Der neben dem Klassenlehrer?«

»Du meinst Zint?! Ist ja irre, hast du ihn nicht erkannt? Aber stimmt schon, er ist echt gut drauf noch, obwohl er ja auch schon an die siebzig sein muss. Ich hatte ihn ja die letzten Jahre noch, weil ich im mathematischen Zweig war, weißt du ja. Also klar, es war schon ein bisschen schwierig mit ihm, er hat mir in Latein auch mal eine Fünf reingehauen, aber war auch meine eigene Schuld, ich meine, ich hätte ja mehr tun können, und leicht gemacht haben wir es den Lehrern auch nicht gerade, du, das muss man ja mal sagen. Aber das ist jetzt vergessen, und es ist doch echt schön, dass sie beide da sind, oder? Du hattest Zint doch übrigens auch, in der Unterstufe, in Sport, weißt du das nicht mehr?«

Klaus-Dieter strahlt irgendwie gerührt.

Appaz weiß nicht, was er antworten soll.

Kerschkamp streitet sich immer noch mit Buchmann.

Was machen wir hier eigentlich, denkt Appaz, was wollen wir hier? Das gibt doch alles keinen Sinn. Aber es passiert genau das, was ich befürchtet habe. Kerschkamp nutzt die Gelegenheit, um sich mit jedem anzulegen, der seiner Meinung nach irgendetwas Falsches sagt. Und Buchmann ist ihm da gerade recht gekommen!

Appaz ertappt sich dabei, dass er selber sich fast freut, die alten Leute wiederzusehen. Aber es liegt auch ein bisschen an uns, denkt er, wir müssen wenigstens versuchen, uns auf die anderen einzulassen. Vielleicht nicht gerade auf Gremlitz, der ja offensichtlich eine Show abziehen will. Oder Johnny, bei dem ich gar nicht weiß, was ich von ihm halten soll. Trotz seiner Sprüche wirkt er eher farblos, und er scheint ein ziemliches Arschloch geworden zu sein, was immer nun ein Key Account Manager eigentlich macht. Aber Buchmann ist okay und

Klaus-Dieter ist einfach nur nett. Verdammt, denkt er gleich darauf, ich will ihn überhaupt nicht nett finden, nicht ausgerechnet Klaus-Dieter. Er nervt. Er ist genauso doof wie früher. Nett, aber doof. Und er versucht immer noch, sich bei jedem gleich anzubiedern.

Appaz guckt zu Lepcke hinüber, der sich gerade quer über den Raum mit einem anderen ehemaligen Mitschüler unterhält, den Appaz beim besten Willen nicht einordnen kann. Es geht um die Spam-Mails, die sie beide täglich auf ihren PCs vorfinden.

»Du glaubst gar nicht, was ich da jeden Tag so reinkriege«, erzählt der andere. »Vor allem dauernd diese Dinger, wo sie mir einreden wollen, dass mein Willi nicht groß genug wäre. Da wüsste ich aber was von, du!«

»Genau«, bestätigt Lepcke, »das meine ich aber auch.«

Er fühlt sich eindeutig nicht wohl in seiner Haut, Appaz erinnert sich, dass Lepcke auch früher schon eher ablehnend reagiert hat, wenn es um irgendwelche Männerwitze ging.

Appaz beugt sich vor und fragte laut: »Bist du eigentlich immer noch beim HDI? Da warst du doch, oder?«

»Schon lange nicht mehr«, sagt Lepcke und ist offensichtlich froh, das Thema wechseln zu können. »Ich hab mich selbständig gemacht, mit einem Pressebüro. Ich arbeite für alle möglichen Firmen inzwischen …«

»Na, dann weißt du ja bestens, wie das mit den Spams so läuft!«, ruft der andere, den Appaz nicht einordnen kann, prompt dazwischen. Dann steht er unvermittelt auf: »Wird, glaube ich, langsam mal Zeit, dass wir ein bisschen offiziell werden hier, also …« Er klopft mit dem Löffel gegen seine Kaffeetasse. »Wenn ich mal bitten darf, Leute!«

Plötzlich weiß Appaz, wen er da vor sich hat. Das ist Nölle, der Pathologe! Mit dem sie nicht nur 1975 gemeinsam in Frankreich gewesen sind, sondern der Appaz und Kerschkamp in der siebten oder achten Klasse auch mal zu seinem Geburtstag eingeladen hat. Appaz kann sich noch genau daran erinnern, dass es Fleischwurst und dazu heißen Kakao gegeben hat und dass Kerschkamp prompt schlecht geworden ist. Aber vor allem kann er sich jetzt wieder an Nölles Vater erinnern, der sie alle jovial begrüßt und abends mit seinem Kadett nach Hause gebracht hat. Und Nölle ist inzwischen das hundertprozentige Abbild seines Vaters! Er sieht nicht nur so aus – und trägt auch die gleiche Lodenjacke wie damals sein Vater, dunkelgrün mit weißbraunen Hirschhornknöpfen –, sondern er redet auch so, sogar die Gesten stimmen, bis auf die kleinste Bewegung …

»Also, Leute, alle mal herhören!«, sagt Nölle. »Wir machen das heute mal ganz locker, so eher informell, ohne große Reden und so. Der Anlass ist klar, wir haben alle zusammen gelitten, aber wir haben uns doch alle irgendwie durchgebissen. Und das haben wir nicht zuletzt den zwei Lehrern zu verdanken, die heute hier sind, wofür ich um einen spontanen Applaus bitte! Bitte, ja, aber ordentlich!«

Bis auf Appaz und Kerschkamp klopfen alle mit den Fingerknöcheln auf die Tische. Die Kaffeetassen klirren leise.

»Danke.« Nölle nickt. »Und auch wenn es eigentlich nicht nötig ist, will ich doch zu beiden noch ein paar Sätze sagen. Da ist zunächst mal unser alter Klassenlehrer, Oberstudiendirektor Breitung, der immer ein offenes Ohr für uns hatte, wenn er auch manchmal vielleicht – und ich sage ›vielleicht‹, Leute – nicht so ganz der Aufbruchstimmung folgen mochte, in der wir uns damals befanden und von der wir ja inzwischen alle gemerkt haben dürften, das sie manchmal vielleicht – und ich sage wieder ›vielleicht‹ – ein bisschen zu weit ging, aber Oberstudiendirektor Breitung wusste das natürlich schon damals besser und hat doch immer mit pädagogischem Geschick versucht, uns den rechten Weg zu weisen, dafür sei ihm herzlich gedankt!«

Der Klassenlehrer nickt bei jedem Wort, als ob er den Wahrheitsgehalt unbedingt bestätigen will, wieder klopfen alle auf die Tischplatten, wieder bis auf Appaz und Kerschkamp. Und auch Nurminski zieht diesmal die bereits ausgestreckte Hand plötzlich zurück.

»Und genauso gebührt unser Dank Herrn Oberstudienrat Zint, der heute den Weg zu uns gefunden hat!«, redet Nölle weiter.

Erneutes Klopfen.

»Aber erlaubt mir in diesem Zusammenhang bitte eine kleine Anekdote, Leute: Da war ich doch neulich auf der Podbielskistraße tanken, und da war er auch, Zint, mein alter Lehrer. Ich tanke also und er auch, auf der anderen Seite der Zapfsäule, und wir guckten uns genau in die Augen. Und dann haben wir uns ein bisschen unterhalten, er wollte wissen, was ich mache und so. Ein paar von euch erinnern sich vielleicht, in Sport war ich nicht unbedingt der Beste früher, und das hat er mir auch immer deutlich zu verstehen gegeben, ich glaube, so oft wie ich musste nie wieder jemand zur Strafe irgendwelche Turnmatten hin- und herschleppen …«

Vereinzeltes Gelächter. Nölle hebt die Hand.

»Aber jetzt war das alles vergessen, wir sprachen in Augenhöhe miteinander, er, mein alter Leibeserzieher, und ich, der ich inzwischen was geworden war – wenn auch immer noch kein großer Sportler! Das war ein tolles Gefühl, Leute, das sage ich euch, plötzlich so von gleich zu gleich miteinander reden zu können, und dafür danken ich Ihnen, Herr Zint!«

»O Mann«, stöhnt Kerschkamp. »Ich fasse es nicht mehr!«

»Ein Satz noch«, sagt Nölle, nachdem der erneute Beifall verklungen ist, »ein letzter Satz: Es freut mich ganz besonders, dass einer unserer ehemaligen Mitschüler heute hier ist, er ist extra aus den Staaten hier herübergekommen, wo er inzwischen sein Zu hause hat – Applaus für Joachim ›rocking‹ Gremlitz! Nutzt die Chance, Leute, nachher noch ein bisschen mit ihm zu plaudern, er hat echt was zu erzählen! – Und jetzt lasst euch den Kuchen schmecken und haut euch soviel Kaffee rein, wie ihr runterkriegen könnt, kostet euch ja nichts, hat der Verein der Alt-Gottfried-Wilhelmer springen lassen! Und später gibt es auch noch was Stärkeres, dafür hat unser Mann aus Amerika mit einer kleinen Spende gesorgt!«

Während wieder alle klopfen, erhebt sich Zint.

»Moment bitte! Ich möchte auch noch ein paar Worte sagen, auch wir, der Kollege Breitung und ich, freuen uns natürlich, hier zu sein. Und da Sie ja alle keine großen Reden wollen, lassen Sie mich nur meinerseits eine kurze Anekdote erzählen, die mit diesem Ort, unserem schönen Landschulheim, zu tun hat ...«

»Wir hören!«, ruft Nölle.

Zint grinst.

»Ich war noch jung damals, gerade erst Referendar – und Sie haben sich wahrscheinlich noch die Windeln vollgeschissen. Also ich war Referendar, am Gottfried-

Wilhelm-Gymnasium, und die Lehrer und meine Ausbilder waren durch die Bank ältere Herren, vor denen ich gehörigen Respekt hatte, ja, auch Angst, sie wussten so viel und ich so wenig. Aber dann, und ich erinnere mich noch genau, stand das Weihnachtsfest ins Haus, und das Kollegium plante den alljährlichen Betriebsausflug, der wieder ins Landheim führen sollte. Und ich muss sagen, ich war nicht wenig stolz, als man mich jungen Spund einlud, mitzutun. Wir fuhren also hierher in den Deister, und wie es offensichtlich der Tradition entsprach, hatte die damalige Heimleiterin, Frau Bolle – Sie werden sich an sie erinnern –, nun, Frau Bolle hatte also ein Schwein schlachten lassen, und es gab Wurst und Schinken und natürlich auch ordentlich was zum Picheln! Den guten Doppelkorn, damit das Schwein auch schwimmen konnte! Und Sie werden es mir kaum glauben, aber ich habe ein solches Besäufnis nie wieder erlebt, vorher nicht und auch danach nicht mehr! Diese alten Herren legten erst die Jacketts ab, dann öffneten sie die Binder und dann legten sie los, aber fragt nicht nach Sonnenschein, die konnten vielleicht was wegschlucken, aber Hallelujah! Ich will jetzt nicht ins Detail gehen, nur soviel: Der nächste Morgen war fürchterlich. Und warum ich Ihnen das hier und heute erzähle? Weil ich Ihnen damit sagen will, dass auch wir Lehrer nur Menschen sind und dass uns nichts Menschliches fremd ist, was immer Sie auch früher von uns gehalten haben mögen: Schwamm drüber. Homines sumus, non die, Menschen sind wir, keine Götter!«

»Bravo!«, ruft Nölle, »auf den Kater am nächsten Morgen!«

»Und wo bleibt der Doppelkorn?«, ruft Johnny und hielt seine Kaffeetasse hoch.

»Mann, ist das irre!«, kichert Klaus-Dieter und beißt sich auf die Fingerkuppen. »Irgendwie können wir doch echt froh sein, dass wir solche Lehrer hatten, oder?«

Buchmann knurrt irgendetwas vor sich hin, dass es solche Gelage des Kollegiums heute jedenfalls nicht mehr gibt. Appaz ist sich nicht ganz klar darüber, ob Buchmann das mit Bedauern oder als Entschuldigung meint. Er hofft Letzteres.

Gremlitz steht auf und winkt Johnny mit sich, um »der kleine Überraschung« vorzubereiten. Noch auf dem Weg zur Tür zückt er sein Handy und fängt an zu telefonieren. Im gleichen Moment meldet Appaz' Handy wieder eine SMS. Darleen! Er will gerade antworten, als Nurminski zu ihnen herüberkommt und sich einen Stuhl heranzieht.

»Na«, sagt er grinsend, »die Reden scheinen euch ja nicht gerade begeistert zu haben …«

Seinen 15. Geburtstag wollte Appaz unbedingt mit einer Klassenfete feiern. Und The Hungry Freaks sollten spielen! Auf ihren bisherigen Feten hatten sie immer nur Musik vom Plattenspieler gehabt, und die Party auf der Konfirmandenfreizeit zählte ohnehin nicht wirklich, da hatten sie sogar erst noch Cha-Cha-Cha tanzen müssen, bevor sie für die nächste halbe Stunde ihre eigene Musik hören durften. Die Party war auch nicht abends, sondern schon am Nachmittag gewesen, sie hatten zwar die Vorhänge vor die Fenster des Aufenthaltsraumes gezogen, aber der Pastor hatte darauf bestanden, dass das Neonlicht eingeschaltet blieb. Immerhin hatte Appaz da zum ersten Mal auf der Tanzfläche gestanden, zusammen mit Karin, die er ja noch aus der Volksschule kannte, aber natürlich immer unter den wachsamen Augen des Pastors.

Der Pastor war es dann auch gewesen, der Appaz am nächsten Morgen beim Küchendienst zwei Ohrfeigen verpasst hatte – Appaz hatte extra für Karin die Kartoffeln nicht einfach nur geschält, sondern zu eckigen Würfeln zurechtgeschnitten, Karin hatte das auch witzig gefunden. Aber sie hatten beide nicht daran gedacht, dass in Afrika kleine Kinder verhungerten, weshalb es gegen das Gesetz der Nächstenliebe verstieß, die kostbaren Kartoffeln gedankenlos zu verschwenden.

Appaz war ein bisschen in Karin verliebt gewesen, doch als sie sich kurz darauf beim Sonntagsspaziergang – beide mit ihren Eltern – zufällig trafen, hatte er nur mit rotem Kopf »Hallo« gestottert und schnell woanders hingeguckt. Aber auf der ersten richtigen Fete tanzte er dann mit Imke zu »Satisfaction« und hatte Karin schon fast wieder vergessen. Bis sie jetzt angerufen und gefragt hatte, ob sie nicht zusammen mit ihren beiden Klassen im Keller der Kirchengemeinde, in der sie konfirmiert worden waren, feiern wollten. Karin hatte nämlich am gleichen Tag wie Appaz Geburtstag, und Karin kümmerte sich dann auch darum, dass sie den Raum bekamen. Dazu mussten sie eine Aufsichtsperson mitbringen, die bereits volljährig war, zum Glück sagte Karins ältester Bruder zu, mit seinen Freunden die Verantwortung für den Abend zu übernehmen. Appaz kaufte mit seinem Vater mehrere Kästen Sinalco und je eine Kiste Sprite und Coca Cola. Karins Eltern steuerten Erdnussflips und Salzstangen bei.

Schon Tage vorher war die Fete das einzige Thema,

das sie überhaupt noch interessierte. Buchmann besorgte eine Lichtorgel, die man an den Verstärker von Kerschkamps Plattenspieler anschließen konnte. The Hungry Freaks übten jeden Nachmittag bei Rockenbauchs Vater in der Garage, um ein abendfüllendes Programm zusammenzukriegen. Auch in den Pausen auf dem Schulhof ging es nur noch darum, welche Songs sie spielen würden, Johnny und Rockenbauch hatten miteinander mehrmals Streit über die Abfolge.

Johnny hatte sich inzwischen einen eigenen Verstärker gekauft, einen Eminent mit Hallgerät, und ein Wah-Wah-Pedal für seine Gitarre. Über den Eminent würden sie auch das Gesangsmikrophon verstärken und das zweite Mikrophon für das kircheneigene Klavier, das sie benutzen durften. Buchmann lieh sich im »Klavierhaus Döll« einen Verstärker für seinen Bass, Kerschkamp kaufte extra noch zwei neue Becken für das gebrauchte Schlagzeug, das er inzwischen günstig über eine Kleinanzeige gefunden hatte, und von dem sein Vater auf keinen Fall etwas wissen durfte.

Und dann war es soweit. Als Karin und Appaz ankamen, um den Raum vorzubereiten, war die Band schon dabei, ihre Anlage aufzubauen. Kerschkamp war auf dem Klo und kotzte. Johnny hatte ihm erzählt, dass Karins Bruder und die Typen, die er mitbringen würde, bei den Scorpions waren. Appaz hatte noch nie etwas von den Scorpions gehört, aber laut Johnny waren sie ziemlich bekannt.

»Fast Profis«, hatte Johnny gesagt, »die machen bald ihre erste Platte und so, you know?«

Rockenbauch versuchte, Kerschkamp zu beruhigen. »Keep cool, Alter, so gut sind die gar nicht.«

Kerschkamp kotzte trotzdem weiter.

Appaz half dabei, Kerschkamps Schlagzeug aufzubauen.

Buchmann hatte Probleme mit der Lichtorgel. Nurminski ordnete zum wiederholten Mal die Schallplatten neu, die er nach dem Auftritt von The Hungry Freaks spielen wollte. Karin schmückte den Raum mit Papiergirlanden.

Nach und nach kamen die ersten ihrer Mitschüler, die Mädchen beobachteten kichernd, wie Johnny immer noch sein Wah-Wah-Pedal ausprobierte. Er hatte wieder sein Unterhemd mit dem Batikmuster an und die One-Penny-Münze und den ledernen Tabakbeutel um den Hals, seine Jeans waren ausgeblichen. Rockenbauchs Jeans waren eindeutig neu, noch dunkelblau und steif. Kerschkamp hatte sich für ihren Auftritt in einen dunkelblauen Anzug geworfen, mit weißem Hemd und auf Hochglanz polierten Schuhen.

Appaz war froh, dass er seine Mutter überredet hatte, ihm unten an die hellgrüne Cordhose einen Stoffstreifen mit einem Blümchenmuster zu nähen. In Woodstock waren Leute mit solchen Hosen gewesen. Appaz fand, dass die Hippiehose zusammen mit dem weißen Rollkragenpullover ziemlich gut aussah. Außerdem hatte er sich ebenfalls einen Tabakbeutel gekauft, den er um den Hals trug. Statt Tabak hatte er ein paar Münzen in den Beutel gesteckt. Aber als dann Karins Bruder mit den zwei Typen erschien, denen die Haare bis auf die Schultern fielen, bedauerte Appaz, nicht auch älter und ausgeflippter zu sein. Die »Aufsichtspersonen« nahmen ihre Aufgabe nicht sonderlich ernst. Sie hockten sich zusammen in eine Ecke und guckten kaum hoch. Und wenn, dann nur, um sich lustig zu machen. Vor allem über die Band, die jetzt versuchte, ihre Instrumente zu stimmen.

Appaz hörte, wie Karins Bruder zu einem seiner Freunde spöttisch sagte: »Kindergarten! Ein Glück, dass um zehn Schluss ist. Da können wir nachher noch woanders hin …«

Möglichst unauffällig versuchte Appaz, sich die Mädchen anzugucken. Zwei waren im Minirock erschienen, sie versuchten eindeutig, die Blicke von Karins Bruder und seinen Freunden auf sich zu ziehen.

Appaz entdeckte ein Mädchen in hochhackigen Stiefeln und einem knöchellangen Rock aus irgendeinem glänzenden Stoff. Sie trug einen enganliegenden Pullover, ihre Brüste waren ziemlich groß, sie hatte lange blonde Locken und lachte viel.

Karin in ihrem gestreiften Matrosen-T-Shirt und mit der Ponyfrisur kam Appaz plötzlich langweilig und hausbacken vor.

»One, two. Test, Test«, kam Johnnys Stimme über das Mikrophon. »Also hallo erst mal, Leute«, eröffnete er dann den Abend, »also wir sind The Hungry Freaks, you know. Und wir spielen hier, weil, äh, also Kurt hat Geburtstag! Und Karin auch.« Eine Rückkopplung jaulte durch den Raum. Ein paar von den Mädchen hielten sich die Ohren zu. Johnny trat ein Stück vom Mikrophon zurück.

»Und das ist unser erster Auftritt!«, brüllte Kerschkamp hinter seinem Schlagzeug hervor und guckte nervös zu Karins Bruder hinüber. In seiner Brille spiegelten sich die bunten Birnen der Lichtorgel.

»Ja, genau«, sagte Johnny. »Und, äh, wir fangen jetzt mal an … One, two, three, four!«

Sie starteten mit »Sugar Bee«. Kerschkamp verpatzte den Einsatz, und Buchmanns Bass wummerte so laut, dass Johnny ihm nach dem ersten Refrain den Verstärker leiser drehte. Von da an war Buchmann kaum noch zu hören.

Rockenbauch musste mit dem Rücken zum Publikum spielen, weil das Klavier an der Wand stand. Aber bei seinem Solo guckten Karins Bruder und die beiden anderen plötzlich irritiert hoch. Sie lachten auch nicht mehr, sondern stießen sich an und flüsterten sich irgendetwas zu.

Appaz war stolz darauf, dass sie Rockenbauch offensichtlich für gut hielten. Allerdings nahm er es ihnen übel, als sie gleich darauf laut auflachten, weil Kerschkamp bei einem Wirbel seine Stöcke verloren hatte und sie in dem flackernden Licht nicht sofort wiederfinden konnte.

Als Johnny »Going up the country« anstimmte, trauten sich die ersten auf die Tanzfläche. Appaz sah, wie Nurminski auf das Mädchen mit den blonden Locken zusteuerte. Ohne groß zu überlegen, drängte er sich an Nurminski vorbei.

»Willst du tanzen?«, brüllte er gegen die Musik an.

Die Blonde lachte und nickte.

Nurminski drehte sauer ab und forderte Karin auf.

Appaz und die Blonde blieben noch auf der Tanzfläche, als der Song vorbei war.

Appaz schaffte es, sich vorzustellen.

»Ich bin Kurt ...«

»Carola«, sagte die Blonde.

The Hungry Freaks spielten »Tutti Frutti«: *»Wob-bop-a-loop-lop a-lop-bam-bam«,* sang Johnny.

Appaz schlenkerte mit den Armen und schüttelte die Haare. Carola lachte.

Aus den Augenwinkeln sah Appaz, wie Nurminski sich auf irgendeine Schrittfolge konzentrierte, die er eindeutig in der Tanzschule gelernt hatte. Auch Karin tanzte mit den korrekten Schritten.

Appaz hatte sich geweigert, in die Tanzstunde zu gehen, genauso wie auch Rockenbauch und Kerschkamp. Klaus-Dieter allerdings ging regelmäßig zu »Hagemeister« am Steintor, aber heute zu ihrer Fete war er nicht erschienen.

»Slow Blues in A«, kündigte Johnny das nächste Stück an.

Appaz guckte Carola an.

Sie nickte.

Und Appaz tanzte zum ersten Mal »eng«. Zuerst versuchte er noch, möglichst jeden Kontakt mit Carolas Hüfte zu vermeiden und streckte seinen Po weit nach hinten, aber als Carola ihm die Arme um den Hals legte und ihren Kopf an seine Brust, wurde er mutiger. Schon nach kurzer Zeit bekam er einen steifen Schwanz. Carola drückte ihren Unterleib gegen seinen und hob das Gesicht. Die Augen hatte sie geschlossen. Als Appaz sie küssen wollte, knallte er gegen ihre Zähne.

»Noch mal«, flüsterte Carola.

Der nächste Versuch klappte besser. Carola schob ihm die Zunge in den Mund.

Appaz hatte keine Ahnung, wie ihm geschah. Und er kriegte nur vage mit, dass The Hungry Freaks nach dem »Slow Blues in A« gleich die nächste langsame Nummer spielten, die mindestens zehn Minuten dauerte. Vielleicht war es auch noch mal das gleiche Stück.

Wie zufällig versuchte Appaz, Carola in die Ecke zu schieben, in der die Garderobe war. Er drückte Carola zwischen die Mäntel und Jacken. Als Karin an ihnen vorbei zur Toilette ging, drohte sie Appaz mit dem Zeigefinger.

»Lass sie«, flüsterte Carola. »Sie ist eine frigide Ziege.«

Sie küssten sich noch, als die Band längst wieder schnelle Songs spielte. Und auch als der Auftritt vorbei war und Nurminski jetzt Platten auflegte, blieben sie in ihrer Ecke.

Irgendwann dröhnte »Je t'aime« durch den Raum. Und als Jane Birkin zu stöhnen anfing, schob Appaz seine Hand unter Carolas Pullover, bis er tastend ihren BH berührte. Vorsichtig legte er eine Hand auf ihre Brust. Carola hatte ihren Mund an seinem Ohr, er spürte ihren warmen Atem. Und er wusste nicht genau, ob nur Jane Birkin stöhnte oder auch Carola.

Dann war plötzlich irgendjemand neben ihnen, der seinen Parka suchte.

Carola schob Appaz' Hände von ihren Brüsten. Sie blickte auf die Uhr.

»Ich muss auch los«, sagte sie. »Mein letzter Bus fährt gleich.«

»Ich bringe dich zur Haltestelle«, sagte Appaz schnell.

Sie gingen, ohne sich von den anderen zu verabschieden. Appaz hatte sein Fahrrad am Kellereingang stehen.

Er fuhr neben Carola her bis zur Bushaltestelle. Einmal überlegte er kurz, ob er vielleicht lieber absteigen und schieben und den Arm um Carola legen solle, aber er traute sich nicht.

Auch an der Haltestelle blieb er auf seinem Rad sitzen. Sie redeten irgendetwas, woran sich Appaz schon beim nächsten Satz nicht mehr erinnern konnte.

Als der Bus kam, beugte sich Carola vor und küsste ihn auf die Wange.

»Ruf mich mal an«, flüsterte sie. »Fünfsiebenachtachtdrei, kannst du dir das merken?«

Dann stieg sie schnell ein. Appaz hielt die Hand hoch, als er ihr Gesicht hinter der erleuchteten Scheibe auftauchen sah.

» Fünfsiebenachtachtdrei«, sagte er Carolas Telefonnummer immer wieder auf, während er nach Hause fuhr. »Fünfsiebenachtachtdrei ...«

Am Sonntag wartete er auf eine Gelegenheit, um ungestört telefonieren zu können. Das schwarze Bakelit-Telefon mit der schnarrenden Wählscheibe stand auf dem Schreibtisch im Wohnzimmer, und Appaz' Vater saß auf dem Sofa und hörte Radio, »Sechs Journalisten aus fünf Ländern«. Als er kurz vorm Mittagessen zum Zigarettenautomaten ging, ergriff Appaz die Chance und wählte mit zittrigen Fingern die Nummer, die ihm Carola gesagt hatte. Aber bei Carola nahm niemand ab.

Nachmittags musste er mit seinem Vater in ihren Schrebergarten, um das Dach zu reparieren, das undicht geworden war.

Am Montag fing ihn Buchmann vor der Schule ab.

»Du weißt, dass diese Carola mit jedem rummacht, oder?«, begrüßte ihn Buchmann und nannte zum Beweis auch gleich ein paar Namen, alles Schüler aus Klassen über ihnen. »Klamm zum Beispiel, du weißt schon, der Typ mit den Goldkettchen, mit dem hatte sie auch mal was.«

Appaz kannte Klamm vom Sehen und war augenblicklich eifersüchtig. Klamm war ein widerlicher Typ, der in der Pause gerne erzählte, wen er schon alles »vernascht« hatte.

»Sei vorsichtig«, sagte Buchmann, »die ist gefährlich, die Alte.«

Nach der Schule hatte Appaz dann noch ein längeres

Gespräch mit Rockenbauch. Rockenbauch erzählte ihm, dass es eigentlich blöd war, in einer Band zu spielen. Vor allem, wenn man mit dem Gesicht zur Wand sitzen würde.

»Das ist blöd«, sagte Rockenbauch, »ihr macht da alle mit irgendwelchen Frauen rum, und ich muss spielen. Nur Johnny hat es echt gut, weil der auch singt und gut aussieht und so, und die Frauen stehen auf ihn. Er ist übrigens Samstag noch mit der einen mit dem Minirock abgezogen, echt, er hat noch nicht mal geholfen, die Anlage abzubauen. Mussten wir alles alleine machen.«

Appaz hatte ein schlechtes Gewissen, weil er auch nicht geholfen hatte. Aber Rockenbauch redete schon weiter.

»Und neulich hat er erzählt, dass er beim Wichsen manchmal noch an seine erste Freundin denken würde, echt, Alter, an seine erste Freundin, hat er gesagt, und ich hab überhaupt noch keine Freundin gehabt! – Was ist denn jetzt überhaupt mit dir?«, wollte er dann wissen. »Gehst du jetzt mit der oder was?«

»Ich weiß noch nicht«, sagte Appaz und musste sofort wieder an Klamm denken und an das, was Buchmann erzählt hatte. »Vielleicht. Ich glaube schon.«

»Ist doch gut«, sagte Rockenbauch. »Freu dich. Ich hätte auch gerne eine Freundin. Aber ich weiß nicht, wie ich das machen soll. Klavier ist ein Scheißinstrument, echt.«

Appaz versuchte, das Thema zu wechseln.

»Aber die Typen da, also der Bruder von Karin und die anderen beiden …«

»Von den Scorpions. Komische Typen.«

»Ja, aber die fanden dich doch echt gut! Hast du noch mit ihnen geredet oder so?«

»Sie sind hinterher angekommen und wollten wissen, wie lange ich schon spiele.«

»Und?«

»Nichts und. Ich mochte die nicht. Die haben irgendwie so getan, als wären sie schon total alt und wüssten alles. Und so gut ist ihre Band gar nicht. Es gibt bessere.«

»Blöde Typen«, stimmte Appaz ihm zu. »Ich mochte die auch nicht.«

Am Nachmittag schaffte es Appaz dann endlich, in einem unbeobachteten Moment mit Carola zu telefonieren. Sie verabredeten sich für den nächsten Nachmittag im Nordost-Bad.

Appaz war schon eine halbe Stunde vor der Zeit da, für alle Fälle, falls Carola auch eher kommen würde. Und dann saßen sie lange nebeneinander auf der Wärmebank. Carola hatte einen rosafarbenen Bikini an. Appaz wusste nicht so recht, wo er hingucken sollte.

Er erzählte Carola, dass er später vielleicht mal Rettungsschwimmer bei der DLRG werden wollte. Und dass er eine Sammlung von Groschenheften der DGzRS zu Hause hatte, »Katastrophen auf See«.

»Echt tolle Geschichten«, schwärmte Appaz. Aber Carola schien sich weder für »Strandung vor Borkum« noch für »Im Packeis vor Langeoog« begeistern zu können. Und auch als Appaz endlich das Thema wechselte und erklärte, dass »Ballad of John and Yoko« der beste Song sei, der jemals geschrieben wurde, traf das nicht so recht ihren Geschmack. Sie hatte sich gerade erst »Deep Purple in Rock« gekauft.

»The Hungry Freaks spielen übernächste Woche auf dem Schulfest in der Mittelschule bei uns nebenan«, unternahm Appaz einen letzten Versuch, »wollen wir da zusammen hin?«

»Das weiß ich jetzt noch nicht«, sagte Carola, »vielleicht.«

Appaz erzählte schnell, dass er mit Rockenbauch befreundet war. Und auch mit Kerschkamp.

»Mit Johnny auch?«, fragte Carola.

»Klar«, sagte Appaz. »Ich war ja auch dabei, als sie die Band aufgemacht haben. Ich spiele übrigens selber auch Mundharmonika«, setzte er noch hinzu.

»Ich mag eigentlich keinen Blues«, erklärte Carola. »Nur so zum Schwofen mal, sonst nicht.«

Eine Weile guckten sie noch ein paar kleineren Kindern zu, die im Nichtschwimmerbecken kreischten. Dann wurde es Carola zu kalt.

Diesmal war Appaz nicht mit dem Fahrrad gekommen und lief auf dem Weg zur Bushaltestelle neben Carola her. Als sie schon fast da waren, griff er nach ihrer Hand. Kurz darauf hielt er an, um Carola ungeschickt zu küssen.

»Sehen wir uns morgen wieder?«, fragte er, als sie sich die Haarsträhne aus dem Gesicht strich, die bei dem Kuss zwischen ihre Lippen geraten war.

»Morgen hab ich keine Zeit«, sagte Carola.

»Übermorgen vielleicht?«

Carola zögerte einen Moment. Dann schüttelte sie den Kopf.

»Ich glaube, du bist mir zu jung, Kurt«, sagte sie leise. Sie hatte grüne Augen, wie Appaz irritiert feststellte.

»Heißt das ...«

»Nicht böse sein, ja?«

Carola strich ihm mit dem Handrücken über die Wange. Und dann musste sie rennen, um ihren Bus noch zu kriegen.

Appaz beschloss, dass er als Erstes den Zettel mit ihrer Telefonnummer wegwerfen würde, sobald er wieder zu Hause war. Und dass er allen erzählen würde, was für ein blöder Arsch Klamm doch wäre. Denn dass es nur um Klamm gehen konnte, war ihm völlig klar.

Jedenfalls musste Appaz zwei Wochen später allein zum zweiten Auftritt seiner Freunde. Diesmal war auch Klaus-Dieter gekommen, um sich »das mal anzugucken«. Aber er fand die Musik zu laut. »Und Johnny tut immer so, als wäre er ein Rockstar«, stellte er fest. »Der ist echt voll der Angeber!«

Rockenbauch spielte bei dem Auftritt Bass, weil es in der Mittelschule kein Klavier gab, das sie benutzen durften. Und er war deutlich besser als Buchmann! Buchmann hockte dann auch den ganzen Abend mit verkniffenem Gesicht in der Ecke und schlich sich nur ab und zu mal nach draußen, um heimlich Bier zu trinken, das irgendjemand mitgebracht hatte. Nachdem ihm schlecht geworden war, wankte er nach Hause.

Die Stimmung in ihrer Klasse war gespalten. Einige meinten, dass die Band auch weiterhin ohne Buchmann spielen sollte, andere vermissten das Klavier. Aber ohnehin hatten sich längst zwei Lager gebildet, entweder man fand The Hungry Freaks ganz toll oder einfach nur doof. Appaz gehörte zu den Fans, egal, ob nun Rockenbauch oder Buchmann Bass spielten, Nölle und Klaus-Dieter waren davon überzeugt, »dass die es sowieso nicht bringen«.

Und damit war eigentlich auch das Ende der ohnehin nicht wirklich bestehenden Freundschaft zwischen Appaz und Klaus-Dieter besiegelt, ganz davon abgesehen, dass Klaus-Dieter keinerlei Interesse an Mädchen zu haben schien und auch nie auf einer der Feten auftauchte, die es in der nächsten Zeit alle paar Wochen gab. Meistens wieder in den Kellerräumen irgendwelcher Kirchengemeinden und fast immer mit Karins Klasse. Natürlich war dann jedes Mal auch Carola dabei, aber Appaz ging einfach wortlos an ihr vorüber und forderte irgendein anderes Mädchen zum Tanzen auf.

Er kümmerte sich auch nicht darum, wenn seine Mitschüler ihn aufzogen, dass er ja noch nicht mal richtig tanzen könne. Die Mädchen fanden seine Art, einfach so dazustehen, mit dem Kopf zu wackeln und die immer länger werdenden Haare zu schütteln, offensichtlich gut. Und es dauerte nicht lange, bis auch Kerschkamp nur noch die Haare schüttelte, während Nurminski immer wieder seine Lieblingssongs von Deep Purple und Led Zeppelin auflegte und Nölle sich beschwerte, weil er lieber Black Sabbath hören wollte. Wenn Rockenbauch dabei war, brachte er seine Platten von Atomic Rooster und Nice mit. Rockenbauch erzählte, dass Keith Emerson eine klassische Musikausbildung hatte.

Appaz fand die Beatles trotzdem immer noch besser. Und seit neuestem stand er auch auf die Doors, das hieß eigentlich nur auf den neuen Hit von ihnen, »Riders on the Storm«, obwohl Rockenbauch behauptete, das Klavier sei nichts Besonderes, nur der Sound sei neu und gut. Und das Gewitter, das auf dem Song eingespielt war, klang für Appaz jedes Mal wie das Rauschen der Brandung am Meer. Worauf er auch die Mädchen, mit denen er tanzte, immer aufmerksam machte.

Das Einzige, was Appaz verunsicherte, war, dass die meisten Mädchen sich nicht unbedingt küssen lassen wollten. Und wenn, dann jedenfalls nicht so, wie er sich mit Carola geküsst hatte. Einmal gab ihm ein Mädchen sogar eine Ohrfeige, als er versuchte, sich mit seiner Zunge in ihren Mund zu tasten. Und dann hätte er doch gerne wieder mit Carola getanzt, aber die war inzwischen ausgerechnet mit Buchmann zusammen.

6

Ich muss schon sagen, dass ich unserem Klassenlehrer ja doch eine ganze Menge zu verdanken habe«, stellt Nurminski zwischen zwei Schlucken Kaffee fest. Als Kerschkamp ihm einen Vogel zeigt, setzt er grinsend hinzu: »Wieso? Immerhin habe ich durch ihn jeglichen Respekt vor allen Leuten verloren, die in der Hierarchie irgendwie höher stehen, das ist doch schon mal was, oder?«

Appaz grinst zurück. Sie unterhalten sich eine Weile mit Nurminski. Nurminski ist Kinderpsychologe in Hamburg, Kerschkamp stellt ihm bald ein paar konkrete Fragen, die sich auf Jana beziehen, seine 16-jährige Tochter. Kerschkamp scheint deutliche Probleme mit Jana zu haben, sie ist wohl schon mehrmals betrunken nach Hause gekommen und hält sich an keine Absprache, sie hat auch angefangen zu kiffen, außerdem hat sie Kerschkamp einen Spießer genannt, was ihm offensichtlich mehr als alles andere zu schaffen macht.

Nurminskis Antworten sind weit weg von irgendwelchem Smalltalk-Geschwätz. Appaz kann sich gut vorstellen, wie er in seiner Praxis auf die Leute, die seinen Rat suchen, eingeht. Ganz ruhig, sehr professionell, vor allem aber ohne eine Spur von Dünkel. Gleichzeitig fühlt Appaz so etwas wie Eifersucht. Warum hat Kerschkamp nicht mich gefragt?, denkt er, das meiste hätte ich ihm auch beantworten können, mit Lara war es ähnlich, ich weiß, wovon er redet. Allerdings hat Lara nie behauptet, dass ich ein Spießer wäre, eigentlich gönne ich Kerschkamp den Vorwurf, auch wenn er natürlich völlig bescheuert ist …

Appaz holt sein Handy aus der Tasche und öffnet Darleens Nachricht.

»Deine Nummer war auf meiner Mailbox, aber du hast nichts gesagt. Ich hatte gerade eine OP. Wie ist dein Klassentreffen?«

»Ich weiß noch nicht«, tippt Appaz zurück. »Bisher eher doof. Ich glaube, ich bleibe nicht lange.«

Wieder kommt umgehend die Antwort, allerdings ohne jeden Zusammenhang zu Appaz' Text: »Hast du eigentlich Familie?«

»Eine Tochter, 19, lebt bei mir. Ist aber gerade in Frankreich, morgen kommt sie zurück.« Nach kurzem Zögern setzt er hinzu: »Und du?«

Das geht weit, denkt er, aber egal, sie hat angefangen. Also weg damit.

Ein Dicker mit Nickelbrille und rot aufgequollenen Wangen setzt sich zu ihnen, auf seiner Stirn glänzen Schweißperlen, er redet einfach los, ohne eine Gesprächspause abzuwarten.

»Ich weiß, dass ich Scheiße aussehe, Leute, braucht ihr mir nicht zu sagen, aber ich wollte doch mal hören, wie ihr so drauf seid!« Er guckt von Appaz zu Kerschkamp und zurück.

»Wir unterhalten uns gerade«, sagt Kerschkamp abweisend.

»Und wer bist du überhaupt?«, fragt Appaz.

»Klackler«, sagt der Dicke, »Martin Klackler.«

»Fein«, nickt Kerschkamp. Er macht nicht den Eindruck, als könnte er sich auch nur an den Namen erinnern. Appaz geht es genauso.

Der Dicke streckt ihnen unbeeindruckt die Hand hin.

»Und du bist Kirschkamp, stimmt's?«

»Kerschkamp.«

»Kerschkamp, klar. Uwe, richtig?« Er guckt wieder zu Appaz hinüber. »Und Kurt! Ihr seid ja damals echt aufgefallen, nicht nur wegen der Haare und so, aber ihr wart doch auch politisch aktiv, weiß ich noch. Und später hattet ihr dann diesen Bus, so eine alte Gurke, rotweiß, glaube ich, und völlig fertig schon, ich hab euch doch noch mal vorm Maulwurf getroffen damit! Und hattet ihr nicht auch eine Band? Doch, oder? Zusammen mit Johnny.«

»Ich geh mal eben aufs Klo«, sagt Nurminski und steht auf. »Wahrscheinlich mache ich mich dann auch bald wieder vom Acker, ich will noch nach Hamburg zurück heute Abend. Eigentlich hätte ich mir das Ganze auch schenken können …«

»Ich ruf dich mal an, wenn ich in Hamburg zu tun habe«, nickt Kerschkamp.

»Du kannst auch so anrufen, wenn du noch irgendwelche Fragen hast.«

Nurminski gibt Kerschkamp eine Karte mit seiner Telefonnummer. »Oder schick mir eine Mail, wenn du mich nicht erreichst. Dann rufe ich zurück.«

Plötzlich steht Nölle vor ihnen.

»Ach nee, Appaz und Kerschkamp! Ich hab euch vorhin schon gesehen. Aber wer hat euch überhaupt eingeladen? Ihr gehört ja nun nicht wirklich dazu, dass muss man ja mal klar sagen. Ich meine, ihr seid damals schließlich durchgefallen! – Na ja, trotzdem schön, dass ihr da seid«, bemüht er sich dann, die Kurve zu kriegen. »Man hat sich ja lange nicht gesehen. Also willkommen, Leute.«

Zu Klackler sagt er nichts, als nähme er ihn gar nicht wahr.

»Flotter Janker«, meint Kerschkamp nur mit einem langen Blick auf Nölles Lodenjacke mit den Hirschhornknöpfen. »Trägt man so was jetzt als Pathologie-Professor oder wie?«

»Ich bin Hobby-Jäger«, erklärt Nölle stolz, »ich hab auch eine Jagd drüben in Polen, fahr ich zweimal im Jahr hin.«

»Na ja«, sagt Kerschkamp, »ein bisschen pervers warst du ja schon immer.«

»Mann, Kerschkamp, du hast dich echt nicht verändert«, stellt Nölle beleidigt fest. Er dreht sich auf dem Absatz um und geht.

Der Dicke lacht irgendwie hämisch. Klackler. Martin Klackler. Appaz kann sich immer noch nicht an den Namen erinnern.

Buchmann beugt sich zu Appaz: »Was ist mit Kerschkamp los? Ist der irgendwie schlecht drauf, oder was?«

Appaz zuckt mit der Schulter.

»Ich würde eher sagen, Nölle ist schlecht drauf. Du hast doch gehört, wie er uns eben begrüßt hat.«

»Stimmt«, nickt Buchmann, »wenn du es so siehst, das war echt daneben.«

»So sehe ich das allerdings«, sagt Appaz.

Sein Handy meldet sich.

»Keine Familie«, liest er vom Display ab. Mehr nicht. Und was soll das jetzt heißen?, denkt er. »Keine Familie« bedeutet gar nichts. Sie kann trotzdem in irgendeiner Beziehung sein. Und ich habe keine Lust mehr auf solche Spielchen. Ich will endlich mal jemanden kennenlernen, ohne dass es gleich wieder einen Rattenschwanz an Problemen gibt.

Er weiß nicht, was er antworten soll, und steckt das Handy wieder weg.

Buchmann hat das Gespräch inzwischen auf die unterschiedlichen Biographien gebracht, die sie alle haben. Außer ihm selbst haben noch ein paar Leute für das Lehramt an Gymnasien studiert, sind dann aber nicht eingestellt worden. Lepcke schlägt sich mit freier Pressearbeit durch, ein anderer ist Weinhändler geworden, ein Dritter Vertreter von Brockhaus-Lexika auf CD-ROM.

»Andi fährt übrigens immer noch Taxi«, wirft Buchmann ein. »Falsche Fächerkombination, Deutsch und Politik, keine Chance.«

Irgendjemand fragt, ob sie wüssten, was aus Raschemann geworden sei. »Erinnert ihr euch noch, Raschemann, der damals einfach abgegangen ist und dann bei diesem Drogeriemarkt angefangen hat? Die Läden gibt es ja echt inzwischen überall. Aber Raschemann ist, glaube ich, wieder weg da. Der wird sich ganz schön in den Arsch beißen jetzt!«

»Ich hab irgendwas gehört, dass er inzwischen Pornofilmer ist!«

»Dann beißt er ja jetzt andere in den Arsch!«, ruft Buchmann und lacht laut.

Appaz verdreht die Augen.

»Wieso?«, fragt Buchmann, »stimmt doch, ist doch so, oder bist du etwa anderer Meinung? Pornofilmer ist doch nun wirklich so ziemlich das Letzte!«

»Ich wusste das mit Raschemann«, sagt Appaz. »Ich kenne ein paar Schauspieler, die ihr Geld mit Synchronstöhnen verdienen. Die arbeiten manchmal auch für Raschemann.«

»Hammer«, erklärt Buchmann. »Echt, der Ton wird hinterher draufgestöhnt?«

Appaz nickt.

»Der Eine hat mal erzählt, dass er inzwischen so abgebrüht ist, dass er dabei ein Buch lesen kann, mit einem Auge immer auf dem Timer oben über dem Bildschirm. Und wenn es soweit ist, macht er kurz ›ah‹ und ›ohhh‹ und »mach's mir jetzt«, und dann liest er wieder weiter in seinem Roman.«

»Hammer«, wiederholt Buchmann.

Klaus-Dieter kichert. Dann erzählt er von Fiedler, der erst Jura studiert und dann gleich nach der Wende in Rostock angeblich das erste »Turbo-Bräunungsstudio« in der ehemaligen DDR aufgemacht hat.

»Ratte hat auch Jura studiert«, sagt Kerschkamp unerwartet. »Und dann hatte er eine ganze Zeit eine Kneipe und jetzt einen Laden für Rockkonzerte. Im Industriegebiet in Altwarmbüchen. Teilweise echt gute Bands, kann ich euch nur empfehlen.«

»Wo ist er überhaupt heute?«, will irgendeiner wissen.

»Hat ihn einer von euch Pfeifen eingeladen?«, fragt Kerschkamp zurück.

»Könnt ihr euch noch an Corner erinnern?«, wirft Lepcke schnell ein. »Der ist nach Frankreich ausgewandert und baut da jetzt Tomaten an! Voll biologisch und so. Ich hab gehört, dass es gar nicht so schlecht laufen soll.«

Einige amüsieren sich köstlich, wie jemand so »durchgeknallt« sein kann, Tomatenbauer zu werden.

»Aber passt ins Bild«, stellt Nölle von der anderen Tischseite her fest.

Der Klassenlehrer nickt und tuschelt mit Zint. Sie scheinen sich bestens zu unterhalten, gleich darauf lachen sie beide herzlich.

Appaz sieht, wie Kerschkamp die Lippen zusammenpresst und mehrmals hintereinander schluckt.

»Ich habe auch noch eine schräge Biographie für eure Sammlung«, sagt plötzlich der dicke Klackler laut, »so ein Typ, den ich ganz gut kenne. War gerade sitzen geblieben und hatte keinen großen Bock auf Schule, schon klar. Aber er interessierte sich für Motorräder und alles, was irgendwie mit Mechanik zu tun hatte, und da war er auch echt gut. In Physik wurde damals auch gerade Mechanik durchgenommen, aber der Physiklehrer mochte den Typen nicht, ich habe keine Ahnung, weshalb nicht, aber es war so, und dann hat er ihm zum Schluss eine Fünf reingewürgt. Damit war der Typ dann weg vom Fenster. Keine Chance, auf irgendeinem Gymnasium noch das Abi zu kriegen. Aus. Vorbei ...«

»Mann, komm zum Punkt«, beschwert sich Buchmann. »Was ist denn nun so schräg an der Bio?«

»Kommt ja noch«, sagt Klackler und wischt sich mit dem Unterarm den Schweiß von der Stirn. Aber seine Stimme schwankt keine Sekunde, als er weiterredet: »Der Typ hat dann erst ein bisschen gejobbt, als Fahrer für Arzneimittel und so was, bis er irgendwann die Schnauze voll hatte und aufs Abendgymnasium ist. Danach hat er dann Ingenieurwissenschaften studiert ...«

»Und?«, fragt Buchmann erneut.

»Und dann war er ein paar Jahre Ingenieur in der Versuchsabteilung bei BMW, ist ziemlich weit nach oben gekommen da, bis er die Nase voll hatte von Biergärten und Weißwurst und wieder hierher zurückgezogen ist, jetzt ist er beim TÜV, hat aber immerhin ein paar Patente laufen, weltweit übrigens!«

»Und wer ist der Typ?«, kommt es wieder von Buchmann.

»Vergiss es.« Klackler winkt ab, als hätte er plötzlich die Lust verloren. »Ist eigentlich auch egal.«

»Mann, aber warum erzählst du das dann?«

Klackler zuckt mit der Schulter und gibt keine Antwort.

Dafür meldet sich auf einmal Zint zu Wort. »Schöne Geschichte. Aber warum dieser Jammerton, den ich da höre? Dann könnte man doch auch sagen, dass die Schule auf lange Sicht noch was gebracht hat, oder? Mancher Weg ist ein bisschen steinig, per aspera ad astra, so sieht es doch aus!«

Der Klassenlehrer neben ihm nickt, ein paar der ehemaligen Schüler lachen zustimmend.

Aber Nölle beugt sich vor und mustert Klackler mit zusammengezogenen Augenbrauen.»Sag mal«, setzt er an, »irgendwie blicke ich nicht ganz durch, wer bist du eigentlich? Hast du echt mit uns Abi gemacht? Entschuldige, aber ich kann mich nicht an dich erinnern ...«

Er sieht sich um, ob ihm die anderen zustimmen.

Klaus-Dieter dreht sich zu Appaz: »Ich glaube, er war mal kurz in der Elften bei uns«, flüstert er. »Aber ich weiß auch nicht mehr, wie er hieß.«

»Klackler«, sagt Klackler im gleichen Moment laut. »Und? Null Erinnerung, was?

»Mann, ja, ist ja gut«, kommt es von Buchmann, »du hast ja recht, ist Scheiße! Aber echt, Alter, wir waren über hundert Leute, die damals Abitur gemacht haben, im ganzen Jahrgang meine ich. Und ich kann mich schon kaum noch an alle erinnern, die bei uns in der Klasse waren! »

»Trotzdem würde ich gerne wissen, wieso du jetzt hier bist«, sagt Nölle. »Im Verteiler stehst du jedenfalls nicht! Also, erzähl doch mal, warst du im mathematischen Zweig, oder was? Hast du echt Abi mit uns gemacht?«

Klackler grinst und schüttelt den Kopf.

»Ihr rafft es nicht, Leute!«

»Ist doch auch wirklich egal«, sagt Klaus-Dieter. »Ich glaube, ich kann mich an dich erinnern.«

»Ich nicht«, stellt Nölle noch mal fest.

Die anderen blicken ratlos auf Klackler. Aber Klackler schüttelt wieder nur den Kopf, als wollte er nicht wahrhaben, dass sie ihn wirklich nicht erkennen.

»Ich hab's doch gesagt«, meint Kerschkamp leise zu Appaz. »Mein Plot, erinnerst du dich? Einer geht zu einem Klassentreffen, obwohl er nie in der Klasse war!«

»Quatsch«, sagt Appaz. »Bei seinem Namen klingelt irgendwas bei mir ...«

»Dein Handy wahrscheinlich mal wieder«, meint Kerschkamp grinsend. Gleich darauf geht die Tür zum Flur auf.

Vier Köche in weißen Schürzen und mit hohen Kochmützen bringen nacheinander silberne Platten mit Aufschnitt und Canapés herein. Hinter ihnen kommen Gremlitz und Johnny. Sie tragen ein überdimensionales Silbertablett zwischen sich, auf dem ein präparierter Rehbock als Dekoration liegt.

»Hier kommt meine kleine Überraschung für euch, Leute!«, ruft Gremlitz. »Und die Böckchen ist von Nölle höchstpersönlich abgeknallt!«

Die beiden Lehrer fangen an zu klopfen, die anderen fallen ein.

Nölle wirft noch einen zweifelnden Blick auf Klackler, dann steht er kopfschüttelnd auf und sagt: »Ich schlage vor, wir machen mal eben eine kleine Pause. Und solange ihr draußen ein bisschen frische Luft schnappt und die letzten Raucher unter euch ihrer Sucht frönen, bereiten wir hier mal alles vor. Viertelstunde, zwanzig Minuten, wir müssen ja auch die Flüssignahrung noch beibringen. Also, Leute, wenn ihr die Glocke hört, könnt ihr wiederkommen. Die Glocke werdet ihr ja wohl noch kennen, was?«

Er lacht.

Die Köche setzen die Platten ab.

Der Klassenlehrer beugt sich interessiert über das tote Reh.

Zint klopft Nölle auf die Schulter und fingert ein Päckchen Roth-Händle ohne Filter aus seiner Hemdtasche.

Aufgeregt redend, streben die anderen hinaus auf die Terrasse, um Klackler machen sie einen großen Bogen.

Als der Klassenlehrer zufällig in Appaz' Richtung blickt, guckt Appaz schnell weg.

Klaus-Dieter boxt ihn gegen den Arm.

»Mann, ist das irre?«, fragt er. »Und alles nur vom Feinsten, du, hast du gesehen? Der Spaß muss Gremlitz echt ganz schön was gekostet haben! Voll der Kumpel geblieben, habe ich doch gesagt ...«

Als Appaz wieder sein Handy hervorholt, tippt sich Kerschkamp an die Stirn.

»Keine Beziehung?«, schreibt Appaz und denkt, wenn sie die Frage nicht abkann, hat es sowieso keinen Zweck.

Kurz vor den Sommerferien kam Rockenbauch und lud Appaz zu einer Fete zu sich nach Hause ein. Er war, genau wie Appaz und ebenfalls trotz einer Fünf in Latein, in die zehnte Klasse versetzt worden, zur Belohnung hatte sein Vater ihm erlaubt, ein paar Freunde einzuladen. Außerdem war Rockenbauch vor ein paar Tagen sechzehn geworden. Er hatte aber niemandem etwas gesagt, weil The Hungry Freaks am gleichen Tag im »Haus der Jugend« auftraten. Auf der Fete bei Rockenbauch zu Hause durften sie nicht spielen, das hatte Rockenbauchs Vater ausdrücklich untersagt, schon die wöchentlichen Proben am Samstag in der Garage gaben regelmäßig Anlass zu Ärger mit den Nachbarn. Rockenbauch hatte die Band trotzdem eingeladen, allerdings ohne Buchmann. Aber dafür eben Appaz und auch Gremlitz und Lepcke, die zum engeren Kreis der Fans von The Hungry Freaks gehörten. Johnny hatte versprochen, dass seine neue Freundin ein paar Mädchen aus ihrer Klasse mitbringen würde.

Johnny kam also mit Biggi. Und Biggi hatte drei oder vier Freundinnen im Schlepptau. Die Mädchen sahen sich alle ziemlich ähnlich, sie hatten Madonnenscheitel und lange, glatte Haare. Biggi selbst fiel ein bisschen aus dem Rahmen, weil sie knallrote Hotpants trug.

Sie feierten bei Rockenbauch im Keller. Rockenbauch hatte die selbstgebauten Boxen aufgestellt, die The Hungry Freaks mittlerweile benutzten, und Matratzen im Raum verteilt. Die Neonröhre an der Decke war mit dunkelblauem Krepppapier abgeklebt. An der Wand hingen ein paar Poster, Mick Jagger in einem weiten Umhang und mit einem Zylinder in den Farben der amerikanischen Flagge, ein Schwarzweiß-Foto von Jimi Hendrix, ein Poster mit einem Soldaten, der mit hochgerissenen Armen auf dem Schlachtfeld zusammenbrach, darunter stand das Wort »Why?«.

Eine Weile standen sie einfach nur so rum und probierten den Lambrusco, den Kerschkamp besorgt hatte. Der Wein hinterließ einen klebrigen Geschmack auf Appaz' Zunge, er war sich nicht sicher, ob er Wein wirklich mochte. Johnny rauchte und erzählte vom letzten Auftritt der Hungry Freaks. Biggi hatte den Arm um seine Hüfte geschlungen und himmelte ihn an.

Rockenbauch legte die erste Schallplatte auf, »Mother's little Helper« von den Rolling Stones. Die Mädchen fingen an zu tanzen, nach kurzem Zögern stellten sich Appaz und Kerschkamp mit dazu und schüttelten die Haare. Wenig später tanzten Johnny und Biggi schon eng, obwohl die Musik immer noch schnell war. Bei »Let's spend the night together« sang Kerschkamp begeistert mit, bei »Paint it black« traute sich auch Appaz. Als Rockenbauch »Alabama Song« von den Doors auflegte, grölten sie so laut mit, dass Jim Morrison kaum noch eine Chance hatte: *»Oh show me the way to the next whiskey bar ...«*

»Ist eigentlich von Brecht, der Song«, erklärte Rockenbauch den anderen zwischen zwei Zeilen.

Ein Mädchen ging zu ihm hinüber und holte ihn von seinem Plattenteller weg. Rockenbauch fühlte sich nicht wohl auf der Tanzfläche, das war deutlich zu sehen. Gremlitz und Lepcke hockten auf einer Matratze und kicherten.

Dann wollte Johnny »irgendwas Neues« hören. Kerschkamp zog »Sticky Fingers« aus dem Plattenstapel.

»Gerade erst gekauft«, sagte Rockenbauch, als Gremlitz und Lepcke kichernd an dem Reißverschluss auf dem Cover herumfummelten, »seid vorsichtig!«

»Brown Sugar« kannten sie schon aus der Hitparade, aber bis auf Biggi fanden sie alle, dass die Stones schon mal bessere Sachen gemacht hatten. Und Appaz erklärte, dass ein Saxophon seiner Meinung nach auch nicht zu richtiger Rockmusik passen würde.

»Mach mal Hendrix«, sagte Johnny, »hast du doch …«

Appaz mochte Hendrix eigentlich nicht besonders. Aber als Rockenbauch die Lautstärke jetzt noch mal hochdrehte und die Lautsprecherboxen so dröhnten, dass man die Bässe bis in den Magen spüren konnte, fand er die Musik plötzlich doch richtig gut.

Johnny ging zur Tür und schaltete das Licht aus. Es dauerte einen Moment, bis sich ihre Augen an die Dunkelheit gewöhnt hatten. Die Kontrolllämpchen an Rockenbauchs Verstärker glimmten rot und grün. Johnny und Biggi verzogen sich auf eine Matratze in der Ecke. Appaz tanzte mehrere Songs hintereinander mit dem gleichen Mädchen.

»Ich heiße Inga«, hatte sie ihm ins Ohr geflüstert, als er sie bei »Castles Made of Sand« an sich gezogen hatte. Dicht neben ihnen schob sich Kerschkamp eng umschlungen mit einem Mädchen hin und her, das ihm kaum bis zur Schulter reichte. Als Gremlitz und Lepcke irgendwann die Tür aufmachten, um zu gehen, konnte Appaz im Licht der Treppenhausbeleuchtung sehen, dass auch Rockenbauch eng tanzte.

Und dann suchten sich Appaz und Inga ebenfalls eine Matratze. Inga küsste ganz anders als Carola, sie hatte den Mund weit offen, ihre Lippen waren weich und nass von Appaz' Spucke. Sie half Appaz, ihren BH zu öffnen. Irgendwann lag sie mit dem Rücken quer über Appaz, ihren Po auf seinem steifen Schwanz. Appaz streichelte ihre Brüste unter dem T-Shirt, dann versuchte er eine

Hand in ihre Hose zu schieben. Er konnte den Rand ihres Slips fühlen, weiter kam er nicht, ihre Jeans waren so eng, dass seine Finger sich wie eingequetscht anfühlten.

Hendrix sang *»There must be some way out of here, said the joker to the thief«*, dann folgte »Bold as Love«. Inga tastete mit der Hand unter sich nach Appaz' Schwanz. Sie drückte ihren Po hin und her und stöhnte dicht an seinem Ohr: »Jetzt mach schon.«

Appaz mühte sich mit dem Knopf ihrer Jeans ab, bis Inga ihm ungeduldig half. Er zog ihren Reißverschluss auf, als er mit den Fingern zwischen ihre Beine vordrang, fuhr sie ihm mit der Zunge über Lippen und Zähne, die Hand unter ihrem Po knetete seinen Schwanz. Sekunden später konnte Appaz nicht mehr, er spritzte, Inga stöhnte und presste die Beine zusammen.

Im nächsten Moment ging das Licht an. Mit einem hässlichen Knirschen wurde der Tonarm von der Platte gerissen, dann war nur noch Rauschen zu hören. Inga rollte sich von Appaz herunter und zog hastig ihren Reißverschluss hoch. Appaz blinzelte benommen in die blaue Neonröhre, Rockenbauchs Vater stand mitten im Raum und starrte entgeistert zu Johnny und Biggi hinüber, die mit nackten Oberkörpern aufgeschreckt zurückstarrten. Biggi hielt sich die gekreuzten Arme vor ihre Brüste.

Der Blick von Rockenbauchs Vater wanderte zu seinem Sohn, der mit wirren Haaren aufsprang und eilig versuchte, sein Hemd zurück in seine Hose zu schieben. Das Mädchen neben ihm schlug die Hände vor ihr glühendes Gesicht, als könnte sie damit alles ungeschehen machen.

»Scheiße«, sagte Kerschkamp laut und blinzelte einäugig hinter seiner dicken Brille, um gleich darauf hinzuzusetzen: »Äh, hallo, Herr Rockenbauch! Ich wollte sowieso gerade gehen, ist ja auch schon spät und so. Ich muss los …«

Ohne sich weiter um seine blonde Freundin zu kümmern, griff er nach seiner Jacke und hastete an Rockenbauchs Vater vorbei zur Tür.

»In fünf Minuten in meinem Arbeitszimmer«, befahl Rockenbauchs Vater seinem Sohn. »Und kämm dir vorher die Haare!«

Damit verschwand er ohne ein weiteres Wort an die anderen.

»He, Alter …«, setzte Johnny an. Dann wusste er nicht weiter.

»Ist schon okay«, sagte Rockenbauch leise. »Am besten ihr haut ab und … wir sehen uns dann am Montag.«

Sie versuchten schnell noch, in dem Kellerraum ein wenig Ordnung zu schaffen. Appaz versteckte die halbleere Weinflasche hinter einer der Boxen, Johnny betrachtete den Kratzer, der quer über die Hendrix-Platte lief.

»Au Mann«, sagte er empört.

»Haut ab, Leute, bitte«, forderte Rockenbauch sie auf.

Sie schlichen mit gesenkten Köpfen an ihm vorbei und aus dem Haus.

»Au Mann«, wiederholte Johnny, als sie am Kanal entlang zur Straßenbahn liefen. »Das dürften meine Alten aber nicht wagen, einfach so reinzukommen.«

»Wenigstens hat er nicht nach unseren Namen gefragt«, sagte Biggi und schien deutlich erleichtert zu sein, dass damit auch ihre Eltern nichts erfahren würden.

»Echt voll der Arsch«, stellte Johnny fest und fummelte eine Zigarette aus seiner Tasche.

Appaz hatte den Arm um Inga gelegt. Sie streichelte ihm mit der Hand über die Hüfte. Ihr Gesicht leuchtete bleich im Schein der Straßenlaterne.

Das Mädchen, mit dem Rockenbauch auf der Matratze gelegen hatte, schluchzte leise. Die kleine Blonde von Kerschkamp versuchte, sie zu trösten.

Sie wussten nicht, worüber sie reden sollten. Appaz ging noch mit bis zur Haltestelle, als die anderen in die Bahn gestiegen waren, lief er nach Hause.

Am nächsten Tag überlegte er, ob er bei Rockenbauch anrufen sollte. Er hatte aber Angst, dass Rockenbauchs Vater am Telefon sein könnte. Außerdem machte er sich Sorgen, dass sich die Geschichte vielleicht bis zu seinen Eltern herumsprechen würde – und er hatte keine Ahnung, wie die reagieren würden. Aber was bei Rockenbauch passiert war, gehörte zweifellos zu den Sachen, die seine Eltern nicht gutheißen würden. Und nicht mal er selbst war sich so ganz sicher, ob das wirklich alles okay gewesen war. Aber er musste ständig an Inga denken. Und er ärgerte sich, dass er weder wusste, wo sie wohnte, noch wie sie mit Nachnamen hieß. Er hoffte, dass Johnny vielleicht einfach Biggi fragen konnte.

Am Montag kam Rockenbauch zu spät zur Schule.

»Und, was hat dein Alter gesagt?«, fragte Appaz ihn in der Pause.

»Er ist sauer«, sagte Rockenbauch zuerst nur. Aber dann wandte er sich an Johnny: »Die Band können wir vergessen. Wir müssen bis Samstag die Garage leerräumen. Mein Vater will nicht mehr, dass wir da weiter proben.«

»Voll der Arsch«, wiederholte Johnny.

»Ich frag mal bei uns in der Kirche«, schlug Kerschkamp vor. »Vielleicht können wir dahin.«

Appaz traute sich nicht, Johnny auf Inga anzusprechen. Er wollte auch, solange Rockenbauch dabei stand, nicht ausgerechnet über Mädchen reden. Rockenbauch hatte noch nichts davon gesagt, was jetzt mit seiner Freundin werden sollte.

Aber als Appaz und Rockenbauch dann aus der Schule kamen, wartete Inga hinter dem Lehrerparkplatz, und Appaz verabschiedete sich hastig von Rockenbauch. Oberstudienrat Löffler stieg in seinen NSU. Er blickte entrüstet zu Inga hinüber und bedeutete Appaz mit einer Handbewegung, er möge sie unverzüglich vom Schulgelände entfernen.

Sie liefen nicht in Richtung Haltestelle, sondern nahmen den Weg an den Schrebergärten entlang zum Kanal. Es war warm. Das Sonnenlicht, das durch die Blätter der Bäume fiel, sprenkelte den Fußweg. Appaz war glücklich.

Inga hatte ein rotes T-Shirt an, mit einem aufgedruckten Bild von Snoopy. Und sie trug keinen BH. Bei jedem Schritt ließen ihre wippenden Brüste Snoopy vor Freude in die Höhe hüpfen.

»Guck nicht so«, kicherte Inga, als sie Appaz' verstohlene Blicke bemerkte.

»Ich hab gar nicht geguckt«, behauptete Appaz verlegen.

»Doch, hast du! – Aber das solltest du ja auch, deshalb hab ich's ja gemacht!«

Sie setzten sich an die Kanalböschung. Inga erzählte, dass ihre Freundin Martina stinksauer sei. Martina war die kleine Blonde, die Kerschkamp bei Rockenbauchs Fete einfach sitzengelassen hatte.

»Ohne sich darum zu kümmern, wie sie nach Hause kommen würde oder sonst irgendwas«, sagte Inga empört.

Appaz stimmte ihr zu, dass das von Kerschkamp wirklich fies gewesen war.

»So was macht man einfach nicht«, sagte Inga. »Dein Freund Gerd ist da ganz anders.«

Appaz war einen Moment irritiert, als sie von »Gerd« sprach, für ihn war Rockenbauch immer noch Rockenbauch, obwohl sie sich jetzt schon so lange kannten.

Dann erzählte Inga, dass Rockenbauch am Sonntag bei Sabine gewesen war, dem Mädchen, mit dem ihn sein Vater erwischt hatte.

»Er hat sich entschuldigt und ihr sogar Blumen mitgebracht. Und Sabine sagt, dass er am Schluss geheult hat, weil sein Vater so ein Arsch ist. Aber du darfst ihm nicht sagen, dass du das von mir weißt, okay?«

»Klar«, nickte Appaz. Er konnte sich einen heulenden Rockenbauch nur schwer vorstellen, und er wusste nicht, wie er jetzt darauf reagieren sollte.

»Woher hat er überhaupt die Adresse von Sabine gehabt?«, fragte er stattdessen.

»Weiß ich nicht«, sagte Inga, »aber irgendwie hat er es rausgekriegt.«

»Klar«, wiederholte Appaz, »muss er ja ...«

Dann küssten sie sich, bis sich eine ältere Dame, die ihren Hund spazieren führte, lauthals über sie aufregte.

Es waren nur noch wenige Tage bis zu den Sommerferien. Als der Klassenlehrer ihnen die Zeugnisse überreichte, sagte er zu Appaz und Rockenbauch: »Vielleicht ist euch das ja eine Warnung und ihr begreift endlich, dass es Wichtigeres gibt als eure komische Musik und die Mädchen, hinter denen ihr herguckt! Ich an eurer Stelle würde jedenfalls die Ferien nutzen, um den Stoff nachzuarbeiten, den ihr versäumt habt. Sonst sehe ich im nächsten Jahr schwarz für euch.«

Appaz und Rockenbauch empfanden es als ungerecht, dass er ausschließlich sie beide auf ihre mangelhaften Leistungen hinwies. Kerschkamp hatte kaum besser abgeschnitten, und Buchmann hatte sogar zwei Fünfen, in Bio und Erdkunde. Er war aber trotzdem versetzt worden, weil er nicht nur in Sport wie selbstverständlich wieder seine Eins bekommen hatte, sondern auch weil der Klassenlehrer ihm in Deutsch und Mathe eine Zwei gegeben hatte, die als »Ausgleich« zählten.

Bei Appaz zu Hause wurde kaum über das schlechte Zeugnis gesprochen, Appaz' Vater setzte nur mit versteinerter Miene seine Unterschrift auf die letzte Zeile, und Appaz' Mutter nahm ihren Sohn kurz in den Arm und sagte tröstend: »Das kriegen wir schon wieder hin. Du musst dir im nächsten Jahr einfach ein bisschen mehr Mühe geben. Und wenn es gar nicht anders geht, müssen wir uns eben auch in Mathe um einen Nachhilfelehrer für dich kümmern.« Ansonsten ließ sie Appaz erst mal in Ruhe und schien ihm seine Ferien durchaus zu gönnen.

Wie üblich fuhren sie im Sommer nicht in den Urlaub, Appaz' Vater arbeitete ja in der Abteilung für Hagelschäden, und im Sommer hagelte es nun mal am meisten. Appaz' Vater hatte sogar eine Klausel in seinem Arbeitsvertrag, die ihm jeden Urlaub während der Sommermonate untersagte.

Für die letzten zwei Wochen der Ferien sollte Appaz zu Onkel Karl an den Starnberger See fahren, die Zeit davor hatte er zu seiner freien Verfügung. Vormittags half er beim Fahrradhändler in ihrem Stadtteil, Schläuche zu flicken und klappernde Schutzbleche zu befestigen, »Speichen-Franz«, ein kleiner dicker Mann in einem ölverschmierten grauen Kittel, der häufig schon morgens mit einer Flasche Bier in die Werkstatt kam, zahlte ihm dafür drei Mark am Tag.

Appaz war stolz darauf, dass er »richtig« arbeitete, und von den drei Mark kaufte er Inga nachmittags im Lister Bad Capri-Eis und Schokoladewaffeln mit einer rosafarbenen Zuckerfüllung.

Sie waren jeden Tag im Lister Bad, Ingas Eltern hatten kein Geld, um Urlaub zu machen. Meistens waren auch Kerschkamp und Rockenbauch da, manchmal auch Gremlitz, Lepcke oder Nurminski. Die anderen waren mit ihren Eltern irgendwo in den Ferien, und Johnny war mit Biggi in einem Jugendlager an der Ostsee. Rockenbauch hatte eigentlich mit einer Jugendgruppe nach Rumänien gewollt und war sogar schon angemeldet gewesen, aber nach dem schlechten Zeugnis hatte sein Vater ihm die Fahrt kurzerhand untersagt.

The Hungry Freaks hatten zwar tatsächlich einen Probenraum in der Kirche bekommen, ohne Johnny allerdings machte es wenig Sinn zu proben. Ein einziges Mal brachte Rockenbauch auch seinen jüngeren Bruder mit, Martin, der aber die ganze Zeit nur Fußball spielen wollte und sie alle nervte. Als Martin aus Versehen sein Eis auf Ingas Handtuch tropfen ließ, war sie so sauer, dass sie ihm fast eine gescheuert hätte und sich auf dem Nachhauseweg noch lange bei Appaz über den »blöden Rotzlöffel« beschwerte.

Appaz stellte fest, dass es gar nicht so leicht war, eine Freundin zu haben. Vor allem weil Kerschkamp und Rockenbauch keine hatten und er sich entscheiden musste, ob er nun seinen Freunden oder Inga den Vorzug geben sollte. Der Kompromiss, auf den er schließlich verfiel, löste das Problem nicht wirklich, war aber doch ganz brauchbar.

Von da an hockten Inga und er zu Beginn des Nachmittags erst mal mit den anderen zusammen auf der überfüllten Liegewiese und hörten Musik. Kerschkamp hatte ein Kofferradio, und sie warteten immer auf John Lennons »Power to the people«, um laut mitzusingen. Sie hatten auch die Fotos gut gefunden, auf denen John Lennon und Yoko Ono bei ihrem »Bed-in« in Amsterdam zu sehen gewesen waren, gleichzeitig aber waren sie sich doch einig darüber, dass Yoko Ono eigentlich nur nervte und die Plastic Ono Band wahrscheinlich das Ende von Lennon sein würde. Appaz hielt ohnehin »My Sweet Lord« von George Harrison für besser als die Songs von Lennon, und Inga schwärmte für Harrison.

Später am Nachmittag nahmen Appaz und Inga dann ihre Handtücher und verzogen sich in den hinteren Teil des Geländes, wo sie zwischen den hohen Bäumen halbwegs sicher vor neugierigen Blicken waren. Mit der Zeit bekamen sie einige Übung darin, sich eng aneinandergepresst gegenseitig zu streicheln, bis Appaz spritzte und Inga mit kleinen Schluchzern ihre Beine über Appaz' Hand zusammenpresste.

An den seltenen Tagen, an denen Ingas Eltern nicht zu Hause waren und sie auf Ingas Bett lagen, gingen sie weiter und hatten »richtig Petting«. Inga streifte sich ihr T-Shirt über den Kopf und ließ Appaz ihre schaukelnden Brüste sehen, bevor sie sich über ihn rollte und an ihn presste. Und manchmal zogen sie sich ganz aus, und Appaz rieb seinen Schwanz an Ingas dunkel behaartem Venushügel. Nur kurz bevor er kam, musste er sich auf den Rücken drehen und den Rest ihrer eifrig knetenden Hand überlassen.

»Deine kleinen Spermien flutschen nämlich sonst bei mir rein«, hatte Inga ihm flüsternd erklärt, »und wir wollen doch kein Baby machen, oder?«

An der Wand hinter Ingas Bett hing ein Poster mit irgendeinem ehemaligen amerikanischen Präsidenten, der den Finger auf den Betrachter gerichtet hielt und mahnend fragte: »Have you had your pill today?«

Aber Inga würde die Pille erst im nächsten Jahr nehmen dürfen, erzählte sie Appaz, wenn sie sechzehn geworden war.

Zu Ingas Lieblingsmusik gehörte neben »Here comes the Sun« und »Something in the way« ein Song von Leonard Cohen, »Suzanne«, wenn sie mit einem Taschentuch die verräterischen Spuren ihres Tuns von der Bettdecke wischte, sang sie leise mit: *»And you want to travel with her, and you want to travel blind, and you know that she will trust you, for you've touched her perfect body with your mind ...«*

Bei Appaz zu Hause trafen sie sich nur selten. Sie hatten zu viel Angst, dass Appaz' Mutter unerwartet ins Zimmer kommen könnte, die ja, von kurzen Einkaufsgängen abgesehen, meistens in der Küche hantierte oder die Wohnung saubermachte. Aber als es dann tatsächlich passierte – und sie jeder gerade die Hände tief in den Hosen des anderen versenkt hatten –, klopfte Appaz' Mutter zumindest an und wartete einen Moment, bevor sie die Tür öffnete.

Zwar war ihre Frage, ob Appaz und Inga vielleicht ein paar Kekse oder etwas zu trinken haben wollten, leicht als vorgeschobene Begründung zu durchschauen, aber Appaz hatte nicht wirklich das Gefühl, dass seine Mutter es ablehnte, wenn er ein Mädchen mit nach Hause brachte. Sie wollte nur sicher gehen, dass nichts passierte, was Appaz hinterher vielleicht bereuen würde, wie sie ihm am selben Abend noch erklärte.

»Aber ich habe Vertrauen zu dir, dass du da vernünftig bist«, sagte sie und sah Appaz mit einem Blick an, der ihre eigene Verwunderung, jetzt tatsächlich einen »großen Sohn« zu haben, kaum verbergen konnte.

Appaz' Vater trafen sie nur einmal an der Haustür, als Appaz Inga gerade zur Straßenbahn bringen wollte. Sein Vater nickte kurz und stieg ohne ein weiteres Wort die Treppe hoch.

Als Inga einmal keine Zeit hatte, um sich mit Appaz im Lister Bad zu treffen, und sie allein, nur die Jungen, auf ihren Handtüchern lagen, sagte Rockenbauch unvermittelt: »Mann, ist doch auch mal irgendwie gut, so ohne Mädchen dabei und so. Eigentlich brauchen wir doch gar keine Mädchen.«

Dann wollte er Appaz unbedingt Schachspielen beibringen. Er hatte ein Reiseschachbrett, erklärte Appaz die Figuren und zeigte ihm die wichtigsten Züge, aber Appaz guckte kaum hin. Er fand es doof ohne Inga und vermisste sie. Außerdem waren es nur noch ein paar Tage, bis er zu seinem Onkel an den Starnberger See musste, und davor graute ihm jetzt schon. Er wollte weder an den Starnberger See noch zu Onkel und Tante, geschweige denn auch nur einen einzigen Tag ohne Inga verbringen.

Die letzten Tage mit Inga verliefen ganz anders, als Appaz gehofft hatte. Nur wenn sie sich küssten oder streichelten, schien alles okay zu sein, doch selbst dann hatte Appaz hinterher manchmal das Gefühl, dass Inga zurückhaltender gewesen war als sonst. Irgendetwas hatte sich verändert, ohne dass er sagen konnte, was. Und wenn sie mit den anderen auf der Liegewiese waren, drehte sich Inga auf den Bauch und war kaum ansprechbar.

»Hast du irgendwas?«, fragte Appaz, als er sie am letzten Abend vor seiner Abreise nach Hause brachte.

»Morgen bist du weg«, sagte Inga, ohne dass Appaz wusste, was sie damit genau meinte.

»Ich hab gar keine Lust zu fahren«, erklärte er. »Ich würde viel lieber hier bei dir bleiben.«

»Vielleicht ist es besser so«, antwortete Inga abwesend. »Wenn wir uns mal eine Weile nicht sehen ...«

Appaz merkte, wie sein Herzschlag für einen Moment aussetzte. Wortlos lief er neben Inga her bis zur Ecke an der Turnhalle. Inga wohnte schräg gegenüber.

»Viel Spaß in Bayern«, sagte sie, als sie am Zebrastreifen standen, »und vergiss mich nicht.«

Kurz entschlossen zog Appaz sie in seine Arme. Inga schob ihn zurück.

»Meine Eltern können uns vom Fenster aus sehen.«

Appaz holte tief Luft.

»Ich glaube, ich liebe dich«, kriegte er mit einiger Mühe raus und kam sich selbst albern vor. Aber er hoffte verzweifelt auf ein »Ich dich auch« als Antwort, irgendetwas, was ihn sicher machen würde, dass alles in Ordnung war ...

Inga sah ihn nicht an, sondern starrte auf ihre Segeltuchturnschuhe. Leise sagte sie zur Seite: »Danke. Du bist echt süß.« Dann lächelte sie ihn an und ging.

Appaz heulte ein bisschen, als er zu Hause in seinem Zimmer war. Dann beschloss er, Inga jeden Tag eine Postkarte zu schicken. Und gleich auf die erste Karte würde er die Adresse schreiben, damit sie ihm antworten konnte.

Appaz' Mutter brachte ihn zur Bahn. In München

stand Onkel Karl auf dem Bahnsteig und registrierte kopfschüttelnd Appaz' Haare, die ihm inzwischen bis fast auf die Schulter reichten.

»Deine Tante wird sich freuen, dass sie ein kleines Mädchen zu Besuch bekommt«, sagte der Onkel mit unverkennbarem Hohn in der Stimme.

Onkel Karl hatte wieder einen neuen Mercedes, einen beigefarbenen 190 D. Onkel Karl fuhr grundsätzlich nur Mercedes. Appaz erinnerte sich noch an den ersten 180er, mit dem Onkel Karl seinen Vater und ihn im Nieselregen um den Starnberger See gefahren hatte. Damals musste Appaz fünf oder sechs Jahre alt gewesen sein, er hatte auf der Rückbank gehockt und fasziniert den Scheibenwischer beobachtet, der nicht wie bei ihrem Käfer ständig quietschend hin und herrutschte, sondern nur alle paar Sekunden mal mit einer fast lässigen Wischbewegung die Scheibe von den Tropfen befreite.

»Intervallschaltung«, hatte Onkel Karl Appaz' Vater erklärt. »Das Neueste, was es gibt.«

Appaz hatte lange versucht, herauszubekommen, woher der Wischer wusste, wann genug Regen auf der Scheibe war, um sich erneut in Bewegung zu setzen. Vor allem aber hatte ihn begeistert, dass er und der Wischer fast immer den gleichen Zeitpunkt für richtig hielten: Jetzt!, dachte Appaz, und im nächsten Moment wischte das Gummi los.

Damals hatte er Onkel Karl noch bewundert, jetzt fand er ihn mit seinem Trachtenhut und der Lodenjacke eher lächerlich, und Tante Ursula mit ihrer aufgesetzten Freundlichkeit, die Appaz eigentlich immer schon falsch vorgekommen war, machte die Sache nicht besser. Kaum war er in seinem Zimmer mit Blick auf das morastige

Seeufer, hätte er am liebsten schon wieder geheult. In Gedanken schrieb er die erste Karte an Inga. Am nächsten Tag musste er sich gleich einen Stapel Ansichtskarten kaufen.

Zum Abendessen gab es Königsberger Klopse, Onkel Karl wies Appaz wiederholt darauf hin, dass man am Tisch geradezusitzen habe und die Gabel zum Mund geführt werden müsse und nicht der Mund zur Gabel. Danach guckten sie zusammen die Tagesschau, Onkel Karl fragte, ob Appaz denn auch den Namen des Bundespräsidenten kennen würde, Appaz stammelte »Heinemann«. Dann erklärte Onkel Karl ausführlich seine immer noch andauernde Hochachtung vor dem ehemaligen Kanzler Kiesinger, der das Staatsschiff stets aufrecht durch schwierige Zeiten gesteuert habe, während von einem »Vaterlandsverräter« namens Willy Brandt zweifellos nur wenig Gutes für die Zukunft zu erwarten sei.

Am nächsten Morgen bekam Appaz eine erste Einführung in die Grundkenntnisse des Segelns auf Onkel Karls Einhand-Jolle, mittags kaufte er seine Postkarten und schrieb gleich drei hintereinander, eine vierte war für seine Eltern: »Das Wetter ist gut. Ich lerne Segeln und das macht Spaß. Aber ich wäre lieber ganz schnell wieder zu Hause. Wie ist das Wetter bei euch?«

Am Ende der Woche kam er schon ganz gut mit dem Boot zurecht, nur Onkel Karl nervte ihn zunehmend, wenn er neben ihm auf der Ruderbank hockte und jeden Handgriff von Appaz mit besserwisserischen Kommentaren bedachte. Vor allem jedoch war es Appaz peinlich, von anderen Seglern mit Onkel Karl gesehen zu werden, der auch im Boot nicht auf den Trachtenhut und die Lodenjacke verzichtete. Noch peinlicher aber war es, wenn er Tante Ursula nachmittags zu der kleinen Bucht hinübersegelte, wo sie dann vom Boot aus ins Wasser sprang und sich nach wenigen Schwimmzügen das Bikini-Oberteil abstreifte.

»Du hast doch sicher nichts dagegen«, hatte sie beim ersten Mal gesagt, als sie ihm das nasse Oberteil zuwarf. »Du wirst bestimmt noch viele nackte Frauen in deinem Leben sehen!«

Während sie mit schweren und weiß schimmernden Brüsten rückenschwimmend das Boot umrundete, hielt Appaz die Jolle gegen den Wind gedreht, starrte auf das schlaffe Segel und wünschte sich weit weg.

Am Samstag kam eine Postkarte von Inga.

Natürlich hatte Tante Ursula noch am Briefkasten den Text gelesen. »Du hast also eine kleine Freundin!«, stellte sie mit katzenhaftem Lächeln fest, während sie mit der Karte wedelte, »dann erzähl doch mal!«

»Sie heißt Inga«, sagte Appaz, »aber das weißt du ja schon.«

Beleidigt überließ ihm Tante Ursula die Karte. Was Inga schrieb, war wieder nicht so ganz das, was Appaz sich gewünscht hätte: »Lieber Kurt, ich gehe jeden Tag mit Sabine ins Lister, aber wir legen uns immer gleich ganz vorne am Sprungturm hin. Deinen Freund Gerd habe ich schon lange nicht mehr gesehen. Gestern war ich in der Stadt und habe mir ›Atom Heart Mother‹ von Pink Floyd gekauft. Ich finde, die Kuh auf dem Cover sieht ein bisschen aus wie ich, genauso süß!« Dahinter war ein Smiley gemalt und ganz unten stand: »Ich hoffe, es geht dir gut und du kannst schon segeln, deine Inga.«

Appaz klammerte sich an das »deine«, ansonsten war er sich unschlüssig, was er von dem Text halten sollte. Aber er schob sich die Karte sorgfältig geknickt in die hintere Tasche seiner Jeans und fingerte sie immer wieder hervor, wenn Onkel und Tante nicht in der Nähe waren.

Am Sonntag durfte er dann alleine mit der S-Bahn nach München fahren, um seine große Cousine zu besuchen. Die Cousine war fast zehn Jahre älter als er und hatte eine »Studentenbude«. Nachdem sie mit Appaz irgendwo an der Isar Eis essen gewesen war, nahm sie ihn mit auf ihr Zimmer und kochte ihm Tee, der ihm aber nicht schmeckte. Sie fragte Appaz nach der Schule, Appaz erzählte vor allem von The Hungry Freaks, und dass er mit allen aus der Band befreundet war und sie bestimmt mal einen Plattenvertrag kriegen würden. Er selber sei übrigens so was wie der Manager der Band, behauptete er schließlich noch.

Die Cousine legte eine Platte von Simon and Garfunkel auf, »Book Ends«. Während sie »Mrs. Robinson« hörten, erzählte sie ihm von dem Film »Die Reifeprüfung«, den Appaz nicht kannte. Aber er versuchte sich vorzustellen, wie es wohl wäre, mit seiner Cousine zu schlafen. Und er fragte sich, ob sie ihn vielleicht zu sich mitgenommen hatte, um ihn zu verführen. Sie trug ein leichtes Sommerkleid, Appaz überlegte, ob er einfach aufstehen und sie küssen sollte.

Aber dann erzählte er, eher aus Verlegenheit, von Inga, seine Cousine fand es toll, dass er schon eine richtige Freundin hatte. Und dann war der Moment vorbei, und die Cousine brachte ihn zur S-Bahn, nicht ohne ihn zum Abschied noch einmal daran zu erinnern, dass er sich in Hannover unbedingt »Die Reifeprüfung« ansehen müsse.

»Dustin Hoffman ist ein ganz toller Schauspieler, glaub mir!«, rief sie, während sich fauchend die Türen hinter Appaz schlossen.

In der nächsten Woche kamen keine Karten mehr von Inga, am Freitag fuhr Appaz endlich wieder nach Hause. Für die Rückfahrt zog er – zu Onkel Karls und Tante Ursulas einhelligem Entsetzen – nur ein lila gefärbtes Unterhemd unter seine gelbe Öljacke, er hatte die Hoffnung, dass Inga ihn vielleicht vom Bahnhof abholte, und wollte als cooler Segler vor ihr stehen. Stattdessen war es dann seine Mutter, die ihn in Empfang nahm, und mit kaum weniger Entsetzen als ihre Verwandtschaft in Bayern ausrief: »Bist du etwa so von München bis hierhergefahren?«

Als Appaz später bei Inga anrief, nahm niemand ab.

7

Sie stehen in kleinen Gruppen auf dem Kiesweg zwischen Waschbärgehege und Teich. Von den Klos riecht es nach Abwasser und Desinfektionsmitteln.

Appaz und Kerschkamp rauchen.

»Aber war doch gar nicht so schlecht, meine Idee mit dem Krimi«, sagt Kerschkamp. »Dieser Klackler eben war doch das beste Beispiel dafür. Komischer Typ, und ich kann mich echt nicht an ihn erinnern, aber er hat irgendwas, und seine Geschichte war nicht schlecht. Genauso ist es immer gewesen. Sie haben gar nicht mitgekriegt, wenn einer irgendeine besondere Fähigkeit hatte. Fast so, als hätten sie es auch gar nicht mitkriegen wollen. – Aber Nurminski ist echt in Ordnung, finde ich«, wechselt er dann unvermittelt das Thema. »Gefällt mir richtig gut inzwischen. Kannst du dich eigentlich noch daran erinnern, dass wir ihn mal als Klassensprecher wieder abgewählt haben? Weil wir fanden, dass er zu viel rumlabert!«

Appaz nickt. »Per Misstrauensvotum, ich weiß.«

»Bescheuert«, sagt Kerschkamp. »Versteh ich heute gar nicht mehr …«

»Was war das da vorhin eigentlich mit deiner Tochter?«, fragt Appaz dann. »Ich sehe das Problem nicht ganz …«

»Ja, ja«, bestätigt Kerschkamp, »stimmt schon, ist wahrscheinlich alles noch im Rahmen, aber trotzdem schwierig im Moment. Weißt du, was sie neulich abgezogen hat?«

Appaz schüttelt den Kopf.

»War eigentlich sogar eine gute Nummer, muss ich ja zugeben. Du weißt doch, als die Fußballaffen jetzt gerade mal wieder alle Flagge gezeigt haben, jedes zweite Auto mit einem Fähnchen dran, nicht mehr zum Aushalten, Mann! Und es soll mir niemand erzählen, dass es um sportlichen Wettkampf geht oder so was, nee Alter, das ist Deutsch-Nationalismus pur, endlich dürfen sie wieder! – Du weißt, was Zappa über Biertrinker gesagt hat?«

»Alle Biertrinker sind Faschisten, irgendwie sowas.«

»Genau. Und das Gleiche gilt für Fußballfans!«, regt sich Kerschkamp jetzt richtig auf. »Mann, verglichen mit so einem grölenden Haufen von halbgaren Besoffskis hat sogar der Schwarze Block auf der Anti-NPD-Demo letztes Jahr ausgesehen wie ein alternativer Kinderladen beim wöchentlichen Waldausflug!«

»Schönes Bild«, sagt Appaz. »Aber du wolltest irgendwas von Jana erzählen«, erinnert er Kerschkamp.

»Genau, ja. Na ja, sie ist nachts los und hat mit ein paar Kumpels auf jede Deutschlandfahne mit Edding ein Hakenkreuz gemalt, immer unten in den gelben Streifen. Einmal die Straße hoch und runter. Und dann haben sie die Bullen angerufen und behauptet, da müsste irgendwo ein Neo-Nazi-Treffen sein ...«

Appaz muss lachen. »Hat was, die Idee«, sagt er.

»Sagst du! Aber frag nicht, was daraus geworden ist! Sie haben alle eine Anzeige am Hals, wegen Hakenkreuz-Schmiererei, und jetzt hat sich auch noch die Schulleitung eingeschaltet.« Kerschkamp schnippt seine Zigarette in den Teich. »Ich weiß nicht so richtig, was ich machen soll, das ist das Problem. Ich meine, sie ist sechzehn, und gibt gerade voll den Punk, finde ich ja eigentlich auch gut, aber ich seh doch, dass sie ins offene Messer rennt!«

»Aber ihr habt sie so erzogen«, sagt Appaz. »Seid doch stolz, dass es geklappt hat. Und halt ihr jetzt den Rücken frei, das ist sowieso das Einzige, was du tun kannst.«

»Wahrscheinlich hast du recht«, nickt Kerschkamp. »Und irgendwie ist sie auch genauso geworden, wie Susanne und ich es immer wollten. Wenigstens macht sie ihr Maul auf, wenn ihr was nicht passt.«

Er grinst, als könnte er plötzlich sogar mit dem töchterlichen Vorwurf des Spießers ganz gut leben.

Appaz denkt für einen kurzen Moment an seine eigene Tochter. Er ist froh, dass das ewige Generve mit den Lehrern jetzt definitiv ein Ende hat. Die letzten Jahre sind ihm manchmal vorgekommen, als hätte die Schule als Institution einen Rückschritt um gut und gern dreißig Jahre gemacht! Gerade am Gymnasium scheint es besonders schlimm zu sein. Die paar Lehrer, die ihren Beruf wirklich ernstnehmen, scheitern ohne Ausnahme an einem starren Bildungssystem, das kaum noch Raum lässt für irgendetwas außerhalb der Rahmenrichtlinien. Und je weniger die übrigen Lehrer eigentlich zu vermitteln haben, umso mehr versuchen sie, ihre Autorität durch bloße Repression zu sichern, indem sie Schüler mit Hilfe von schlechten Zensuren abstrafen und die strikte Einhaltung von höchst fragwürdigen Vorschriften einfordern. Sie fühlen sich von oben alleingelassen und geben den Druck an die Schüler weiter. Kaum anders als zu Appaz' eigener Schulzeit …

Eine Weile reden sie noch über verschiedene Leute, die ihnen in letzter Zeit begegnet sind und die ebenfalls Kinder im Oberstufenalter haben. Und ihnen ist beiden aufgefallen, wie oft gerade Väter den Satz äußern: Mir hat damals auch keiner was geschenkt, also soll mein Sohn jetzt bitte mal begreifen, dass das Leben kein Zuckerschlecken ist!

»Irgendwie sind die Sprüche schon fast wieder die alten«, stellt Kerschkamp kopfschüttelnd fest. »Und den gleichen Scheiß kriegst du zu hören, wenn es um die Bundeswehr geht: Soll er da doch ruhig hin, das wird ihm schon nicht schaden, da wird er wenigstens mal ein bisschen eingenordet! – Mann, was soll das? Und das kommt dann womöglich noch von Leuten, die selber verweigert haben! Oder die da waren und gelitten haben wie die letzten Hunde. Und jetzt wollen sie das Gleiche ihren Kindern antun! Dabei wissen sie ganz genau, dass die da kaum was anderes lernen, als sich endgültig um den Verstand zu saufen.«

»Eigentlich hat es mit unseren Alten schon angefangen«, meint Appaz, »die haben zwar ständig über den Krieg gejammert, aber dann waren sie empört, wenn wir nicht Soldat werden wollten. Ich kann mich noch gut erinnern, wie es bei uns in der Siedlung war! Da gab es genug einarmige Väter, die am offenen Fenster lehnten und auch noch stolz darauf waren, wenn ihre Söhne hinter dem Haus exerzieren übten und Befehle brüllten ...«

»Klar, ich weiß, was du meinst«, unterbricht ihn Kerschkamp. »Und wahrscheinlich haben wir uns immer was vorgemacht. Wir waren gar nicht so viele, die sich aufgelehnt haben, sind ja auch genug Leute von uns zum Bund gegangen. Aber darum geht es mir gar nicht.

Ich meine, bei den Leuten, die so zu sein scheinen wie wir auch, was ist da schiefgelaufen, Alter, kannst du mir das mal sagen? Wieso haben wir es nicht hingekriegt, dass aus unseren Kindern lauter kleine Hippies geworden sind? Wie kann es sein, dass unsere eigenen Kinder jetzt plötzlich sogar freiwillig zum Bund wollen? Und dann ist da noch nicht mal einer, der es ihnen verbietet! Da ist doch irgendwas schiefgelaufen!«, wiederholt er und fängt an, sich eine neue Zigarette zu drehen.

Lepcke kommt zu ihnen herüber.

»Wir sind alt geworden, Leute, so sieht es aus.«

»Du vielleicht«, grinst Appaz. »Bei uns ist das was anderes.«

»Macht euch nichts vor«, erwidert Lepcke ganz ernsthaft. »Wisst ihr, woran ich das bei mir zum ersten Mal gemerkt habe? Hier …« Er deutet auf seine Glatze. »Als es da oben immer weniger wurde und mir dafür plötzlich Haare aus den Nasenlöchern wuchsen.«

»Ich krieg welche auf der Schulter«, nickt Appaz.

Kerschkamp verdreht die Augen.

»Hört bloß auf, es reicht. Gleich fangt ihr noch an, euch gegenseitig eure Krankheiten aufzuzählen!«

»Dass Michael gestorben ist, wisst ihr aber, oder?«, fragt Lepcke unvermittelt.

»Welcher Michael?«

»Krawuttke.«

»Echt?«

»Krebs«, ergänzt Lepcke schulterzuckend. »Gerade mal so alt wie wir …«

Buchmann und Klaus-Dieter stellen sich zu ihnen.

»Ihr scheint euch ja blendend zu unterhalten«, meint Buchmann. »Irgendwelche guten Storys von früher, als wir alle noch die Welt verändern wollten?«

Kerschkamp mustert ihn einen Moment, als müsste er erst überlegen, wen er vor sich hat.

»Ehrlich gesagt, hatte ich bei dir nie das Gefühl, dass du die Welt verändern wolltest.«

»He, jetzt mach mich doch nicht gleich wieder an! War doch nur so ein Spruch. Aber komm, Alter, ich hab schon dazugehört!«

»Lange Haare haben und laute Musik hören, konnte jeder, das reicht nicht«, knurrt Kerschkamp.

»Wir haben darüber geredet, was eigentlich passiert ist«, sagt Appaz erklärend. »Wieso so viele von uns einfach vergessen zu haben scheinen, woran wir alle mal geglaubt haben, und das jetzt als Jugendsünden abtun …«

Kerschkamp nickt und blickt Buchmann an.

»Hast du eigentlich Kinder?«

»Drei Mädchen. Und einen Jungen aus meiner ersten Ehe. Ist schon vierundzwanzig inzwischen.«

»Und, war er bei der Wehrmacht?«

»Was?«

»Beim Bund, Mann, du warst doch auch da! Also, hat dein Bengel auch ordentlich das Vaterland verteidigt?«

»Natürlich nicht«, antwortet Buchmann fast empört. »Sonst hätte ich ja wohl auch irgendwas falsch gemacht.«

»Mist«, sagt Kerschkamp mehr zu sich selbst und kratzt sich am Kinn. »Das war zwar die richtige Antwort, aber leider vom falschen Mann …«

»Echt, Kerschkamp, du nervst!«, fährt Buchmann ihn an. »Wieso glaubst du eigentlich dauernd, dass du irgendwas Besonderes bist? Aber so warst du schon immer, und ihr drei zusammen wart manchmal echt zum Kotzen! Johnny auch, aber irgendwie anders. Ihr drei wart schlimmer, vielleicht gerade deshalb, weil ihr immer zu dritt wart, und keiner von uns eine Chance hatte …«

»Wer, wir drei?«, unterbricht ihn Kerschkamp.

»Du und Kurt und Rockenbauch.«

»Das stimmt, was Buchmann sagt«, mischt sich Lepcke ein. »Wir haben euch irgendwie bewundert damals und wollten dazugehören, aber ihr habt es einem nicht leicht gemacht.«

»Ist das so?«, fragt Kerschkamp.

»Hör auf«, sagt Appaz. »Du weißt es selber, dass es stimmt.«

Kerschkamp wirft Appaz einen bösen Blick zu, aber er sagt nichts. Er zündet sich eine Zigarette an und dreht sich zum Teich.

»Apropos Kotzen!«, ruft Klaus-Dieter plötzlich. »Ich weiß noch, wie Buchmann und Ratte mal durchs ganze Treppenhaus gekotzt haben, vom vierten Stock bis runter!« Er strahlt vor Freude übers ganze Gesicht. »Das war echt irre, Leute, das vergesse ich nie!«

»Ich auch nicht«, sagt Buchmann und lässt sich bereitwillig auf den Themenwechsel ein, fast als tue es ihm schon wieder leid, dass er Kerschkamp so angegangen ist. »Ich und Ratte«, sagt er jetzt. »Ich weiß, wir hatten uns ganz oben im Hauptgebäude auf dem Klo eingeschlossen und eine Flasche Gin niedergemacht. Aber ich hab mich deutlich besser gehalten als Ratte, das stimmt nämlich gar nicht, dass der auch bis ins Treppenhaus gekommen ist, der ist noch an der Pissrinne umgefallen …«

Klaus-Dieter kichert, um gleich darauf hinzuzusetzen: »Und wisst ihr auch noch, wie sich Nölle in der Achten immer mit seinem Regenschirm von hinten an einen angeschlichen hat -und dann mit dem Griff zwischen den Beinen durch und voll in die Eier?«

»Stimmt!«, ruft Buchmann. »Deshalb habe ich ihm mal eine reingehauen, weil er das bei mir auch gemacht hat. Sollten wir drin gleich mal erzählen, da wird es noch ein paar andere geben, die dazu auch was zu sagen haben!«

Kerschkamp dreht sich um.

»Aber was ihr garantiert nicht mehr wisst, ist die Geschichte, als wir in der Fünften zum ersten Mal hier im Landheim waren und Gremlitz Tischdienst hatte. Könnt ihr euch noch an den Speisenaufzug erinnern, von der Küche nach oben?«

Buchmann und Klaus-Dieter nicken. Lepcke guckt ein bisschen unglücklich, als habe er keine große Lust auf weitere Geschichten. Appaz ahnt, was jetzt kommt.

»Na ja«, sagt Kerschkamp. »Und dann gab es mittags mal Bratwürstchen, und Gremlitz muss es irgendwie geschafft haben, einen der Teller auszutauschen, jedenfalls lag dann da auf dem Teller von dem Lehrer eine richtig fiese Kackwurst, noch warm und alles, und müffelte auch gut …«

»Hör auf, da kann einem ja jetzt noch schlecht werden!«, stöhnt Lepcke.

»Ist das echt wahr?«, flüstert Klaus-Dieter und blickt sich um, als könnte Gremlitz jeden Moment hinter ihnen stehen.

»Frag Kurt!«, sagt Kerschkamp.

»Ist echt wahr!« Appaz kann sich nur mit Mühe das Lachen verkneifen. Die Geschichte, die Kerschkamp über Gremlitz erzählt hat, stammt in Wirklichkeit von ihm. Er hat sie für Kerschkamps damals noch kleinen Sohn erfunden, als er zu irgendeinem Gespräch über ein neues Projekt bei Kerschkamps war und Kerschkamps Sohn so lange nervte, bis Appaz sich notgedrungen zu einer Gute-Nacht-Geschichte bereiterklärte.

»Sollten wir vielleicht mal beim Essen zum Besten geben«, schlägt Kerschkamp vor.

»Macht das nicht«, sagt Lepcke, »das ist doch einfach nur widerlich.«

»Ja, echt.« Klaus-Dieter nickt. »Ich glaube, das ginge zu weit. Und das würde Gremlitz auch gar nicht gefallen.«

»Eben«, grinst Kerschkamp.

»Das wäre allerdings ein Grund«, stimmt ihm Buchmann zu.

Wie aufs Stichwort läutet Gremlitz im gleichen Moment die Glocke und winkt sie ins Haus zurück.

Als sie gerade die Stufen zur Terrasse hochwollen, hält Nurminski Appaz kurz am Arm fest.

»Das tu ich mir nicht mehr an! Ich hau ab!«

»Aber ich bleib noch«, blubbert der dicke Klackler neben ihm, als hätte irgendjemand befürchtet, dass er auch gehen könnte. Sein Atem riecht stark nach Alkohol.

Appaz' Handy meldet sich: »Keine Beziehung.«

Appaz überlegt kurz, ob er schnell noch eine Antwort an Darleen schicken soll, aber Kerschkamp zieht ihn schon weiter. Ich schreib ihr nachher, denkt Appaz, wenn ich weiß, wann wir hier wegkommen. Vielleicht hat sie heute später am Abend noch Zeit.

Das Kaffeegeschirr ist abgeräumt, die silbernen Platten sind zum Büfett aufgebaut. Neben dem Rehbock türmen sich zwei Stapel mit Tellern. An den Tischenden stehen Weinflaschen, auf dem Boden mehrere Kästen Bier.

»Greift zu, Leute, es ist genug für alle da!«, ruft Gremlitz. »I declare the bazaar open now! Skål!«

»Dank an den edlen Spender!«, versucht Nölle, den Beifall zu übertönen, gibt dann aber auf und brüllt nur noch in Richtung ihres alten Klassenlehrers: »Admiral von Schneider! Wohlsein!«

Der Klassenlehrer nickt mit vollen Backen. Er muss sich seinen Teller bereits vorher schon vollgehäuft haben.

Jetzt lässt er seinen Blick durch den Raum wandern und bleibt erneut an Appaz hängen. Diesmal guckt Appaz nicht weg.

Die erste Stunde nach den Ferien eröffnete der Klassenlehrer mit den Worten: »Ich mache das nicht mehr länger mit! Das ist ein elender Sauhaufen hier, ihr tut nichts, ihr interessiert euch für nichts, ihr wisst auch nicht mal ansatzweise, was in der Welt vor sich geht! Aber das wird sich ändern, und wem das nicht passt, der sollte am besten lieber gleich gehen. Habe ich mich verständlich ausgedrückt?«

Sie nickten. Obwohl sie beim besten Willen nicht wussten, was sie verbrochen haben sollten. Genauso wenig wie sie wussten, was jetzt eigentlich von ihnen erwartet wurde.

Aber der Klassenlehrer machte konkrete Vorschläge.

»Erstens«, sagte er, »ich möchte kein Wort mehr hören über irgendwelche Bands, denen ihr nacheifert. Das ist dekadent und führt euch auf Abwege. Zweitens, wir werden ab sofort im Unterricht andere Seiten aufziehen. Ich werde regelmäßig Bücher verteilen, die ihr zu

Hause freiwillig zu lesen und dann anschließend vor der Klasse zu referieren habt. Drittens, ich möchte, dass ihr eine Schülerzeitung herausgebt. Es kann nicht sein, dass an einer Schule wie dem Gottfried-Wilhelm-Gymnasium keine Schülerzeitung existiert! Eine Schülerzeitung ist das Sprachrohr eurer Interessen und gibt euch die Möglichkeit, eure Meinung zur Diskussion zu stellen. Das ist politische Bildung an der Basis und trägt damit wesentlich zu eurer Sozialisation bei. – Buchmann, willst du dich gleich als Erster für die Redaktion melden?«

»Nee, eigentlich nicht«, sagte Buchmann nach kurzem Zögern. »Ich meine, ich hab wenig Zeit und so. Ich bin gerade in der Jugendbezirksliga beim OSV angenommen und. ...«

»Gut«, unterbrach ihn der Klassenlehrer. »Sport ist wichtig, das ist keine Frage. – Wer hat sonst noch Interesse?«

Rockenbauch stieß Appaz mit dem Ellbogen an. »Los, Alter, das machen wir!«, flüsterte er. »Dann hat er uns vielleicht nicht mehr so auf dem Kieker!«

Appaz und Rockenbauch meldeten sich also. Kerschkamp zeigte ihnen heimlich einen Vogel.

»Ihr?«, fragte der Klassenlehrer irritiert. »Na gut«, erklärte er dann mit einem Schulterzucken, als wäre sein ehrgeiziges Projekt allein schon durch die Teilnahme von Appaz und Rockenbauch zum Scheitern verurteilt. »Wer sonst noch?«

Nachdem er mit gerunzelter Stirn Reihe für Reihe durchforscht hatte, hoben auch Nurminski und Lepcke die Finger.

»Ich hoffe, dass es im Laufe der nächsten Zeit noch ein paar mehr von euch werden, die diese Chance nutzen«, sagte der Klassenlehrer. »Und dass jeder einen Artikel schreiben und einreichen kann, versteht sich ja wohl von selbst. Ich bin also gespannt auf die erste Nummer. Denkt daran, ihr braucht einen Namen, es muss ein vernünftiges Titelblatt geben, und ich will ordentlich geschriebene Texte zu lesen bekommen!«

Sie trafen sich noch am selben Nachmittag bei Appaz zu Hause. Die Wahl war auf ihn gefallen, weil er gesagt hatte, dass sie bestimmt die große dunkelgrüne Olympia-Schreibmaschine benutzen dürften, die sein Vater aus dem Büro mitgebracht hatte. Und Appaz war es nur lieb, dass er für den Nachmittag etwas zu tun hatte, was ihn von seinem Kummer mit Inga ablenkte. Sie hatte ihm einen Brief geschrieben, in dem sie ihn darum bat, sie nicht mehr anzurufen. »Ich muss nachdenken«, hatte in der letzten Zeile gestanden, »Inga«. Diesmal ohne »deine« davor. Appaz war klar, dass es damit vorbei war, aber er grübelte die ganze Zeit, was schiefgelaufen sein könnte.

Auch Rockenbauch schien froh über die neue Beschäftigung zu sein, The Hungry Freaks hatten sich über die Musikrichtung gestritten, die sie in Zukunft spielen wollten, und schließlich hatte Johnny erklärt, dass er dann eben eine eigene Band aufmachen werde.

Kaum hatte Appaz' Mutter ihnen jetzt einen Teller Kekse und eine Karaffe mit eisgekühltem roten Tee auf den Tisch gestellt, kam Rockenbauch mit Feuereifer zur Sache. »Wir brauchen eine gute Mischung an Texten«, erklärte er. »Sonst liest das keiner. Ich hab mal ein paar Zeitschriften mitgebracht, wo wir uns vielleicht was abgucken können.«

Er verteilte einen Stapel »Sounds« und »Musik-Express«, zum Schluss legte er noch eine »Konkret« hinzu.

Die Konkret war schon älter, auf dem Titelblatt war Uschi Obermeier mit nackten Brüsten und der linken Hand in ihrer offenen Jeans zu sehen. Daneben standen die Schlagzeilen »Sex mit dem Satan« und »Wie krank ist Rudi Dutschke?«

Lepcke blätterte bis zu dem Artikel »Salyne liebt im Ruderboot« und fing mit rotem Kopf an zu lesen. Als er merkte, dass die anderen ihn kichernd beobachteten, schlug er die Zeitschrift zu und sagte: »Konkret ist vielleicht nicht so gut, zu politisch und so. Zu links. Ich glaube nicht, dass die Lehrer das gut finden würden, wenn wir so was machen.«

»Erstens hat der Klassenlehrer gesagt, dass er was Politisches will«, erwiderte Rockenbauch, »und zweitens schreiben wir ja nicht für die Lehrer, sondern für uns!«

»Mit dem Klassenlehrer wäre es ja vielleicht noch okay«, beharrte Lepcke. »Aber die anderen machen uns doch glatt fertig. Überlegt doch mal, Tietemann und solche Leute.«

»Aber über was sollen wir dann überhaupt schreiben?«, fragte Nurminski. »Musik geht auch nicht, das will der Klassenlehrer nicht.«

»Machen wir aber trotzdem«, erklärte Rockenbauch. »Ohne Musik können wir es gleich vergessen.«

Appaz schlug vor, dass sie ja auch Interviews mit anderen Schülern machen könnten. »Welchen Sinn siehst du in der Schule oder so was, was meint ihr?«

»Das ist gut«, sagte Lepcke. »Wir müssen nur aufpassen, dass dann nicht einer sagt, Schule wäre Scheiße.«

»Meinungsfreiheit«, erinnerte Rockenbauch. »Jeder kann sagen, was seine Meinung ist. Und wir schreiben es dann hin. Pressefreiheit, klar?«

Inzwischen hatte sich Nurminski die Konkret gegriffen. Jetzt blickte er hoch.

»Sag mal, hast du noch mehr davon?«

»Zu Hause«, nickte Rockenbauch.

»Bring mal mit beim nächsten Mal, ja? Ist echt spannend!«

Dann diskutierten sie lange über einen Namen für ihre Zeitung.

»›Griffel‹«, schlug Lepcke vor. »Oder ›Megaphon‹, ist auch nicht schlecht.«

»Langweilig«, sagte Nurminski. »Und außerdem gibt es beides schon. Griffel heißt die Zeitung von der Schüler-Union, das geht schon mal gar nicht. Und Megaphon …«

»Dann nehmen wir doch ›Radiergummi‹«, unterbrach ihn Rockenbauch grinsend.

»Das ist gar nicht so doof«, sagte Appaz. »Das kann erst mal alles bedeuten. Da wissen sie nicht, was sie davon halten sollen.«

»Sie« waren natürlich die Lehrer. Es waren immer die Lehrer, um die es bei ihren Überlegungen ging. Sie wollten ihren Lehrern gern eins auswischen, hatten aber gleichzeitig Angst, dass die sich vielleicht angegriffen fühlen könnten und sie dann die Konsequenzen zu spüren bekämen.

»Radiergummi«, wiederholte Rockenbauch, als wollte er probieren, ob der Name sich gut sprechen ließ.

»Das machen wir«, erklärte Nurminski. »Das geht auch gegen die Schüler-Union. Das ist echt gut.«

Lepcke schien als einziger nicht ganz so zufrieden mit ihrer Entscheidung zu sein, aber als Rockenbauch mit seinem Vorschlag für die Titelgestaltung rausrückte, war auch er einverstanden.

»Wir nehmen die Zeichnung von Wilhelm Busch«, erklärte Rockenbauch, »von diesem Lehrer mit dem erhobenen Zeigefinger, aus Max und Moritz, ihr wisst schon ...«

»Lehrer Lämpel.«

»Genau, und dann ...«

»Eine Hand, die ihn gerade wegradiert!«, grinste Nurminski.

»Witzig«, sagte Lepcke. »Und da kann auch keiner böse sein, weil es ja nur das Bild von Wilhelm Busch ist.«

»Kann einer von euch Hände zeichnen?«, fragte Appaz. »Hände sind sauschwer, Leute.«

Betroffen blickten sie sich an.

»Und wenn wir einfach den Kopf von diesem Lämpel abschneiden und dafür den Kopf von einem von unseren Lehrern drauf montieren?«, fragte Rockenbauch. »Ohne Radiergummi oder so. Nur ganz groß den Kopf auf der Zeichnung von Wilhelm Busch. Und bei jeder Ausgabe nehmen wir einen anderen Lehrer!«

»Dann können sie aber doch böse sein«, gab Lepcke zu bedenken. »Und mit welchem Lehrer wollen wir überhaupt anfangen?«

»Mit dem Klassenlehrer!«, antworteten die anderen drei wie aus der Pistole geschossen.

»Kriegst du das hin?«, wandte sich Rockenbauch an Appaz. »So, dass man ihn wiedererkennt?«

»Ich glaube schon.«

Es war klar, dass Appaz die Zeichnung machen sollte. Schließlich war Kunst auch so ziemlich das einzige Fach, in dem er noch gute Noten mit nach Hause brachte. Und die anderen hatten gerade noch die Bleistiftzeichnung von Inga bewundert, die über seinem

Bett hing. Gleich neben der Postkarte, die ihm Inga im Sommer geschickt hatte. Und neben dem Foto von Che Guevara, das sie ihm geschenkt hatte, als noch alles in Ordnung gewesen war. »Ich finde, er sieht ein bisschen aus wie du«, hatte sie dazu erklärt, »und vielleicht schenke ich dir ja auch mal so eine Mütze. Würde dir bestimmt gut stehen …«

Die nächsten zwei Wochen arbeiteten sie nahezu ohne Pause an ihrer Zeitung. Rockenbauch kam jeden Tag mit neuen Ideen, worüber sie noch schreiben könnten, und jeden Nachmittag tippten er und Appaz die Artikel mit der Olympia auf die Matrizen, die ihnen die Schulsekretärin ausgehändigt hatte. Beim »O«, dem kleinen »a« und dem kleinen »e« hackte die Schreibmaschine runde Löcher in die Matrizen.

Appaz zeichnete den Namen der Zeitung mit einer Schablone, die er bei seinem Vater im Schreibtisch gefunden hatte. Die Karikatur von Wilhelm Busch ließ sich ganz einfach durchpausen, nur für den Kopf des Klassenlehrers brauchte er mehrere Anläufe, bis man die Gesichtszüge zumindest mit ein bisschen gutem Willen wiedererkennen konnte.

Als sie zum ersten Mal die fertigen Seiten durchzählten, kamen sie auf fast dreißig.

»Das ist zuviel«, sagte Nurminski, »wir müssen was rausschmeißen.«

Aber eigentlich fanden sie alle Artikel gut gelungen und wichtig, und keiner wollte auf einen seiner Beiträge verzichten. Bis Rockenbauch sagte: »Ist doch ganz einfach, wir machen zwei Nummern draus, genau wie bei einem Doppelalbum. Johnny Winter hat sogar mal nur drei Plattenseiten bespielt, weil er zu viele Songs für eine Platte hatte, aber zuwenig für zwei. ›Second

Winter‹ hieß die Scheibe, wisst ihr noch? Die letzte Seite war einfach leer!«

»Hä?«, machte Lepcke, »und was hat das jetzt mit unserer Zeitung zu tun? Ich denke, wir haben genug für ...?«

»War ja auch nur ein Beispiel«, unterbrach ihn Rockenbauch. »Klar haben wir genug für zwei Nummern. Und deshalb bringen wir erst mal eine Nullnummer«, erklärte er dann, »das macht man manchmal so, zum Anheizen, für die Leute. Und eine Woche später kommt schon die nächste Ausgabe!«

Und so machten sie es tatsächlich. Mehrere Tage lang standen sie nach der letzten Stunde im »Abzugsraum« neben dem Lehrerzimmer und nudelten mit dem Spirit-Carbon-Drucker Seite für Seite ihrer Zeitung durch. Wenn sie die Druckmaschine frisch aufgefüllt hatten, waren die Seiten ganz nass, und sie mussten sie zum Trocknen auf dem Fußboden auslegen.

Dann hefteten sie die ersten beiden Nummern zusammen und verstauten sie in leeren Pappkartons. Den Karton mit der zweiten Ausgabe nahm Rockenbauch mit nach Hause.

Am nächsten Morgen bauten sie sich vor der Schultür auf. Der erste, der für eine »Schutzgebühr« von 20 Pfennig eine Zeitung kaufte, war Kerschkamp. Sie hatten Mühe, ihn wieder zu beruhigen, als er feststellte, dass sein Artikel fehlte. Er hatte ihnen in der Woche zuvor eine Seite mit dem Titel »Was ist Demokratie und wie aktiviert man die Massen?« zum Abdruck vorbeigebracht. Der Artikel über die »Aktivierung der Volksmassen mit dem Ziel, aus apolitischen Geschöpfen mündige Staatsbürger zu machen«, endete mit dem Satz: »Weiß der aktivierte Jugendliche dann endlich um seine

Möglichkeiten, hat er wenigstens außer Haschpfeifchen und politischem Untergrund eine Alternative, um mit seinen Problemen fertig zu werden.«

Sie hatten aber entschieden, den Artikel erst in die zweite Ausgabe zu nehmen, weil Nurminski in der Nullnummer bereits etwas über »Die Radikalisierung der Massen« geschrieben hatte, wobei es vor allem um die Aussage von Ulrike Meinhof zum Aufbau der RAF ging, die sinngemäß hieß: »Alle Bullen sind Schweine, und natürlich darf auf sie geschossen werden.« Nurminskis Artikel hatte zum Fazit, dass »gewalttätige Gruppen, die einen bewaffneten Umsturz wollen«, unbedingt bekämpft werden müssten. Und Rockenbauch hatte erklärt: »Das wird zuviel Politik, Leute. Wir müssen das geschickter verteilen.«

In der Nullnummer gab es jetzt außer Nurminskis Artikel eine Plattenkritik über »Get a Whiff a This« von Juicy Lucy, den vollständigen Abdruck des Textes von »Been Dazed and Confused« von Led Zeppelin, eine Plattenempfehlung von »Johnny Winter And Live«, ein aus irgendeinem Musikmagazin abgeschriebenes Interview mit Sonny Henning von Ihre Kinder und eine Kritik über die Fernsehsendung »Musik Today« in der ARD. Außerdem hatte Lepcke noch einen »Testbericht« über sein neues Motobecane-Rennrad beigesteuert, Appaz hatte daraufhin eine Satire verfasst, in der er das Torpedo-Rad seiner Mutter von 1934 mit allen Vorzügen beschrieb. Und gleich auf Seite 2 hatten sie Buchmann interviewt, was er von der Schule hielte. »Scheiße«, hatte Buchmann erklärt, aber darum gebeten, dass seine Antwort nicht mit seinem Namen gekennzeichnet würde, weshalb jetzt nur »ein allen bekannter Mitschüler« unter dem wörtlichen Zitat stand.

»Das Ganze gibt Ärger«, hatte Lepcke von Anfang an prophezeit – und er behielt Recht. Zwar verkauften sie bis zur zweiten großen Pause nahezu alle Exemplare, aber in der sechsten Stunde dann kam prompt die Reaktion des Klassenlehrers: »Wenn ihr meint, dass das so richtig ist, dann macht nur weiter!«

»Und wie finden Sie das Bild vorne drauf?«, wollte Kerschkamp wissen.

»Aus Appaz wird später jedenfalls ganz sicher mal kein berühmter Maler«, war die knappe Antwort.

Von den älteren Lehrern äußerte sich zunächst nur Tietemann: »Hornochsen bleiben Hornochsen«, stellte er fest und zerriss sein Exemplar vor ihren Augen in kleine Schnipsel, die er mit einer unwirschen Handbewegung vom Tisch fegte. Um gleich darauf Klaus-Dieter aufzufordern, »die Schweinerei« einzusammeln und zum Papierkorb zu bringen. Dr. Strotzeck, den sie am nächsten Tag in einer Vertretungsstunde hatten, begründete sein Missfallen immerhin mit der Aussage, dass es früher doch mal eine »richtige« Schülerzeitung gegeben habe, in der Gedichte abgedruckt gewesen waren und die Schüler »lebendige Schilderungen von ihren Klassenfahrten« verfasst hatten.

»Wir hatten noch keine Klassenfahrt«, meldete sich Rockenbauch umgehend zu Wort.

»Dann schreibt etwas Schönes übers Landschulheim«, erwiderte Dr. Strotzeck. »Oder eine Kurzgeschichte von Appaz. Das kann der doch. Ihr habt es doch gar nicht nötig, solchen Mist zu verzapfen.«

»Das mit dem Landheim kann er haben«, meinte Rockenbauch grinsend in der Pause. »Er braucht nur die nächste Nummer abzuwarten.«

Tatsächlich hatte Appaz schon eine Geschichte über

das Landheim geschrieben, allerdings ganz sicher nicht so, wie Dr. Strotzeck das erwartete. Eigentlich hatte Appaz vor allem von dem Pudel erzählt, der bei Frau Bolle in der Küche lebte. Bis die Schüler eines Tages Gulasch vorgesetzt bekamen und der Pudel danach für immer verschwunden war.

Lepcke meinte dann auch, dass sie auf die nächste Ausgabe lieber verzichten sollten. »Oder alles noch mal neu schreiben«, schlug er vor, »sonst sind wir echt dran, wenn wir weiter aufmucken, machen sie uns fertig! Vor allem mit dem Titelbild, Leute, das geht nicht!«

Für die zweite Ausgabe hatte Appaz den Schulleiter gemalt, und Dr. Siegfried war ihm wirklich gut gelungen, sogar den Schmiss quer über die rechte Wange hatte er nicht vergessen.

Als sie auf Lepckes Bedenken nicht eingingen, erklärte er kurzerhand seinen Ausstieg aus der Redaktion.

»Ich bin doch nicht blöd«, sagte er. »Ich vermassle mir doch nicht meine ganzen Noten!«

Dafür wollte Kerschkamp jetzt unbedingt mitmachen und schrieb seinen Namen von Hand in das Impressum jedes einzelnen Exemplars, das bei Rockenbauch lagerte.

In dieser Ausgabe gab es dann neben Kerschkamps Artikel über die aktivierten Massen und Appaz' Landheimgeschichte eine Kritik über das »kleine rote Schülerbuch«, ein – diesmal aus Konkret abgeschriebenes – Interview mit Franz Josef Degenhardt, zwei Plattenkritiken über »Led Zeppelin IV« und »Watt« von Ten Years After, den vollständigen Text von »Child in time« und einen Artikel über Ton Steine Scherben mit der Frage, ob »Protestgruppen« wirkungsvoller seien als einzelne Protestsänger. Weiterhin hatten sie eine Reihe von Forderungen aufgestellt – nach einer Schülermitverwaltung auch für die Mittelstufe, einem Nulltarif im öffentlichen Nahverkehr für Schüler, Studenten, Lehrlinge und Ersatzdienstleistende, der Aufnahme von Rockmusik als »Pflichtthema« in den Musikunterricht und schließlich der längst überfälligen Einführung der Koedukation am Gottfried-Wilhelm-Gymnasium – »um Hemmungen und Vorurteile gegenüber dem anderen Geschlecht abzubauen«. Und zum ersten Mal gab es am Ende des Heftes auch Kleinanzeigen: Gremlitz verkaufte einen Kleinbild-Fotoapparat mit Tasche (20 Mark), Buchmann eine Fender-Nachbau-Bassgitarre (30 Mark), Nurminski »Exseption IV« mit dem Royal Philharmonic Orchestra (8 Mark), Appaz »Abbey Road« von den Beatles (6 Mark).

Und diesmal kam die Reaktion sofort. Noch während die Mitschüler – und mittlerweile auch Schüler aus den Parallelklassen – in der Pause Schlange standen, um bei Appaz und den anderen ein Exemplar zu kaufen, erschien Dr. Siegfried. Ohne Kommentar konfiszierte er den Rest der Auflage, als einige protestierten, verwies er auf den Klassenlehrer, der »alles Weitere« erklären würde. Der dann aber nur lapidar sagte: »Das habt ihr euch selbst zuzuschreiben«, bevor sie die Lektüre von Hesses »In der alten Sonne« fortsetzten.

Als Appaz in der nächsten Pause im Treppenhaus auf Dr. Strotzeck traf, ging der kopfschüttelnd an ihm vorüber, nach dem Kunstunterricht nahm Schleicher Appaz beiseite und fragte fast fürsorglich: »Was ist denn nur los mit euch? Spinnt ihr plötzlich alle?«

Aber Rockenbauch gab nicht auf. Noch auf der Heimfahrt in der Straßenbahn kam er mit einem neuen Vorschlag. Appaz war nicht ganz wohl bei der Sache, aber er sagte trotzdem zu, mitzumachen. Und auch Kerschkamp war diesmal dabei. Sie beschlossen allerdings, sonst niemanden weiter einzuweihen, sondern »das Ding« allein durchzuziehen, wie Rockenbauch sagte.

Irgendwie schafften sie es dann auch, als sie für den neuen Englischlehrer eine Kurzgeschichte von Hemingway abziehen sollten, heimlich ihr eigenes »Flugblatt« dazwischenzuschummeln. Diesmal verzichteten sie ebenso auf einen Titel wie auf ein Impressum, ihre schnell entworfene Seite bestand nur aus dem stark gekürzten Text »Wir haben Fehler gemacht« von Peter Schneider zum Sit-in in Berlin, den sie wieder aus einer von Rockenbauchs Konkret abgetippt und ein bisschen eingekürzt hatten.

Die Zeilen »Wir haben in aller Sachlichkeit über den Krieg in Vietnam informiert, ohne dass die Phantasie unserer Nachbarn in Gang gekommen wäre, aber wir haben erlebt, dass wir nur einen Rasen zu betreten brauchen, dessen Betreten verboten ist, um ehrliches, nachhaltiges und allgemeines Grauen zu erregen«, hatten sie dick unterstrichen. Unten auf die Seite hatten sie mit der Hand geschrieben: »Kommt nächste Woche alle zur Schüler-Demo auf den Opernplatz! Wir fordern den Nulltarif für Schüler, Studenten, Lehrlinge und Ersatzdienstleistende!«

Während der zweiten Stunde fragte Rockenbauch, ob er aufs Klo dürfe, und legte verschiedene Stapel des Flugblatts auf den Gängen und im Treppenhaus aus.

Als die ersten Lehrer Wind von der Sache bekamen, war es schon zu spät: Das Flugblatt befand sich längst in den Händen der aufgeregt tuschelnden Schüler.

Dr. Siegfried drohte umgehend damit, die Polizei einzuschalten, wenn sich die Verfasser nicht freiwillig melden würden. Aber tatsächlich kam nie raus, wer das Blatt verfasst hatte – und Appaz war im Nachhinein nur froh, dass sie die Idee gehabt hatten, diesmal nicht die Olympia, sondern die Reiseschreibmaschine von Rockenbauchs Vater zum Tippen zu benutzen. Schließlich wurde die ganze Aktion den Schülern aus der Oberstufe zugeschrieben, die diesen Vorwurf auch mit eher solidarischem Grinsen auf sich nahmen.

Allerdings nutzte der Klassenlehrer die Gelegenheit, um nachdrücklich darauf hinzuweisen, dass den nicht volljährigen Schülern im Übrigen jede Teilnahme an der angekündigten Demonstration untersagt sei.

»Aber wieso?«, wollte Kerschkamp wissen. »Die Demo ist doch nachmittags. Da können wir doch machen, was wir wollen!«

»Das sehe ich anders«, sagte der Klassenlehrer. »Und bildet euch bloß nicht ein, ich würde nichts davon erfahren!«

»Der kann uns gar nichts«, erklärte Kerschkamp hinterher. »Das dürfen die uns gar nicht verbieten!«

So ganz sicher waren sie sich allerdings nicht, und klar war auch, dass sie zu Hause auf keinen Fall etwas davon erzählen durften. Aber sie waren fest entschlossen, an der Demonstration teilzunehmen.

»Jetzt erst recht«, sagte Kerschkamp.

»Ich weiß überhaupt nicht mehr, was eigentlich los ist«, meinte Rockenbauch dann am Tag der Demonstration mittags in der Straßenbahn zu Appaz. »Dass Siegfried und die anderen Ärsche uns da nicht hinlassen wollen, ist ja klar. Aber wieso hat der Klassenlehrer jetzt wieder was dagegen? Er tut doch sonst immer so, als wäre er voll politisch und links.«

Appaz wusste keine Antwort auf Rockenbauchs Frage.

Aus ihrer Klasse waren nur noch Kerschkamp und Nurminski mitgekommen. Buchmann hatte allerdings laut getönt, dass er nachkommen werde.

»Spätestens, wenn es gegen die Bullen geht, bin ich auch dabei!«, hatte er versichert.

Am Opernhaus hatte gerade die Kundgebung begonnen. Über Megaphon wurde die Forderung nach einem generellen Nulltarif im öffentlichen Nahverkehr verkündet.

»Wir lassen uns nicht verschaukeln«, brüllte der Sprecher. »Entweder die Stadt sichert uns den Nulltarif zu, oder wir fahren alle schwarz! In Berlin machen sie das schon, das können wir auch!«

Der Opernplatz war voll mit Demonstranten, die meisten trugen Parkas oder gelbe Öljacken, vereinzelt waren auch Baskenmützen und Al-Fatah-Tücher zu sehen, hier und da wurden ein paar rote Punkte zur Erinnerung an die letzte Demonstration gegen die ÜSTRA geschwenkt.

Appaz blickte sich besorgt um, ob er seinen Vater irgendwo entdeckte. Aber eigentlich war ihm klar, dass sein Vater nicht auftauchen würde. Einen »Nulltarif« zu fordern, ging deutlich weiter als alles, was die Generation der Eltern beim letzten Mal vielleicht gerade noch hatte gutheißen können.

Beruhigt registrierten Appaz und seine Freunde, dass auch der Klassenlehrer nirgends zu sehen war. Dennoch war ihnen ein bisschen mulmig.

Kerschkamp flüsterte Appaz zu: »Mann, wenn mein Alter wüsste, dass ich hier bin, dann …«

Er brachte den Satz nicht zu Ende, aber es war klar, was er meinte.

Eine Gruppe von Oberstufenschülern aus ihrer Schule winkte sie zu sich. Sie kannten die Großen von der Raucherecke hinter der Aula, zu der sie in den Pausen regelmäßig neidische Blicke hinüberwarfen, ohne sich jedoch bislang nähergetraut zu haben.

»Ihr seid doch die aus der Zehnten mit der Schülerzeitung«, sagte ein großer Dicker mit Vollbart und einer Schaffelljacke. »Lasst euch bloß nichts gefallen! Wir helfen euch da auch, wir machen das nächste Woche mal zum Thema bei der SMV. Und das mit dem Flugblatt war echt gut. Das wart ihr doch auch, oder?«

Bevor Appaz nicken konnte, verpasste ihm Rockenbauch einen Ellbogenstoß.

»Echt gut«, wiederholte der Dicke. »Verdammt mutig!«

Die anderen nickten ihnen respektvoll zu. Appaz war stolz, dass die Großen sie fast so behandelten, als würden sie dazugehören. Irgendwie kam ihm das wie eine Auszeichnung vor, als wären sie jetzt wirklich »politisch«.

Rockenbauch und Kerschkamp ging es genauso, das konnte Appaz deutlich sehen. Auch Nurminski grinste breit. Und sie waren noch nicht mal sauer, als sich dann der Demonstrationszug formierte und der Dicke zu seinen Freunden sagte: »Nehmt die Kurzen mal in die Mitte, damit ihnen nichts passiert. Immer einer von uns, einer von denen!«

Die »Kurzen« konnten sie gut hinnehmen, solange sie nur bei den Großen mitlaufen durften. Sie hakten sich alle unter und bildeten Sechserreihen. Der Zug ging vom Opernplatz übers Kröpcke Richtung Steintor. Links und rechts zogen Polizisten mit Helmen und Schlagstöcken auf, an der Einmündung zur Schillerstraße wartete eine Reiterstaffel.

»Eins, zwei, drei, vier – fürchtet euch nicht!«, skandierten die Demonstranten, Appaz sang laut mit.

Weiter vorne war irgendwas los, der Zug geriet ins Stocken. Der Dicke holte einen Tabakbeutel heraus und drehte sich eine Zigarette. Als Kerschkamp ihn darum bat, schenkte er sie ihm.

»Aber rauchen kannst du schon alleine, oder?«

Kerschkamp grinste nur.

»Drehen müssen wir auch noch lernen«, flüsterte Rockenbauch Appaz zu. Appaz nickte, obwohl sie bisher beide noch gar nicht geraucht hatten.

Dann kamen ein paar Mädchen dazu. Der Dicke zeigte auf Appaz und seine Freunde und erzählte, dass die gerade das ganze Kollegium »aufgemischt« hätten.

Ein Mädchen lächelte Appaz zu. Als sie sich neu formierten, schaffte er es, neben sie zu kommen. Sie hieß Claudia und war Schwesternschülerin, »in dem Krankenhaus gleich hinter eurer Turnhalle«, sagte sie, »daher kenne ich auch Lothar.«

Lothar war der große Dicke.

Claudia fragte Appaz, ob er schon was von dem Unabhängigen Jugendzentrum in der Nordstadt gehört habe, Appaz wusste nichts davon, nickte aber und schlug vor, dass sie ja mal zusammen hingehen könnten.

»Es ist schon wieder geräumt«, sagte Claudia, »von den Bullen, hast du das gar nicht mitgekriegt? – Aber wir können ja auch ins Kino gehen oder so«, setzte sie dann hinzu.

Appaz war einverstanden.

Am Steintor kam der Zug zum Stehen. Die ersten Demonstranten setzten sich auf die Straßenbahnschienen. Es fing an zu nieseln. Appaz zog sich wie die meisten anderen die Kapuze über den Kopf. Ein Langhaariger aus

Lothars Gruppe fing an zu singen: »All we are saying, is give peace a chance …« Dann wechselten sie wieder zu »Fürchtet euch nicht!«

Von hinten drängte jetzt die Reiterstaffel nach, aus einer Seitengasse fuhr ein Wasserwerfer auf den Platz. Appaz hatte noch nie vorher einen Wasserwerfer gesehen und konnte sich auch nicht so recht vorstellen, was der Einsatz der Wasserkanone bedeuten würde. Außer dass sie noch nässer würden, als sie von dem Nieselregen ohnehin schon waren.

Aber dann beugte sich Lothar zu ihnen und sagte: »Wenn die das Ding einsetzen, rennt ihr, ist das klar?«

Sie nickten. Claudia fasste nach Appaz' Hand.

Nicht weit weg von ihnen gab es plötzlich einen Tumult. Appaz sah ein paar Steine fliegen, Polizisten mit Schlagstöcken drängten durch die Menge. Ein Typ, der den Schal bis über die Nase gezogen hatte, drückte Appaz einen Stein in die Hand.

»Wirf!«, verstand Appaz. »Mach die Bullenschweine fertig!«

»Nicht«, sagte Claudia und legte Appaz die Hand auf den Arm, »das ist vielleicht ein Provokateur, der ist selber Bulle …«

Appaz ließ den Stein fallen.

Über Lautsprecher forderte die Polizei dazu auf, »sich unverzüglich von den Schienen zu entfernen und den Platz zu verlassen«. Die Reiterstaffel rückte vor und ging in Position.

Als Lothar »Jetzt!« brüllte, rannten Appaz und Claudia schon, die anderen waren dicht hinter ihnen.

Von allen Seiten kamen jetzt neue Mannschaftswagen der Polizei, Appaz und seine Freunde rannten, bis das Sirenengeheul nur noch aus der Ferne zu hören war.

Dann schlichen sie auf Umwegen zurück zur Schule, wo sie ihre Fahrräder abgestellt hatten.

»Unsere erste Demo!«, grinste Kerschkamp mit kreidebleichem Gesicht, als sich Nurminski verabschiedete. Zusammen mit Rockenbauch und Kerschkamp brachte Appaz Claudia noch bis zum Krankenhaus, wo sie im Schwesternwohnheim ein Zimmer hatte.

Claudia kritzelte Appaz ihre Telefonnummer auf eine abgestempelte Fahrkarte und küsste ihn zum Abschied auf die Wange.

Mit immer noch zittrigen Knien strampelten Appaz und seine Freunde durch den Stadtwald nach Hause.

Abends schimpfte Appaz' Vater lange über die Demonstration, wegen der er und seine Kollegen fast eine Stunde im Stau gesteckt hatten. Appaz' Mutter blickte mehrmals zu Appaz, sagte aber nichts.

Am nächsten Tag überreichte der Klassenlehrer Appaz und Rockenbauch kommentarlos einen Brief für ihre Eltern.

8

Appaz weiß, dass der Klassenlehrer gleich zu ihm kommen wird. Im Lauf der Jahre hat er sich zigmal ausgemalt, wie so ein Zusammentreffen aussehen könnte. Von wüsten Beschimpfungen bis zur völligen Nichtbeachtung hat Appaz alle Möglichkeiten durchgespielt. In den ersten Jahren nach der Schule hat er sich sogar in Folterphantasien verstiegen, später ist er weniger dramatisch geworden. Aber jetzt weiß er trotz allem nicht, wie er sich verhalten soll. Er versucht, möglichst so auszusehen, als konzentriere er sich ganz auf das Büfett. Unschlüssig häuft er sich den Teller voll Lachs.

»Jana ist seit kurzem überzeugte Vegetarierin«, sagt Kerschkamp neben ihm. »Und je öfter ich unsere Nachbarn beim Grillen beobachte, umso mehr glaube ich, dass sie recht hat.«

»Hat sie«, sagt Appaz und stochert mit seiner Gabel zwischen den Tomaten-Mozarella-Scheiben. Lara ist ebenfalls Vegetarierin. Von einer Lesereise hat Appaz ihr kürzlich ein T-Shirt mitgebracht, das er in einem vegetarischen Restaurant gekauft hat, mit der Aufschrift: »Organic is orgasmic ».

»Ich brauch meine Portion Fleisch am Tag«, erklärt der dicke Klackler ungefragt. »Sonst würde ich glatt in die falsche Gewichtsklasse abrutschen!«

»Das wäre allerdings eine Katastrophe«, meint Kerschkamp.

Was Klackler augenblicklich zum Anlass nimmt, ihn in ein Gespräch zu verwickeln. Während Klackler also Brötchenkrümel spuckend auf Kerschkamp einredet, schiebt sich Appaz weiter am Büfett entlang, ohne sich wirklich für Wurst oder Käse zu interessieren.

»Unser Klassenlehrer schleicht die ganze Zeit hinter dir her«, macht Lepcke ihn aufmerksam. »Ich glaube, er will was von dir.«

»Aber ich nicht von ihm«, sagt Appaz. Er überlegt, ob er einfach den Teller abstellen soll, um nach draußen zu gehen und eine zu rauchen. Im gleichen Moment fühlt er eine Hand auf seinem Arm. Er macht eine unwirsche Bewegung, die Hand verschwindet. Stattdessen sagt eine Stimme: »Ja, wenn das nicht der Kurt Appaz ist ...?«

»Ist er«, sagt Appaz, immer noch, ohne sich umzudrehen. »Und ich weiß auch, wer Sie sind. Aber ich habe keine Lust, mit Ihnen zu reden.«

Der Klassenlehrer schiebt sich um ihn herum. Appaz kann nicht mehr vermeiden, ihn anzusehen.

»Und warum?«, fragt der Klassenlehrer. Er kommt Appaz sehr nah. Appaz weicht unwillkürlich zurück, seinen Teller hält er wie einen Schutzschild vor sich. Er starrt einen Moment auf die dicken Tränensäcke unter den Augen des Klassenlehrers. Und er sieht auch deutlich die Narbe, die sich von seinem rechten Wangenknochen bis hinunter zum Kiefer zieht. Als er die Stelle das letzte Mal gesehen hat, war sie eine klaffende Wunde, aus der das Blut über den freiliegenden Knochen strömte.

»Sie haben es damals nicht nur mir mehr als schwer

gemacht«, sagt Appaz und bemüht sich, seine Stimme nicht schwanken zu lassen. »Das reicht. Ich möchte nie wieder irgendwas mit Ihnen zu tun haben.«

»Aber ich konnte damals ja nicht wissen, dass aus dir noch mal was werden würde.«

Die Augenlider des Klassenlehrers flackern.

»Das ist nicht mein Problem«, erwidert Appaz und schafft es jetzt endlich, sich umzudrehen und einfach zu gehen.

Er weiß nicht, wie viel Kerschkamp von ihrem Gespräch mitbekommen hat, aber zumindest den letzten Satz muss er gehört haben. Als Appaz an ihm vorbei zur Terrassentür geht, reckt er den ausgestreckten Daumen hoch.

Appaz zündet sich eine Zigarette an. Er inhaliert tief und starrt auf den Teich. Er weiß nicht, ob er mit sich zufrieden sein soll oder ob er nicht ganz anders hätte auftreten müssen. Den Lehrer konkret angehen und ihn zur Rede stellen. Ihn zu irgendeiner Reaktion zwingen … Aber zu welcher, denkt Appaz, was würde mir reichen, womit könnte ich mich überhaupt zufriedengeben? Und: Was soll das Ganze überhaupt? Hör endlich auf, Mann, das ist doch alles Blödsinn, das bringt doch nichts.

Vor allem aber nervt ihn, dass der kurze Disput ihn so mitgenommen hat, dass jetzt seine Hände zittern, wenn er an der Zigarette zieht. Das darf nicht wahr sein, denkt er, nicht nach all der Zeit, die inzwischen vergangen ist. Was ist bloß los mit dir, Alter? Warum kannst du den Typen nicht einfach abhaken? Und was für ein Schwachsinn war das da eben, ihm auch noch diese halbherzige Begründung zu liefern, statt einfach »Arschloch« zu ihm zu sagen und fertig?

Aus den Augenwinkeln sieht Appaz, dass der Klassenlehrer immer noch mit seinem Teller am Büfett steht. Er spricht jetzt mit Lepcke.

Appaz tritt die Kippe auf den vermoosten Betonplatten aus und geht die Treppe hinunter.

Der Waschbär springt zeternd am Gitter hoch. Als Appaz stehenbleibt, sammelt das Tier eine Handvoll Köttel vom Käfigboden auf und fängt dann, immer noch zeternd, an, Appaz gezielt zu bewerfen.

Appaz steigt die Stufen hoch, die zur Tischtennishalle hinaufführen. Ein Schild weist den Weg zum »Waldlehrpfad«, das »h« ist mit Filzstift durchgestrichen und durch ein zweites »e« ersetzt. Appaz fällt wieder ein, wie sie in der fünften Klasse mit Schubkarren Kies vom Bachlauf heraufgeholt haben, um den Weg anzulegen. Und wie der mühselig gebaute Weg dann im nächsten Jahr zu ihrer Verblüffung nahezu spurlos verschwunden war. Weshalb sie den Weg erneut anlegen mussten. Nur durch Zufall stellte sich später heraus, dass eine andere Klasse den Auftrag bekommen hatte, den ersten Weg wieder abzutragen. Grund für diese Aktionen war der Streit zwischen zwei Biologielehrern, von denen jeder seinen eigenen Lehrpfad haben wollte. Der eine war Gnuschke gewesen, an den Namen des anderen kann sich Appaz nicht mehr erinnern. Jetzt ist der Lehrpfad ein ordentlich befestigter Weg aus rötlichen Gasbetonsteinen, die offensichtlich vor kurzem erst von Moos und Schmutz gesäubert worden sind. Appaz muss unwillkürlich grinsen, als er verschiedene Stellen entdeckt, wo die Wurzeln der Buchen den Weg über kurz oder lang ohnehin aufbrechen lassen werden.

Appaz stapft ein Stück zwischen den Bäumen den Berghang hinauf, bis er die Buche gefunden hat, in deren

Stamm sich Rockenbauch, Kerschkamp und er mit ihren Taschenmessern verewigt haben. Ihre Initialen sind zu undeutlichen Narben verblasst, die er kaum entdeckt hätte, wenn nicht das »1970« direkt darunter immer noch lesbar wäre. Aus irgendeinem Grund hatten sie die Jahreszahl offensichtlich tiefer in die Rinde geritzt.

Appaz fährt mit den Fingerkuppen über den Baumstamm, er meint sich zu erinnern, dass Kerschkamp damals auch noch versucht hat, die Umrisse eines Schlagzeugs in die Rinde zu graben, und Rockenbauch hat sich noch lustig gemacht über den missglückten Versuch, aber vielleicht ist das auch an einem anderen Baum gewesen.

Sein Handy meldet eine Nachricht: »Fahren noch 1 Tag nach Amsterdam. Denkst du an die Rede, die ich brauche? Lieb dich. Töchterchen«

Es geht um die alte Rede von Peter Schneider, die Lara für ihre Abifeier in der Aula so verändern will, dass sie für ihre eigene Schulzeit passt. Appaz ist sich nicht ganz sicher, ob das wirklich funktionieren würde, aber immerhin stammt die Idee von Lara selbst, und darauf ist Appaz auch irgendwie stolz.

»Liegt schon bei dir auf dem Schreibtisch«, tippt er. »Mind the drunken dopies in Adam, take care.«

Er schreibt auch gleich noch die überfällige Antwort an Darleen: »Ich stehe gerade draußen und rauche eine.«

Das ist doch vollkommen bescheuert, denkt er im gleichen Moment, sie sagt, dass sie keine Beziehung hat, und ich erzähle irgendwelchen Scheiß. Aber ich kann ja schlecht schreiben: Das freut mich! Obwohl es stimmt. Es freut mich sogar sehr. In meinem Alter muss man aufpassen, dass man nicht unnötig Zeit und Energie für irgendwas aufwendet, was sowieso zum Scheitern verurteilt ist. Wenn sie einen Kerl hätte, wäre das Ganze sinnlos. Ich bin schließlich nicht mehr zwanzig, solche Spielchen sind vorbei. Und sie ist ja auch nicht doof, sie wird schon wissen, was ich meine, das brauche ich nicht noch zu erklären, wir wissen beide, worauf das hinausläuft … Nee, Alter, lass mal, das ist schon gut so: Ich stehe gerade draußen und rauche eine. Fertig. Dann habe ich auch gleich was, was ich ihr beim nächsten Mal erzählen kann. Dass mir dieses idiotische Treffen hier voll auf die Nerven gegangen ist. Vielleicht erzähle ich ihr auch die ganze Geschichte von früher. Vor allem die Sache mit dem Klassenlehrer! Obwohl das auch wieder Quatsch ist. Aber von Gremlitz kann ich erzählen, mit seinem Ami-Akzent und der dicken Zigarre, das ist so schräg, das kommt bestimmt gut als kleine Anekdote …

Appaz nimmt den Hintereingang, um zurück ins Landschulheim zu gehen, durch den Schuhputzraum, der immer noch von einer nackten Glühbirne an der Decke beleuchtet wird und unverändert nach den benachbarten Klos stinkt.

Appaz geht kurz pinkeln und ist froh, dass niemand kommt. Der Getränkeautomat im Gang draußen ist neu. Aus der Küche meint Appaz aufgewärmten Kohl zu riechen, aber wahrscheinlich sind es eher die Wände, die den Geruch für alle Ewigkeit gespeichert haben. Kurz entschlossen steigt Appaz die Treppe hinauf zum ersten Schlafsaal. Die Betten sind ebenfalls neu, aber nicht unbedingt schöner, hellbraunes Holzfurnier in schwarz lackierten Metallrahmen. An den Fenstern gibt es jetzt Vorhänge aus einem orangefarbenen Stoff, der bereits wieder ausgeblichen ist. Vor drei oder vier Spindtüren stehen moderne Rollkoffer, ein Samsonite liegt auf einem der unteren Betten.

Ein paar von ihnen haben also tatsächlich fest vor, hier zu übernachten. Appaz hat vorhin so was gehört, aber es nicht wirklich geglaubt.

Er nimmt auch noch die paar Stufen bis zum Zwischenstock, wo der Waschraum ist.

Appaz zuckt zusammen, als er gegen das Licht den Umriss einer Person bemerkt, die regungslos aus dem Fenster starrt, obwohl sie ihn gehört haben muss.

Ganz kurz schießt Appaz die Assoziation zu einem der letzten Bilder aus »Einer flog über das Kuckucksnest« durch den Kopf, als der stumme Indianer mit einem gewaltigen Kraftakt den Waschtisch aus dem Kachelboden wuchtet und damit das Fenster zerschmettert, um in irgendeine unbekannte Freiheit zu entkommen.

Auch die regungslose Silhouette im Waschraum des Landschulheims ist groß und breitschultrig, als Appaz genauer hinsieht, erkennt er den dicken Klackler.

»Ist irgendwas?«, fragt er in dem unklaren Gefühl, dass niemand alleine vor einem Fenster stehen sollte, das höher als im Erdgeschoss ist. Und schon gar nicht dieser Klackler, dessen Profil bei Appaz plötzlich eine Erinnerung auslöst, die er aber immer noch nicht einordnen kann.

»Ich wollte nur mal gucken«, sagt Klackler und dreht sich zu Appaz um. Entweder er schwitzt noch stärker oder er hat sich das Gesicht gewaschen und nicht abgetrocknet. »Wir haben mal eine Party gemacht, hier im Waschraum. Und die Mucke voll aufgedreht, bis die Pauker kamen. Rio Reiser und solche Sachen ...«

Appaz kann sich an keine Party im Waschraum erinnern. Und wenn, dann ganz sicher nicht mit Rio Reiser.

»Das kommt nicht hin«, sagt er irritiert. »Rio Reiser war erst später. Damals gab es nur Ton Steine Scherben, von Rio Reiser wusste noch keiner was, da irrst du dich …«

»Rio Reiser«, beharrt Klackler. »Alles Lüge. Und Zappa, ›Dirty Love‹.«

Appaz zuckt mit den Schultern.

»Und Zint, der Arsch, ist voll ausgeflippt«, sagt Klackler. »Wegen nichts. Und am nächsten Tag hat er mich nach Hause geschickt, und ich musste mich bei der Schulleitung melden und habe einen schriftlichen Verweis kassiert. Und jetzt sitzt er da unten, als wäre das alles nie passiert.«

»Lass uns auch wieder runtergehen«, meint Appaz. Er hat keine Lust, sich noch länger mit Klackler zu unterhalten. Irgendetwas irritiert ihn, er kennt Klackler, da ist er sich inzwischen sicher, aber …

»Ich glaube, ich trinke jetzt mal was«, sagt er, »wir sind ja mit Kerschkamps Auto da, er fährt …«

»Gute Idee.«

Klackler stolpert hinter Appaz die Treppe hinunter. Wieder riecht Appaz deutlich die Fahne. Aber besser, er trinkt weiter, als dass er alleine im Waschraum rumhängt, denkt Appaz.

Als er die Doppeltür zum Essensraum aufmacht, schallt ihnen Musik entgegen. Die Büfettschlacht ist noch in vollem Gange, aber irgendjemand muss mittlerweile den CD-Player des Landschulheims für ihre kleine Party »organisiert« haben. Wahrscheinlich Nölle oder Gremlitz.

Appaz erkennt den Song erst, als er das Pfeifen hört, das beim Refrain den Gesang ersetzt.

Im gleichen Moment hört er auch Kerschkamps Kommentar von der anderen Seite des Raumes: »Wisst ihr überhaupt, dass sie sich in Amerika immer noch fragen, aus welchem Bundesstaat die Scorpions wohl kommen, weil nämlich keiner was mit Meines Englisch anfangen kann?!«

Der Klassenlehrer hatte Appaz' Eltern zu einem Gespräch in die Schule bestellt. Und diesmal ließ Appaz' Mutter nicht locker, bis sich sein Vater endlich widerwillig bereiterklärte, mitzukommen. Als sie mit dem Käfer losfuhren, stand Appaz hinter der Gardine und guckte ihnen nach.

Dann ging er in sein Zimmer und holte die Ton Steine Scherben-LP, die ihm Nurminski geliehen hatte, »Warum geht es mir so dreckig?«.

Er drehte die Musik so laut auf, dass die Boxen des Dual-Plattenspielers, den er mittlerweile besaß, bei jedem Basston vibrierten. Eine Weile sang Appaz mit: *»Wenn ich nach Hause komme, sitzt da ein alter Typ, der sagt, er ist mein Vater, und ich glaub auch, dass er's ist …«* Dann hatte er keine Lust mehr. Er starrte auf das braune, mit Heftklammern zusammengetuckerte Pappcover, ohne wirklich etwas zu sehen. Schließlich holte er seine Kinderzwille und den Karton mit den Eisenkrampen, den er irgendwann mal auf einer Baustelle geklaut hatte, aus dem Versteck hinter seinen alten Kinderbüchern und machte das Fenster auf. Er zielte auf die Eisenstangen vom Wäschetrockenplatz, jedes Mal, wenn eine

Krampe auf eine Stange traf, gab es ein metallisch klingendes Geräusch. Die Fehlschüsse pflügten kleine Furchen in den roten Schotter.

Als der Käfer in ihre Straße einbog, brachte Appaz die Zwille und die übriggebliebenen Krampen zurück in sein Versteck.

Appaz' Vater ging wortlos an ihm vorüber ins Schlafzimmer. Sorgfältig hängte er den Anzug auf den Bügel, dann zog er sich eine alte Hose und das Jackett mit den durchgescheuerten Ärmeln an. Im Rausgehen sagte er zu Appaz' Mutter: »Ich fahr noch mal in den Garten. Ihr braucht mit dem Essen nicht auf mich zu warten.«

Appaz' Mutter kochte Hagebuttentee. Appaz sah, dass ihre Augen gerötet waren. Er setzte sich zu ihr an den Küchentisch.

Seine Mutter redete mit leiser Stimme, ohne aufzublicken. Entgegen Appaz' Vermutung war es nicht um seine Teilnahme an der Demo gegangen, auch nicht um die verbotene Schülerzeitung oder sonst eines der Themen, bei denen sich Appaz nicht unbedingt schuldlos fühlte. Der Klassenlehrer hatte offensichtlich kein Wort über diese »Vergehen« gesagt, sondern sich im Gegenteil als fürsorglicher Pädagoge gezeigt, dem Appaz' Zukunft am Herzen lag.

»Und er hat gesagt, dass du keine Chance hättest, auf dem Gottfried-Wilhelm-Gymnasium jemals das Abitur zu machen«, erzählte Appaz' Mutter. »Aber wenn wir trotzdem wollen, dass du es schaffst, dann sollen wir dich von der Schule nehmen und ein Internat für dich suchen.«

»Was?«

»Ein Internat«, wiederholte seine Mutter, »er hat gesagt, das könnte vielleicht noch eine Möglichkeit für dich sein.«

»Aber wieso? Ich …«

»Irgendetwas mit deinem Sozialverhalten ist nicht in Ordnung, das meinte er zumindest. ›Kurts Sozialverhalten ist nicht ausreichend‹, hat er gesagt.«

»Aber was meint er damit? Habt ihr gefragt, was er damit meint?«

Seine Mutter schüttelte den Kopf.

»Wenn es so ist«, sagte sie resigniert, »dann müssen wir eben sehen, wie wir das hinkriegen. Das wird natürlich teuer, aber es wird schon irgendwie gehen. Ich habe eben auf der Rückfahrt mit deinem Vater darüber gesprochen. Zur Not muss ich mir eben wieder eine Arbeit suchen. Es wird schon gehen«, wiederholte sie.

»Aber ich will überhaupt nicht woanders hin. Und ich will auf gar keinen Fall auf ein Internat!«, erklärte Appaz verzweifelt.

»Ich telefoniere morgen mit Dr. Weigand«, sagte seine Mutter abschließend. »Vielleicht weiß der ja einen Rat. Soweit ich mich erinnere, hat er selber mal an einem Internat unterrichtet.«

Dr. Weigand war ein entfernter Bekannter, irgendjemand, den Appaz und seine Eltern mal im Urlaub auf Baltrum kennengelernt hatten und der am De-Haën-Platz wohnte. Ein Lateinlehrer im Ruhestand, Appaz hatte ihn von Anfang an unsympathisch gefunden.

Und das änderte sich auch nicht, als er dann zwei Tage später mit seiner Mutter bei Dr. Weigand im Wohnzimmer auf dem geblümten Sofa saß und auf das düstere Gemälde an der Wand starrte. Ein Berghang mit blauschwarzen Tannen, im Vordergrund legte ein Jäger mit seinem Gewehr auf einen Auerhahn an, neben ihm wartete ein gefleckter Hund mit hochgezogenen Lefzen darauf, sich auf die Beute stürzen zu können.

»Ein Internat macht durchaus Sinn in einem solchen Fall«, erklärte Dr. Weigand. »Da kann man doch noch manches zurechtbiegen, gerade heute, wo viele Jugendliche jede Orientierung verloren haben. Ich selber habe ja auch auf einer Hermann-Lietz-Schule unterrichtet, ich will da gerne den Kontakt herstellen.«

»Das ist wirklich sehr nett«, sagte Appaz' Mutter dankbar. »Das würde uns sicher sehr helfen.«

Dr. Weigand wandte sich an Appaz. »Wie alt bist du jetzt?«

»Er wird im Januar sechzehn«, antwortete Appaz' Mutter.

Dr. Weigand legte Appaz väterlich die Hand aufs Knie. »Es gibt eine Hermann-Lietz-Schule in der Rhön«, sagte er, »da kenne ich den Schulleiter ganz gut. Ich bin mir sicher, dass es dir dort gefallen wird!«

»Aber ich will gar nicht auf ein Internat«, sagte Appaz wieder. »Ich kann doch auch einfach auf dem Gottfried-Wilhelm-Gymnasium bleiben!«

»Nur dass du dann wahrscheinlich kein Abitur bekommst«, erwiderte Dr. Weigand. »Glaub mir, es wird das Beste für dich sein! Und was deine Mutter erzählt, sind deine Leistungen ja nun auch nicht gerade berauschend. Außerdem ist es in deinem Alter immer gut, wenn man ein bisschen Abstand zu den Leuten bekommt, die womöglich keinen guten Einfluss auf einen ausüben.«

»Ich fürchte, Kurts Umgang ist wirklich nicht der beste«, sagte Appaz' Mutter entschuldigend.

»Das dachte ich mir schon«, meinte Dr. Weigand.

Er versprach, alle erforderlichen Schritte in die Wege zu leiten und Appaz' Mutter jederzeit mit Rat und Tat zur Seite zu stehen.

»Jederzeit«, sagte er noch mal zum Abschied. »Haben Sie keine Scheu, mich einfach anzusprechen, egal wegen was. Ich helfe gerne.«

Appaz' Mutter bedankte sich überschwänglich. Auf dem Nachhauseweg wirkte sie deutlich erleichtert. Sie hatte wieder eine Perspektive, jetzt galt es nur noch, die Dinge in Angriff zu nehmen.

Appaz redete kein Wort. Er fühlte sich verraten, vor allem der Satz seiner Mutter über seinen angeblich schlechten Umgang machte ihn wütend und zugleich hilflos.

Dabei war es so, dass er ganz deutlich das Gefühl hatte, mit Kerschkamp und Rockenbauch tatsächlich Freunde zu haben, auf die er sich unbedingt verlassen konnte. Gerade Rockenbauch war, mehr noch als Kerschkamp, in letzter Zeit zu jemandem geworden, mit dem es ihm Spaß machte, über mehr als einfach nur über Musik zu reden oder irgendwelchen Blödsinn zu machen. Außerdem saßen sie im gleichen Boot, er und Rockenbauch. Der Klassenlehrer hatte auch Rockenbauchs Vater nahe gelegt, den Sohn auf ein Internat zu geben. Und auch Rockenbauch wollte nicht weg vom Gottfried-Wilhelm-Gymnasium.

»Es ist ja nicht nur wegen der Leute hier, du und Kerschkamp und so, aber ich habe einfach keine Lust, irgendwo alleine in so einem Scheiß-Kasten rumzuhängen, das ist es. Und wahrscheinlich läuft da noch nicht mal irgendwas mit Musik. Da musst du nur pauken und wirst kleingemacht.«

»Hast du irgendeine Ahnung, warum eigentlich gerade wir beide weg sollen?«, fragte Appaz.

Und Rockenbauch hatte tatsächlich eine Antwort. »Hab ich auch schon überlegt«, sagte er. »Ich glaube, es hat was damit zu tun, dass mein Vater Architekt ist und deiner Prokurist.«

»Verstehe ich nicht.«

»Überleg doch mal, er redet doch immer davon, dass er Arbeiterkinder ins Gymnasium holen will, du weißt schon, deshalb findet er jemanden wie Buchmann so toll. Und wahrscheinlich will er einfach so Leute wie uns loswerden.«

»Aber es gibt noch andere bei uns, deren Väter irgendwas sind«, gab Appaz zu bedenken. »Gremlitz' Vater zum Beispiel, der ist Direktor bei irgendeiner Bank! Oder Lepckes Alter, der ist auch ...«

»Erstens weiß er das vielleicht nicht, und zweitens schleimt sich Gremlitz dauernd ein. Und Lepcke hat sowieso nur Schiss und macht nirgends mit. Erinnere dich an die Schülerzeitung – da hast du es!«

Appaz war sich nicht sicher, ob Rockenbauch mit seiner Theorie recht hatte. Was das Ganze aber noch schwieriger machte, war, dass er selber es ja völlig richtig fand, »Arbeiterkinder« aufs Gymnasium zu lassen, nur konnte er doch nichts dafür, dass sein Vater nun mal kein Arbeiter war. Und irgendwie fand er es höchst ungerecht, dass er jetzt unter etwas leiden sollte, woran er keine Schuld hatte.

»Und was ist dann mit Kerschkamp?«, fragte er noch mal.

»Der geht ihm einfach auf den Sack, weil er zu viel mit uns rumhängt, ist doch logo! Aber den will er ja auch nicht absägen, da hofft er drauf, dass das die anderen für ihn machen. Die ganzen reaktionären Pauker, die finden, dass er bei uns nichts zu suchen hat, und davon gibt es genug, das weißt du ...«

In der nächsten Zeit hockte Appaz häufiger mit Rockenbauch in seinem Zimmer, und sie hörten die LP, die ihm Rockenbauch geschenkt hatte, »Colosseum Live«.

»Damit du mal lernst, was gute Musik ist«, hatte Rockenbauch gesagt.

Am besten gefiel Appaz »Stormy Monday Blues«, die anderen Titel waren ihm zu jazzig und Chris Farlowes Gesangsimprovisationen nervten ihn. Aber er musste Rockenbauch recht geben, dass es irre klang, was Jon Hiseman mit seinen zwei Bassdrums anstellte.

Appaz kannte Jon Hiseman schon von »Bare Wires« von John Mayall, auf der auch Dick Heckstall-Smith, der Saxophonist von Colosseum, zu hören war. Sie redeten auch darüber, dass alle guten Musiker mal bei John Mayall gewesen waren, und zählten die Namen auf, die ihnen einfielen. Eric Clapton. Mick Taylor. Larry Taylor. Mick Fleetwood. John McVie. Hughie Flint. Harvey Mandel. Sugarcane Harris.

»Immer bis sie zu gut wurden für Mayall, dann hat er sie rausgeschmissen«, sagte Rockenbauch.

Einmal brachte Appaz' Mutter ihnen selbstgebackenen Kirschkuchen ins Zimmer. Mit eingeweckten Kirschen aus ihrem Schrebergarten. Sie spuckten die Kerne in die Hand und legten sie auf den Tellerrand.

Unvermittelt sagte Rockenbauch: »In dem Internat, in das ich komme, läuft übrigens doch was mit Musik. Sie haben sogar eine eigene Band da. Mit Übungsraum und allem. Und es fehlt ihnen noch ein Keyboarder.«

Rockenbauch grinste. Irgendwie schien er sich damit arrangiert zu haben, dass sein Vater ihn bereits fest auf dem Internat angemeldet hatte. Irgendwo im Westerwald, zum Ende des Schulhalbjahres im Februar.

Appaz' Eltern hatten, mit Dr. Weigands Hilfe, einen Termin gleich zu Anfang des neuen Jahres in einer Hermann-Lietz-Schule in der Rhön ausgemacht. Und wenn es Appaz »gefallen« würde, sollte er ebenfalls zum Februar das Gottfried-Wilhelm-Gymnasium verlassen.

Kurz vor Weihnachten verabredete sich Appaz mit Claudia, um ins Kino zu gehen. Aber dann konnten sie sich auf keinen Film einigen. Ein neuer James Bond war gerade angelaufen, »Diamantenfieber«. Außerdem lief noch »Ein toller Käfer« und »Schulmädchenreport: Was Eltern nicht für möglich halten«. »James Bond ist blöd«, erklärte Claudia. Und Schulmädchen-Report kam nicht in Frage, Claudia hatte schon mal einen Oswald-Kolle-Film gesehen, und der war »saublöd« gewesen. Außerdem war Schulmädchen-Report auch erst ab achtzehn freigegeben.

Sie gingen also ins Bahnhofs-Kino, wo nonstop »Dick und Doof« gezeigt wurde, und man einfach kommen konnte, wann man wollte. Appaz fand, dass Claudia zu viel und zu laut lachte, aber sie hatte nichts dagegen, als er den Arm um sie legte und sie küsste. Danach liefen sie Hand in Hand zum Weihnachtsmarkt und aßen Schmalzkuchen. Als sie sich wieder küssten, schmeckten Claudias Lippen nach Puderzucker und altem Fett.

Dann wollte Claudia unbedingt am Kinderkarussell stehen bleiben, um zuzugucken. Appaz war es peinlich, als plötzlich Johnny auftauchte, ausgerechnet mit Carola, die eine Pelzjacke trug und eine dazu passende Mütze und Claudia spöttisch musterte. Allerdings fand auch Appaz, dass Claudia in ihrem Parka und mit dem dicken Wollschal um den Hals Carola nicht das Wasser reichen konnte.

Und das kurze Gespräch, das sie dann führten, taugte ebenfalls nicht dazu, dass Appaz sich wohler fühlte. Carola wollte wissen, auf welcher Schule Claudia sei. Claudia erzählte unbekümmert vom ersten Jahr ihrer Krankenschwester-Ausbildung, Carola zog die Stupsnase kraus und sagte: »Igitt, musst du dann auch den Leuten den Hintern abwischen und so was?«

Johnny lachte.

»Ich hab Claudia zufällig auf der Demo kennengelernt«, versuchte Appaz die Situation zu retten. »Sie kennt auch die Leute, die das UJZ besetzt haben.«

»Aber dann haben die Bullen das Haus geräumt«, sagte Claudia. »Schweine! Faschisten, echt!«

Carola lächelte Appaz an, als würde Claudia gar nicht existieren. »Und gehörst du jetzt auch zu den Hausbesetzern?«, fragte sie.

»Nee«, mischte sich Johnny ein. »Appaz muss aufs Internat. Da ist nichts mehr mit Besetzen und so.«

Hinterher wollte Claudia wissen, woher Appaz Johnny und Carola kannte. Appaz erzählte, dass Johnny bei ihm auf der Schule und ein ziemlich guter Gitarrist sei. »Und er singt auch nicht schlecht. Er hat eine eigene Band. Blues und solche Sachen.«

»Ich finde, wenn man Musik macht, dann muss man so was wie Ton Steine Scherben machen«, sagte Claudia. »Außerdem hat er sich nicht gerade so benommen, als wäre er ein Freund von dir. Und diese Carola da ist eine ziemlich aufgeblasene Ziege, finde ich. Obwohl ich überhaupt nicht weiß, worauf sie sich so viel einbildet. Ich meine, sie sieht aus, als wäre sie bei der Schüler-Union! Und ich könnte mit dir wetten, dass sie noch nicht mal die Vene treffen würde, wenn sie eine Spritze setzen soll«, erklärte Claudia abschließend, als wäre das für sie durchaus ein Kriterium.

Appaz zuckte nur mit den Schultern. Eigentlich fand er es toll, dass Claudia zu den Leuten gehörte, die irgendwie politisch waren. Außerdem war sie über ein Jahr älter als er und offensichtlich trotzdem bereit, seine Freundin zu werden. Und wahrscheinlich hatte sie ja recht damit, dass Carola wie eine aufgeblasene Ziege von der Schüler-Union wirkte. Aber gleichzeitig fand er auch, dass Claudia trotz allem nicht so richtig vorzeigbar war. Vielleicht hatte es auch etwas damit zu tun, dass sie nicht mehr auf der Schule war und ganz andere Sachen wichtig fand als Appaz und seine Freunde.

Sie telefonierten dann auch nur noch einmal miteinander, und Appaz war froh, als Claudia sagte, dass sie über Silvester zu ihren Eltern nach Hildesheim fahren würde.

Appaz fuhr zwei Tage nach Silvester mit seinen Eltern in die Rhön. Sein Vater hatte sich extra frei genommen, sie würden in Gersfeld an der Wasserkuppe in einem Gasthaus übernachten, das Appaz' Eltern von früher kannten.

Das Gasthaus hieß »Zur Sonne«, Appaz' Mutter bestellte hausgemachte Sülze, sein Vater Leberkäse mit Bratkartoffeln, Appaz hatte Bauchschmerzen und schlürfte den Kamillentee, den seine Mutter ihm besorgt aufgedrängt hatte. Appaz' Vater trank Bier.

Nach dem Essen zündete er sich eine Zigarette an und erzählte von der Firma. Dass er gerade Ärger habe, weil sie ihm den Stellplatz in der Tiefgarage wegnehmen wollten. Als leitendem Angestellten stand ihm ein solcher Parkplatz zwar zu, aber man hatte ihm nahe gelegt, sich einen anderen Wagen anzuschaffen, wenn er dieses Sonderrecht behalten wollte. Appaz' Vater fuhr inzwischen zwar einen neueren Käfer, beige und bereits mit geraden Scheinwerfern und der »großen Maschine« mit immerhin 40 PS, aber nach Meinung der Firmenleitung passte der VW dennoch nicht zwischen die Mercedesse der Direktoren. Außerdem hatte man Appaz' Vater darauf hingewiesen, dass er in Zukunft »allzu persönliche Kontakte« mit den beiden Pförtnern zu unterlassen habe. Aber Appaz' Vater war weder bereit, seinen Wagen zu wechseln, noch auf die Gespräche mit den Pförtnern zu verzichten, die nicht nur in der gleichen Siedlung wohnten, sondern vor allem auch »Laubenpieper« in der gleichen Schrebergartenkolonie am Mittellandkanal waren.

Appaz war sich nicht sicher, wie er zu der Haltung seines Vaters stehen sollte. Immerhin bedeutete sie so etwas wie ein Aufbegehren gegen die hierarchischen Strukturen in der Versicherungsgesellschaft, aber gleichzeitig hatte Appaz das Gefühl, dass sein Vater nicht unbedingt aus einem politischen Bewusstsein heraus reagierte, sondern eigentlich nur in Ruhe gelassen werden wollte. Er sah sich als »einfachen Mann« und hatte eine tief verwurzelte Ablehnung gegen alles, was er für angeberisch hielt, aber deshalb war er noch lange niemand, der sich tatsächlich gegen die herrschenden Machtverhältnisse auflehnte. Wahrscheinlich würde er jetzt nur beleidigt auf seinen Stellplatz verzichten und stattdessen lieber eine Viertelstunde früher zur Arbeit fahren, um eine freie Parkbucht in der Umgebung zu suchen. Und ansonsten würde er weiterhin besorgt sein, dass sein Sohn in seinem sich gerade erst entwickelnden politischen Denken womöglich auf die »schiefe Bahn« geraten könnte …

Über den bevorstehenden Besuch im Internat redeten sie kein Wort. Appaz lag noch lange wach und horchte auf die röchelnden Schnarchgeräusche seines Vaters. Es war ihm peinlich, mit den Eltern im gleichen Zimmer zu übernachten, aber er fühlte auch so etwas wie Wehmut, wenn er daran dachte, dass er vielleicht bald nicht mehr zu Hause sein würde. Und zu Hause bedeutete trotz aller Meinungsverschiedenheiten mit den Eltern immer noch Geborgenheit. Appaz hatte Angst vor dem Besuch des Internats und dem, was daraus folgen könnte.

Das Internat erinnerte ihn vom ersten Moment an das Landschulheim, auch »Schloss Hirschenstein« war ein grauer, abweisender Kasten mitten im Wald.

»Das ist doch schön hier, eine richtige Burg«, sagte Appaz' Mutter in dem leicht durchschaubaren Versuch, nicht nur ihren Sohn, sondern vor allem sich selbst zu trösten.

Der Flur vor dem Direktorat roch nach Linoleum und frischem Bohnerwachs, die hohen Mauern strahlten eine fast unheimliche Stille aus, die schweren Eichentüren wirkten einschüchternd. Die meisten Internatsschüler waren über die Feiertage zu ihren Eltern gefahren, nur am Ende des Ganges trafen sie auf einen Jungen, der ohne erkennbaren Grund aus dem Fenster starrte und sich auch nicht umdrehte, als sie grüßend hinter ihm vorbeigingen.

Von dem Gespräch mit dem Schulleiter bekam Appaz kaum etwas mit. Er schüttelte eine unangenehm kalte Hand, hockte ganz vorne auf der Kante eines bei jeder Bewegung knarrenden Ledersessels und beantwortete automatisch die Fragen, die ihm gestellt wurden. Doch, er würde gerne das Abitur machen, ja, er wisse, dass er sich dazu ordentlich auf den Hosenboden setzen müsse, nein, er habe noch keinen konkreten Berufswunsch, Fußballspielen würde ihn eher nicht so interessieren, er habe auch keine Hobbys, aber er würde gerne schwimmen und Ski laufen und, ja, er würde auch gerne Rockmusik hören, aber, nein, er habe nichts mit Drogen zu tun. Und eigentlich wolle er auch gar nicht auf ein Internat …

»Du wirst schon bald lernen, die Vorteile einer Internatsausbildung zu schätzen«, sagte der Schulleiter. »Sei froh, dass deine Eltern bereit sind, dir ein solches Privileg zu ermöglichen.«

Als er Appaz' Eltern die Höhe des Schulgeldes mitteilte, das sie für die Aufnahme ihres Sohnes monatlich zu zahlen hätten, sah Appaz, wie sein Vater schluckte und verstohlen nach der Zigarettenpackung in seinem Jackett tastete, bevor er die Hände wieder nebeneinander auf die Knie legte und etwas davon murmelte, dass sie schon mit einer ähnlichen Summe gerechnet hätten.

Der Schulleiter nahm sie mit zu einem kurzen Rundgang durch das Gebäude. Besonders stolz schien er auf die Aula zu sein, auf der Bühne war die Dekoration für »Biedermann und die Brandstifter« von Max Frisch aufgebaut, im Jahr zuvor hätten sie einen großen Erfolg mit Dürrenmatts »Besuch der alten Dame« gehabt, die Theatergruppe würde immer neue Mitglieder suchen. Ja, Appaz kannte Max Frisch und Dürrenmatt, den »Biedermann« hatten sie im Unterricht gelesen, nein, er habe noch nie darüber nachgedacht, selber als Schauspieler auf einer Theaterbühne zu stehen. Und klar, vielleicht würde es ihm auch Spaß machen, ein Bühnenbild zu entwerfen.

»Deine Noten in Kunst sind ja auffallend gut«, erklärte der Schulleiter, »solche außergewöhnlichen Begabungen können wir hier natürlich auch ganz anders fördern.«

Appaz' Mutter schien sich über die unerwarteten Perspektiven, die sich ihrem Sohn boten, ehrlich zu freuen, Appaz' Vater tastete wieder nach seinen Zigaretten.

Abschließend durften sie noch einen Blick in ein Zimmer im Schlaftrakt werfen. Links und rechts standen zwei Betten, es gab auch zwei Schreibtische und zwei Spinde. Auf dem Wandregal sah Appaz eine teure Stereoanlage. Mit Blick auf die Poster an der Wand – Hendrix, The Doors, Che Guevara und Marilyn Monroe im Farbnegativ-Druck – sagte der Schulleiter: »Sie sehen ja selber, wir bemühen uns nach Kräften, so offen wie möglich zu sein. Jeder Interne hat hier selbstverständlich seinen ganz persönlichen Freiraum, in den wir ihm auch nicht hineinreden.«

Der Schulleiter brachte sie bis zur Tür, wieder schüttelten sie die Hände: »Besprechen Sie das in aller Ruhe, es ist Ihre Entscheidung. Wenn Sie unsere Einrichtung überzeugt hat, würde ich mich freuen, Kurt zum Beginn des zweiten Halbjahres hier begrüßen zu dürfen.«

Sie stiegen in den Käfer, Appaz' Vater zündete sich die ersehnte Lord Extra an, Appaz' Mutter starrte aus dem Seitenfenster. Appaz war kurz davor zu heulen.

Auf der Landstraße überholten sie zwei Jugendliche, die den Daumen ausstreckten, um mitgenommen zu werden.

»Das sind doch bestimmt zwei aus dem Internat«, sagte Appaz' Mutter. »Vielleicht können wir sie ja fragen, wie es ihnen gefällt.«

Appaz' Vater bremste und hielt an. Appaz war irritiert, dass sein Vater tatsächlich zwei Tramper mitnehmen wollte. Bisher hatte er Tramper grundsätzlich nur kopfschüttelnd als ein der neuen Zeit geschuldetes Phänomen betrachtet, vor dem im übrigen Eduard Zimmermann in »Aktenzeichen XY« schon wiederholt gewarnt hatte.

Die beiden Jugendlichen wollten ins nächste Dorf.

Sie waren ein oder zwei Jahre älter als Appaz, beide hatten auffallend lange Haare und trugen ausgefranste Jeans und speckige Parkajacken mit aufgenähten Peace-Zeichen. Als sie zu Appaz auf die Rückbank kletterten, nickte er verlegen. Die beiden mussten ihn mit seiner Cordhose und dem Anorak, auf den seine Eltern des guten Eindrucks wegen bestanden hatten, für völlig spießig halten.

Und dann erzählte Appaz' Mutter auch zu allem Überfluss gleich noch, dass sie sich gerade Schloss Hirschenstein angeguckt hätten, weil Appaz dort eventuell hinkommen sollte.

Appaz' Vater mischte sich unerwartet ein und fragte, was genau die beiden im Dorf wollten.

»Was trinken«, sagte der eine. »Rumhängen. Der Unterricht hat ja noch nicht wieder angefangen, und wir haben nichts zu tun.«

»Dürfen wir Sie dann vielleicht zu einem Bier einladen?«, fragte Appaz' Vater. »Wir würden Ihnen gerne ein paar Fragen über das Internat stellen.«

»Sie können sich auch etwas zu essen bestellen«, bot Appaz' Mutter an, als sie in dem fast leeren Gastraum der Dorfkneipe Platz nahmen.

Appaz war mehr als verblüfft. So kannte er seine Eltern nicht. Vor allem sein Vater zeigte sich von einer ganz neuen Seite, ohne einen schiefen Blick auf das Aussehen der beiden Internatsschüler behandelte er sie wie zwei Erwachsene und schob ihnen sogar seine Zigarettenschachtel über den Tisch, aus der sie sich umgehend bedienten.

Die beiden hießen Volker und Peter. Peter sagte zunächst nicht viel, er kicherte nur manchmal, wenn sein

Freund etwas besonders Haarsträubendes über den Internatsalltag zum Besten gab.

»Es ist so was von verlogen da«, berichtete Volker. »Sie tun so, als ob sie irgendwie besonders tolerant wären, wir dürfen sogar eine Matte haben und alles, lange Haare, meine ich«, setzte er erklärend für Appaz' Eltern hinzu, »aber in Wirklichkeit ist es schlimmer als an jeder normalen Schule. Sie kontrollieren uns rund um die Uhr, und wir sind ihnen völlig ausgeliefert. Wenn sie dich nicht mögen, machen sie dich fertig. Und du kannst dich nirgends beschweren, wenn du zum Direx gehst, machst du das Ganze damit nur noch schlimmer. Es ist egal, ob irgendwas unfair abläuft, der Direx unternimmt gar nichts, jedenfalls nichts gegen die Lehrer. Er ruft höchstens deine Eltern an, und dann kriegst du gleich noch mal Ärger.«

»Und das Essen ist Scheiße«, kicherte Peter. »'tschuldigung«, meinte er dann mit einem Blick auf Appaz' Eltern und zwinkerte Appaz zu.

Appaz' Vater winkte der Bedienung und bestellte einen Teller warme Würstchen und Brot, etwas anderes gab es nicht.

»Außerdem bist du nie alleine«, sagte Volker leise, »ich glaube, das ist das Schlimmste. Gemeinschaft ist ja ganz schön, aber manchmal will ich einfach nur was für mich machen, und genau das geht nicht. Es gibt keine Freiräume, du bist immer mit den anderen zusammen. Wenn ich Post von zu Hause kriege, muss ich mich auf dem Klo einschließen, um mal fünf Minuten nur für mich zu haben.«

»Warum sind Sie eigentlich auf das Internat gekommen?«, wollte Appaz' Mutter wissen.

»Da ist was Blödes gelaufen, mit Dope und so«, sagte Volker. »Deshalb musste ich von der Schule.«

»Haschisch«, warf Peter erklärend ein. »Bei mir ist es anders«, setzte er dann hinzu. »Meine Eltern sind viel unterwegs und fanden, dass ich ein bisschen Aufsicht nötig hätte. Und weil sie Knete ohne Ende haben, war natürlich nur das Beste gut genug für mich, also bin ich auf Hirschenstein gelandet.« Er lachte bitter. »Und Aufsicht habe ich genug jetzt, keine Frage.«

Appaz' Vater bestellte noch mal Bier und zog ein neues Päckchen Zigaretten an dem Automaten neben der Theke.

Peter nahm sich das letzte Würstchen. Dann drehte er sich zu Appaz. »Wie Volker schon gesagt hat, es gibt niemanden hier, mit dem du reden kannst. Jedenfalls nicht mit einem von den Lehrern. Und ganz bestimmt nicht, wenn du irgendein Problem hast.«

Appaz nickte und wusste nicht, was er antworten sollte. Es klang schlimm, was die beiden erzählten, gleichzeitig aber fand er, dass es gar nicht so wesentlich anders war als seine eigene Situation auf dem Gottfried-Wilhelm-Gymnasium.

Er sah, dass seine Mutter kurz davor war, von ihrer Zeit als BDM-Führerin zu erzählen, und wie sie immer für »ihre Mädchen« da gewesen war. Appaz atmete erleichtert auf, als sie im letzten Moment die Kurve kriegte und stattdessen fragte: »Und der Unterricht? Wie ist der Unterricht?«

»Leichter als auf einer normalen Penne«, sagte Volker. »Aber ist ja klar, sie wollen, dass jeder das Abi kriegt. Damit brüsten sie sich.«

»Wir büffeln, was sie uns sagen, und wenn wir drankommen, stehen wir auf und geben brav unsere Antwort«, sagte Peter. »Wenn wir Glück haben, ist sie richtig, und wir dürfen uns wieder hinsetzen. Wenn nicht, müssen wir morgens beim Waldlauf eine Runde mehr drehen. – Ein Jahr noch, dann sind wir draußen.«

Er nahm sich wieder eine Zigarette.

»Wir werden dazu erzogen, keine eigene Meinung zu haben«, nickte Volker. »Das ist alles, was sie wollen.«

Appaz wunderte sich, dass sein Vater die Aussagen der beiden Internatsschüler einfach so hinnahm, ohne auch nur einmal einen Einwand zu erheben. Er hakte noch nicht mal ein, als Volker und Peter jetzt erzählten, dass sie beide nach dem Abitur den Kriegsdienst verweigern würden.

»Und dann vielleicht Entwicklungshilfe oder so was«, sagte Peter.

»Irgendwas Sinnvolles«, sagte Volker. »Bloß nicht so einen angepassten Scheiß.«

Noch mehr aber wunderte Appaz, mit welchem Vertrauen die beiden von sich und ihren Problemen erzählten. Als wären Appaz' Eltern tatsächlich Leute, die das verstehen würden.

Und dann sagte Peter plötzlich: »Wissen Sie was? Ihr Sohn ist doch völlig in Ordnung, was soll das Ganze? Tun Sie ihm das nicht an.«

»Du gehst kaputt hier«, nickte Volker zu Appaz hinüber. »Jeder geht hier kaputt.«

Appaz' Mutter schob die Brotkrümel auf ihrem Teller zusammen. Appaz' Vater trank sein Bier aus. Er bestand darauf, Volker und Peter zurück zum Internat zu fahren. Zum Abschied gab er ihnen die noch fast volle Zigarettenschachtel mit.

»Das war ja sehr aufschlussreich«, sagte Appaz' Mutter, als sie wieder auf die Landstraße einbogen. Ihr Tonfall ließ nicht erkennen, was sie damit meinte.

»Die beiden können einem leid tun«, erklärte Appaz'

Vater. »Arme Jungs. Ihre Ansichten sind vielleicht ein bisschen extrem, aber ihre Art hat mir imponiert ...«

Er brach ab und blickte in den Rückspiegel.

Appaz schluckte und hatte Mühe, die Tränen zurückzuhalten.

»Ich geh da nicht hin«, quetschte er zwischen den Zähnen hervor.

»Du musst da auch nicht hin«, sagte seine Mutter.

»Aber dann musst du jetzt die Zähne zusammenbeißen und allen zeigen, was in dir steckt«, sagte sein Vater. »Schaffst du das?«

Appaz nickte.

Die nächsten Kilometer fuhren sie schweigend durch die winterliche Rhön. Hier und da leuchtete ein Schneeflecken zwischen den kahlen Bäumen.

Appaz' Mutter drehte sich nach hinten und drückte Appaz' Hand.

Appaz hatte keine Ahnung, was nun eigentlich den Ausschlag gegeben hatte. Aber es war ihm auch egal. Im Stillen war er Volker und Peter dankbar, dass sie ihn gerettet hatten. Und er war seinen Eltern dankbar.

Er freute sich darauf, in drei Tagen wieder aufs Gottfried-Wilhelm-Gymnasium gehen zu dürfen.

9

'tschuldigung«, murmelt Appaz und nickt Klackler zu, dass er ruhig schon vorgehen soll.

»Ich auch«, liest er Darleens Nachricht vom Display ab, kapiert den Zusammenhang aber erst, als er das angehängte Foto öffnet: Darleen in voller OP-Montur auf irgendeinem Balkon, wie sie lachend ihre Zigarette vor die Handylinse hält. Witzig, denkt Appaz, und: Sie hat ganz schön große Brüste, ist mir neulich gar nicht aufgefallen …

»Ich geh jetzt wieder rein und trinke was«, tippt Appaz zurück. »Foto dazu kommt später, wenn ich auf dem Tisch tanze.«

Albern, denkt er, aber egal. Macht irgendwie Spaß! Sie scheint allerdings echt ein SMS-Freak zu sein, auf die Dauer kann das wahrscheinlich ganz schön nerven. Und: Sie ist Neurochirurgin, ganz schön cool eigentlich. Ich muss unbedingt daran denken, dass ich mich bei unserem nächsten Treffen nicht gleich als heimlicher »Grey's Anatomy«-Fan oute, lieber erst mal ein bisschen vorfühlen, was sie so von dem alten Hirnschlitzer Dempsey hält. Er klappt das Handy zu und geht zu Kerschkamp hinüber. Wobei er sich bemüht, der kleinen Gruppe, die um die beiden Lehrer herumsteht, nicht zu nahe zu kommen.

Klackler ist gerade dabei, fachmännisch die Etiketten der Weinflaschen zu begutachten, bevor er sich für einen Roten entscheidet.

Kerschkamp nickt Appaz zu.

»Mann, wo warst du denn? Ist richtig gemütlich geworden, wir hören alle schön Musik und amüsieren uns prächtig.«

Appaz nimmt ihm das Weinglas aus der Hand.

»Lass mich mal probieren …«

»Was meckerst du eigentlich dauernd so an den Scorpions rum?«, fragt Buchmann. Er dreht sich zu den anderen. »Könnt ihr euch überhaupt noch erinnern, dass mal welche von denen die Aufpasser auf unserer ersten Fete waren? Als wir auch unseren ersten Auftritt hatten, da im Keller von der Kirche! Und Johnny hat mir den Verstärker so leise gedreht, dass ich mich selbst nicht mehr gehört habe …« Er grinst. »Aber ich weiß noch, dass Kerschkamp hier sich extra einen Anzug für den Auftritt angezogen hat! Und damals fand er die Scorpions noch so gut, dass er vor lauter Panik gleich gekotzt hat, nachdem ihm Johnny gesteckt hatte, wer die Typen waren. – Also mach sie jetzt auch nicht dauernd schlecht«, sagt er dann wieder direkt zu Kerschkamp.

»Ist doch egal«, lenkt Kerschkamp ein. Um gleich darauf mit einem schiefen Grinsen zu Appaz hinzuzusetzen: »Es kennt sie sowieso keiner mehr!«

»Du redest Blech, Mann! Die Scorps sind durch die ganze Welt getourt, die sind Deutschlands Aushängeschild in Sachen Rockmusik, vergiss das nicht!«

»Waren«, korrigiert Kerschkamp. »Ist lange her. Genauso wie bei Heinz Rudolf …«

Appaz kriegt nicht mehr mit, wie das Gespräch weitergeht, weil ihn plötzlich Lepcke anspricht: »Komm mal ein Stück zur Seite, ich muss dir was sagen!«

Appaz folgt ihm.

»Und?«

»Ich fand das nicht so gut vorhin, was du da gemacht hast. Mit dem Klassenlehrer, meine ich. So was tut man nicht.«

»So was tut man nicht?«

»Genau. Das ist nicht nur unhöflich, sondern einfach nicht fair. Man muss auch mal was vergessen können und den Mut haben, neu anzufangen. Alles andere ist einfach kindisch.«

Für einen Moment ist Appaz sprachlos. Dann sagt er: »Mann, nerv mich jetzt nicht! Was soll das?«

»Ich wollte es nur gesagt haben.«

»Schön, wenn es dir besser geht damit ...«

Lepcke hat sich nicht verändert, denkt Appaz, er hat immer noch Angst vor jeder Konfrontation. Und eine eigene Haltung hatte er noch nie. Aber vielleicht geht das auch gar nicht anders in seinem Beruf. Vergiss es, sagt er zu sich selbst, versuch gar nicht erst, ihn missionieren zu wollen, es bringt nichts.

Kerschkamp taucht mit einem neuen Glas Rotwein in der Hand auf.

»Du fährst«, sagt er und prostet Appaz zu.

»Ihr kommt mir vor wie ein altes Ehepaar«, stellt Lepcke mehr ratlos als spöttisch fest.

»Er ist Jagger und ich bin Richards«, grinst Kerschkamp ungerührt.

»Who the fuck is Mick Jagger?«, fragt Appaz.

»Kindisch, ich hab's doch gesagt«, erklärt Lepcke. »Ihr habt echt nichts begriffen.«

Er dreht sich um und geht.

»Mann, wo sind wir hier hingeraten?«, sagt Kerschkamp mehr oder weniger fassungslos. »Die machen mich an, bloß weil ich was gegen den singenden Panzerjäger und seine Tigerentenkumpels gesagt habe. Und ich könnte wetten, dass Buchmann genau der Typ ist, der allen Leuten, die er kennenlernt, ausführlich erzählt, dass bei seinem ersten Auftritt die Scorpions zugeguckt haben. Nee, Quatsch«, fügt er dann grinsend hinzu, »wahrscheinlich erzählt er ihnen, dass er früher selber bei den Scorpions mitgespielt hat, wetten?«

»Mich hat Lepcke gerade angemacht«, sagt Appaz immer noch irritiert. »Weil ich den Klassenlehrer zu scharf angegangen hätte …«

»Ich hab vorhin nur deinen letzten Satz mitgekriegt: Ist doch nicht mein Problem! Gut so, Alter. Ich hoffe nur, das war noch nicht alles. Ich würde ihm gern auch noch ein paar Takte sagen.« Kerschkamp zieht sich einen Stuhl heran und setzt sich. »Sag mal, was mir gerade noch einfällt, es gab doch mal so ein Gerücht, dass unser Klassenlehrer als Spion für die DDR gearbeitet hätte. Er soll auch von drüben gekommen sein, damals. Als Republikflüchtling oder so. Weißt du davon irgendwas?«

Appaz schüttelt den Kopf.

»Keine Ahnung. Ich weiß nur, dass meine Mutter mal zu irgendeinem Besuch bei Verwandten in Magdeburg war und hinterher behauptet hat, sie hätte ihn getroffen. Und er hätte nur ganz schnell kehrtgemacht und das Weite gesucht.«

»Ist ja interessant. Könnte passen …«

»Aber denk dran, dass damals jeder, der irgendwie links war, gleich in dem Verdacht stand, von drüben zu sein«, bremst ihn Appaz. »Und meiner Mutter kann man bei solchen Sachen ohnehin nicht unbedingt trauen, sie bastelt sich die Dinge gern nach ihren persönlichen Vorlieben oder Abneigungen zusammen. Deshalb hat sie auch schon die Demonstration gegen den Schah völlig unmöglich gefunden, weil ihr nämlich Soraya so gut gefiel! Und bis heute lehnt sie Gewerkschaften und Betriebsräte ab, weil sie mal vom Betriebsratsvorsitzenden in der Versicherung während einer Weihnachtsfeier angemacht worden ist, und der Mann verheiratet war!«

»Nicht schlecht«, meint Kerschkamp. »Aber solche Nummern kenne ich von meinen Alten auch. Ich glaube, das Problem war, dass sie an irgendeinem Punkt einfach dichtgemacht haben. Sie wollten überhaupt nichts mitkriegen oder kapieren und schon gar nicht irgendwas, was die Ruhe und Ordnung hätte erschüttern können, auf die sie soviel Wert legten. Weißt du, was mein Vater noch gebracht hat, als er schon über achtzig war? Jana hatte zu der Zeit gerade Klavierunterricht, und bei uns im Wohnzimmer lag ein Notenbuch von den Beatles rum. Mein Alter guckt sich das an und sagt: ›Ach, die Beatles! Na, das ist auch so was, was ich wohl nicht mehr begreifen werde.‹ Sagt er so, ganz nett sogar und mit so einer leisen Resignation in der Stimme. Mann, überleg mal! Als die Beatles angefangen haben, war mein Vater gerade vierzig! Er hätte alles mitkriegen können, aber er wollte nicht! Er hat es einfach abgelehnt. Vor allem alles, was mit Musik zu tun hatte.«

Appaz nickt.

»Und spätestens bei Ton Steine Scherben war sowieso alles vorbei. Weil sie da zum ersten Mal auch noch die Texte verstanden haben ...«

»Das war das Ende«, bestätigt Kerschkamp. »Musik und Politik. Der Untergang der Zivilisation! Und wir, ihre langhaarigen Kinder, als die Handlanger der Sowjetunion! Und jetzt jammern die paar von ihnen, die noch übrig sind, plötzlich rum, weil die vierzigjährigen Zyniker, die sich überall breitmachen, ihre Flaschen in den Papiercontainer schmeißen und noch nicht mal richtig ›Guten Tag‹ sagen, dabei sind das genau die Typen, die sie aus uns immer machen wollten: Kleine Karrieristen, denen alles am Arsch vorbeigeht! ›Unsere Träume werden eure Alpträume sein‹, habe ich damals an die Mauer von der Turnhalle gemalt, an die Rückseite, zum Lister Kirchweg hin …«

»Aber jetzt sind ihre eigenen Träume ihre Alpträume geworden, meinst du das?«, fragt Appaz.

»Bingo. So sieht es aus. Und wir hängen irgendwo dazwischen und stehen mit dem Rücken zur Wand. Scheiße, was? – Aber noch mal zurück zu dem Klassenlehrer, egal ob er jetzt Spion war oder nicht.« Kerschkamp grinst kurz, bevor er weiterspricht. »Was ich einfach nicht verstehen kann, ist, dass der Typ ja eigentlich was wollte, was absolut richtig war. Mann, der kam aus irgendeiner linken Ecke, und trotzdem sind wir an ihm gescheitert. Das passt doch alles nicht! Bei den Alt-Nazis war die Sache klar, aber …«

»Ein Typ, der seine Schwächen an den Schülern ausgelassen hat«, unterbricht diesmal Appaz seinen Freund. »Und der Spaß daran hatte, Leute kleinzukriegen und kaputtzumachen. Das Schlimme ist nur, dass ihn niemand daran gehindert hat. Aber es hat keinen Sinn, da noch groß drüber nachzudenken«, setzt er dann hinzu. »Zumindest hat sich seine Idee, Arbeiterkinder an die Gymnasien zu holen, inzwischen von ganz alleine erledigt. Wir entscheiden einfach wieder in Klasse vier, ob jemand ganz doof, halb doof oder ein bisschen schlauer ist, und das Gymnasium schafft sowieso nur, wer von zu Hause Rückendeckung kriegt!«

»Aber dann bleibt doch die Frage«, setzt Kerschkamp wieder an, »warum nicht wenigstens wir uns damals aufgelehnt haben! Nicht wirklich, meine ich. Waren wir nur blöd oder was? Wir hätten doch nicht am Gottfried-Wilhelm bleiben müssen, wir hätten irgendwo anders hingehen können! Warum haben wir uns das alles angetan?«

»Weil wir irgendeinen Halt gesucht haben, eine Struktur, die wir kannten. Egal, wie schlimm es war. Aber wir hatten noch viel mehr Angst, das aufzugeben. Das ist die einzige Erklärung, die mir einfällt. Ungefähr wie mit den Frauen, die bei den Männern bleiben, die sie schlagen.«

»Wir haben Fehler gemacht, wir legen ein volles Geständnis ab«, zitiert Kerschkamp aus der Rede von Peter Schneider: »Wir sind nachgiebig gewesen, wir sind anpassungsfähig gewesen, wir sind nicht radikal genug gewesen …«

Plötzlich hängt seine Stimme allein im Raum. Alle Blicke richten sich auf Kerschkamp und Appaz. Offensichtlich hat Klaus-Dieter gerade um Ruhe gebeten. Er hat seinen Eastpak vor sich auf dem Tisch und kaut nervös an den Fingerkuppen seiner linken Hand.

»Wenn ihr auch mal kurz zuhören könntet«, nuschelt er jetzt, »ich habe nämlich noch eine kleine Überraschung vorbereitet!« Er zieht den Reißverschluss auf und holt einen Kasten hervor, von dem verschiedene Drähte und Kabel herabhängen. »Keine Bombe«, kichert er vor sich hin, »aber ich wollte euch doch mal zeigen, was ich so in meiner Freizeit treibe …«

»Hört, hört, da hat noch jemand Freizeit!«, ruft Gremlitz. Er hält sein Weinglas hoch, um mit dem Klassenlehrer und mit Zint anzustoßen. Je mehr Gremlitz trinkt, umso mehr vergisst er offensichtlich seinen amerikanischen Akzent. Und genauso offensichtlich spielt er sich den beiden Lehrern gegenüber als alter Kumpel auf. Was sie in keiner Weise zu stören scheint, beide lachen, die anderen klopfen auf die Tische.

»Ein paar von euch wissen ja schon, dass ich begeisterter Hobbyfunker bin«, redet Klaus-Dieter mit zunehmendem Selbstbewusstsein weiter. »Und ich hab da so eine kleine Erfindung gemacht, nichts Besonderes, aber ganz eindrucksvoll, hoffe ich. – Ich brauch mal eben eine Steckdose.«

Er hält Nölle das Netzkabel hin. Nölle schiebt den Stecker in die Dose neben der Heizung. An dem kleinen Kasten leuchten bunte Birnchen auf.

»Und jetzt«, verkündet Klaus-Dieter stolz, »kommt der große Moment, auf den ihr hoffentlich alle schon wartet! Hier, helft mir mal! Ihr müsst nur halten …«

Er wickelt mehrere Drähte ab und drückt sie Johnny und zwei anderen in die Hand.

»Einfach nur halten …«

Dann stöpselt er einen Kopfhörer ein.

»Herr Zint, wenn ich bitten darf!«

Zint stülpt sich den Kopfhörer auf.

»Und, was hören Sie?«

»Musik«, sagt Zint. »Ziemlich laut.«

Klaus-Dieter regelt die Lautstärke herunter.

»Besser so?«

Zint nickt.

»Und die Qualität?«, fragt Klaus-Dieter.

»Gut«, meint Zint. »Gibt es nichts dran auszusetzen. Hifi, würde ich sagen.«

»Genau.« Klaus-Dieter strahlt. »Das ist klanglich erste Sahne! Und das Ganze über einen Kurzwellenempfänger, Leute! Das ist das Besondere daran. Für alle, die es vielleicht nicht wissen«, doziert er in die Runde, »Kurzwelle ist das, womit man sich die ganze Welt nach Hause holen kann! Nur bisher eben leider in deutlich minderer Qualität, aber das habe ich jetzt gelöst ...«

»Und das haben Sie selbst gebaut?«, fragt Zint, während er den Kopfhörer an den Klassenlehrer weiterreicht.

»Nur so ein kleiner Zeitvertreib«, sagt Klaus-Dieter bescheiden. »Aber macht doch Spaß, wenn man das, was man in der Schule gelernt hat, später auch mal in der Praxis anwenden kann.«

»Hammer«, lässt sich Kerschkamp vernehmen, »darauf hat die Welt ja echt gewartet!«

Appaz legt ihm die Hand auf den Arm und schüttelt den Kopf.

»Hör auf«, sagt er leise. »Es bringt nichts ...«

Seit Rockenbauch weg war, war auch der Platz neben Appaz und Kerschkamp leer. Nach drei oder vier Tagen war eine Karte gekommen. »Ist nicht so schlecht hier, aber ich fürchte, die Mucke taugt nichts. Grüß mal Kerschkamp und die anderen. Ich denke oft an euch. Der Westerwald ist Scheiße. Viele Grüße, Gerd (Rockenbauch).«

Rockenbauch hatte keine Adresse auf die Karte geschrieben, also rief Appaz bei Rockenbauchs Vater an.

»Es ist besser, wenn Gerd da erst mal alleine klarkommt«, sagte Rockenbauchs Vater unfreundlich. »Am besten lasst ihr ihn alle in Ruhe. Das kann ja wohl nicht so schwer sein.«

Danach hörte Appaz nichts mehr von Rockenbauch.

Das Frühjahr ging vorüber, ohne dass Appaz hätte sagen können, was genau passierte oder ob überhaupt etwas passierte. Ihm war, als würde ein Tag in den anderen übergehen, ohne Anfang und Ende, und ohne irgendeine Idee davon, was das eigentlich alles sollte.

Mit einem Schulterzucken hatte der Klassenlehrer zur Kenntnis genommen, dass Appaz ihm erhalten bleiben würde, und ignorierte ihn nahezu völlig. Appaz schaffte es in ein paar Fächern, von Vier auf Drei zu kommen, in Englisch hatten sie jetzt einen Lehrer, der Appaz offensichtlich mochte, in der ersten Arbeit schrieb Appaz sogar eine Zwei. Aber dieser neue Englischlehrer kam häufig mit einer deutlichen Alkoholfahne zum Unterricht, und die Klasse machte sich einen Spaß daraus, ihn vorzuführen. Wenn er nervös wurde, schob er sich unentwegt mit dem Mittelfinger die Brille über der Nasenwurzel zurecht und beendete seine Sätze mit einem hilflosen »You know?«. Also ruckten auch sie jetzt bei jeder Antwort, die sie geben sollten, alle an imaginären Brillen und stammelten endlose »you-knows«.

Als eine Stunde ausfiel, weil der Englischlehrer nicht erschien – »er ist verhindert«, hatte die Sekretärin ausrichten lassen –, schnappte sich Kerschkamp das Klassenbuch und las zur allgemeinen Erheiterung die Lehrereinträge vor: »Nurminski benimmt sich schlecht. Buchmann gibt freche Antworten. Kerschkamp hat die Hausaufgaben nicht gemacht.«

Keiner konnte hinterher genau sagen, wer eigentlich damit angefangen hatte, aber für den Rest der Stunde schrieben sie begeistert eigene Eintragungen, die zunehmend phantasievoller und bösartiger wurden, je mehr sie sich in die Sache hineinsteigerten. »Peters ist betrunken. Kunze stellt dumme Fragen. Gnuschke redet Blödsinn. Biesinger stinkt aus dem Mund. Tietemann ist ein Hornochse.«

Sie nahmen sich einen Lehrer nach dem anderen vor und benannten voller Rache die verschiedenen Schwächen. Appaz blätterte schließlich bis zu den leeren Seiten der Osterferien vor und schrieb quer über das Blatt: »Dr. Strotzeck erscheint trotz wiederholter Ermahnungen zum Unterricht. Es scheint höchste Zeit zu sein, ihn aus dem Unterricht zu entfernen.«

Dieser Eintrag war es dann auch, der die Geschichte platzen ließ. Als sie eine Arbeit in Deutsch schrieben, war es ausgerechnet Dr. Strotzeck, der den erkrankten Klassenlehrer vertrat. Gedankenlos blätterte er das Klassenbuch durch, kurz bevor er es schließen wollte, stutzte er. Und las noch mal von vorne Eintragung für Eintragung, bis er mit rotem Kopf aufsprang und mitsamt dem Klassenbuch aus dem Raum stürmte.

Fünf Minuten später kam er mit Dr. Siegfried zurück. Natürlich ging es darum, dass der oder die »Straftäter« sich freiwillig melden sollten. Als alle schwiegen, erklärte Dr. Siegfried: »Ich bin in der nächsten Pause in meinem Büro und warte. Wenn niemand von euch kommt, um mir die Namen zu nennen, wird das Konsequenzen für die ganze Klasse haben. Im Übrigen werde ich dann die Kripo einschalten, damit Schriftvergleiche gemacht werden können. Aus dieser Sache kommt ihr jedenfalls nicht so einfach wieder raus! Das wird für einige von euch den Schulverweis bedeuten, da könnt ihr euch sicher sein.«

»Lasst euch nicht einschüchtern, Leute«, sagte Kerschkamp in der Pause. »Wenn keiner was sagt, können sie uns auch nichts wollen.«

»Wir sind dran«, jammerte Lepcke, von dem der Eintrag »Biesinger stinkt aus dem Mund« stammte. »Das geht schief diesmal.«

Klaus-Dieter plädierte dafür, dass die Verantwortlichen sich tatsächlich melden sollten. »Ich habe keine Lust, wegen euch Ärger zu kriegen«, sagte er. Nölle stimmte ihm augenblicklich zu.

»Mitgefangen, mitgehangen«, erklärte Kerschkamp. »Nichts da, Leute, keiner sagt was.« Er drehte sich noch mal zu Klaus-Dieter: »Und komm bloß nicht auf die Idee, da heimlich hinzugehen und uns anzuschwärzen!«

Als Klaus-Dieter aufs Klo ging, schickten sie ihm Nurminski hinterher. Aber Klaus-Dieter ging tatsächlich nur pinkeln.

»Wir müssen zur SMV«, schlug Appaz vor. »Vielleicht können die uns helfen. Ich gehe mit Kerschkamp hin, die kennen uns. Wir fragen Lothar.«

»Vielleicht können wir der Schule ja irgendeinen Deal anbieten«, sagte Appaz dann zu Lothar. »Dass wir freiwillig kaputte Stühle und Tische reparieren oder so was. Ich habe neulich mal den Keller gesehen, als der Hausmeister die Tür aufgelassen hatte. Da liegt alles voll mit kaputtem Zeug.«

»Genau«, meinte Kerschkamp, »gute Idee! Da haben sie doch mehr von, als wenn sie uns von der Schule schmeißen.«

In diesem Moment jedenfalls fanden sie ihre Idee völlig einleuchtend. Und sie hatten tatsächlich die Hoffnung, dass sich mit der Schulleitung verhandeln ließe.

Sie mussten die Hoffnung haben, weil ihnen war klar, was für sie auf dem Spiel stand.

Aber Lothar kratzte sich nur lange seinen Bart und sagte dann skeptisch: »Ich weiß nicht, ob wir da was machen können. Ich meine, ihr habt echt Scheiße gebaut, Leute. Urkundenfälschung und so. Und das Problem ist, dass ihr keinen politischen Hintergrund hattet. Das ist was anderes als mit dem Flugblatt da im Herbst, das war politisch motiviert. Aber was ihr jetzt gemacht habt, war einfach nur blöd. Ich glaube nicht, dass ich die anderen dazu überreden kann, da aktiv zu werden. Sorry, Leute, aber so sieht es aus.«

»He«, versuchte es Kerschkamp noch mal, »aber das ist doch politisch! Wenn sie sich nicht auf unseren Deal einlassen, beweisen sie, dass sie genau die Faschisten sind, für die wir sie halten.«

»Keine Chance«, sage Lothar. »Das ist nichts für die SMV. Das müsst ihr alleine hinbiegen.«

»Arschlöcher«, sagte Kerschkamp wenig später, als sie den anderen, die nach der Schule auf sie gewartet hatten, von ihrer Unterredung berichteten. »Die Typen kannst du doch vergessen. Was ist das denn für eine Auffassung von politischer Arbeit, wenn sie noch nicht mal bereit sind, sich für die eigenen Leute einzusetzen? Das ist voll der Kadavergehorsam, so nenne ich das!«

Mit einem unguten Gefühl schlichen sie nach Hause. Sie hatten ziemliche Angst, dass Klaus-Dieter oder jemand anders vielleicht doch noch umfallen würde, um sich selbst zu retten. Vor allem aber hatten sie Angst, dass der blöde Streich, den sie längst bedauerten, womöglich wirklich zum Verweis von der Schule führen würde.

Und als am nächsten Morgen in der ersten Stunde

kein Lehrer erschien, waren Appaz und Kerschkamp schon kurz davor, zu Dr. Siegfried zu gehen und auch ohne Unterstützung der SMV ihren »Deal« vorzutragen.

»Das Blöde ist nur, dass sie dann natürlich glauben, wir beide wären es gewesen«, gab Kerschkamp zu bedenken.

»Wir müssen sagen, dass wir als Sprecher für die ganze Klasse auftreten«, schlug Appaz vor.

»Fände ich gut, wenn ihr das macht«, sagte Lepcke. »Außerdem kommen die meisten Eintragungen sowieso von euch.«

»Stimmt doch gar nicht«, regte sich Kerschkamp auf. »Ich hab nur das mit ...«

»Vorsicht!«, zischte Nurminski von der Tür her. »Er kommt!«

Sie hockten sich nervös auf ihre Stühle. Der Klassenlehrer erschien und begann ohne ein weiteres Wort mit dem Unterricht.

Auch der Englischlehrer in der zweiten Stunde ruckelte nur an seiner Brille und ließ sie der Reihe nach unregelmäßige Verben konjugieren und im Chor Gerundial-Konstruktionen wiederholen.

Erst in der Pause sickerte das Gerücht durch, dass irgendetwas mit dem fraglichen Klassenbuch »passiert« sei. Und gegen Ende des Vormittags wurde das Gerücht konkreter: Angeblich war das Klassenbuch noch am Mittag des vorigen Tages aus dem Sekretariat verschwunden – und am frühen Morgen hatte der Hausmeister eine Plastiktüte mit bis zur Unkenntlichkeit verkohlten Papierresten vor der Tür zu seiner Wohnung gefunden.

Am selben Tag noch erschienen zwei Zivilbeamte der Kripo, um die Reste genauer zu untersuchen. Aber im

Lauf der Woche wurde klar, dass sie offensichtlich keine brauchbaren Spuren finden konnten, nur eine blaue Pappecke, die bewies, dass es sich tatsächlich um ein Klassenbuch gehandelt hatte.

»Glaubt nicht, dass die Sache damit erledigt ist«, war der abschließende Kommentar des Klassenlehrers. Aber es folgte nichts weiter, sie diskutierten in den Pausen nur noch eine Weile miteinander, wer von ihnen das Klassenbuch verbrannt haben könnte, kamen aber zu keiner Lösung, die überzeugend gewesen wäre.

Wie üblich erzählte Appaz zu Hause nichts von dem Vorfall. Eigentlich kam er mit seinen Eltern zur Zeit besser aus als erwartet, soweit es möglich war, versuchte er einfach, ihnen aus dem Weg zu gehen. Und nach wie vor mischte sich sein Vater ohnehin kaum in den häuslichen Alltag ein, mehr denn je klammerte er sich an die letzte klare Struktur, die ihm geblieben war: Seine Arbeit in der Versicherungsgesellschaft. Im Übrigen schien er jede Hoffnung aufgegeben zu haben, dass sein Sohn sich wenigstens dem Aussehen nach »anpassen« würde, und so war es denn auch nur Appaz' Mutter, die gelegentlich noch über seine »unmögliche Frisur« stöhnte oder ihm manchmal irgendwelche »schönen Sachen« zum Anziehen aus der Stadt mitbrachte, die grundsätzlich ungetragen in Appaz' Kleiderschrank wanderten.

Dann kam der nächste Elternsprechtag, und der Klassenlehrer teilte Appaz' Mutter mit, dass ihr Sohn in Mathe zwischen Vier und Fünf stand. Gleichzeitig wurde sie von dem Lateinlehrer über die jetzt schon sichere Fünf im Endzeugnis informiert. Aber damit nicht genug, erklärte der Lateinlehrer auch noch: »Die Mehrheit der Kollegen hält es für richtig, Kurt dic zehnte Klasse wiederholen zu lassen. Sollte Kurts Klassenlehrer ihm dennoch eine Vier in Mathe geben, wird Ihr Sohn bei mir eine Sechs bekommen.«

Appaz' Mutter war empört. Vollkommen richtig bezeichnete sie das Ganze als »abgekartetes Spiel« – und zum ersten Mal lastete sie die Situation nicht Appaz an, sondern sah ihn als Opfer. Umgehend besorgte sie über eine Zeitungsanzeige einen Studenten, der Appaz zweimal in der Woche Nachhilfe in Latein und Mathe gab und den sie jedes Mal mit Kaffee und selbstgebackenem Kuchen bewirtete. Gleichzeitig erlaubte sie Appaz aber ohne weiteres, am Samstagabend auf irgendwelche Feten zu gehen, solange er in ihren Augen nur genügend büffelte.

Und so durfte er schließlich sogar zu seinem ersten Live-Konzert. John Mayall trat in der Niedersachsenhalle auf, Appaz ging mit Kerschkamp zusammen hin, auch Lothar und ein paar andere von den Großen waren da und winkten ihnen freundlich zu. Aber Appaz und Kerschkamp reagierten nicht, sondern setzten sich ein Stück entfernt zu Johnny und einer Gruppe von Mädchen auf den Boden.

Sie regten sich darüber auf, dass die Groundhogs, die als Vorgruppe auftraten, viel zu lange spielten, aber John Mayall machte dann alles wieder wett, er war mit Sicherheit der einzige ernstzunehmende weiße Bluesmusiker, darüber gab es keine Diskussion. Und Johnny wollte sich unbedingt auch so einen Ledergürtel für seine Mundharmonikas basteln, wie John Mayall ihn trug.

Nach dem Konzert kaufte sich Appaz von seinem Taschengeld ein Plakat, dass er zu Hause über sein Bett hängte, »John Mayall and his Bluesgroup«, auf dem Mayall und seine Musiker als eher unbeholfen gezeichnete Schiffbrüchige über ein Robinson-Eiland klettern. Statt Messern und Macheten trugen sie Lauten und Gitarren, einer hatte einen Papagei auf der Schulter sitzen, ein anderer küsste ein Eingeborenen-Mädchen im Bastrock.

Am nächsten Tag holte Appaz dann seine Bluesharp aus der Schreibtischschublade und versuchte noch einmal, die Töne zu quetschen und einen Rhythmus hinzukriegen. Aber alles, was er da spielte, klang immer noch bestenfalls nur wie bei Bob Dylan.

Der Nachhilfestudent lieh Appaz eine Schallplatte von Sonny Boy Williamson und den Yardbirds, eine Aufnahme aus London von 1963. Aber so Mundharmonika zu spielen wie Sonny Boy Williamson, würde immer ein Traum bleiben, so viel war Appaz schon nach dem ersten Hören klar.

Für Appaz' Eltern war die Musik der »langhaarigen Affen« nach wie vor indiskutabel, und Appaz' Mutter hielt unbeirrbar an dem Urteil fest, das sie schon vor langem anlässlich eines Songs von Bob Dylan gefällt hatte: »Der kann ja noch nicht mal richtig singen!«, hatte sie entsetzt gesagt und damit gleichzeitig ihre generelle Abneigung gegenüber allem erklärt, was mit »Stromgitarren« zu tun hatte. Appaz' Vater löste das Problem auf seine Weise, indem er den »Lärm« aus Appaz' Zimmer einfach ignorierte und auch ansonsten so tat, als gäbe es keine »Beatmusik«.

Ein einziges Mal nur hatte Appaz die Hoffnung gehabt, seine Eltern vielleicht bekehren zu können. Sie hatten alle zusammen den Durbridge-Krimi »Das Messer« mit Hardy Krüger gesehen, die Filmmusik stammte von einer deutschen Band namens Can, selbst Appaz' Eltern mussten zugeben, dass der Song »Spoon« gar nicht mal so schlecht war und erheblich dazu beitrug, die Spannung zu steigern. Aber schon kurz darauf waren es dann vor allem die Texte von Ton Steine Scherben gewesen, die jede ansatzweise Akzeptanz der neuen Musik unwiderruflich zunichte gemacht hatten: »Ich will nicht werden, was mein Alter ist« war eine Kampfansage, die seine Eltern einfach nur empörend und ungehörig fanden.

Und Appaz' Mutter konnte auch keinerlei Verständnis dafür aufbringen, dass Appaz sich jetzt manchmal – kaum dass sein Vater die Wohnung verlassen hatte – mit seinem Telefunken-Tonbandgerät und einem Mikrophon vor den Fernseher hockte, um die NDR-Sendung »Sympathy for the Devil« aufzunehmen. Was da gespielt wurde, war für sie nicht nur zu wild und zu laut, sondern schien ihr tatsächlich Angst zu machen, war »böse und schmutzig«. Umso mehr war Appaz, wie seine Freunde auch, von der Sendereihe begeistert. Kerschkamp hatte gesagt: »Das ist genau das, was Fernsehen sein sollte. Nicht Verdummung der Massen, sondern Aufklärung!« Auch Appaz fand, dass hier zum ersten Mal Rockmusik wirklich ernst genommen und sachlich darüber berichtet wurde, allerdings hörte er sich die Aufnahmen hinterher nie wieder an, weil das Brummen des Fernsehers im Mikrophon die Qualität doch deutlich beeinträchtigte.

Eigentlich hätte Appaz gern selber eine Band gehabt, aber er wusste nicht, mit wem. Gremlitz hatte zwar eine E-Gitarre, konnte aber, wie sich schnell herausstellte, nur einen einzigen Griff. Und Kerschkamp spielte inzwischen Schlagzeug in Johnnys neuer Band. Sie nannten sich jetzt »Schoolboys in Disgrace« und träumten davon, vielleicht auf dem Altstadtfest im

Spätsommer aufzutreten. Immerhin hatten sie schon mehrere Gigs in Freizeitheimen gehabt, Kerschkamp faselte ständig davon, dass sie spätestens im Herbst eine Single aufnehmen würden. Kerschkamp hatte Appaz auch schon gefragt, ob er dann das Cover zeichnen würde. Aber bislang hatte Appaz noch nichts weiter zustandegebracht als einen verschnörkelten Schriftzug, der leider kaum zu lesen war.

Überhaupt hatte sich seine Freundschaft zu Kerschkamp in letzter Zeit verändert. Kerschkamp war jetzt ein »Mucker« und ließ Appaz deutlich spüren, dass er nicht dazugehörte. Eigentlich sahen sie sich nur noch in der Schule und hatten sich nicht mehr besonders viel zu sagen. Manchmal hatte Appaz das Gefühl, als würde es ihm Kerschkamp übelnehmen, dass er es, wie der alte Freund fand, zu Hause leichter hatte als er selbst. Appaz wusste, dass bei Kerschkamp kaum ein Tag verging, ohne dass er und sein Vater sich anbrüllten. Er hatte auch den Verdacht, dass Kerschkamps Vater bei seinen Wutausbrüchen dazu neigte, zuzuschlagen. Und womöglich schlug Kerschkamp inzwischen zurück. Jedenfalls hatte Kerschkamp die Konsequenzen gezogen und endgültig mit seinen Alten gebrochen, so viel stand fest. Er machte »sein Ding« und das war die Band, zu Hause erschien er nur noch zum Essen und Schlafen.

Appaz vermisste Rockenbauch. Er hatte schon lange nichts mehr von ihm gehört und eigentlich ein schlechtes Gewissen, weil er dachte, dass er sich darum kümmern müsste, den Kontakt aufrechtzuerhalten. Aber er wusste nicht, wie.

Als der Klassenlehrer einmal unvermittelt erklärt hatte, wie bedauerlich es doch sei, dass Rockenbauch es noch nicht mal geschafft habe, der Klasse einen Bericht über sein Leben im Internat zu schicken, war Appaz über diese platte Dreistigkeit aufrichtig empört gewesen. Und er hatte sich fest vorgenommen, endlich die Adresse von Rockenbauchs Internat herauszufinden. Doch auch bei seinem zweiten Versuch wies ihn Rockenbauchs Vater wieder ab.

Und wenige Wochen vor den Sommerferien dann war Rockenbauch plötzlich wieder da. Appaz fuhr jetzt auch im Sommer häufig nicht mehr mit dem Fahrrad zur Schule, sondern nahm die Straßenbahn – um die ÜSTRA zu schädigen, indem er grundsätzlich schwarzfuhr. Er war auch noch nie erwischt worden, den einzigen Kontrolleur, der auf seiner Linie eingesetzt wurde, kannte er. Ein eher noch junger Mann, der mit seiner Schaffelljacke über den ordentlichen Bügelfaltenjeans so auffällig unauffällig verkleidet war, dass Appaz es immer schaffte, noch rechtzeitig auszusteigen.

Als er morgens gegen halb acht zur Haltestelle an der Klingerstraße kam, sah er schon von weitem den langhaarigen Typ mit dem offenen grauen Mantel, der rauchend an dem Schild mit dem Fahrplan lehnte und ein bisschen aussah wie Ian Anderson von Jethro Tull. Appaz brauchte einen Moment, bis er kapierte, dass er tatsächlich Rockenbauch vor sich hatte.

»Bin wieder da«, sagte Rockenbauch zur Begrüßung. »Hab den Scheiß hingeschmissen da im Westerwald. Bin jetzt wieder bei euch in der Klasse.«

Appaz freute sich, wusste aber nicht so recht, wie er das ausdrücken sollte. Also sagte er nur: »Gut. Der Platz neben mir ist auch immer noch frei.«

»Hast du schon mal einen Joint geraucht?«, erwiderte Rockenbauch zusammenhanglos und hielt Appaz die selbstgedrehte, bräunlich verfärbte Kippe hin. Jetzt roch Appaz auch den süßlichen Duft, der ihm entgegenwehte. Er schüttelte den Kopf.

»Solltest du aber mal versuchen«, erklärte Rockenbauch. »Ist gut.«

Er nahm einen letzten Zug und schnippte die Kippe auf die Schienen. Nachdem er den Rauch ausgestoßen hatte, fummelte er eine alte Wollsocke aus der Tasche seines Mantels. Er schüttelte ein geschliffenes Stück Kristallglas aus der Socke und hielt es sich vor das eine Auge. Während er hindurchguckte, drehte er das Glas zwischen den Fingern. Dann streckte er es Appaz hin.

»Mach auch mal. Ist irre. Wie ein Kaleidoskop oder so was.«

Appaz drehte das Glas vor seinem Auge. Die Mietshäuser gegenüber zersplitterten in bunte Spektralfarben.

»Hab ich im Internat mitgehen lassen«, sagte Rockenbauch. »Als Andenken. Ist von dem Kronleuchter da in der Aula. Ich schenke es dir, wenn du willst. Aber du musst es immer in die Socke packen, damit es nicht zerkratzt.«

»Danke, ist toll«, sagte Appaz und schob die Socke mit dem Glas in seine Umhängetasche.

Es war schön, dass Rockenbauch wieder da war. Aber irgendetwas war anders als früher, Rockenbauch war anders. Er erzählte zwar ein paar Geschichten aus dem Internat, aber von dem Typen, der noch ein halbes Jahr zuvor mit Begeisterung an ihrer Schülerzeitung gearbeitet und mit ihnen zusammen ein anonymes Flugblatt herausgegeben hatte, war wenig geblieben. Wenn sie bei Appaz oder Rockenbauch im Zimmer saßen, redeten sie vor allem über Musik, bei anderen Themen machte Rockenbauch einfach dicht. Appaz überlegte, ob es etwas damit zu tun haben konnte, dass Rockenbauch mehr oder weniger regelmäßig kiffte. Er selber traute sich nicht, obwohl Rockenbauch ihm anfangs häufig genug seinen Joint hinhielt. Nach einer Weile schien er akzeptiert zu haben, dass Appaz nicht mitmachte, und damit war der Fall erledigt.

Für die anderen war Rockenbauch jetzt vor allem ein Typ, der alleine schon durch sein Äußeres für Aufsehen sorgte. Seine Haare reichten ihm bis weit über die Schultern, und er weigerte sich beharrlich, wenigstens im Unterricht den Mantel auszuziehen. Im Kunstsaal brachte er es sogar einmal fertig, unbemerkt vom Lehrer einige Zeit auf dem Fußboden unter dem Zeichentisch zu schlafen, bis Schleicher der leere Stuhl auffiel. Rockenbauch war für die meisten von ihnen der erklärte Held. Dennoch hatte Appaz das Gefühl, dass er eigentlich unsicher war und sich hinter seinem provozierenden Verhalten versteckte.

Kerschkamp wollte Rockenbauch unbedingt überreden, bei Schoolboys in Disgrace einzusteigen, aber Rockenbauch lehnte ab. Appaz wusste, dass er sich zu Hause im Keller einen Übungsraum eingerichtet hatte, nur für sich allein, mit leeren Eierpappen als Schallisolierung an den Wänden und einer alten Matratze vor dem vergitterten Fenster. Rockenbauch hatte inzwischen ein E-Piano und eine elektrische Orgel, einmal spielte er Appaz auf dem Uher-Tonband eine Aufnahme vor, die er selbst komponiert hatte. Appaz konnte mit der Musik nicht viel anfangen, aber Rockenbauch sagte: »Ich will was anderes spielen als das, was alle machen. Ich werde mir über den Sommer eine Band suchen, und dann geht es richtig ab!«

Appaz sollte dieses Jahr im Sommer nach England,

seine Eltern hatten ihn bei der Arbeiterwohlfahrt zu einem Sprachkurs angemeldet. Drei Wochen in einer Gastfamilie in Christchurch bei Bournemouth, irgendwo an der Südküste. Appaz hatte keine große Lust, er hätte den Sommer lieber in Hannover verbracht. Gerade erst hatte er den Flohmarkt am Leineufer für sich entdeckt und war zweimal abends mit Rockenbauch in einer Kneipe gewesen, die »Maulwurf« hieß und in der immer irgendwelche Mädchen waren, die man »anbaggern« konnte. Aber der Sprachkurs war gebucht, und Appaz' Eltern hatten auch das Geld schon bezahlt, jede Diskussion mit ihnen, die Fahrt noch abzusagen, war daher aussichtslos.

Wider Erwarten wurde Appaz dann tatsächlich mit einer Vier in Mathe und einer knappen Fünf in Latein in die elfte Klasse versetzt – entgegen der klaren Ansage des Lateinlehrers und wahrscheinlich allein auf Grund der Tatsache, dass seine Leistungen dank der endlosen Nachhilfe-Büffelei den Lehrern keine andere Möglichkeit gelassen hatten.

Auch Rockenbauch und Kerschkamp waren mit Mühe versetzt worden. Als sich Appaz am letzten Abend vor seiner Abreise von ihnen verabschiedete, sagte Rockenbauch: »Pass mal auf, wenn du zurückkommst, habe ich eine Band, wetten?«

Appaz fuhr also nach England. Er fand seine Gastfamilie vom ersten Moment an blöd. Und er litt unter dem fettigen Hammelfleisch mit den grellgrünen Erbsen, das er zum Essen vorgesetzt bekam. Außerdem hatte er wieder mal Heimweh.

Wie nicht anders zu erwarten, gingen ihm die anderen aus dem Sprachkurs gewaltig auf den Wecker. Die Mädchen kicherten nur und hingen grundsätzlich zu zweit herum. Die Vormittage in der Sprachschule schleppten sich, der Tagesausflug zu irgendeinem Kriegsschiff im Hafen von Portsmouth endete damit, dass er sich in einer Bäckerei ein Stück Blätterteig kaufte – das dann aber nicht, wie er gedacht hatte, mit süßer Marmelade, sondern mit kaltem Mett gefüllt war.

Am Ende der ersten Woche gingen sie alle zusammen ins »Chelsea Village«, eine Disko in Bournemouth. Auf der Bühne spielte eine Band, von der Appaz noch nie gehört hatte, »Mungo Jerry« stand auf der Bassdrum, und der Sänger hatte eine leere Flasche an sein Mikrophonstativ montiert, in die er im Rhythmus der Musik hineinblies. Der Song hieß »In the Summertime«, Appaz fand, dass das Lied wie Autoscooter-Musik klang, vor allem die Nummer mit der Flasche kam ihm einfach nur lächerlich vor.

Er tanzte ein paar Mal mit einer Engländerin, die Claire hieß und ihn mit ihren langen, glatten Haaren ein bisschen an Inga erinnerte. Am Ende des Abends lud er sie kurz entschlossen zu der Strandparty ein, die für den nächsten Tag geplant war.

Claire kam auch tatsächlich und brachte noch zwei Typen mit, die eine dickbauchige Flasche Cider dabei hatten, aus der sie abwechselnd tranken. Eines der Mädchen aus dem Sprachkurs fand es nicht gut, dass Appaz »Fremde« eingeladen hatte, ohne irgendjemand zu fragen. Appaz kümmerte sich nicht weiter darum, er setzte sich zu den Engländern ein Stück entfernt in die Dünen und erklärte ihnen, dass er mit den anderen eigentlich gar nichts zu tun habe.

»Kindergarten«, nickte einer der Engländer und hielt Appaz die Flasche hin. Als die anderen am Lagerfeuer anfingen, gemeinsam irgendwelche Lieder aus der »Mundorgel« zu singen, war Appaz schon leicht betrunken. Claire legte ihren Kopf an seine Schulter. Ihre beiden Freunde verzogen sich grinsend in Richtung Strandpromenade, wo ein grell erleuchteter Fun Park aufgebaut war, dessen Lärmkulisse aus Karussellgeklingel und Kindergeschrei bis in die Dünen zu hören war. Die noch halbvolle Flasche Cider ließen sie bei Appaz und Claire zurück. Appaz trank weiter, obwohl ihm schon so schwindlig war, dass er im Sitzen vor und zurück schwankte. Als Claire ihn küsste, fuhr sie ihm mit der Zunge außen um den Mund und über die Lippen. Appaz bemühte sich verzweifelt, die Augen offenzuhalten, um nicht einfach nach hinten zu kippen. Dann versuchte Claire, ihm einen englischen Kinderreim beizubringen. Trotz des Alkohols kriegte Appaz noch mit, dass es wohl eher kein Lied war, das die Engländer wirklich im »Kindergarten« singen würden.

»This is number one, and the fun has just begun«, sagte Claire ihm vor. »This is number two, and he takes her off her shoe, this is number three, and she sits down on his knee, this is number four, and they're lying on the floor ...«

Kichernd verfolgte sie Appaz' eher klägliche Bemühungen, die Sätze zu wiederholen, als er es endlich bis »this is number five, and she's fighting for her life« geschafft hatte, wurde ihm plötzlich schlecht. Er konnte gerade noch auf den nächsten Dünenkamm kriechen, bevor er den ersten Schwall Cider in den Sand spuckte. Er war froh, dass es inzwischen fast dunkel war, und ihn vom Lagerfeuer aus niemand sehen konnte. Eine Weile blieb er vornübergebeugt hocken, bis das Schlimmste vorüber war, und als er sich hochrappelte, fühlte er sich sogar wieder halbwegs klar im Kopf.

»It's over«, sagte er, während er die Düne hinunterstolperte. »I'm okay again.«

Aber der Platz, an dem sie gesessen hatten, war leer. Claire war verschwunden. Appaz blickte sich suchend um. Am Lagerfeuer sangen sie immer noch »Blowing in the Wind« und »Kumba yah«. Appaz meinte, einen undeutlichen Schatten vor der Brandungslinie zu erkennen. Als er näherkam, war es ein verlassenes Ruderboot.

»This is number six, and she says she loves his tricks«, flüsterte eine Stimme aus der Dunkelheit.

Appaz kletterte über den von Sand und Wellen glattgeschliffenen Bootsrand. Claire lag auf dem Boden. Als er sich über sie beugte, streifte sie ihren Rock hoch und zog sich den Slip aus.

»This is number seven, and she feels in seventh heaven«, flüsterte sie, während sie Appaz an sich presste und gleichzeitig mit der Hand nach seinem Schwanz in der Hose fasste.

Innerhalb von Sekunden wurde er hart. Claire zerrte ihm die Jeans über den Hintern, wieder schloss sich ihre Hand um seine Stange, der Daumen vorne, die Finger um den Sack. Dann fühlte er, wie er fast von alleine zwischen ihre Schenkel glitt, er merkte, wie er immer schneller atmete, dann spürte er ihre Zunge an seinem Hals, als Claire anfing zu stöhnen und sich unter ihm verkrampfte, explodierte er in ihr. Sie streichelte ihm mit den Fingerkuppen über den Nacken. Plötzlich kicherte sie. »This is number eight, and the doctor stands at gate, this is number nine, and the children were not mine, this is number ten … and we do it all again!«

Sie schob sich unter ihm hervor, und ehe er sich's versah, kletterte sie über ihn und massierte wieder seinen immer noch steifen Schwanz. Im nächsten Moment fühlte er, wie er in ihrer feuchten Wärme versank, dann saß sie auf ihm und ritt ihn wie festgespießt. Ihre Hände lagen neben seiner Brust, er sah ihr verzerrtes Gesicht wie eine weiße Maske, mit der dunklen Höhlung des offenen Mundes und den schwarzen Augenlöchern. Claire ritt und ritt und wimmerte dabei, in Appaz' Unterleib begann es zu glühen, dann war es, als liefe sein Kopf leer, Stoß um Stoß spritzte es aus ihm heraus, als wollte es kein Ende nehmen.

So ist das also, dachte er, jetzt weiß ich, wie das ist.

Später suchten sie Claires Slip im feuchten Sand, sie knüllte ihn einfach zusammen und schob ihn in ihre Handtasche. Während sie Hand in Hand über den Fun Park schlenderten, musste Appaz immerzu daran denken, dass sie nackt unter ihrem Rock war.

Er brachte Claire noch bis zur Bushaltestelle am »Winter Garden«. Sie kramte einen Zettel aus ihrer Handtasche und schrieb Appaz ihre Adresse auf.

»I'll go home tomorrow«, sagte sie, »I've been holidaying with my parents. You can call me when you're back in Germany if you want. But please don't write no love letters.«

Appaz lief den ganzen Weg zurück nach Christchurch zu Fuß. Irgendwie konnte er noch gar nicht ganz fassen, was ihm passiert war. Und eigentlich wollte er nichts lieber, als Claire gleich am nächsten Tag wiederzusehen. Vor allem wollte er mit ihr reden, ihr alles erzählen, von sich und seinem Leben und seinen Freunden zu Hause. Und er wollte alles über Claire wissen. Er wusste ja gar nichts über sie. Er wusste noch nicht mal, ob sie die gleiche Musik gut fand wie er.

Natürlich schrieb er ihr am nächsten Tag schon einen Brief. Aber er schickte ihn nicht ab. Selbst wenn Claire ihn nicht darum gebeten hätte, fand er doch selber, dass seine Sätze, über denen er ewig gebrütet hatte, eigentlich nur belangloses Zeug waren. Und dass er nichts von dem geschrieben hatte, was er eigentlich sagen wollte.

Als er dann nach zwei Wochen endlich wieder zu Hause war, nahm er allen Mut zusammen und rief Claire an. Aber aus dem Gespräch wurde nicht viel mehr als ein hilfloses Gestammel, und weil seine Mutter plötzlich ins Wohnzimmer kam, fiel auch die Verabschiedung eher unbefriedigend aus.

»I'll call you again another day«, sagte Appaz.

»Take care«, sagte Claire.

Ein paar Mal noch schlug Appaz seinen Diercke-Weltatlas auf und starrte auf das Kreuz, das er mit Kugelschreiber neben den Ort gemalt hatte, in dem Claire wohnte. Peterborough, an der Ostküste, gar nicht so weit weg von London.

10

Der Kopfhörer macht immer noch die Runde. Klaus-Dieter erklärt jetzt ausführlich, wie seine Erfindung funktioniert.

Plötzlich springt Kerschkamp von seinem Stuhl auf und räuspert sich.

»Ich will mal kurz was sagen«, erklärt er. »Bevor wir hier weiter rumsitzen und noch mehr von euch auf die Idee kommen, Selbstbefriedigung zu betreiben …«

»He«, ruft Nölle, »was soll das? Kannst du nicht ein einziges Mal …«

»Nee, kann ich nicht«, unterbricht ihn Kerschkamp sofort. »Habe ich schon viel zu lange gemacht. Also, es gibt da was, worüber ich mit euch reden will …«

»Und wer befriedigt sich jetzt hier selbst?«, ruft Johnny dazwischen. Kerschkamp beachtet ihn nicht weiter. Stattdessen blickt er zu den beiden Lehrern und sagte: »Es ist gut, dass Sie auch da sind. Es hat nämlich vor allem auch etwas mit Ihnen zu tun.«

Klaus-Dieter guckt ein bisschen unglücklich und schiebt sich die Finger zwischen die Zähne.

»Mach keinen Scheiß jetzt«, flüstert Nölle heiser. »Wir haben uns alle auf das Treffen hier gefreut.«

»Ich auch, und vielleicht mehr als du, glaub mir«, sagt Kerschkamp, bevor er wieder die Stimme erhebt.

»Irgendjemand von euch hat vorhin von Corner angefangen, und dass der jetzt in Frankreich Tomaten anbaut. Und die meisten fanden das ja auch sehr witzig ...«

»Ist es ja wohl auch!« Johnny grinst. »Der einzige Bio-Bauer, den das GWG hervorgebracht hat. Applaus, Leute! Auf unseren alternativen Landwirt, Cornix, den letzten Helden in seinem kleinen Dorf in Frankreich!«

Vereinzelt ist Gelächter zu hören, Zint klopft auf den Tisch.

Kerschkamp wirft seinen grauen Zopf zurück.

»Corner«, wiederholt er, »Rainer Kornicke.« Er blickt wieder zu den Lehrern. »Sie erinnern sich auch?«

»Natürlich«, nickt Zint. »Rainer mit ai.«

»Bravo!«, ruft Nölle, »sehr gut! Das nenne ich doch mal ein Elefantengedächtnis, was?«

Er klatscht Beifall.

»Rainer mit ai«, sagt Kerschkamp. »Und Rainer war schon mal durchs Abi gefallen, das hieß, er musste jetzt bestehen. Man brauchte 100 Punkte, um bestanden zu haben. Rainer schaffte 105. Und dann hat er sich zur Nachprüfung gemeldet, um sein Ergebnis zu verbessern. Und zwar bei Ihnen, Herr Zint, wenn ich mich recht erinnere ...«

»Stimmt.« Zint nickt. »Da war was.«

»Da war was, genau. In der Nachprüfung hat er nämlich nur noch 99 Punkte bekommen, und das war's. Er musste von der Schule, ohne Abi. Darüber würde ich gerne reden!«

»Moment«, verteidigt sich Zint. »Das war ich ja nicht alleine, der das zu entscheiden hatte. Und das habe ich doch auch gar nicht gewusst. Das tut mir leid, wenn das so war, aber ...«

»Kein aber! Es waren doch immer wieder genau solche Typen wie Sie, die sich an uns abreagiert haben! Und Sie«, nickt er zu dem Klassenlehrer hinüber, »Sie hätten es spätestens bei Corner besser wissen müssen, Sie hatten schon einen Schüler …«

»Nee, jetzt reicht's!«, ruft Nölle empört. »Das kannst du nicht machen!«

»Genau!«, kommt es von verschiedenen Seiten, »was soll das jetzt? Das ist doch lange vergessen!«

»Ich habe dich gewarnt«, zischt Nölle und hebt die Hand. »Das gehört natürlich überhaupt nicht hierher«, wendet er sich an die beiden Lehrer. »Ich kann mich nur in aller Form bei Ihnen für Kerschkamp entschuldigen.«

»Hör endlich auf mit deinem blöden Revoluzzer-Geschwätz!«, ruft Johnny zu Kerschkamp hinüber. »68 ist vorbei!«

»The times they are a-changing«, setzt Gremlitz hinzu und greift nach der Flasche mit dem Wein.

Der Klassenlehrer hält ihm sein leeres Glas hin. Appaz sieht, dass seine Hand zittert.

»Was ist los mit euch, Leute?«, fragt Kerschkamp leise. »Ich habe kein Wort von 68 gesagt. Wir sind auch gar keine 68er, wir waren 1968 gerade erst elf oder zwölf! Wir haben es ja noch nicht mal richtig mitgekriegt, als sie Benno Ohnesorg erschossen haben, obwohl der sogar aus Hannover war, also, was soll das Ganze? Aber okay, reden wir doch mal über 68! Wo ist euer Problem da?«

»Erklär du es uns!«, ruft Johnny.

»Meine Herren, muss das jetzt wirklich sein?«, fragt Zint. »Müssen wir uns das wirklich anhören?«

»Natürlich nicht«, beeilt sich Nölle zu sagen. »Das ist

völlig unmöglich, wie sich Kerschkamp benimmt. Ich kann mich nur nochmals ...«

»Ich möchte es hören!«, erklärt Klackler.

»Ich auch«, sagt Appaz.

»Ich bitte sogar darum«, sagt der Klassenlehrer. »Vielleicht erfahren wir ja noch etwas, das uns hilft, die Dinge in einem anderen Licht zu sehen.« Seine Stimme trieft vor Sarkasmus.

Zum ersten Mal erinnert er Appaz jetzt wieder an den früheren Lehrer, dessen besondere Fähigkeit immer darin bestanden hatte, sie mit wenigen Sätzen einfach abzukanzeln. Als er das Glas ansetzt, um zu trinken, ist von seinem Zittern nichts mehr zu sehen.

Auch Kerschkamp scheint die Veränderung gemerkt zu haben. Aber er bleibt ruhig.

»Noch mal«, sagt er. »Wo ist euer Problem? Warum pisst ihr alles an, was eurer Meinung nach mit 1968 zu tun hat? Ihr tut ja inzwischen gerade so, als wäre damals alles okay gewesen ...«

»War es ja auch!«, erklärt Nölle.

»Lass Kerschkamp doch wenigstens mal zu Ende reden«, wirft Lepcke jetzt ein. »So viel Fairness muss sein.«

»Gar nichts war okay«, setzt Kerschkamp wieder an. »Das waren auch keine demokratischen Strukturen, das war Repression pur! Ihr vergesst, dass wir fast alle in deutlich faschistoiden Elternhäusern großgeworden sind ...«

»Hört, hört!«

»... Mann, erinnert euch doch mal! Sex war böse, Schwule waren pervers, Mädchen ohne BH waren Nutten, vom Onanieren kriegten wir angeblich Rückenmarksschwund und den ganzen Scheiß, das sind doch die Sprüche, mit denen wir großgeworden sind! Das war kein liberaler Staat damals, guckt euch doch mal ›Die Mörder sind unter uns‹ von Wolfgang Staudte an, dann wisst ihr, was los war.«

»Alles nur hohles Geschwätz«, kommt es von Zint. »Si tacuisses, philosophus mansisses, hättest du geschwiegen, Mann, wärst du Philosoph geblieben!«

»Alles Quatsch«, stimmt Nölle zu. »Schlimm geworden ist es erst durch die Typen, die meinten, unbedingt irgendwas verändern zu müssen. Das waren doch alles nur Egozentriker, die sich als Gutmenschen aufgespielt haben! Idealistische Träumer und dogmatische Eiferer, die nichts besser gemacht haben, sondern alles nur behindert!«

Kerschkamp blickt irritiert zu Appaz.

Appaz nickt. Da haben wir es, denkt er, jetzt kommt der ganze Scheiß, der in letzter Zeit allgemeiner Konsens geworden zu sein scheint.

»Hehe!«, ruft Klackler kurz auf, bricht aber gleich wieder ab und greift nach seinem Glas.

»Das mit dem Sex zumindest stimmt«, brüllt Johnny. »Aber wir haben das Beste draus gemacht!«

»Das sehe ich allerdings auch so«, bestätigt der Klassenlehrer mit spöttischem Gesichtsausdruck, »viel anderes spielte sich in den meisten Köpfen von euch ja damals wohl nicht ab, hatte ich immer den Eindruck.«

»Naturam expellas furca, tamen usque recurret«, bringt Zint wieder einen Sinnspruch an, »die Natur kannst du mit der Mistgabel vertreiben, doch sie wird stets zurückkommen! – Im übrigen entziehe ich Ihnen das Wort«, erklärt er dann und schlägt mit der flachen Hand auf den Tisch. »Schluss. Aus. Das war's! Setzen!«

»Was?«, fragt Kerschkamp verblüfft.

»Ich entziehe Ihnen das Wort, tatem esse eius orationem, an der Rede erkennt man den Mann! Und bei Ihnen kommt doch sowieso nur dünne Luft.«

»Sie entziehen mir das Wort?«, fragt Kerschkamp noch mal zurück. »Das meinen Sie doch nicht ernst jetzt?«

»Das ist ja wie früher!«, ruft Buchmann unerwartet. »Den Satz kenne ich doch noch!«

Die anderen blicken zwischen Zint und Kerschkamp hin und her.

»Ich entziehe Ihnen das Wort«, wirft Appaz ein. »Das ist genau der Satz, den auch der vorsitzende Richter in Stammheim immer dann gesagt hat, wenn er nicht weiter wusste.«

»Sieh an«, kommt es prompt vom Klassenlehrer, »da hat ja jemand tatsächlich mal seine Hausaufgaben gemacht.«

»Aber das interessiert hier keinen«, erklärt Nölle. »Und Stammheim schon mal gar nicht! Wenn ich politische Vorträge hören will, gehe ich zum nächsten Parteitag!«

»Von welcher Partei brauchen wir ja wohl nicht lange zu überlegen!«, bemerkt Appaz leise. Aber Nölle hat ihn gehört.

»Das ist ja wohl meine Sache, oder?«, erwidert er sauer. »Darüber bin ich niemand Rechenschaft schuldig.«

Er dreht sich zu Kerschkamp und zeigt ihm noch mal einen Vogel.

Einen Moment lang sagt keiner mehr etwas.

»Lassen wir es gut sein, Leute«, erklärt Gremlitz. »Begraben wir die Wölfe in der Schlucht. No more revolution, we are all on the sunny side of the street! Cheers!«

»Cheers«, sagt Lepcke. »Obwohl die Stimmung irgendwie hin ist, echt, was sollte jetzt das Ganze?«

Kerschkamp und Zint messen sich weiter mit Blicken. Dann zuckt Kerschkamp mit der Schulter und sagt: »Ad Philippis me videbis. Meine Stunde kommt noch!«

»Darauf wäre ich in der Tat gespannt, Herr Kerschkamp.« Zint nickt dem Klassenlehrer zu. »Ich weiß nur nicht, ob wir wirklich interessiert sind, noch so lange zu warten.«

Der Klassenlehrer blickt demonstrativ an die Decke, als säße er vor einer Schulklasse und würde darauf warten, dass die Schüler sich endlich wieder so benehmen, wie es sich gehört.

Kerschkamp lässt sich auf seinen Stuhl zurückfallen und stößt die Luft aus.

Kann es sein, denkt Appaz, dass wir hier wirklich alleine stehen? Und: Ist das die Rolle, die sie uns zugeschoben haben? Verdammt, ich will das überhaupt nicht! Oder haben wir jetzt die Pflicht, darauf zu reagieren, indem wir sie beschimpfen und ihre Erwartungen erfüllen? Nein, sie können mich alle mal!

Kerschkamp starrt auf die Tischplatte vor ihm.

Von irgendwoher ist leise zu hören: »Eins zu Null für Zint.«

Klaus-Dieter verstaut umständlich seinen Kurzwellenempfänger im Rucksack. Als er merkt, dass ihn alle beobachten, schiebt er wieder die Finger in den Mund und kichert. Dann steht er auf und holt sich eine Flasche Bier. »Das muss jetzt sein«, nuschelt er vor sich hin. Um gleich darauf zu erklären: »Eigentlich fände ich es schön, wenn wir uns einfach noch ein bisschen was von früher erzählen, was meint ihr? Damit wir uns dann alle wieder verstehen. Ist doch blöd, sich so zu streiten, oder?« Er nimmt einen Schluck und kichert wieder. »Ich kann ja auch gleich mal den Anfang machen. Könnt ihr euch noch an Carola erinnern?«, fragt er in die Runde. »Mit so langen blonden Locken. Und wir waren immer alle ganz scharf auf die. Ich glaube, sie war sogar Kurts erste Freundin …« Er dreht sich zu Appaz.

Appaz nickt unwillkürlich.

»Ich hatte auch mal was mit ihr.« Buchmann grinst. »Und später Johnny, weißt du noch?«

»Stimmt«, sagt Johnny. »Aber nicht lange. Sie hat nie jemand rangelassen, das war das Problem mit ihr.«

»Mich schon«, erklärt Gremlitz.

»Echt?«, fragt Buchmann interessiert.

»Nice little bitch, ich erinnere mich gut an sie.«

»Das wusste ich gar nicht«, sagt Klaus-Dieter irritiert. »Aber ist ja auch egal jetzt«, setzt er dann hinzu. »Von mir hat sie nämlich vier Kinder!«

Er strahlt die anderen an.

»Hammer, ey!«, sagt Buchmann. »Du bist echt mit ihr verheiratet?«

»Und sie hat vier Kinder von mir«, wiederholt Klaus-Dieter.

Rockenbauch hatte sich in der Zeit, in der Appaz in England war, ein Moped gekauft, eine NSU-Quickly, auf der sie jetzt durch die Stadt knatterten. Er hatte inzwischen auch eine Freundin, wie er Appaz ganz hinten in der Ecke im Maulwurf erzählte, wo sie darauf warteten, dass der Flipper frei wurde.

»Wir haben auch schon gebumst.«

»Ich auch«, sagte Appaz. Aber im Gegensatz zu Rockenbauch, der ihm seine neue Freundin ausführlich beschrieb, konnte Appaz kaum mehr erzählen, als dass Claire eben Engländerin war und in Peterborough wohnte.

»Anette wohnt in der Südstadt«, sagte Rockenbauch. »Ist nicht so weit. Mit der Quickly brauche ich nicht mal eine Viertelstunde. – Ich stell sie dir bald mal vor, vielleicht morgen schon, mal sehen …«

»Und was ist mit der Band?«, wollte Appaz wissen. »Hast du irgendwas gefunden?«

»Wart's ab, Alter«, grinste Rockenbauch und stand auf, um mal etwas anderes an der Musikbox zu drücken als »Hey Joe« oder »Child in Time«. Als »Gamma Ray« von Birth Control aus den Lautsprechern dröhnte, sang Rockenbauch grinsend mit. Er schien glücklich zu sein. Und er bestand darauf, das Bier für sie beide zu bezahlen.

»Ist schon okay«, sagte er. »Ich verdiene demnächst ein bisschen Kohle.«

Aber er wollte Appaz nicht erzählen, womit.

Am nächsten Tag kam er nach dem Mittagessen mit seiner Quickly zu Appaz nach Hause.

»Wir müssen los«, sagte er. »Ich muss um drei schon da sein. Die sind sauer sonst, wenn sie nicht pünktlich anfangen können. Aber das ist auch okay so, sonst schaffen wir nichts.«

Appaz kapierte kein Wort. »Von wem redest du? Ich denke, du wolltest mir Anette vorstellen?«, fragte er irritiert.

»Wart's ab, Alter«, wiederholte Rockenbauch grinsend.

Appaz' Mutter schien nicht gerade begeistert, als sie Appaz hinter Rockenbauch auf die Quickly klettern sah. Rockenbauch trug eine knallenge weiße Jeans und hochhackige Lederstiefel, die vorne spitz zuliefen. Außerdem hatte er eine Cordjacke an, die er selbstgenäht hatte, die Jacke war zweifarbig, die rechte Seite schwarz, die linke rot. Mit den langen Haaren und der Sonnenbrille, die er jetzt aufsetzte, sah er aus, als wollte er direkt auf die Bühne.

Appaz band sich sein Halstuch als Stirnband um.

Sie fuhren quer durch die Stadt und weiter bis nach Sarstedt, am Ortsende dann bog Rockenbauch auf ein verlassenes Fabrikgelände ein.

»Ist das scharf?«, rief er Appaz über die Schulter zu. Er zeigte auf einen Schornstein aus roten Ziegelsteinen, daneben war eine leerstehende Halle mit hohen, schmalen Fenstern, die von innen mit Holzplatten vernagelt waren.

»War früher eine Brotfabrik!«

Rockenbauch kurvte um einen alten Krankenwagen der englischen Armee herum, einen Bedford-Laster mit Kastenaufbau, das Blaulicht über dem Fahrerhaus war weiß zugepinselt, quer über die Seite war mit ineinanderverschlungenen Buchstaben der Schriftzug »Pharao« gemalt.

»Der Bandbus«, brüllte Rockenbauch.

Ein Hund kam bellend über den Hof.

Rockenbauch stoppte. Er zeigte auf eine alte Vorstadtvilla, mit einem Turm mit bunt verglasten Fensterscheiben, der von wildem Wein und Efeu fast ganz zugewuchert war.

»Das ist die alte Fabrikantenvilla«, erklärte Rockenbauch. »Da wohnen sie.«

»Wer wohnt da?«, fragte Appaz, während er vom Gepäckträger der Quickly stieg.

»Die Band natürlich«, antwortete Rockenbauch stolz.

Aber bevor Appaz noch irgendetwas sagen konnte, setzte er schon hinzu: »Können wir uns alles nachher noch angucken.« Er drehte sich zu der Fabrikhalle, aus der undeutlich das Hämmern eines Schlagzeuges zu hören war. Gleich darauf setzte eine jaulende Gitarre ein. »Sie sind schon drüben«, sagte Rockenbauch, »los, komm!«

Appaz folgte Rockenbauch zur Halle hinüber.

Als Rockenbauch die Tür aufmachte, brach die Musik ab.

»Ich hab einen Freund mitgebracht«, sagte er in den Raum hinein. »Ist das okay, wenn er zuhört?«

»Ist okay«, kam die Antwort von einem langhaarigen Typen mit einer weißen Gibson.

»Setz dich dahin«, sagte Rockenbauch und zeigte auf ein paar Matratzen, die auf dem Boden lagen. Auf der einen Matratze saß mit überkreuzten Beinen ein Mädchen, das Rockenbauch zuwinkte.

»Das ist übrigens Anette«, erklärte Rockenbauch und grinste.

Appaz nickte Anette zu und setzte sich neben sie.

Rockenbauch ging zur anderen Seite des Raumes. Appaz erkannte das Fender Rhodes Piano, das Rockenbauch schon vor den Ferien in seinem Keller gehabt hatte. Aber die Orgel war neu. Eine Hammond-Orgel, die über ein Leslie lief. Als Rockenbauch einen Schalter an der Orgel umlegte, sprang der Rotor auf eine höhere Geschwindigkeit, was den Klang zu einem auf- und abschwellenden Flappen veränderte.

Appaz blickte zu Anette.

Sie wollte irgendetwas sagen, aber im gleichen Moment fing der Schlagzeuger an zu zählen: »One, two, three, four ...«

Mit dem nächsten Takt setzte die Musik ein. Nur von

Bass und Schlagzeug begleitet spielte Rockenbauch eine lange Orgel-Intro, dann kamen die beiden Gitarren dazu, dann der Gesang. Der Sänger hatte eine klare, kräftige Stimme, und er war Engländer, was man sofort hörte. Beim nächsten Song spielte er auch Querflöte.

Die Musik haute Appaz um. Ein bisschen klang das Ganze wie von Birth Control, aber gleichzeitig auch härter, pulsierender, so als würden die Songs allein von Schlagzeug und Bassgitarre vorangetrieben, während die anderen Musiker auf dieser Grundlage ein Klanggefüge aufbauten, wie es Appaz noch nie vorher gehört hatte.

Die Band bestand aus sechs Leuten, bis auf Rockenbauch alles Typen, die deutlich älter waren. Die Probe dauerte fast drei Stunden, dann sagte der Typ mit der Gibson: »Okay, Leute, wir machen morgen weiter.«

Einen Moment lang diskutierten sie noch irgendeinen Tonwechsel, mit dem der Sänger ein Problem gehabt hatte. Schließlich bot Rockenbauch eine Version an, mit der alle zufrieden waren. Appaz war überrascht, mit wie viel Selbstbewusstsein Rockenbauch die Diskussion führte, vor allem aber überraschte ihn der offensichtliche Respekt, den ihm die anderen entgegenbrachten. Appaz war stolz, dass Rockenbauch sein Freund war.

Zusammen gingen sie zum Haus hinüber. Aus der Nähe sah die Villa deutlich heruntergekommen aus, von der Eingangstür blätterte die Farbe und an manchen Stellen hatte sich der Putz gelöst. Hinter dem Haus gab es einen verwilderten Garten mit ein paar Campingstühlen und einer Feuerstelle, in der die angekohlten Reste einer Apfelsinenkiste lagen. Sie setzten sich, der Stuhl, den Appaz erwischte, war notdürftig mit Draht geflickt.

Auch ein paar Frauen kamen jetzt dazu und brachten Bier und selbstgebackene Pizza aus der Küche mit. Die Frauen trugen lange Kleider und klimpernden Blechschmuck, eine hatte hennarot gefärbte Haare und ein sabberndes Baby auf dem Arm.

Die Frauen erinnerten Appaz ein bisschen an die Fotos, die er in dem Buch über die Leute von Longo May gesehen hatte, eine Landkommune im Zentralmassiv in Frankreich. Der Unterschied war allerdings, dass es hier außer einer Katze und dem kläffenden Hund, der Rockenbauch und Appaz begrüßt hatte, keine Tiere zu geben schien, und die Kommune ganz sicher nicht davon lebte, dass sie Getreide oder Gemüse anbaute. Das Ganze wirkte eher wie ein Ort, an dem sich zufällig irgendwelche Leute zusammengefunden hatten, um Urlaub zu machen und sich um nichts weiter zu kümmern als ihre Musik. Später stellte sich dann allerdings heraus, dass das nicht ganz stimmte, bis auf Richie, den Sänger, arbeiteten alle irgendwo in Hannover. Der mit der Gibson war Fernmeldetechniker, auch der zweite Gitarrist war bei der Post, der Bassmann arbeitete bei einer Reifenfirma, zwei der Frauen hatten einen Laden für Secondhand-Klamotten.

»Und sie haben die leerstehende Fabrik hier einfach gemietet, für so gut wie nichts«, erzählte Rockenbauch begeistert. »Mit der Villa und allem! Ist doch irre, oder?«

»Kann sein, dass wir bald rausmüssen«, warf der Typ mit der Gibson ein, »die Stadt will hier irgendwas bauen, Reihenhäuser oder so, dann sind wir weg vom Fenster. Und so was kriegen wir so schnell nicht noch mal.«

»Mit Übungsraum direkt vor der Tür und so, Alter, kapierst du?«, sagte Rockenbauch wieder. »Das ist doch echt total irre!«

Die Typen von der Band gefielen Appaz gut, und sie

behandelten ihn, als würde er dazugehören. Nur mit den Frauen hatte er Probleme, irgendwie machten sie ihn unsicher. Sie waren auch nicht unbedingt freundlich zu ihm, es war eher, als würden sie Appaz, trotz seiner langen Haare und seiner ausgefransten Jeans, für nichts weiter als einen spießigen Oberschüler halten, der mit ihrem Leben nichts zu tun hatte.

Appaz fand es schwierig, sich mit ihnen zu unterhalten. Als er fragte, wo die Toilette sei, hatte er das Gefühl, dass sie ihn spöttisch musterten.

»Ich zeig's dir«, erklärte Rockenbauch, »dann kann ich dir auch gleich den Rest zeigen.«

Appaz fand das Haus ziemlich chaotisch, überall standen oder lagen irgendwelche Sachen herum, und das Klo war mehr als dreckig, aber die Küche gefiel ihm, vor allem der lange Tisch, der aussah wie selbst gezimmert und an dem bestimmt zehn oder zwölf Leute Platz hatten.

Rockenbauch war in seiner Begeisterung ohnehin kaum zu bremsen, »ich hab schon mit ihnen drüber geredet, ob ich nicht vielleicht einziehen kann«, sagte er. »Ich könnte ein Zimmer oben unterm Dach kriegen, ich muss das nur noch mit meinem Alten klären. Schule und so wäre ja kein Problem, kann ich ja von hier aus gut mit der Quickly hin.«

»Und Anette, wohnt die auch hier?«, wollte Appaz wissen.

»Nee, sie ist die kleine Schwester von der mit den roten Haaren. Aber sie ist oft hier, weil es bei ihr zu Hause nicht so gut läuft und so.« Er beugte sich zu Appaz und setzte grinsend hinzu: »Gebumst haben wir übrigens auch hier. Und machen wir immer noch, ist besser hier, da nervt wenigstens keiner rum.«

Als sie wieder nach draußen gingen, erzählte Rockenbauch, wie er die Band überhaupt gefunden hatte.

»So eine Kleinanzeige in der Zeitung«, sagte er. »Und dann bin ich einfach hergefahren und wir haben zusammen gespielt. Und das war's, es passte einfach. Wir haben übrigens auch einen Gig auf dem Altstadtfest, nächsten Monat, wir spielen da mit Jane, auf der gleichen Bühne!«

»Mann, Alter«, sagte Appaz. »Echt, da bin ich mal für drei Wochen weg und dann …«

»Sag ich doch.« Rockenbauch grinste. »Es läuft gerade gut. Und vielleicht höre ich nach der Zehnten auch mit der Schule auf und mache nur noch Musik oder so.«

Später unterhielten sie sich noch lange mit Anette. Appaz fand Anette gut, und er ertappte sich mehrmals bei dem Gedanken, wie es wohl wäre, wenn sie seine Freundin wäre. Allerdings fand er ihre Brüste zu groß, und sie rauchte ihm auch zu viel und hatte abgeknabberte Fingernägel.

Als es dunkel wurde, brachte Rockenbauch Anette mit der Quickly nach Hause. Appaz musste mit der Straßenbahn fahren.

Am letzten Wochenende in den Ferien hatte die Band einen Gig auf einem Stadtfest in Wennigsen am Deister. Rockenbauch überredete die anderen, Appaz mitzunehmen.

»Sie müssen mich ja sowieso abholen«, sagte er, »und Anette kommt auch mit!«

Appaz stand gerade mit seinem Vater auf dem Balkon, als der Bandbus unten auf der Straße vor den Garagen hielt.

»Da willst du mitfahren?«, fragte Appaz' Vater entgeistert.

»Klar, das ist schon okay«, sagte Appaz. »Mach dir keine Sorgen.«

Er stürmte an seiner Mutter vorbei aus der Wohnung.

Inzwischen war ein Nachbar gekommen und wollte seinen auf Hochglanz polierten Ford Taunus in die Garage fahren, vor der quer der Bandbus parkte. Der Nachbar hupte und kurbelte das Seitenfenster herunter, Appaz hörte, wie er unvermittelt losbrüllte.

»Das ist kein Parkplatz hier! Machen Sie, dass Sie wegkommen, sonst rufe ich die Polizei!«

Richie, der Sänger, lehnte sich aus dem Bedford und strich sich die Haare aus dem Gesicht. »Ganz ruhig, Mann, keep cool. Wir sind gleich weg!«

Der Nachbar stemmte sich wieder auf die Hupe.

Richie zeigte ihm einen Vogel und ließ den Motor an. Aus dem Auspuff kam blauschwarzer Dieselqualm. Mit einem breiten Grinsen beugte sich der Bassmann hinter der Windschutzscheibe nach vorne und hielt die Finger zum Peacezeichen hoch.

»Langhaariges Pack!«, brüllte der Nachbar augenblicklich. »Arbeitsscheues Gesindel. Kommunistenfreunde! Euch sollte man doch alle nach drüben schicken!« Dann entdeckte er Appaz. »Gehörst du etwa dazu? Na, das hätte ich mir denken können ...«

Rockenbauch stieg aus und winkte Appaz zur Hecktür.

»Du musst hinten rein. Anette ist auch schon da, vorne ist kein Platz mehr.«

Appaz quetschte sich zwischen der Anlage hindurch und hockte sich neben Anette auf eine Kabelkiste. Die Trennwand zur Fahrerkabine hatte in der Mitte einen Durchgang.

Richie drehte sich nach hinten und sagte: »Nice quarter! Du kriegst wohl nicht so oft Besuch von Leuten wie uns?«

Appaz schüttelte den Kopf.

»Eigentlich geht es«, sagte er. »Normalerweise lassen sie mich in Ruhe. Es gibt nur ein paar Typen hier, die total ausflippen bei Leuten, die anders sind.«

»And that's that«, nickte Richie und wuchtete den ersten Gang rein.

Appaz war froh, dass wenigstens keine der Kommunenfrauen die Szene miterlebt hatte, sonst wäre er wahrscheinlich endgültig unten durch gewesen. Und es war mit Sicherheit besser, dass sein Vater den Klappstuhl, der statt des Fahrersitzes hinter dem Lenkrad stand, vom Balkon aus nicht sehen konnte.

Über der Milchglasscheibe in der Seitentür war ein Streifen, durch den man nach draußen blicken konnte. Appaz' Vater stand nicht mehr auf dem Balkon, aber als der Bandbus sich klappernd in Bewegung setzte, meinte Appaz zu sehen, wie sich die Gardine bewegte.

Der Motor dröhnte so laut, dass es unmöglich war, sich zu unterhalten. Appaz klammerte sich, so gut es ging, an der Kante der Kabelkiste fest, in jeder Kurve wurden Anette und er aneinandergedrückt, einmal spürte er deutlich ihre Brust an seinem Arm.

Der Auftritt war in der Aula des Gymnasiums, die beiden Gitarristen und der Schlagzeuger waren mit dem verbeulten VW-Variant gekommen, der der Kommune gehörte. Als Vorgruppe spielte eine Schülerband, die sich zweimal hintereinander durch »Southern Man« und »After Midnight« quälte. Dann war Pharao an der Reihe. Appaz stand hinter dem Mischpult neben dem Bruder des zweiten Gitarristen, der als Roadie dabei war, und drückte abwechselnd die Schaltknöpfe, mit denen die vier bandeigenen Scheinwerfer bedient wurden. Als der Schlagzeuger ein Solo spielte, brachte Appaz durch schnelles Hin- und Herschalten das Licht zum Flackern, wofür er einen anerkennenden Blick des Roadies erntete.

Pharao spielten drei Zugaben, danach half Appaz die Anlage abzubauen und die Boxen wieder im Bedford zu verstauen. Spät in der Nacht waren sie zurück in Hannover, diesmal gab es keinen Nachbarn, der sich aufregte.

Aber am nächsten Morgen beschwerte sich Appaz' Vater beim Frühstück über den »Kneipengestank«, den Appaz mitgebracht habe.

Ohne zu überlegen, sagte Appaz: »Wenn du vom Kegeln kommst, ist es schlimmer!«

Und dann verstieg sich Appaz' Vater tatsächlich zu genau der Drohung, von der Appaz immer gehofft hatte, dass wenigstens dieser eine Satz bei ihnen zu Hause nie fallen würde: »Solange du deine Füße unter meinen Tisch stellst, verbitte ich mir solche Antworten!«

Er war enttäuscht, und das zeigte er auch: »Ich finde das einfach nur doof von dir! Und es ist peinlich, dass dir nichts anderes einfällt.«

Wortlos stand Appaz' Vater auf und fuhr in seinen Schrebergarten.

»War das nötig?«, fragte Appaz' Mutter. »Versuch doch mal, ihn zu verstehen. Du machst es ihm doch auch nicht gerade leicht! Du läufst rum wie ... ach, ich weiß auch nicht. Und diese Leute gestern, sind das jetzt deine neuen Freunde?«

»Sind sie«, nickte Appaz. »Und vielleicht lernt ihr endlich mal, dass es überhaupt nichts mit dem Aussehen zu tun hat, ob jemand in Ordnung ist oder nicht. Ich beschwere mich ja auch nicht über euer Aussehen!«

»Du nimmst doch nicht etwa Rauschgift, oder?«, fragte seine Mutter besorgt und ohne einen für Appaz erkennbaren Zusammenhang.

»Noch nicht«, beendete er das Gespräch. »Aber wenn ihr so weitermacht, spritze ich mir demnächst irgendwann Haschisch, da kannst du dir sicher sein!«

Er ging nicht davon aus, dass seine Mutter den blöden Witz kapierte, geschweige denn ihn als den Vorwurf nahm, als der er eigentlich auch gemeint war – dass seine Eltern es schlichtweg ablehnten, ihre BILD-Zeitungszerrbilder auch nur im Ansatz zu korrigieren.

Am Montag holte Rockenbauch Appaz mit seiner Quickly zur Schule ab. Appaz band sich wieder sein Halstuch um die Stirn. An einer roten Ampel hielt irgendein Ford oder Opel neben ihnen. Der Fahrer blickte kopfschüttelnd zu ihnen herüber.

»Spießer!«, brüllte Rockenbauch. »Ist irgendwas? Will deine Alte nicht mehr mit dir bumsen, oder was?«

Appaz machte das Peacezeichen. Als grün wurde, drängte sich Rockenbauch vor den Wagen und fuhr dann in Schlangenlinien weiter.

Eigentlich freuten sie sich fast darauf, wieder in die Schule zu kommen. Und wahrscheinlich fanden sie beide, dass sie über den Sommer doch zu zwei Typen geworden waren, die den anderen einige Hochachtung abnötigen würden. Außerdem waren sie in der Oberstufe und gehörten jetzt endlich selber zu den Großen. Vor allem aber würden sie einen neuen Klassenlehrer bekommen, es konnte also nur besser werden!

Während Rockenbauch noch die Quickly an einen Laternenpfahl schloss, kam Raschemann angeschlappt. Raschemann war bisher in ihrer Parallelklasse gewesen, ein Typ, der normalerweise nicht viel sagte, und in den Pausen immer ein Stück von ihnen entfernt stand und heimlich Reval ohne Filter rauchte. Während der Ferien waren seine Haare so lang geworden, dass sie ihm bis über die Ellbogen reichten.

»Ich mach den Abflug hier«, sagte Raschemann. »Ich bin nur noch da, um mir mein Abschlusszeugnis zu holen. Morgen fang ich an zu arbeiten.«

»Und was?«, fragte Appaz.

»Ich hab da so einen Typen kennengelernt, der macht einen Drogeriemarkt auf. Nicht so wie früher mit Bedienung und so, sondern alles einfach im Regal, und die Leute müssen sich ihren Kram dann selber zusammensuchen und zur Kasse bringen. Ich mach den Kassierer, und mehr Personal brauchen wir nicht. Das wird eine ganz große Nummer, Leute! Ihr könnt ja mal vorbeikommen. Also, wir sehen uns ...«

Raschemann verschwand in Richtung Sekretariat. Appaz und Rockenbauch guckten sich an, Rockenbauch tippte sich an die Stirn.

»Au Mann, so einen Scheiß hab ich ja noch nie gehört! Wer soll denn da hingehen? Ohne Bedienung und alles nur im Regal!«

»Und ausgerechnet Raschemann an der Kasse«, bestätigte Appaz ihre Überzeugung, dass Raschemann ein ausgemachter Spinner war. »Ist der nicht in der Achten schon mal hängen geblieben?«

»Wahrscheinlich wegen Mathe«, meinte Rockenbauch grinsend.

Dann kam Kerschkamp. Auch Kerschkamps Haare waren länger geworden und auf der Oberlippe hatte er einen kleinen Bart. Nur die dicke Hornbrille war immer noch die alte. Kerschkamp erzählte, dass er sich ein »Ludwig« kaufen wollte.

»In rot«, sagte er. »Und vielleicht spielen wir sogar auf dem Altstadtfest. Johnny will da was machen, wäre das irre, Leute? Schoolboys in Disgrace auf dem Altstadtfest! Sonst kommen nur Profibands, Jane und so.«

Appaz blickte zu Rockenbauch. Rockenbauch gab keine Antwort, als würde ihn das Altstadtfest auch nicht weiter interessieren.

An den Treppenstufen vorm Eingang hockten ein paar kleinere Schüler und schangelten mit Zehn-Pfennig-Münzen. Rockenbauch fischte sich einen silbernen Fünfziger aus der Hosentasche und drängte sich zwischen die Acht- oder Neuntklässler, ohne sich um ihren Protest zu kümmern. Sein Wurf landete exakt an der Treppenkante. Grinsend strich er den Gewinn ein.

»Blöde Hippies!«, rief einer der Spieler empört hinter ihnen her.

»Das war echt nicht fair eben«, meinte Appaz, als sie die Eingangstür aufstießen.

»Mann, Alter«, erwiderte Rockenbauch, »der eine war doch mein kleiner Bruder! Ich geb ihm die Kohle irgendwann mal wieder, ist doch klar. Er braucht nur ab und zu mal einen kleinen Dämpfer, damit er weiß, wer das Sagen hat ...«

Auf dem Weg zu ihrem neuen Klassenraum erzählte Rockenbauch, dass er seinen Bruder jetzt öfter sehen würde, seit die Stiefmutter sich wieder besser mit seinem Vater verstand.

»Vielleicht ziehen sie sogar wieder ein bei uns«, setzte er noch hinzu. »Für Martin wäre es bestimmt besser, die Alte macht ihn sonst nur fertig. Wenn er bei uns wäre, könnte ich mich ein bisschen um ihn kümmern!«

»Alles klar«, bemerkte Kerschkamp, »ihm sein Schangelgeld wegnehmen und so!«

Rockenbauch lachte nur. Appaz hatte das Gefühl, dass er sich tatsächlich freuen würde, wieder mit seinem Stiefbruder zusammenzuwohnen. Auch wenn das hieß, dass dann der alte Ärger mit Martins Mutter wieder losging.

Für die Oberstufe hatten sie sich entweder für den sprachlichen oder den naturwissenschaftlichen Zweig entscheiden müssen. Natürlich waren Appaz, Rockenbauch und Kerschkamp im sprachlichen, auch Johnny und der Typ, den alle nur »Ratte« nannten, waren jetzt in ihrer Klasse.

Ratte spielte auch bei Schoolboys in Disgrace. Bass. Buchmann hatten sie rausgeworfen, weil er in dem Luftschutzbunker, in dem sie seit einiger Zeit ihren Übungsraum hatten, heimlich eine Nacht mit irgendeinem Mädchen hatte verbringen wollen. Aber die Nachbarn, denen der Übungsraum ohnehin ein Dorn im Auge war, hatten die beiden beobachtet und die Polizei geholt. Zu allem Überfluss hatte Buchmann auch noch gerade einen Joint in der Hand, als die Bullen kamen. Und jetzt gab es Schwierigkeiten mit den anderen Bands im Bunker, die um ihre Übungsräume fürchteten.

Buchmann war jedenfalls zurzeit nicht gerade besonders gut angesehen, aber er schien sich wenig daraus zu machen. Und als Appaz und Rockenbauch jetzt in ihre neue Klasse kamen, erzählte er gerade lautstark von seinen Sommerferien, in denen er angeblich auf einem Rock-Festival auf Fehmarn gewesen war.

»Hältst du uns alle für bescheuert?«, regte sich Johnny auf. »Fehmarn war 1970, Mann! Das war der letzte Auftritt von Hendrix, als sie die Bühne abgefackelt haben, danach war da gar nichts mehr.«

»Ich hab ja auch nicht gesagt, dass Hendrix da war,

oder?«, verteidigte sich Buchmann. »Aber ich war da, auf Fehmarn, und da war voll das Festival«, beharrte er, »da kannst du das Altstadtfest vergessen! Außerdem habt ihr ja sowieso keine Chance.«

Appaz war noch nie auf einem Festival gewesen. Er hatte nur Bilder von Woodstock gesehen, und war sich nicht sicher, ob es ihm wirklich gefallen würde, mit Hunderttausenden von Leuten im Regen auf irgendeiner Wiese zu hocken. Aber er hätte gern das »Concert for Bangla Desh« gesehen, er hatte sich in England sogar das Dreifach-Album gekauft, obwohl Rockenbauch behauptete, dass die Musik nicht viel taugen würde. Bis auf Clapton natürlich, der zwar mit Derek and The Dominos merkwürdige Sachen machte, aber trotz allem wahrscheinlich der beste Gitarrist war, den es gab. Appaz begeisterte sich vor allem für die Idee, dass George Harrison die verschiedensten hochkarätigen Musiker zusammengeholt hatte, um für einen »guten Zweck« zu spielen.

Und wieder einmal bedauerte es Appaz, nicht selbst in einer Band zu sein. Aber wenigstens war jemand aus einer echten Profi-Band sein bester Freund, und nachdem er ja auch schon am Lichtpult von Pharao gestanden hatte, gehörte er doch fast ein bisschen dazu.

11

Sie stehen oder sitzen jetzt wieder in kleineren Gruppen im Essensraum zusammen. In dem offensichtlichen Bemühen, ein zumindest politisch möglichst unverfängliches Thema zu finden und damit einen neuerlichen Zwischenfall zu verhindern, klammern sie sich an Klaus-Dieters unerwartetes Bekenntnis und zählen fast rührselig noch eine Reihe anderer Mädchen auf, die sie mal kannten. Allerdings bleibt Carola das einzige Mädchen, das mehrere von ihnen »besser« gekannt haben.

Appaz hört nur mit halbem Ohr zu, kriegt aber immerhin mit, dass Buchmann mittlerweile – zu Appaz' nicht geringer Verblüffung – ausgerechnet mit Inga verheiratet ist. Es ist nicht ganz klar, ob Buchmann sich noch daran erinnert, dass Inga mal einen Sommer lang Appaz' Freundin gewesen ist, den Sommer, in dem er dann zu seinem Onkel an den Starnberger See musste, um segeln zu lernen. Appaz überlegt einen Moment, ob Buchmann eigentlich damals mit zu der Clique gehört hat, die ihre Nachmittage im Lister Bad verbrachte. Er ist sich nicht sicher, und Buchmann sagt auch nichts darüber.

Er erzählt stattdessen ausführlich, wie er Inga nach Jahren in der Fahrschule wiedergetroffen hat.

»Ich kannte sie ja schon, sie hat die ganzen Jahre bei uns um die Ecke gewohnt, aber da war nichts weiter«, berichtet er. »Aber dann habe ich sie in der Fahrschule getroffen und zack!, hat es gefunkt. Ihr wisst schon, die Fahrschule mit dem Typen, der immer so furchtbar gelispelt hat, Szpiegel, Blinker, Bremsze ...«

»Da war ich doch auch«, mischt sich Johnny ein. »Der hatte immer einen Wecker im Handschuhfach, und alle fünf Minuten hat er geguckt, wie viel Zeit noch übrig war. Das war so ein VW 1500, auf dem wir da gelernt haben.«

»Hellblau«, bestätigt Buchmann.

»Und einmal sind wir am Bahnhof rumgefahren«, erzählt Johnny weiter, »und da stand ein Mädchen auf dem Fußweg, so mit Minirock, aber vielleicht gerade mal fünfzehn oder so, und da hat er gesagt: Gucken Szie mal da, wetten, dasz die auch schon weisz, wofür ihr Dingszda da isz?«

»Echt voll die Sau«, sagt Buchmann. »Und er hatte was gegen Langhaarige!«

»Und gegen Mucker! Das war einer von denen, die immer von Negermusik geredet haben ...«

»Negermuszik!«

»Genau. Und ich hatte ja damals auch noch meine Band, Schoolboys, und das konnte er überhaupt nicht ab, wenn ich da mit meinen Muckerstiefeln ankam und mit dem Absatz immer auf dem Gas gestanden habe, ohne was zu merken!«

»Laszen Szie allesz bleiben, ich fahr weiter!« Buchmann grinst. »Und als ich mal zu spät zur Fahrstunde kam, hat er gesagt: Na, wieder mal die halbe Nacht auf der Mutter gelegen, wasz?«

»Aber war trotzdem eine geile Zeit«, stellt Johnny

fest. »Vor allem die Band, du, da hätte echt was draus werden können!«

»Bei mir genauso«, nickt Buchmann. »Es gab genug Leute, die schlechter waren als ich. Den alten Bass habe ich übrigens immer noch! Aber ich lass es jetzt ruhiger angehen, obwohl, ein paar Ideen habe ich schon, was man heute so bringen könnte als Band ...«

»Ich weiß noch, wie wir mal als Vorgruppe für Ton Steine Scherben gespielt haben«, sagt Johnny, ohne auf Buchmanns letzten Satz zu reagieren, »Mann, Alter, als Rio Reiser noch Ralph Moebius hieß, im UJZ Kornstraße war das, echt, so was von einem abgefuckten Gig, du! Und nur so Kommunenschlampen da, denen es echt ernst war, da lief gar nichts, wenn du nicht mindestens beim KBW warst!«

»Kommunen waren nie so mein Ding«, schwenkt Buchmann auf das neue Thema ein. »Ingas auch nicht. Aber in dem Haus, in dem wir jetzt die Wohnung gekauft haben, da gibt's unten noch eine! Alles wie früher, voll das Chaos da, und kiffen auch immer noch reichlich, die Jungs ...«

Appaz blickt sich im Raum um. Kerschkamp ist schon vor einer ganzen Zeit zum Klo gegangen. Lepcke und Klaus-Dieter unterhalten sich darüber, wie sie früher immer Autoquartett zusammen gespielt haben.

»Oder Flugzeugquartett«, sagt Klaus-Dieter.

»Wir haben auch Fußballbilder getauscht, weißt du noch?«, fragt Lepcke. »Du hast mich mal mit Wolfgang Overath beschissen, und ich Idiot hab dir Helmut Haller dafür gegeben, obwohl es ein Großbild war!«

Klaus-Dieter kichert. »Echt?«

»Außerdem hast du immer Perry-Rhodan-Hefte gesammelt, weiß ich auch noch.«

»Die waren gut, du! Hab ich immer noch! Obwohl Carola ständig will, dass ich den ganzen Scheiß endlich wegschmeiße. Aber ist gar kein Scheiß, ist bestimmt was wert inzwischen. Vielleicht stelle ich mal alles bei ebay rein, mal sehen ...«

Kerschkamp kommt vom Klo zurück und wandert ziellos durch den Raum.

Appaz überlegt kurz, ob er zu ihm gehen soll, aber da meldet sich sein Handy wieder. Darleen!

»Ich habe gerade gedacht, dass ich mehr von dir wissen will, Lieblingsfarbe, Klamotten, Essen, alles! Schauspieler, Filme, Musik. Fährst du lieber ans Meer oder in die Berge?«

Hä, denkt Appaz, was ist das denn jetzt? Entweder sie verarscht mich jetzt oder sie hat einen ziemlich merkwürdigen Humor ...

»Du kannst mir ja mal dein Poesiealbum zeigen, dann schreib ich dir alles da rein«, tippt er zurück. Poesiealbum ist das falsche Wort, denkt er, wie heißen bloß diese bescheuerten Bücher, die auch Lara mal eine Zeitlang mit sich rumgeschleppt hat? Da waren genau solche Rubriken drin, mein bester Freund, meine beste Freundin, meine Hobbies ... Freundschaftsbücher? Auch blöd. Poesiealbum ist okay. Klingt auch besser. Allerdings auch ein bisschen zweideutig: Zeig mir mal dein Poesiealbum, dann darfst du auch mal meins sehen ...

Buchmann legt ihm eine Hand auf die Schulter.

»Na, Alter, Nachricht an deinen Verleger, oder was? – Wie ist es eigentlich bei dir«, redet er gleich weiter, ohne eine Antwort abzuwarten, »du hast vorhin gar nichts erzählt, aber warst du nicht mal mit dieser Frau da verheiratet, mit der Rockenbauch damals ...«

»Anette.« Appaz nickt. »Aber wir sind schon seit einiger Zeit nicht mehr zusammen. Fast drei Jahre schon. Es hat irgendwie nicht funktioniert.«

»Scheiße. Aber so ist das.«

»Meine Tochter lebt bei mir, jedenfalls im Moment noch. Sie ist gerade im Abi, es ist noch nicht klar, was sie danach macht.«

»Und bei Uwe?«, fragt Buchmann mit einem Nicken zu Kerschkamp hinüber, der an der Terrassentür steht und nach draußen starrt. »Er ist echt nicht gut drauf, oder?«

»Was willst du jetzt wissen? Ob er glücklich verheiratet ist oder ob ihm das Ganze hier gewaltig auf den Wecker geht? Die Antwort auf beide Fragen ist ja.«

»Okay«, meint Buchmann, »es ist ein bisschen schräg hier, stimmt schon, das nervt mich auch. Irgendwie hat sich nichts verändert, nur dass die Macken deutlicher werden und wir uns damals vielleicht wirklich geirrt haben. Wir waren nie so viele, wir waren sogar verdammt wenige! Und von Willy Brandts ›Mehr Demokratie wagen‹ ist nicht viel übriggeblieben! Aber ich glaube, umso wichtiger ist es, dass wir irgendwie durchhalten, ohne uns zu verbiegen, sonst sind wir echt am Arsch. Also, was ich meine, ist, unseren Kindern irgendwas weitergeben und so …«

Appaz blickt ihn überrascht an.

Buchmann zuckt fast entschuldigend mit den Schultern.

Von der anderen Seite des Raums her hören sie Gremlitz, der zwischen den beiden Lehrern sitzt und irgendwelche Fotos zeigt: »Und das bin ich mit Patti. Patti Smith! Sie ist eine Ikone der Rockmusik, anders kann man das nicht sagen. The Queen of the Punks. Und ich bin ehrlich stolz darauf, an ihrem Comeback beteiligt gewesen zu sein. Ich meine, wann hat man als Jurist sonst schon mal eine solche Chance? – Und Sie«, wendet er sich dann an Zint, »immer noch nur Klassik oder mal auch schon ein bisschen Bill Haley zwischendurch? Muss doch eigentlich Ihre Zeit gewesen sein: One o'-clock, two o'clock, rock!«

»Ted Herold«, korrigiert Zint. »Das ist mein ganz persönlicher Favorit. Ich habe mir gerade alle Platten auf CD geleistet.«

»Für mich war das nie was«, erklärt der Klassenlehrer ungefragt. »Das war mir immer schon zu laut. Und vor allem zu unqualifiziert. Da fehlt doch jede Struktur. Das war doch furchtbar, als plötzlich nur noch dieser Lärm im Radio zu hören war! Und als ihr dann auch noch angefangen habt, hier im Landheim eure Verstärkertürme aufzubauen«, dreht er sich kopfschüttelnd zu Gremlitz, »schlimm war das, ganz schlimm.«

»Diese Scorpijons habe ich übrigens nie gemocht«, wirft Zint ein wenig zusammenhanglos ein. »Obwohl die ja wirklich berühmt sein sollen.«

»Hört mal, Leute«, ruft Gremlitz laut. »Unser alter Pauker kennt sogar die Scorpions, was sagt ihr dazu?«

Nölle und noch ein paar andere nicken Zint anerkennend zu. Buchmann tippt sich an die Stirn und verdreht die Augen.

»Was für Scorpions?«, fragt Klackler laut. »Meint ihr diese Eishockey-Mannschaft da oder was?«

Keiner lacht.

Klackler fischt sich die letzten Mozarella-Scheiben von der Platte.

»Darauf müssen wir aber einen trinken, was?«, sagt Gremlitz.

Er füllt die Rotweingläser am Lehrertisch nach. Dann holt er zwei Zigarren aus dem Jackett und hält Zint eine der mattglänzenden Aluminiumhülsen hin.

»Gute Zigarren sind in New York auf jeder Party angesagt im Moment«, erklärt er. »Trotz Nichtraucherschutz. Ich denke, da können wir hier auch mal, stört doch keinen oder? Sind ja alle fertig mit essen …«

Zint nimmt die Zigarre und zieht sie vorsichtig aus der Aluhülse.

»Romeo und Julia«, sagt Gremlitz und gibt ihm Feuer. »Original-Kuba, das Beste, was man für den kleinen Zug zwischendurch so kriegen kann.«

Als der Rauch aufsteigt, verzieht der Klassenlehrer angewidert das Gesicht.

»Ich geh mal zu Kerschkamp«, sagt Appaz.

Buchmann nickt. »Ich komme auch gleich, ich hol mir nur was zu trinken …«

»›I'm the walrus‹ haben wir hier gespielt«, sagt Kerschkamp, als Appaz neben ihm steht. »Genau hier in diesem Raum. Ich mit den Scheiß-Farbeimern und Johnny und …«

»Rockenbauch am Klavier«, ergänzt Appaz. »Bis dahin hatte niemand gewusst, dass er überhaupt Klavier spielen konnte …«

»Habe ich dir eigentlich mal erzählt, wie ich mir meine erste Platte kaufen wollte?«, fragt Kerschkamp, immer noch, ohne den Blick vom Fenster zu wenden. »›Ob-la-di Ob-la-da‹!«

»Was? Du wolltest dir ›Ob-la-di Ob-la-da‹ kaufen? Du warst doch der, der damals schon völlig auf Led Zeppelin abgefahren ist!«

»Aber vorher ›Ob-la-di Ob-la-da‹, habe ich euch nur nie gesagt. Und ›Eloise‹, die zwei Songs.« Er dreht sich zu Appaz und grinst. »Jedenfalls bin ich da in den Plattenladen am Steintor und habe gefragt, ob sie ›Ob-la-di Ob-la-da‹ und ›Eloise‹ zusammen auf einer Scheibe hätten! Geile Idee, oder? Hatten sie aber nicht. Und dann habe ich mir aus lauter Frust Led Zeppelin gekauft. Ich weiß auch nicht, wieso überhaupt. Vielleicht weil Rockenbauch damit angefangen hat. Wahrscheinlich. Und es war ja klar, dass er mehr von Musik wusste als wir alle zusammen! Das war einfach so.«

»Mann, und ich dachte echt immer, ich wäre der Einzige gewesen, der ...«

»Sag mal, Kurt«, mischt sich Klackler mit vollem Mund kauend in ihr Gespräch, »wieso schreibst du nicht mal einen Bestseller? Das kann doch gar nicht so schwer sein. Gibt doch genug Stoff hier, brauchst du doch alles nur aufzuschreiben!«

Von Klacklers Mundwinkel läuft ein öliger Faden zum Kinn.

»Weil er weder ein Rockmusiker ist, der zufällig und wider Erwarten ganze Sätze schreiben kann, noch kommt er aus der DDR und ist schwarz und schwul oder ist gestern gerade erst sechzehn geworden und leicht behindert«, antwortet Kerschkamp für Appaz. »Außerdem hat er keine Eltern, die im KZ waren, und war noch nicht mal drogenabhängig und ist jetzt clean, deshalb!«

»Was? Das verstehe ich nicht ...«

»Der Hook fehlt, es gibt keinen Aufhänger, um ihn zu vermarkten, das ist es. Was willst du von einem Typen wie Appaz schon sagen? Dass er mal einen alten VW-Bus hatte, oder was?«

»Echt, ist das so?«, fragt Klackler ungläubig.

»Genau so«, sagt Appaz. »Aber neulich war ich auf

einer Party und hab mit jemand geredet, der noch nicht mal Ken Follett kannte, also, was soll's? Berühmt wirst du hier nur als Fußballspieler oder Fernsehkoch …«

»Oder Comedy-Blödmann, je mehr unter Niveau, desto besser! Dann feiern sie dich! Aber das wollen wir ja gar nicht, was, Kurt?«

»Das wollen wir nicht«, bestätigt Appaz. »Und eigentlich wollen wir jetzt auch nach Hause. Es reicht irgendwie.«

In diesem Moment erhebt sich der Klassenlehrer und klopft mit dem Messer gegen sein Weinglas.

»Ich hätte da mal einen Vorschlag zu machen«, setzt er an, nachdem die Gespräche verstummt sind. »Wir haben doch unseren Kurt Appaz hier. Und ich fände es schön, wenn wir ihn jetzt bitten würden, uns eine kleine Rede zu halten. Einfach so, aus dem Stegreif. Damit wir mal sehen, wie ein echter Schriftsteller das so macht!«

»Sie können es echt nicht lassen«, flüstert Kerschkamp.

Sie hatten jetzt in allen Fächern neue Lehrer, meist jüngere, die auch nicht mehr unbedingt im dunklen Anzug zum Unterricht erschienen, sondern mehrheitlich im offenen Jackett, manche sogar in Jeans. Fast alle hatten auch Haare, die an den Hemdkragen stießen, und trugen lang ausrasierte Koteletten.

Der neue Klassenlehrer hieß Hellwig, er kam mit Sonnenbrille und einem pflaumenfarbenen Cordsamt-Jackett über weiten Schlaghosen. Er erinnerte sie alle augenblicklich an den Darsteller von Jason King aus der eher belanglosen englischen Fernsehserie, die im

Jahr zuvor gelaufen war. Hellwig unterrichtete Deutsch und Sport, sie fanden ihn okay, aber gleichzeitig auch völlig farblos, ohne Ecken und Kanten, er verkörperte nichts, was auch nur im Ansatz ihr Interesse geweckt hätte.

»Ein Playboy«, lautete dann auch Rockenbauchs endgültiges Urteil.

Hellwigs Unterricht plätscherte so vor sich hin, in Sport ließ er sie meistens Basketball spielen. Appaz hasste Basketball, die anderen waren fast alle größer als er, das Spiel fand meistens außerhalb seiner Reichweite statt. Wenn Hellwig sich einmal selbst bewegte, dann nur, um die Trillerpfeife zu benutzen.

Sie merkten schnell, dass die scheinbare Lockerheit ihrer neuen Lehrer kaum etwas zu bedeuten hatte. Nur die Vorzeichen hatten sich verändert, auch die Neuen waren ihren Schülern nicht gerade zugewandt und ließen ihnen kaum mehr Freiraum, eine eigene Meinung zu entwickeln oder zu äußern, als das Regime offener Unterdrückung, das die älteren Lehrer aufrechterhalten hatten. Von Sympathie den Schülern gegenüber war auch bei den jungen Lehrern nur wenig zu spüren, ihr Verhalten war geprägt von Unsicherheit und Beliebigkeit – und damit kaum einzuschätzen. Appaz und die anderen wurden jetzt zwar gesiezt, aber nach wie vor hatten die Lehrer grundsätzlich recht, jede Diskussion war damit von vornherein zum Scheitern verurteilt. Unterm Strich blieb alles beim Alten, wer Interesse heuchelte, fuhr gut damit, wer den Eindruck erweckte, womöglich eine kritische Haltung gegenüber Lerninhalten oder der Art und Weise ihrer pädagogischen Vermittlung einzunehmen, wurde mit schlechten Zensuren abgestraft.

Zum ersten Mal hatten sie jetzt auch Gemeinschaftskunde, ein Fach, von dem Appaz naiverweise erwartete, dass sie auch über Probleme sprechen würden, die ihren eigenen Alltag betrafen. Nurminski schlug vor, dass sie vielleicht Reinhard Kühnls »Formen bürgerlicher Herrschaft« als Klassenlektüre lesen könnten. Als der Lehrer ohne jede Begründung ablehnte, waren sie enttäuscht, als sie stattdessen Schelskys »Sachzwänge des Konservativismus« durchnahmen, fühlten sie sich verraten und waren sauer. Appaz und vor allem Kerschkamp versuchten noch mehrmals, diese Entscheidung zum Thema zu machen, irgendwann nahm der Lehrer sie einfach nicht mehr dran.

»Vergiss es«, sagte Rockenbauch, »von den Typen haben wir genauso wenig zu erwarten wie von sonst irgendjemand. Es ist völlig egal, was wir machen, die haben Angst vor uns. Außerdem kriegen die ja selber nichts gebacken, die labern nur rum.«

Die einzige Ausnahme war der Kunstunterricht. Der neue Lehrer hieß Eckhardt, er ließ sie eine Grafik von Klaus Staeck bearbeiten. Das Bild zeigte das Porträt von Dürers Mutter und war mit der Frage unterschrieben: »Würden Sie dieser Frau ein Zimmer vermieten?« Die Aufgabe war, einen Menschen aus einer sozial diskriminierten Gruppe zu typisieren und im Stil von Dürer zu zeichnen, und dabei »die visuellen Merkmale, an denen gesellschaftliche Vorurteile festzumachen sind«, deutlich herauszustellen. Im Anschluss sollte dann – fächerübergreifend auch im Musikunterricht – die Schallplatte »Tonio Schiavo« von Franz Josef Degenhardt besprochen werden.

Es entstanden eine Reihe von Plakaten mit sorgfältig ausgearbeiteten Porträts von nahezu ausschließlich dunkelhaarigen und unrasierten Männern, die unschwer als »Gastarbeiter« auszumachen waren. Gemeinsam mit Eckhardt hängten sie die Plakatserie in der Pausenhalle aus, Appaz und Kerschkamp lieferten dazu noch eine Auflistung des »idealen« Mieters: Er ist ordentlich und sauber gekleidet. Er hat einen gepflegten Haarschnitt. Er ist höflich. Er trinkt nicht. Er raucht nicht. Er empfängt keinen Frauenbesuch. Er hört keine laute Musik. Er zahlt pünktlich die Miete. Er wählt die richtige Partei. Er ist deutsch. Seine Eltern waren aufrechte Nazis. Er liebt sein Vaterland. Er fährt Mercedes ...

Nach wenigen Tagen war die Ausstellung abgehängt, die Bilder tauchten nie wieder auf. Der Musiklehrer weigerte sich, die Degenhardt-Platte in seinem Unterricht zu besprechen, der Kunstlehrer wurde angewiesen, sich zukünftig mit allen Aktivitäten auf sein eigenes Fach und den Zeichensaal zu beschränken. Die Empörung in der Klasse war groß, sie erklärten sich spontan mit Eckhardt solidarisch und schrieben eine Protestnote an die Schulleitung, Kerschkamp plante eine Demonstration vor dem Eingang der Schule.

Eckhardt winkte ab: »Ich lasse mir was einfallen«, versprach er, »aber geben Sie erst mal Ruhe, die Schulleitung sitzt am längeren Hebel.« Als neues Unterrichtsprojekt bot er ihnen in der nächsten Stunde das Thema »Film« an, sie analysierten dann die Bildsprache von »King Kong« mit Hilfe der verschiedenen Kameraeinstellungen und Montagetechniken. Aber im Stillen waren sie von Eckhardt noch mehr enttäuscht als von den anderen Lehrern. Sie hatten etwas von ihm erwartet, was er nicht einlöste.

Am Freitagabend fuhren sie alle zusammen in den Maulwurf, Rockenbauch trank zuviel und hatte Streit mit Anette, die »überhaupt nichts raffte«, wie er sagte. An der Theke lehnte Raschemann und lud sie zum »Stiefeltrinken« ein, er war mit seinem »Chef« aus dem Drogeriemarkt da, der die Runde mit Geldscheinen bezahlte, die er lose in einer Plastiktüte mit sich herumschleppte. Die Tüte war fast voll. »Und das ist alles nur von heute«, grinste Raschemann, »echt, Leute, wir machen Kohle wie blöd! Ganz schön bescheuert von euch, dass ihr da immer noch jeden Tag in die Penne latscht …«

Am Montag kam Klassenlehrer Hellwig, der »Jason King für Arme«, wie ihn Kerschkamp nur noch nannte, nicht zum Unterricht. Sie standen in der Turnhalle und warteten, Johnny holte seine Mundharmonika aus dem Umkleideraum und kletterte an der Sprossenwand bis auf die Fensterbank der Oberlichter. Er spielte »Sugar bee«, sie sangen den Refrain mit, Kerschkamp trommelte den Takt auf den Lederpolstern des Sprungkastens.

Als die erste Stunde fast vorbei war, stand plötzlich ihr alter Klassenlehrer in der Tür. Sie sollten sich sofort umziehen und ins Klassenzimmer kommen.

Auf dem Weg über den Pausenhof trafen sie Klaus-Dieter, der jetzt in den mathematischen Zweig ging.

»Habt ihr schon gehört?«, fragte Klaus-Dieter und biss sich wie üblich nervös auf die Fingerkuppen, »euer Lehrer ist tot. Hellwig! Verunglückt oder so was.«

Genaueres wusste er auch nicht.

Erst ihr alter Klassenlehrer informierte sie dann mit knappen Worten darüber, dass Hellwig »unerwartet verstorben« war. Hellwig hatte offensichtlich eine Blinddarmentzündung gehabt, die der Arzt nicht erkannt hatte, und als er dann am Sonntagabend als Notfall ins Krankenhaus kam, war es bereits zu spät gewesen. Sie waren deutlich betroffen. Zwar hatten sie Hellwig nicht gerade sonderlich gemocht, aber Kerschkamp brachte es auf den Punkt: »Echt, Mann«, rief er, »das gibt's doch gar nicht! Wusste ich gar nicht, dass man wegen einer blöden Blinddarmentzündung sterben kann! Ich hab meinen Blinddarm auch noch«, setzte er leiser hinzu, »so ein Mist, Mann ...«

»Ruhe!«, brüllte der Klassenlehrer. »Ich bin noch nicht fertig.« Und dann kam es: Er werde zunächst interimsmäßig die Klasse wieder übernehmen. »Ich habe mich nicht darum gerissen«, erklärte er, »und ich kann auch nicht gerade behaupten, dass ich mich darüber freue, aber so ist es. Ich werde mich also zumindest bis zum Halbjahresende wieder mit Ihnen herumärgern dürfen.«

»Und wir uns mit Ihnen«, rutschte es Appaz unwillkürlich heraus.

»Genau«, knurrte Kerschkamp. »Wir sind auch nicht unbedingt begeistert davon, da können Sie sicher sein.«

»Das ist nicht mein Problem«, lautete die knappe Antwort.

Rockenbauch sagte gar nichts, sondern kippte nur seinen Stuhl rückwärts gegen die Heizung und starrte an die Decke.

Schließlich teilte der Klassenlehrer ihnen noch mit, dass die angekündigte Klassenfahrt nach Holland nicht stattfinden werde. Ihre Empörung war einstimmig.

»Und wieso?«, wollte Nurminski wissen.

»Ich glaube nicht, dass ich Ihnen darüber irgendeine Rechenschaft schuldig bin. Ich habe Sie davon in Kenntnis gesetzt und Ende der Diskussion, wir werden stattdessen wieder ins Landheim fahren. Und ich kann Ihnen gleich sagen, dass ...«

Weiter kam er nicht.

Kerschkamp brüllte: »Buh!«, Nurminski erklärte, dass sie keine Kinder mehr seien, Ratte sagte: »In den versifften Kasten will ich nicht. Was soll das? Machen wir dann wieder Schnitzeljagd oder was?«

»Können wir wenigstens Mädchen einladen?«, fragte Buchmann. »Unsere Freundinnen. Dass sie uns mal besuchen kommen, am Wochenende oder so?«

»Meine Herren, bitte …«

»Können wir die Anlage mitnehmen?«, unterbrach Johnny den Klassenlehrer. »Für die Band, meine ich. Dann könnten wir im Werkraum vielleicht üben, damit wir wenigstens was Sinnvolles zu tun haben!«

»Sie wollen etwas Sinnvolles machen?«, fragte der Klassenlehrer mit süffisantem Grinsen. »Gerne. Ich werde mir etwas einfallen lassen, damit Ihnen die Zeit nicht zu lang wird.«

»Wie jetzt?«, hakte Johnny noch mal nach. »Kann die Band da jetzt spielen oder nicht?«

»Ganz sicher nicht«, beschied ihn der Klassenlehrer. Er blickte zu Buchmann: »Und Ihre Frage erübrigt sich ja wohl von selbst. Ich muss allerdings sagen, dass ich doch überrascht bin. Ihr geistiges Niveau scheint ja nochmals deutlich abgenommen zu haben. Meine Herren«, beendete er die Diskussion, »ich stelle fest, dass Sie sich bestenfalls auf der Ebene von pubertierenden Neuntklässlern bewegen, seien Sie also nicht überrascht, wenn ich Sie dementsprechend behandle.«

»Das ist doch Scheiße«, sagte Rockenbauch unvermittelt. »Ich gehe. Ich hab keinen Bock mehr auf den Blödsinn hier.«

Ohne ein weiteres Wort stand er auf und verließ den Raum. Der Klassenlehrer ließ ihn tatsächlich gehen, aber kaum war die Tür ins Schloss gefallen, erklärte er:

»Ich fürchte, ein gewisser Herr Rockenbauch ist sich mal wieder nicht so ganz über die Konsequenzen seines Verhaltens im Klaren.«

Er griff nach dem Klassenbuch.

»Können wir da vielleicht noch mal kurz drüber reden«, mischte sich Appaz ein. »Ich meine, es ist doch klar, wir sind alle sauer und enttäuscht und so, und deshalb hat Gerd auch so reagiert«, versuchte er zu vermitteln, fand aber im selben Moment, dass seine Sätze zu sehr nach einer Entschuldigung klangen. Also setzte er hinzu: »Aber der Auslöser waren doch wohl eher Sie, und vor allem die Art, mit der Sie uns behandeln. Ich finde nicht, dass das ...«

Appaz wusste nicht weiter. Die meisten anderen nickten zwar, aber es machte auch keiner irgendwelche Anstalten, ihn zu unterstützen.

Der Klassenlehrer blickte hoch.

»Wollen Sie auch gehen? Bitte, tun Sie sich keinen Zwang an!«

Appaz verdrehte die Augen und gab auf.

In der Pause sagte Lepcke dann: »Mann, Alter, sei vorsichtig. Du weißt doch, dass er dich nicht mag. Warum musst du ihn dann auch noch provozieren?«

»Stimmt schon irgendwie«, nickte Kerschkamp. »Aber trotzdem, der Typ ist ein Arschloch!« Er drehte sich zu Appaz. »Ich hätte auch noch was gesagt, kannst du mir glauben. Nur wenn die anderen nicht mitmachen, bringt es auch nichts.«

»Das sehe ich genauso«, bestätigte Johnny und zog an seiner selbstgedrehten Zigarette. »Aber ich nehme meine Gitarre trotzdem mit, da kann er gar nichts machen. Und dann machen wir da voll die Mucke. Soll er uns doch rausschmeißen, ist mir doch egal.«

»Ich scheiß aufs Landheim«, sagte jetzt auch Ratte. »Wir lassen die Sau raus, Leute, ist doch logo!«

Die Fahrt ins Landschulheim sollte schon drei Wochen später sein, am Wochenende davor fand das Altstadtfest statt. Rockenbauch war jetzt fast jeden Nachmittag in Sarstedt, um mit Pharao zu proben, am zweiten oder dritten Tag kam auch Appaz mit und war wieder restlos begeistert. Rockenbauch hatte es irgendwie geschafft, sich selber die Grundbegriffe des Saxophonspiels beizubringen, jetzt gab es einen Song, bei dem er für ein kurzes Saxophonsolo die Orgel verließ und vorne am Mikrophon stand. Appaz war verblüfft, mit welcher Leichtigkeit Rockenbauch ein ihm bis vor kurzem völlig fremdes Instrument beherrschte. Appaz fühlte einen leisen Neid, und er träumte im Stillen mehr denn je davon, selber in einer Band wie Pharao zu spielen.

Die Fortsetzung ihres Konflikts mit dem Klassenlehrer ließ einige Zeit auf sich warten. Erst als sie schon beinahe an eine Art Waffenstillstand glaubten – und selbst durchaus bereit waren, ihn einzuhalten –, holte der Klassenlehrer Rockenbauch überraschend nach vorne und forderte ihn auf, einen Zug an die Tafel zu malen.

»Was soll ich machen?«, fragte Rockenbauch irritiert.

»Einen Zug malen. Eine Eisenbahn. Das werden Sie ja wohl hinkriegen, oder?«

Rockenbauch skizzierte also mit ein paar eher kindlichen Kreidestrichen eine Lokomotive und eine Reihe Waggons dahinter.

»Und was sollte das jetzt?«, wollte er dann, immer noch ratlos, wissen.

»Das ist der Zug, der für Sie endgültig abgefahren ist«, erklärte der Klassenlehrer.

»Haha!«, machte Appaz empört.

»Können Sie über meine Witze nicht lachen, Herr Appaz?«

»Nee, beim besten Willen nicht.«

»Im letzten Waggon sind noch ein paar Plätze frei, Sie können gerne zusteigen.«

Nur Gremlitz grinste pflichtschuldig, in der Pause sagte Kerschkamp dann zu ihm: »Wenn du noch einmal versuchst, dich auf diese Weise einzuschleimen, hau ich dir eins auf die Fresse, Alter, klar?«

Von da an beteiligte sich Rockenbauch überhaupt nicht mehr am Unterricht. In der Raucherecke stand er meistens alleine mit Appaz, wenn ihn jemand von den anderen ansprach, waren seine Antworten einsilbig. Trotz aller Bewunderung für Rockenbauch fand es selbst Appaz jetzt manchmal schwierig, mit ihm befreundet zu sein. Und es nervte ihn auch, dass Rockenbauch niemandem erzählen wollte, dass er bei Pharao mitspielte.

Schoolboys in Disgrace sollten nun doch nicht auf dem Altstadtfest auftreten, aber trotzdem wollten Kerschkamp und die anderen unbedingt hin.

»Es sind echt gute Bands da«, sagte Kerschkamp, »nicht nur Jane und so. Auch eine neue Band, aus Sarstedt, glaube ich, Pharao, alles Profis! Ihr kommt doch auch mit, oder?«, fragte er Appaz und Rockenbauch.

»Ich muss sowieso dahin«, erklärte Rockenbauch.

»Mann, jetzt sag es endlich!«, drängte Appaz. Und als Rockenbauch nur mit der Schulter zuckte, rückte Appaz selber damit raus: »Gerd spielt da«, sagte er. »Bei Pharao.«

Die Nachricht schlug ein wie eine Bombe. Und bis auf Johnny waren alle begeistert und löcherten Rockenbauch mit endlosen Fragen.

»Genau das meinte ich«, sagte Rockenbauch auf dem

Nachhauseweg zu Appaz. »Ich weiß überhaupt nicht, was ihr alle wollt. Mann, ist doch egal, ob ich da spiele oder nicht. Ist nichts Besonderes weiter, nur ein Gig. Und außerdem weiß ich sowieso nicht, ob ich noch lange dabei bin.«

»Was?«, fragte Appaz irritiert. »Wieso, was ist denn los?«

»Hast du heute Nachmittag noch Zeit?«, fragte Rockenbauch anstelle einer Antwort zurück. »Wir müssen mal miteinander reden.«

Als Appaz zu Rockenbauch kam, stand er gerade mit seinem Vater vor der Garage. Sie schienen sich über irgendetwas gestritten zu haben, Appaz sah nur noch, wie Rockenbauchs Vater den Kopf schüttelte und eindeutig wütend in seinen Mercedes stieg. Als er mit quietschenden Reifen aus der Einfahrt bog, brüllte Rockenbauch »Du Arschloch!« hinter ihm her.

Sie liefen ein Stück am Mittellandkanal entlang. Rockenbauch sagte nichts, Appaz sah, dass er die Hände zu Fäusten geballt hatte.

»Früher war ich manchmal mit Kerschkamp hier«, sagte Appaz, als er das Schweigen nicht mehr aushielt. »Als wir noch in der Volksschule waren. Wir haben immer von der Brücke auf die Lastkähne runtergespuckt. Bis so ein Typ vom Schiff mal mit seinem Luftgewehr auf uns angelegt hat. Die haben damals immer irgendwelche leeren Dosen ins Wasser geworfen und dann drauf geschossen.«

Rockenbauch gab keine Antwort.

»Hast du Ärger mit Anette?«, fragte Appaz nach einer Weile. »He, sagst du noch mal irgendwann was?«

Er sah, wie Rockenbauch schluckte. Dann wischte er sich mit der Faust über die Augen.

»Die Kacke ist voll am Dampfen«, quetschte er zwischen den Zähnen hervor. Im nächsten Moment sprudelte es nur so aus ihm heraus: Sein Vater habe irgendein Angebot von einer Firma im Ruhrgebiet bekommen, und sie würden wahrscheinlich noch im Herbst nach Krefeld ziehen, zusammen mit seiner Stiefmutter und seinem Bruder.

»Mein Alter will, dass ich mit der Schule aufhöre und irgendeine Ausbildung bei der Post mache, damit endlich was aus mir wird! Er ist echt so ein Arschloch, ich hab schon alles versucht, Mann, im nächsten Jahr werde ich achtzehn, ich weiß überhaupt nicht, was er noch will! Ich könnte auch bei Pharao in die Villa mit einziehen, die haben sogar schon mit meinem Vater telefoniert und gesagt, dass das okay wäre und dass sie sich um mich kümmern und so. Aber das interessiert ihn überhaupt nicht. Es ist ihm völlig egal, was ich sage, er macht sowieso, was er will.«

»Das heißt, du ziehst nach Krefeld?«, fragte Appaz unnötigerweise noch mal nach. Rockenbauchs Mitteilung hatte ihn völlig durcheinandergebracht, er wusste weder, was er dazu sagen sollte, noch was sie jetzt machen sollten.

»Und dann kann ich alles vergessen«, setzte Rockenbauch hinzu. Seine Stimme klang so brüchig, als würde er jeden Moment losheulen. »Alles. Die Band. Und Anette. Und dich und so, und Kerschkamp und die anderen, Mann, ich kenne da doch keinen Arsch in Krefeld! Und zur Post will ich auch nicht! Die Leute von Pharao haben gesagt, wenn ich die Schule fertig kriege, dann kann ich vielleicht Musik studieren. Das würde ich gerne. Das ist eigentlich das Einzige, was ich gern tun würde …«

»Und wenn du in Krefeld wieder zur Schule gehst und dann da irgendwo studierst?«, fragte Appaz eher hilflos. »Ich meine, dann hast du wenigstens den Klassenlehrer nicht mehr.«

»Wenn ich nach Krefeld komme, muss ich zur Post«, sagte Rockenbauch. »Es ist vorbei, echt, ich hab keine Chance! – Du kannst das nicht kapieren«, setzte er dann hinzu, »bei dir zu Hause ist das anders, ihr redet ja wenigstens noch miteinander.«

»Wir reden überhaupt nicht mehr. Ich glaube, sie haben aufgegeben ...«

»Immer noch besser als bei mir, glaub mir!«

Schweigend liefen sie noch ein Stück weiter, bis Rockenbauch schließlich fragte: »Du besuchst mich dann doch mal, oder?«

»Klar«, sagte Appaz, »mache ich.«

Aber sie wussten beide, dass es darum eigentlich nicht ging. Und als Appaz abends wieder zu Hause war, konnte er nichts anderes denken, als dass es einfach nicht zu verstehen war. Rockenbauch war der Einzige von ihnen, der es tatsächlich schaffen konnte, Musik zu studieren. Und es war doch völlig egal, was dann aus ihm werden würde, aber wenigstens würde er etwas machen, was ihn interessierte. Nur dass sein Vater das einfach nicht begriff und auf dem besten Wege war, Rockenbauch kaputtzukriegen. Es war immer die gleiche Engstirnigkeit, mit der ihnen ihre Eltern und vor allem die Lehrer begegneten, niemand kam auf die Idee zu fragen, was sie eigentlich selbst wollten. Wenn jemand eine Fähigkeit besaß, die über das hohle Gelaber in der Schule hinausging, dann merkte es niemand. Oder vielleicht merkten sie es sogar und gerade das war das Problem – es sollte bloß keiner aus der Reihe tanzen und sich außerhalb der vorgegebenen Grenzen bewegen.

Am nächsten Tag kam Rockenbauch nicht zur Schule. Nachmittags rief er bei Appaz an und bat ihn, niemandem zu erzählen, dass er nach Krefeld ziehen würde.

12

Der Klassenlehrer blickt auffordernd zu Appaz.

»Das ist gut!«, ruft Klaus-Dieter begeistert. »Wisst ihr das überhaupt alle, dass Kurt Schriftsteller geworden ist? Ist er nämlich. Er steht manchmal sogar in der Zeitung! Da kann er doch jetzt gut eine Rede halten, das wäre doch gut. Machst du doch auch, Kurt, oder?«

»Macht er bestimmt gerne«, sagt der Klassenlehrer. »So was kann sich ein echter Schriftsteller doch gar nicht entgehen lassen.«

»Wusste ich nichts von, dass du Schriftsteller bist«, ruft Gremlitz dazwischen und pafft an seiner Zigarre, »sag mal ein paar Titel, vielleicht kenne ich ja was!«

»Ich habe schon mal was vom ihm gelesen«, informiert Lepcke die anderen. »War echt nicht schlecht, aber ich komme gerade nicht drauf, wie es hieß.« Er blickt Appaz an, als wollte er ihm die Schuld daran geben, dass er den Titel nicht mehr weiß.

»War wohl doch nicht so gut«, bringt Nölle umgehend an.

»Meine Herren, bitte«, sagt der Klassenlehrer.

Ihr könnt mich alle mal, denkt Appaz erneut, aber wenn ihr es so haben wollt, dann auch richtig …

Im gleichen Moment verpasst ihm Kerschkamp einen Stoß mit dem Ellbogen: »Gib's ihnen!«

»Mach ich gerne«, sagt Appaz laut und tritt von der Fensterbank weg ans Tischende.

»Aber möglichst kurz, ja?«, bittet Nölle. »Und keine politischen Reden, bitte. Davon hatten wir heute schon genug und wir sind ja nicht mehr in der Schule!«

Appaz wartet, bis die vereinzelten Lacher verstummt sind.

»Ganz kurz«, verspricht er dann. »Und keine Panik, Nölle, ich sag auch nichts, was du nicht kapieren kannst.«

Diesmal lacht Klackler laut auf.

Appaz blickt zum Klassenlehrer hinüber. »Ich erinnere mich noch gut an Ihren Sarkasmus, mit dem Sie früher schon Ihre kleinen Spielchen gespielt haben: Kommen Sie doch mal an die Tafel, malen Sie mal einen Zug, das werden Sie ja wohl noch hinkriegen! Und jetzt sagen Sie zu mir: Treten Sie doch mal vor, halten Sie mal eine Rede, das werden Sie ja wohl hinkriegen! Und Ihre Absicht dabei ist wieder die gleiche, Sie wollen jemanden in Verlegenheit bringen, ihn bloßstellen, ihn kleinmachen, um Ihre eigene Macht zu demonstrieren ...« Appaz dreht sich zur Seite: »Ich hoffe, du kannst mir folgen, Nölle?«

Klackler lacht wieder.

Nölle guckt zwar böse, sagt aber nichts.

»Und?!«, fragt der Klassenlehrer. »Das war die Exposition, gut, keine Einwände. Kommt noch mehr?«

»Bitten Sie nie einen Schriftsteller, eine Rede zu halten«, sagt Appaz mit schiefem Grinsen. »Es kann nämlich auch danebengehen, und genau das wissen Sie auch: Die meisten Schriftsteller sind schlechte Redner, zumindest wenn es darum geht, aus dem Stegreif zu formulieren ...«

Der Klassenlehrer hebt die Hände: »Bitte, bitte, nicht so bescheiden, es ist schließlich Ihr Auftritt.«

»Falsch, es sollte Ihr Auftritt werden, das war Ihr Ziel. Aber ich will es mir und Ihnen – und auch Nölle – einfach machen, indem ich nur Erich Kästner zitiere, mit einem Satz, der sich eigentlich auf das Dritte Reich bezog, aber der mir doch gerade heute durchaus passend erscheint. Erich Kästner hat gesagt: ›Wer vergisst, was schlimm war, wird dumm.‹«

Appaz blickt die anderen an. Gleichzeitig merkt er, dass seine Wut plötzlich verschwunden ist. Da ist nur noch Leere, denkt er, das alles interessiert mich überhaupt nicht mehr, weder dieses alte Männlein von Klassenlehrer noch dieser Fatzke Zint oder irgendeiner von den anderen hier. »Danke«, erklärt er, »mehr habe ich euch nicht zu sagen. Macht damit, was ihr wollt.«

Er setzt sich und greift nach Kerschkamps Tabak. Als er ein Blättchen aus der Packung zieht, sind seine Hände ganz ruhig, seine Finger zittern nicht.

Kerschkamp grinst und schiebt ihm das Feuerzeug hin.

»Was? Das war schon alles?«, fragt Klaus-Dieter nach einem Moment enttäuscht.

»Was will uns der Schriftsteller damit sagen?«, ruft Johnny höhnisch.

Nölle lacht.

Der Klassenlehrer zieht die Augenbrauen zusammen. »Nur damit ich das richtig verstehe: Sie möchten also einen Vergleich aufmachen zwischen dem, was im Dritten Reich passiert ist und …« Er lässt den Rest des Satzes offen.

Appaz winkt ab. »Diese Schlussfolgerung stammt von Ihnen«, erwidert er müde.

»Das ist doch lächerlich«, fährt Zint auf. »Wer nichts zu sagen hat, sollte es auch lieber bleiben lassen.« Er schiebt abrupt seinen Stuhl zurück und erhebt sich. »Ich gehe mir die Beine vertreten.«

Als er kurz vor der Tür zum Treppenhaus ist, ruft Klackler plötzlich laut: »Einen Moment, Herr Zint! Das geht jetzt nicht. Sie können da nicht raus, die Tür ist zu.«

»Was?«

»Ich hab vorhin abgeschlossen, als ich vom Klo zurückkam.« Er steht auf und klopft auf seine Hosentasche.

»Reden Sie keinen Blödsinn, Mann!«

»Ist kein Blödsinn. Beide Türen sind zu, die hier auch.« Klackler zeigt mit dem Kopf zur Terrassentür. »Das ist die Situation. Setzen Sie sich also bitte wieder hin …«

Zint kommt zögernd zum Tisch zurück.

Jetzt erst scheinen die anderen zu begreifen, was Klackler gesagt hat. Die Aufregung ist groß, alle reden plötzlich durcheinander.

»Was soll das? Willst du uns hier einsperren, oder was?«, ruft Gremlitz ungläubig.

»Du spinnst doch! Lass den Quatsch, mach wieder auf, Mann!«

Johnny springt hoch und geht auf Klackler zu.

»Der blufft doch nur!«, erklärt Nölle im gleichen Moment. »Das stimmt doch alles nicht! Da waren doch gar keine Schlüssel an den Türen …«

»Du solltest beim nächsten Mal besser hingucken«, antwortet Klackler. Er dreht sich zu Johnny. »Bleib stehen, sonst …«

»Sonst was?« Johnny ballt die rechte Hand zur Faust, bleibt aber tatsächlich stehen. Ratlos blickt er zu den anderen.

»Ganz ruhig, ja?«, mischt sich Buchmann ein. »Hör auf, uns zu verarschen. Das ist nicht mehr witzig.«

»Stimmt.« Klackler nickt. »Und es war auch nie witzig.«

Lepcke sieht zu Appaz. »Sag du doch auch mal was, Kurt. Sag ihm, dass er aufhören soll mit dem Blödsinn. Du hast doch den ganzen Scheiß erst angefangen ...«

»Oder habt ihr das etwa zusammen ausgeheckt? Ist das hier alles abgekartet oder was?«, ruft Nölle jetzt. »Klar, Mann! Wie blöd waren wir eigentlich?« Er haut sich mit der flachen Hand vor den Kopf. »Genau deshalb seid ihr hergekommen. Appaz und Kerschkamp, das passt doch! Kommen hier einfach an, ohne eingeladen zu sein, und schleppen den Typen da mit, den keiner kennt. Ihr wolltet uns von Anfang an nur aufmischen, das war euer Plan! Aber jetzt ist Schluss, jetzt habt ihr hoffentlich euren Spaß gehabt.« Seine Stimme überschlägt sich. »Es ist vorbei jetzt, kapiert?«

Appaz sucht Kerschkamps Blick. Kerschkamps Gesicht ist ein einziges Fragezeichen.

»Es ist noch lange nicht vorbei«, sagt Klackler mit zusammengebissenen Lippen.

»Das ist Freiheitsberaubung«, meldet sich der Klassenlehrer jetzt erstmals wieder zu Wort. Er sieht irritiert aus, seine forcierte Arroganz ist wie weggewischt, seine Stimme zittert leicht, als er weiterspricht: »Damit kommen Sie nicht durch, Herr ...«

»Klackler«, hilft ihm Klackler. »Martin Klackler.«

»Ich kenne Sie nicht«, sagt der Klassenlehrer hilflos. Ich kann mich nicht erinnern ...«

»Das wird ein Nachspiel haben«, erklärt Zint. Er zündet sich eine neue Roth-Händle an und inhaliert tief. Sein rechtes Augenlid zuckt nervös.

»Eine gute Show!«, meint Gremlitz grinsend. »Aber wie Nölle schon gesagt hat, ist es jetzt vorbei. The music is over, my friend. Ich rufe jetzt die Bullen an.«

Er klappt sein Handy auf.

»Leg das Handy auf den Tisch«, verlangt Klackler. »Sofort! Ihr alle, Handys auf den Tisch!«

»Und wie willst du das machen?«, fragt Gremlitz. »Willst du dich vielleicht mit mir prügeln?«

»Das ist doch sowieso alles Quatsch«, setzt Johnny wieder an. »Vergiss die Bullen! Wir hauen ihm einfach eine rein und fertig. Wir sind ja wohl genug Leute hier, um …«

»Täusch dich nicht«, unterbricht ihn Klackler. »Guckt mal hier, Leute, was ich hier habe …«

Er geht rückwärts bis zu einem nicht benutzten Tisch an der Heizung und bückt sich. Mit der rechten Hand zieht er eine Sporttasche hervor. »Möchtest du wirklich wissen, was hier drin ist?«, fragt er Johnny. »Oder kannst du es dir schon denken? Sonst zieh ruhig mal den Reißverschluss auf und guck nach.«

Johnny wird bleich und weicht ein Stück zurück.

»Eine Bombe«, flüstert Klaus-Dieter. »Der hat eine Bombe da drin …«

Lepcke greift nach seinem Glas und setzt es an den Mund. Die Hälfte des Rotweins schüttet er sich übers Kinn und das Hemd.

Klackler zieht jetzt ein eigenes Handy aus der Tasche und hält es hoch. »Ich brauche nichts weiter zu machen, als hier draufzudrücken und – bumm!« Er deutet wieder auf die Tasche zu seinen Füßen. »Die meisten von euch werden ja wohl noch wissen, wie das klingt!«

»Du bluffst«, sagt Gremlitz. Aber seine Stimme ist alles andere als fest.

»Wenn er das entsprechend modifiziert hat«, meldet sich Klaus-Dieter zögernd zu Wort, »dann könnte er damit tatsächlich ein Signal senden, das einen Sprengsatz auslöst, so was geht.«

»Macht, was er sagt, Leute«, fordert Buchmann sie auf. Er legt sein Handy auf den Tisch.

Die anderen folgen seinem Beispiel, auch Appaz und Kerschkamp.

»Er blufft trotzdem«, wiederholt Gremlitz, als würde er sich an diese letzte Hoffnung klammern wie an den sprichwörtlichen Strohhalm.

Bis eben ist Appaz eigentlich nur verblüfft gewesen, wie leicht sie alle dem dicken Klackler die Behauptung mit den verschlossenen Türen abgenommen haben. Er selber hat schon mal eine ähnliche Idee für ein Theaterstück gehabt. Und er hat lange mit Kerschkamp darüber diskutiert, ob es vorstellbar ist, dass man eine Gruppe von Leuten in einem Raum festhalten kann, allein durch die bloße Behauptung einer verschlossenen Tür. »Die Situation muss passen«, hat Kerschkamp erklärt. »Wenn die Leute den Typen nicht einschätzen können, der das behauptet, dann funktioniert das wahrscheinlich. Das ist wie beim Pokern …«

Aber die Sache mit der Tasche verunsichert Appaz. Die Tasche könnte gut die ganze Zeit schon dagestanden haben, irgendeine Tasche, die ein Schüler vergessen hat. Und Appaz hat sie nur einfach nicht gesehen. Aber genauso gut könnte es sein, dass Klackler die Tasche tatsächlich mitgebracht hat.

Und wir wissen nichts über diesen Typen, denkt Appaz, keiner kann sich wirklich an ihn erinnern, auch wenn ich vorhin im Waschraum das Gefühl hatte, ihn irgendwoher zu kennen. Aber er kennt uns, so viel steht fest. Und er hat diese Geschichte von Zint erzählt, und dann noch die andere Sache, gleich zu Anfang, dass er kein Abitur gekriegt hat. Denn da ging es um ihn selber, da bin ich mir sicher!

Er beugt sich zu Kerschkamp und formt seine Lippen zu einem tonlosen »Wer ist der Typ?«.

Kerschkamp schüttelt nur den Kopf und zuckt mit den Schultern.

Verdammt, denkt Appaz, wir haben uns schon mal in jemand getäuscht. Damals war es ein Freund, von dem wir nicht dachten, dass er ernst machen würde. Und jetzt scheint sich die ganze Geschichte zu wiederholen, nur unter anderen Vorzeichen. Als wüsste dieser Klackler über alles Bescheid! Aber das kann nicht sein, er war nicht dabei ...

»Kerschkamp sammelt jetzt mal eure Teile da ein und bringt sie schön hierher zu mir«, fordert Klackler in diesem Moment.

»Nee«, sagt Kerschkamp, »wieso?«

»Dann mache ich es eben selber«, erklärt Klackler und geht von einem Tisch zum nächsten, um die Handys einzusammeln und hinter sich auf die Fensterbank zu legen. Er schwankt dabei deutlich und hält sich kurz an der Heizung fest, bevor er die Arme vor der Brust verschränkt und sie aus glasigen Augen anstarrt.

»Was wirfst du uns eigentlich vor?«, fragt Lepcke.

Appaz und Kerschkamp gingen schon nachmittags zum Altstadtfest. Sie verstanden sich inzwischen wieder besser, ohne dass sie darüber hatten reden müssen. Fast wie früher, wenn auch Appaz immer noch mehr mit Rockenbauch unternahm. Aber jetzt war er mit Kerschkamp unterwegs, und auf dem Flohmarkt trafen sie dann ein paar Mädchen aus Karins Klasse, mit denen sie sich die Kunstaktionen anguckten, die am Leineufer stattfanden. Ein Typ in Badehose stieg mit einem Blecheimer in den Fluss, ließ den Eimer vollaufen und rannte ein Stück flussaufwärts, um das Wasser wieder auszugießen, zurückzurennen und den Eimer erneut zu füllen.

»Bescheuert«, meinte Kerschkamp. »Ist der blöd oder was?«

»Ist doch ganz witzig«, sagte Appaz. Er hatte zwar keine Ahnung, was die Aktion bedeuten sollte, aber er fand es schön, einfach nur so in der Sonne auf der Mauer zu sitzen und zuzugucken.

Später sahen sie noch eine Straßentheatergruppe, in dem Stück ging es um Don Quichotte, der statt gegen Windmühlen gegen immer neue und immer dickere »Kapitalisten« kämpfte. Die Schauspieler traten mit Zigarren auf, die wie Pershing-Raketen aussahen, und zeigten unablässig den Hitlergruß. Appaz und Kerschkamp warfen auch mit Eiern auf ein Porträt von Präsident Nixon, unter das mit blutroten Buchstaben das Wort »Murderer« gemalt war. Kerschkamp machte ein Foto von Appaz, wie er gerade zum Wurf ausholte.

Um die Ecke vom Flohmarkt gab es ein Haus, das abgerissen werden sollte und vor wenigen Tagen besetzt worden war. Im obersten Stockwerk zeigte eine Künstlergruppe, die sich »Der rote Maikäfer« nannte, mit einem ratternden Super-8-Projektor einen dreiminütigen Schwarz-Weiß-Film, in dem jemand zu der Musik von »Je t'aime« seinen Käfer polierte. Hinterher diskutierten die Zuschauer über den Film, aber das war Appaz und Kerschkamp zu langweilig, außerdem war die Aussage des Films ja ohnehin klar, sie brauchten nur an ihre eigenen Väter und die Nachbarn zu denken.

Im Treppenhaus wurden Appaz und Kerschkamp von einem wildfremden Typen angehalten, der ihnen betroffen erzählte, dass die Geiselnahme der israelischen Sportler bei der Olympiade in München mit ihrer Ermordung geendet hatte, »alle Terroristen sind Killer«, sagte der Typ, »gemeine Schweine, nichts weiter!«

Weder Appaz noch Kerschkamp hatten eine klare Haltung zum Terrorismus, von den Brandanschlägen der RAF auf die Kaufhäuser in Frankfurt im April 1968 hatten sie damals kaum etwas mitbekommen, nach der Freischießung Andreas Baaders zwei Jahre später waren es eher das Entsetzen der Eltern und die Schlagzeilen vor allem in der BILD-Zeitung gewesen, die sie eine heimliche Sympathie für die »Terroristen« empfinden ließen. In ihrer Schülerzeitung allerdings hatten sie sich deutlich gegen jeden »bewaffneten Kampf« ausgesprochen. Wie sie jetzt zu dieser neuen Information stehen sollten, wussten sie nicht, die eindeutige Verbindung zwischen den Palästinensern und der RAF – oder umgekehrt – erschien ihnen in jedem Fall zumindest fragwürdig, im übrigen war ihnen eigentlich alles, was mit dem Thema zu tun hatte, nicht ganz geheuer, und es war allemal leichter, nicht zu viel nachzufragen.

»Komm, Alter«, sagte Kerschkamp dann auch, »lass uns gehen. Jane fängt gleich an.«

Sie schoben sich mit der Menschenmenge in Richtung Leineschloss, auf einem schmalen Absatz direkt über dem Wasser war die Band-Bühne aufgebaut. Auf der Brücke stand auch der alte Krankenwagen von

Pharao, Rockenbauch winkte ihnen zu, sie kletterten auf das Dach des Lasters und hockten sich neben die Musiker. Auch Rockenbauchs kleiner Bruder war mit auf dem Dach, er hatte Rockenbauchs selbstgenähte Cordsamtjacke an und einen schwarzen Schlapphut auf dem Kopf. »Huck Finn lässt grüßen«, spottete Kerschkamp, und Rockenbauchs kleiner Bruder streckte ihm die Zunge raus.

Der Bassmann gab Appaz und Kerschkamp zwei Flaschen Bier, Appaz blickte über die Zuschauer, die dicht gedrängt auf der gegenüberliegenden Seite des Flusses standen, direkt am Geländer waren Johnny und Ratte und noch ein paar andere aus ihrer Klasse. Appaz war stolz, dass sie ihn alle auf dem Laster sehen konnten.

»Guter Platz hier«, stellte gleich darauf auch Kerschkamp fest. »Echt gut.«

Jane starteten mit *»Daytime is not my time, but my time is the right time ...«*

»Irre«, brüllte Kerschkamp nach dem ersten Song über den Applaus hinweg, »Peter Panka ist echt ein klasse Drummer, und der Sänger ist auch klasse!«

»Wäre nur schön, wenn er besser Englisch könnte«, grinste der Sänger von Pharao.

»Lass mal«, meinte der Bassmann, »er ist jedenfalls besser als Klaus Meine.«

Erst beim nächsten Song sahen sie den kleinen Affen, den die Leute von Jane als Maskottchen dabei hatten. Der Affe hatte auf dem Lautsprecher hinter der Orgel gehockt, aber offensichtlich war ihm langweilig geworden, und jetzt hüpfte er zwischen der Band hin und her. Als er einen Pappbecher mit Bier umstieß und dann die Pfütze aufleckte, brüllte das Publikum vor Begeisterung.

Der Affe legte den Kopf schief, als wäre er sich nicht sicher, wem der Beifall galt. Dann kratzte er sich ausgiebig am Hals und auf dem Bauch, im nächsten Moment entdeckte er eine leere Flasche, die auf dem Wasser vor der Bühne vorbei trieb. Er beugte sich weit vor und streckte den langen, dünnen Arm aus, um sich das kreiselnde Objekt seiner Begierde zu angeln. Keiner achtete mehr auf die Band, alle Blicke waren auf die Aktion des Affen gerichtet. Als er merkte, dass er nicht an die Flasche herankam, rannte er laut zeternd an der Bühnenkante hin und her, dann turnte er plötzlich über das Schlagzeug und sprang auf Peter Pankas Schulter, um ihn an den Haaren zu ziehen. Jane brachen mitten im Song ab und versuchten, ihr Maskottchen einzufangen.

Das Publikum tobte. Als das Äffchen endlich wieder an einer Leine zu Füßen des Orgelspielers hockte, buhten einige, andere schrien »Zugabe!«

»Gute Show«, grinste der Sänger von Pharao.

Jane spielten noch drei oder vier Songs, dann war Umbaupause.

Appaz und Kerschkamp blieben auf dem Dach des Lasters sitzen. Als Johnny auftauchte und zu ihnen hochrief, ob er mit auf den Bedford dürfe, sagte Kerschkamp nur: »Da musst du die Leute von Pharao fragen, Alter. Aber ich glaube nicht, dass jeder hier hochsoll.«

Als gleich darauf Anette kann und Appaz ihr die Hand hinstreckte, um ihr auf das Dach zu helfen, zog Johnny beleidigt ab.

Pharao spielten die Songs, die Appaz schon aus dem Übungsraum kannte, Rockenbauch kriegte spontanen Applaus für sein Saxophonsolo. Dann kündigte der Sänger einen Song an, »den unsere Organ-Spieler für eine gute Freund geschrieben hat, who has also written the lyrics. Thank you, Kurt!«

»Hä?«, machte Kerschkamp. »Meint der dich?«

Appaz hatte keine Ahnung, erst als die erste Textzeile kam, fiel ihm ein, dass er Rockenbauch ja in der Schule mal den »Kinderreim« von Claire aufgeschrieben hatte.

»*This is number one*«, sang Richie, »*and the fun has just begun*«, die beiden Gitarristen kamen ans Mikrofon und wiederholten: »*And the fun has just begun* ...«

Am Ende verbeugte sich Richie und zeigte zu Appaz hinüber.

»He, Alter, du wirst ja rot!«, brüllte Kerschkamp und haute ihm auf die Schulter.

Anette kicherte und drückte Appaz einen Kuss auf die Wange.

Pharao räumten mächtig ab, am Schluss forderte das Publikum immer noch mehr Zugaben. Am besten gefiel Appaz ein Instrumentalstück, bei dem der Typ mit der Gibson in unglaublichem Tempo einen russischen Säbeltanz spielte, ein paar Leute tanzten auf der Mauer der Brücke, Kerschkamp trommelte den Takt auf dem Blechdach mit.

»Time to go home«, beendete Richie den Auftritt, »see you, folks, take care.«

Inzwischen war es fast dunkel, Appaz und Kerschkamp halfen beim Abbau, Anette stand mit irgendwelchen Leuten zusammen, die sie kannte. Als Richie fragte, ob sie noch mit nach Sarstedt kommen wollten, um ein bisschen zu feiern – »Jane wollen auch kommen« –, erklärte Anette, dass sie keine Lust habe. Freunde von ihr hätten sie gerade zu einer Fete eingeladen ...

»Bitte, ja?«, bat sie Rockenbauch, »ich möchte da gerne hin, wenigstens kurz mal gucken!«

»Ist mir egal«, sagte Rockenbauch. »Aber nur, wenn Kurt mitkommt«, setzte er dann hinzu. Seine Stimme klang lallend, Appaz kriegte jetzt erst mit, dass er schon ziemlich viel getrunken haben musste.

»Von mir aus«, sagte Appaz, obwohl er eigentlich gar keine Lust hatte, zu irgendwelchen Leuten zu gehen, die er nicht kannte. Er wäre lieber mit auf die Musikerfete gegangen.

Kerschkamp war ein bisschen beleidigt, dass er nicht eingeladen war, und zog mit Ratte los. »Um ein paar Frauen abzuschleppen«, wie Ratte sagte.

Kurz bevor Richie in den Laster stieg, beugte er sich noch einmal zu Appaz: »Pass auf ihn auf«, sagte er mit einem Kopfnicken zu Rockenbauch. »Er ist nicht gut drauf.«

Die Fete war in der Oststadt. Sie fuhren ein Stück mit der Straßenbahn, Rockenbauch trug immer noch seine Bühnenklamotten, wieder die enge, weiße Jeans, dazu ein Batikhemd mit aufgesetzten Pailletten und hochhackige Stiefel. Er fläzte sich auf einen Doppelsitz. Als ein älteres Ehepaar empört verlangte, er solle sich »gefälligst richtig hinsetzen«, grinste er nur, stand aber auf. Vom Lister Platz aus gingen sie zu Fuß. Anette hakte sich bei Rockenbauch ein, Appaz sagte: »Danke für den Song, Alter. War echt gut.«

Rockenbauch zuckte mit den Schultern. »Das meiste haben die anderen gemacht«, sagte er abwehrend. »Richie vor allem.«

Als sie vor dem Haus standen, in dem die Fete sein sollte, hörten sie schon laute Musik aus den offenen Fenstern. Die Altbauwohnung war im ersten Stock, das ganze Haus war offensichtlich an Wohngemeinschaften vermietet, und es schien niemand zu stören, dass die

Fete mehr oder weniger auch im Treppenhaus stattfand.

Appaz und die beiden anderen drängten sich an einem knutschenden Pärchen vorbei, in der Wohnung zog Anette Rockenbauch augenblicklich mit in den Raum, in dem getanzt wurde. Rockenbauch verdrehte die Augen und stolperte hinter ihr her. Aus den Lautsprechern dröhnte Grand Funk Railroad, dann legte irgendjemand »In-A-Gadda-Da-Vida« auf.

Appaz drückte sich ein wenig verloren durch die Zimmer, in einem Raum hockten ein paar Leute auf dem Fußboden und diskutierten, auf der Matratze hinter ihnen lagen, eng umschlungen, ein Typ mit langen blonden Locken und dessen ebenfalls blonde Freundin. In einer leeren Bierflasche glimmte ein Räucherstäbchen, trotzdem roch Appaz ganz deutlich den süßlichen Rauch des Joints, der die Runde machte. Er schnappte ein paar Brocken aus der Diskussion auf, es ging um irgendeine Aktion der AAO, von der Appaz allerdings nicht viel mehr wusste, als dass die Leute da irgendwelche neuen Formen des Zusammenlebens ausprobierten, wobei sie meistens nackt waren und sich gerne mit Farbe einschmierten. Appaz war sich nicht ganz sicher, ob die AAO auch etwas mit Otto Mühl zu tun hatte, von dem er irgendwo gelesen hatte, dass er auf der Bühne Schweine schlachtete, und die Leute, die bei seinen Aktionen mitmachten, sich hinterher in dem Blut auf dem Boden wälzten.

Appaz schob sich weiter bis in die Küche und nahm sich eine halbvolle Flasche Rotwein, die keinem zu gehören schien. Durch die offene Wohnungstür kamen und gingen ständig irgendwelche Leute, die Appaz noch nie gesehen hatte.

»Krieg ich mal einen Schluck?«, fragte ihn ein Mädchen, das ihm gegenüber am Herd lehnte und Gauloises ohne Filter rauchte.

»Wenn du mir eine Fluppe gibst«, nickte Appaz und hielt ihr die Flasche hin.

Die Gauloises schmeckte ihm nicht besonders, aber das Mädchen gefiel ihm. Obwohl sie kurze Haare hatte – und Appaz eigentlich keine Mädchen mit kurzen Haaren mochte –, hatte sie irgendetwas, was er nicht genau benennen konnte. Vielleicht waren es auch einfach nur ihr Gesicht und die Augen, die er attraktiv fand. Wenn sie lachte, klang es nach vielen Gauloises, ihre Stimme war rau und viel tiefer, als ihr eher schmächtiger Körper es hätte vermuten lassen.

»Kennst du hier irgendjemand?«, fragte sie Appaz und zündete sich eine neue Zigarette an der Kippe der alten an.

»Eigentlich nicht«, sagte Appaz. »Ich bin mit meinem Freund und seiner Freundin hier. Sie sind drüben beim Tanzen.«

Er zeigte mit dem Kopf in Richtung Tür. Es lief gerade ein Song von Jethro Tull, »Dharma For One«.

Das Mädchen mit der tiefen Stimme erzählte ihm von einem Freund, der Multiple Sklerose hatte und im Rollstuhl saß.

»Jetzt schon, mit achtzehn!«, sagte sie. »Wir wollen da so eine Gruppe organisieren, die ihn abwechselnd besucht. Einfach nur mit ihm reden oder vielleicht Schachspielen oder so.«

Appaz erzählte, dass er mal versucht hatte, Schach zu lernen, »aber irgendwie habe ich es nicht kapiert.«

»Du kannst ja vielleicht trotzdem mal mit hinkommen«, sagte das Mädchen. »Es ist einfach wichtig, dass wir viele Leute zusammenkriegen, die sich um ihn kümmern.«

»Klar, kann ich ja mal machen«, stimmte Appaz zu.

Aus den Augenwinkeln sah er Rockenbauch auf dem Flur vorbeikommen. Er winkte ihm zu. Rockenbauch machte eine Handbewegung, als wollte er sagen, dass ihm alles auf die Nerven ginge. Kurz darauf kam er zurück und trat in die Küche.

Er griff nach der Flasche, die Appaz in der Hand hielt, und trank. Dann sagte er: »Sorry, Leute. Ich wollte nicht stören. Ich bin schon wieder weg.«

»Du störst nicht«, sagte Appaz. »Wo ist Anette?«

»Tanzen«, sagte Rockenbauch und grinste irgendwie komisch. »Mit so einem Scheißtypen. Ich geh auch tanzen«, setzte er dann hinzu. »Ist alles irre bunt hier, oder?«, fragte er ohne jeden Zusammenhang und schob ab. Appaz sah, dass er sich am Türrahmen festhielt, um nicht zu stolpern.

»War das dein Freund?«, fragte das Mädchen.

Appaz nickte.

»Bescheuerte Klamotten«, stellte sie fest. »Als wäre er von einer Band oder so.«

»Er ist Mucker«, sagte Appaz. »Wir kommen gerade vom Altstadtfest, er hatte da einen Gig, mit Pharao.«

Das Mädchen kannte Pharao nicht. Appaz schlug vor, dass sie ja mal zusammen zu einem Auftritt gehen könnten.

»Meinst du, wir können Michael da mit hinnehmen?«, fragte das Mädchen. Michael war der Typ im Rollstuhl. »Wir müssen nur überlegen, wie wir hinkommen. Straßenbahn ist blöd für ihn. Aber vielleicht können wir alle zusammenlegen und ein Taxi nehmen oder so.«

»Klar, warum nicht«, meinte Appaz. Dann fiel ihm

ein, dass es wahrscheinlich ohnehin nicht mehr viele Auftritte von Pharao geben würde. Jedenfalls nicht mit Rockenbauch.

Aus dem anderen Raum schallte »Black Magic Woman« von Santana herüber.

Als das Mädchen mit der tiefen Stimme den letzten Schluck Rotwein getrunken hatte und sich nach Nachschub umsah, zog Appaz sie einfach an sich.

»Huch!«, sagte sie. »Das kam jetzt aber plötzlich.«

Appaz sagte nichts, sondern drückte nur sein Gesicht in ihre Haare. Als er spürte, wie sich ihre Hände seinen Rücken hinauftasteten, suchte er mit seinem Mund ihre Lippen. Sie küssten sich. Appaz schob eine Hand unter das T-Shirt des Mädchens. Es war ihm egal, dass um sie herum zig andere Leute standen, dem Mädchen schien es auch egal zu sein, sie küsste Appaz' Hals und flüsterte: »Nicht so schnell, wir haben Zeit.« Dann küsste sie ihn wieder auf den Mund und schob ihre Zunge zwischen seine Zähne.

Kurz darauf tippte Appaz jemand auf die Schulter. Anette! Ihre Haare waren verschwitzt, sie hatte hektische Flecken auf den Wangen.

»Komm mal bitte, Gerd geht es nicht so gut …«

Sie zog Appaz mit sich zum Badezimmer. Ein Mädchen war gerade dabei, mit Toilettenpapier eine Lache Erbrochenes vom Fußboden aufzuwischen. Rockenbauch hing vollkommen nackt auf der Kloschüssel und schwankte mit dem Oberkörper hin und her. In dem Waschbecken neben ihm war noch mehr Erbrochenes. Rockenbauchs Klamotten lagen zusammengeknüllt vor ihm auf den Fliesen.

Anette legte ihm den Arm um die Schultern.

»Kurt ist da. Glaubst du, dass du aufstehen kannst?

Ist es jetzt vorbei? Komm, wir versuchen mal, dir deine Sachen wieder anzuziehen …«

Ihre Stimme klang hilflos, als würde sie nur reden, weil sie nicht wusste, was sie eigentlich machen sollte.

»Braucht ihr Hilfe?«, fragte jemand von der Tür.

»Nee, lass mal«, sagte Appaz. »Ist schon okay.«

»Macht bitte alles wieder sauber, ja?«, sagte das Mädchen, das den Fußboden aufgewischt hatte. »Und bringt den Typen hier weg. Ich hab keinen Bock auf so was!« Sie schob das durchweichte Toilettenpapier in eine Ecke und ging hinaus.

Appaz klinkte die Tür zu und hockte sich vor Rockenbauch. Rockenbauch hatte Mühe, seinen Blick zu fixieren. Als er Appaz erkannte, lallte er: »Au, Scheiße, Mann, das kam alles gleichzeitig raus, vorne und hinten, ich hab's nicht mehr geschafft, tut mir leid …«

»Aber was hast du überhaupt gemacht, hast du soviel getrunken, oder was?«

»Ich hab so Pillen genommen, hat mir so ein Typ beim Altstadtfest gegeben, aber kam nicht so gut … Scheiße, mir ist kalt, Alter!«

Rockenbauch fing an zu zittern. Als Appaz ihm die Hand auf die Schulter legte, war Rockenbauchs Haut nass von kaltem Schweiß.

»Komm, wir ziehen dir was an«, sagte Anette noch mal.

»Lass das, fass mich nicht an!«, wehrte sich Rockenbauch. »Ich will das nicht.«

»Schon gut, Alter«, sagte Appaz. »Ich mache das.«

Er nahm ein Handtuch und machte es nass. Als Rockenbauch zitternd hochkam, wischte ihm Appaz so gut es ging den Hintern ab.

»Guck nicht hin«, sagte Rockenbauch zu Anette.

»Ich hab dich schon öfter nackt gesehen«, erklärte Anette. »Also stell dich jetzt nicht so an. Hier, deine Unterhose …«

Irgendwie schafften sie es, Rockenbauch in seine Klamotten zu kriegen. Notdürftig spülte Anette das Waschbecken sauber.

Dann hakten sie Rockenbauch unter und schoben ihn auf den Flur, wo er sich zitternd an die Wand lehnte.

»Bringt mich nach Hause, Leute, ja? Ich kann nicht mehr«, sagte er. »Ich will nach Hause.«

Das Mädchen mit der tiefen Stimme kam aus der Küche.

»Tut mir leid«, sagte Appaz, »aber ich muss los, siehst du ja.«

»Das finde ich voll Scheiße von dir, weißt du das? Erst machst du mit mir rum und dann willst du einfach abhauen oder was? Das ist Scheiße, Mann.«

»Tut mir leid«, wiederholte Appaz, aber das Mädchen drehte sich nur um und verschwand in den Raum, in dem getanzt wurde.

Appaz und Anette hatten einige Mühe, Rockenbauch die Treppe hinunter zu bringen. Und auf der Straße wollte er sich immer wieder gegen irgendein parkendes Auto lehnen.

»Ich will schlafen, lasst mich in Ruhe.«

»Gleich, Alter«, sagte Appaz. »Wir bringen dich nach Hause und packen dich ins Bett. Dann kannst du schlafen. Aber erst mal müssen wir zur Straßenbahn.«

In der Bahn legte Rockenbauch den Kopf an die Fensterscheibe und stierte in die Dunkelheit. Appaz zog ihn jedes Mal hoch, wenn er nach vorne sacken wollte.

Bei Rockenbauch zu Hause war alles dunkel. Das Garagentor stand offen, der Mercedes war nicht da. Sie brauchten eine Weile, bis sie den Hausschlüssel in Rockenbauchs Jeans gefunden hatten. Dann schleppten sie Rockenbauch in sein Zimmer.

»Musst du noch mal aufs Klo?«, fragte Appaz.

Rockenbauch schüttelte den Kopf.

Sie zogen ihm Schuhe und Hose aus und legten ihn auf die Seite, mit dem Kopf auf den angewinkelten Arm. Anette zog ihm die Bettdecke über die Schultern. Rockenbauch schlief schon. Sein Atem stank nach Alkohol und Kotze.

»Meinst du, wir können ihn hier einfach so liegen lassen?«, fragte Appaz.

»Was anderes können wir sowieso nicht machen«, sagte Anette. »Außerdem bin ich nicht sein Kindermädchen.«

Appaz hatte das Gefühl, dass sie sauer war.

Er ging noch mal in die Küche und holte einen Plastikeimer, den er neben Rockenbauchs Bett stellte.

Dann machten sie das Licht aus und zogen die Haustür hinter sich ins Schloss.

»Vielleicht besser, dass sein Alter nicht da war«, sagte Appaz. »Hoffentlich kriegt er jetzt gar nicht mit, was los war.«

»Und wenn, können wir es auch nicht ändern«, sagte Anette.

Einen Moment standen sie noch unschlüssig auf dem Fußweg.

»Ich bring dich noch zurück zur Haltestelle«, sagte Appaz. »Wenn du willst, kann ich dich auch bis nach Hause bringen.«

»Ich will ein Stück laufen«, sagte Anette. »Kommst du mit, am Kanal lang?«

Es war so dunkel, dass sie kaum den Uferweg erkennen konnten, weit vorne spiegelten sich die Straßenlampen der Brücke im Kanalwasser. Außer dem schrillen Zetern der Grillen im hohen Gras der Uferböschung war kein Laut zu hören. Als ein Unfallwagen über die Brücke raste, zuckten blaue Lichtblitze über den Himmel.

»Mit Gerd und mir ist es vorbei«, sagte Anette dicht neben Appaz. »Ich kann nicht mehr. Er nervt nur noch.«

»Weiß er es schon?«

»Ich wollte es ihm heute sagen, aber dann habe ich mich nicht getraut, weil er sowieso schon so übel drauf-war.«

»Und was meinst du genau, was dich nervt?«

»Ich weiß nicht, was mit ihm los ist«, sagte Anette. »Seit die Schule wieder angefangen hat, ist er völlig anders. Und irgendwie ist es immer schlimmer geworden in den letzten zwei Wochen. Du weißt, dass er mit der Quickly neulich einen Unfall hatte, oder? Er hat echt Glück gehabt, dass nichts weiter passiert ist.«

»Wusste ich nicht …«

»Der Arsch! Und ich hintendrauf! Er hat sich selber einen Trip aus getrockneten Stechäpfeln zusammengebastelt. Und dann ist ihm schwarz vor Augen geworden, und er ist voll mit mir in einen Vorgartenzaun reingebrettert.«

»Getrocknete Stechäpfel?«, fragte Appaz irritiert.

»Er hat alles Mögliche genommen in letzter Zeit. Er hatte auch schon Ärger mit der Band deshalb. Ich glaube, sie haben sich echt schon Sorgen um ihn gemacht. Nicht mal Richie hat ihm mehr was zu rauchen gegeben, aber er hat trotzdem immer was gehabt, ich weiß nicht woher. Hat er nichts zu dir gesagt?«

Appaz gab keine Antwort. Er fragte sich, ob er es selber nicht irgendwie hätte merken müssen. Ob er sich mehr um Rockenbauch hätte kümmern müssen. Stattdessen hatte er ihn einfach in Ruhe gelassen, wenn er nicht reden wollte. Und auch nachdem Rockenbauch ihm erzählt hatte, dass er aus Hannover weg müsse, hatte er ihn nicht noch mal darauf angesprochen. Er hatte gedacht, es wäre Rockenbauch lieber so. Und es war auch einfacher gewesen, so zu tun, als wäre nichts …

»Hat er dir erzählt, dass er aus Hannover wegzieht?«, fragte Appaz jetzt Anette.

»Mir nicht, aber der Band. Ich weiß es von meiner Schwester. Und als ich ihn danach gefragt habe, ist er sauer geworden und hat behauptet, das ginge mich nichts an. Danach war das dann mit dem Stechapfeltrip.«

Anette zögerte.

Appaz wartete, bis sie weiterredete, sehr leise jetzt, so dass er fast Mühe hatte, sie zu verstehen.

»Es läuft gar nichts mehr mit ihm und mir, auch im Bett nicht. Er will mich noch nicht mal mehr streicheln …«

Appaz bückte sich nach einem Stein, gegen den er mit dem Fuß gestoßen war. Ein flacher Kieselstein, fast rund. Er holte aus und ließ den Kiesel über die Wasseroberfläche glitschen. Es war zu dunkel, um zu sehen, wie oft der Stein gesprungen war. Als Appaz sich wieder umdrehte, saß Anette ein paar Meter weiter auf einer Bank. Ihr weißes T-Shirt leuchtete schwach. Er hockte sich neben sie, ganz vorne auf die Kante. Anette griff nach seiner Hand und spielte mit seinen Fingern. Dann lehnte sie sich gegen ihn. Als er den Arm um sie legte, spürte er, wie ihre Schultern zuckten. Eine Träne tropfte auf seinen Handrücken.

»'tschuldigung«, flüsterte Anette. »Küss mich«, verlangte sie dann und drehte ihm ihr Gesicht zu.

Ihre Lippen schmeckten salzig.

Appaz berührte mit den Fingerspitzen ihr Schlüsselbein. Sie schlang ihm die Arme um den Hals und drückte sich an ihn. Ihre Hände glitten unter sein T-Shirt und über seinen Rücken. Appaz fuhr über ihre Brust, die weich und schwer in seiner offenen Hand lag. Anette bog den Rücken wie eine Katze, die sich streckt. Appaz küsste ihren Hals, ihre Zunge glitt in sein Ohr, sie stöhnte leise, als sie erst wie zufällig über die Beule in seiner Hose strich und dann mit mehr Entschlossenheit zu reiben begann.

»Wollen wir uns ins Gras an der Böschung legen?«, fragte Appaz leise.

Sie schob ihn zurück.

»Ich weiß was Besseres«, flüsterte sie ein wenig atemlos. Sie fing an, ihre Jeans aufzuknöpfen und streifte sie sich über die Knöchel. Er sah ihren weißen Slip leuchten und die glatte Haut ihrer Beine.

Sie streckte ihm die Hand hin.

»Komm, du auch ...«

Sie zog ihn näher, wie zur Probe glitt ihre Hand noch einmal hinter seinen Hosenbund, ihre Fingerspitzen berührten seine geschwollene Eichel, dann zog sie ihm den Reißverschluss herunter und schob sich mit ihm um die Lehne herum, bis sie auf der Rückseite der Bank standen. Wieder streichelten ihre Hände seinen Rücken und wanderten dann zu seinem Hintern, seine Jeans waren ihm längst bis auf die Knie gerutscht, sie griff nach seinem steifen Schwanz in der Unterhose.

»Komm«, sagte sie dann wieder und drehte sich plötzlich um. Sie beugte sich nach vorne über die Lehne der

Bank, ihr Hintern drückte gegen Appaz' Schwanz, er ließ seine Finger über ihre Hüften gleiten und unter den Saum ihres Slips. Während sie sich keuchend ein wenig aufrichtete, streifte sie sich selber den Slip herunter, bevor sie nach hinten griff und seinen Schwanz durch ihre Pospalte nach unten gleiten ließ. Dann beugte sie sich mit gespreizten Beinen wieder vor. Appaz fuhr ihr mit den Händen über die Hüften und weiter über ihren Bauch bis zu ihren schaukelnden Brüsten, er streichelte ihre harten Brustwarzen, sie legte den Kopf auf ihre verschränkten Arme auf der Banklehne und krümmte den Rücken. Ein Vogel flatterte dicht über sie hinweg, Appaz schloss die Augen. Kurz bevor alles weiß wurde, hörte er Anette flüstern: »Das ist Scheiße, was wir hier machen. Aber hör nicht auf …«

Am nächsten Tag war Appaz mehrmals kurz davor, bei Rockenbauch anzurufen. Aber jedes Mal sagte er sich, dass es nichts bringen würde. Er würde sowieso nur fragen, ob alles okay war nach gestern Nacht. Und wie es Rockenbauch so ging, wollte er lieber gar nicht hören.

Anette rief er nicht an, weil er ihren Nachnamen nicht wusste.

13

Die Situation ist unverändert. Sie sitzen wie paralysiert auf ihren Plätzen und blicken auf Klackler. Nur der Klassenlehrer starrt auf seine Schuhe.

Klackler ist noch dabei, auf Lepckes Frage zu antworten: »Dass ihr ein Haufen selbstgefälliger Ärsche seid, dass ihr hierherkommt und hohles Zeug labert. Dass ihr noch nicht mal den Mut habt, über euren Freund zu reden, der genau hier …«

»Du hast damit nichts zu tun«, unterbricht ihn Nölle. »Lass den Scheiß, das geht dich nichts an. Wir wissen ja noch nicht mal, wer du überhaupt bist!«

»Schade eigentlich«, nuschelt Klackler, »aber das kommt schon noch …«

Er scheint den Faden verloren zu haben. Als Appaz' Handy auf der Fensterbank klingelt, wirft er einen Blick auf das Display und sagt dann mit schiefem Grinsen: »Na, Kurt, was glaubst du, wer das ist?«

Appaz gibt keine Antwort.

Er hat keine Ahnung, was Klackler eigentlich vorhat. Im Moment scheint ihm, als wisse der Dicke nicht weiter. Das Ganze hat sich irgendwie verselbständigt. Ein Satz schießt Appaz durch den Kopf, den er irgendwo mal gelesen hat: Man weiß nichts über Leute, solange man sie nicht in die Ecke treibt …

»Okay, Leute«, sagt Klackler plötzlich mit neuer Energie. »Dann will ich euch mal ein bisschen auf Trab bringen. Tun wir doch mal so, als wären wir noch in der Schule. Ihr habt doch genauso wie ich immer gerne geschangelt, wisst ihr noch, in der Pause und so? Also los, ich fang an …«

Er fischt ein paar Münzen aus seiner Hosentasche und wirft schnell nacheinander zwei Zehn-Cent-Stücke gegen die Fußbodenleiste unter den Fenstern. »Gewonnen«, stellt er grinsend fest. »Das ist meiner, aber eindeutig.«

Er richtet sich auf und greift nach einem der Handys, die auf der Fensterbank liegen. »Gehört das dir?«, fragt er Gremlitz.

Gremlitz nickt.

»Fein.« Klackler strahlt und schiebt das Handy in eine der vielen Taschen seiner Weste. »Ach so, habe ich ganz vergessen zu sagen«, setzt er dann hinzu, »der Einsatz sind eure Handys! Und falls ich verlieren sollte, geb ich meins ab. Dann ist das Spiel vorbei und ihr könnt wieder machen, was ihr wollt.«

Nölle beugt sich weit vor, als Klackler zum nächsten Wurf ansetzt, ein paar der anderen erheben sich halb von ihren Plätzen. Wieder wirft Klackler zwei Münzen.

»Gewonnen«, stellt er erneut fest, »schon wieder meiner.«

Er steckt wahllos ein weiteres Handy ein.

»He!«, sagt Nölle, »das ist unfair, was du da machst. So haben wir ja gar keine Chance. Du musst uns wenigstens mitmachen lassen.«

»Genau«, meint Klaus-Dieter. »Sonst haben wir ja gar keine Chance.«

»Er verarscht euch doch schon wieder, merkt ihr das nicht?«, kommt es von Gremlitz.

Klackler tut so, als habe er nichts gehört, und spielt einfach weiter. Auch nach dem nächsten Wurf erklärt er: »Ist ja irre, schon wieder gewonnen! Scheint echt mein Tag zu sein heute!«

»Der tickt doch nicht mehr richtig!«, erklärt Nölle erbost.

Klackler richtet sich auf.

»Ich verstehe, ihr findet es blöd, wenn ihr verliert. Schon klar. Ist ja auch blöd. Aber so ist das nun mal, wenn die Regeln von jemand festgelegt werden, der die Macht hat. – Du hast völlig recht«, sagt er zu Klaus-Dieter. »Keine Chance!«

»Wieso glaubst du eigentlich, im Recht zu sein?«, fragt Johnny plötzlich. Aus seiner Stimme ist jede Aggressivität verschwunden.

Lepcke nickt: »Was hätten wir denn deiner Meinung nach anders machen sollen? Früher, meine ich. Wir haben doch alle im selben Boot gesessen. Und wir wollten doch eigentlich nur, dass wir das Abi kriegen und endlich raus können aus der Schule. Es war Scheiße da, du hast recht, sie haben uns ja immer nur fertiggemacht, aber wir hatten doch auch gar keine andere Möglichkeit …« Er bleibt mitten im Satz stecken.

Klackler gibt keine Antwort.

»Passt auf, ich sag euch jetzt mal was«, wendet sich Buchmann plötzlich an alle. »Das mit dem Klassenbuch damals, das war ich. Ich hab das Teil verbrannt. Weil ich nicht wollte, dass ich hängen bleibe. Ich hab gedacht, wenn das Klassenbuch weg ist, dann haben die Lehrer auch meine Zensuren nicht mehr. War blöd, weiß ich selber, aber damals fand ich, dass die Gelegenheit gerade günstig war, weil sie ja nach denen gesucht haben, die die Sprüche da reingeschrieben hatten, und damit kein Verdacht auf mich fallen würde. Aber ich hätte noch was gesagt, wenn …«

»Hättest du nicht!«, sagt Lepcke.

Buchmann zuckt hilflos mit der Schulter.

»Wir waren immer nur still«, setzt Lepcke leiser hinzu. »Und wir haben immer nur gedacht, hoffentlich erwischt es uns nicht. Hoffentlich greifen sie sich irgendjemand anders. Und als Rockenbauch dann …«

Er bricht ab und blickt entschuldigend zu den beiden Lehrern, die ausdruckslos zurückstarren.

»Na bitte«, brüllt Klackler. »Es geht doch! Jetzt kommen hier mal die Bekenntnisse auf den Tisch! Los, Leute, macht weiter! Ich will euch alle nackt sehen. Macht weiter, bis ihr flennen müsst! Na los, jetzt ist Kerschkamp dran!«

Klackler hat deutliche Schwierigkeiten, die Konsonanten auseinanderzuhalten.

Kerschkamp starrt ihn an, als hätte er kein Wort verstanden.

»Ja, genau du, Alter, mach weiter!«, wiederholt Klackler lallend.

»Ich weiß, wer du bist«, sagt Kerschkamp plötzlich ganz ruhig.

»Was?!«, kommt es von Nölle.

»Ich auch.« Appaz nickt. »Das mit dem Schangeln hat mich drauf gebracht.«

»Besser spät als gar nicht.« Klackler kommt auf Appaz zu und legt ihm die freie Hand auf die Schulter. Seine Augen glänzen wässrig. Er sieht aus, als ob er gleich anfangen würde zu heulen.

»Ist gut, Martin«, sagt Appaz. »Komm runter.«

»Martin?«, fragt Nölle verständnislos. »Was für ein Martin?«

Weder Appaz noch Kerschkamp geben eine Antwort.

»Ist nicht gut«, lallt Klackler und bläst Appaz seine Alkoholfahne ins Gesicht. »Gar nichts ist gut. Vielleicht erzählt du den anderen ja jetzt mal, wie du meinem Bruder die erste Freundin ausgespannt hast ...«

»Seinem Bruder?«, fragt diesmal Buchmann.

Klackler dreht sich zu den anderen.

»Meinem Bruder. Gerd. Und Kurt hier war ja angeblich sein bester Freund. Aber trotzdem konnte er es nicht lassen, ausgerechnet mit dem Mädchen rumzumachen, mit dem mein Bruder zusammen war ...«

»Echt? Du bist der kleine Bruder von Rockenbauch, also Gerd, meine ich?«, unterbricht ihn Buchmann überrascht. »Aber wieso ...«

»Und wieso heißt du dann nicht Rockenbauch?«, setzt Nölle nach.

»Er war mein Stiefbruder, ganz einfach. Ich hab immer den Namen von meiner Mutter gehabt.«

»Klackler, Martin Klackler«, sagt Zint vor sich hin, »Klasse neun ...«

»Wusste ich gar nicht, dass Rockenbauch einen Bruder hatte«, kommt es im gleichen Moment von Klaus-Dieter. »Aber ich kannte Rockenbauch ja auch nicht so gut wie ihr.«

»Und was soll das Ganze jetzt hier?«, will Johnny wissen. »Ist doch egal, ob Appaz mit der Tussi rumgemacht hat, was hat das mit uns zu tun?«

»Genau!«, stellt Nölle fest. »Wenn du was von Appaz willst, dann macht das draußen aus! Aber hör jetzt endlich wieder damit auf, uns hier zu bedrohen!«

»Nee, nee, Leute, ich fürchte, ihr habt mich nicht verstanden.« Klackler hält sein Handy hoch und streicht für alle sichtbar mit dem Daumen über die Tastatur, bis er auf dem grünen Hörer innehält.

»Nicht!«, kreischt Klaus-Dieter.

»Scheiße«, sagt Buchmann. »Ich ...«

»Nein, ich!«, unterbricht ihn Klackler. »Ich erzähl euch jetzt mal was. Und das geht euch alle was an! Mein Bruder ist an dem ganzen Scheiß hier kaputtgegangen, und mich hätten sie auch fast kleingekriegt, hatten sie ja auch schon ...«

Er wirft einen Blick in Zints Richtung. Zint zuckt nur mit den Schultern. Dann beugt er sich zum Klassenlehrer und flüstert irgendwas.

»Ich rede!«, brüllt Klackler. »Und Sie hören mir zu, klar?«

»Ich habe Sie nie im Unterricht gehabt«, bringt der Klassenlehrer leise an, als könnte er sich damit aus der Schusslinie bringen.

Klackler reagiert nicht, scheint aber für einen Moment aus dem Konzept gebracht.

Appaz überlegt, ob das jetzt der richtige Zeitpunkt ist, um einzugreifen. Ich könnte ihm das Handy aus der Hand schlagen, denkt er. Ich brauche bloß aufzuspringen und ... Und dann?

Er fängt einen Blick von Kerschkamp auf. Kerschkamp schüttelt den Kopf, als wollte er sagen: Lass ihn, mach nichts.

Appaz nickt. Er guckt zu der Sporttasche hinüber, die verlassen zwischen ihnen auf dem Boden steht. Da ist keine Bombe drin, denkt er, Klackler blufft. Aber auf welcher Seite stehe ich eigentlich? Und worum geht es ihm? Will er uns vorwerfen, dass wir bei seinem Bruder gepennt haben, dass es ebenso auch unsere Schuld war?

Das mit Anette ist lächerlich, das stimmt so einfach nicht, das war anders, ich habe sie Rockenbauch nicht ausgespannt. Aber trotzdem, wir haben überhaupt nicht kapiert, was mit Rockenbauch los war, vielleicht waren wir auch zu jung dazu und zu sehr mit uns selbst beschäftigt … Hör auf, das hast du alles schon tausendmal durchgekaut, es gibt keine Entschuldigung!

Klackler steht immer noch wortlos da, mit seinem Handy in der Hand.

»Und?«, fordert Kerschkamp ihn leise auf. »Mach weiter!«

»Ich hatte irgendwie gedacht …«, setzt Klackler an und räuspert sich, »ich hatte gedacht, ihr kriegt vielleicht die Kurve, wir alle kriegen die Kurve, dass wir wenigstens mal nachdenken, dass wir begreifen, was damals passiert ist, deshalb bin ich hergekommen. Weil es nämlich gar nicht nur um uns geht und um früher, sondern ob wir was gelernt haben daraus …«

»Wie jetzt?«, fragt Nölle. »Wird das jetzt hier moralisch, oder was?«

»Halt's Maul«, zischt Buchmann.

»Aber es wiederholt sich alles«, sagt Klackler. »Und das hat auch was mit uns zu tun!« Seine Stimme klingt immer noch deutlich betrunken, aber er reiht Satz an Satz, als hätte er die Rede schon lange geplant. »Mann, Leute, ich weiß, wovon ich spreche, ich habe einen Sohn, der ungefähr so alt ist, wie wir damals waren, und es wiederholt sich alles. Die Schule macht ihn fertig und …« Er sucht nach den richtigen Worten. »Ich rede jetzt mal nicht von einzelnen Lehrern, sondern ich meine die Schule als Institution, als System, und wenn mein Junge da was begriffen hat, dann, dass Schule nichts mit Lernen oder Erkenntnis zu tun hat, sondern nur mit dem Ansammeln von Fakten für die nächste Prüfung. Danach kannst du das dann sofort wieder vergessen, es interessiert sowieso keinen mehr. Es geht nur noch darum, den Anforderungen gerechtzuwerden, es entsteht kein Wissen, es gibt keine Reflexion, Denken wird systematisch unterbunden, weil es nicht im Lehrplan steht. Aber was sie lernen, ist, zu paktieren und zu taktieren, sich einzuschleimen und ... ach, Scheiße!«, brüllt er plötzlich und bricht ab.

Es ist keine Frage, auf wessen Seite ich stehe, denkt Appaz.

»Schule zermalmt Neugier, Kreativität, eigenständiges Denken, Lust auf Verantwortung«, zählt er leise auf.

Klackler blickt ihn irritiert an. »Das hatte ich sagen wollen«, nickt er und greift nach Kerschkamps Rotweinglas, um es ansatzlos hinunterzustürzen. »Und das ist heute genauso wie damals bei uns, das könnte alles noch mal passieren, auch so was wie mit meinem Bruder. Aber ich hatte immer gehofft, dass es sich vielleicht mal ändern würde. Dass sich irgendwas mal ändern würde!«

»Ich möchte jetzt bitte gehen«, kommt es vom Klassenlehrer, so leise, dass er kaum zu verstehen ist.

»Lass ihn gehen«, sagt Lepcke zu Klackler. »Lass uns alle gehen. Du hast doch gesagt, was du sagen wolltest, also ...«

Kerschkamp steht auf und nimmt Klackler das Handy aus der Hand.

»Wir gehen«, nickt Appaz. Er fasst Klackler am Arm. »Komm, wir nehmen dich mit.«

Klackler macht sich los. »Nee, du!«, lallt er. »Ich bleib noch ein bisschen hier.«

Kerschkamp legt ihm den Arm um die Schulter: »Hör mal, das ist doch Blödsinn ...«

Klackler stößt ihn zur Seite. »Lasst mich in Ruhe! Ich bring das jetzt zu Ende hier! Ich trink erst mal noch einen. Und dann ... was, Zint, was meinst du dazu? Trinken wir noch einen?«

Appaz und Kerschkamp blicken sich an. Kerschkamp zuckt mit den Schultern und fischt ihre beiden Handys aus der Sammlung auf der Fensterbank. Dafür legt er Klacklers Handy hin. Dann geht er quer durch den Raum zur Tür. Appaz folgt ihm.

»Sein Scheiß-Handy ist noch nicht mal eingeschaltet«, flüstert Kerschkamp Appaz zu.

Als er die Klinke hinunterdrückt und die Tür aufmacht, stammelt Klaus-Dieter entgeistert: »Was ...? Das stimmte überhaupt nicht, Leute! Die Tür war die ganze Zeit offen!«

»Ich zeig dich an, Klackler!«, brüllt Gremlitz. »Da sei dir mal sicher!«

Sie waren wieder mit einer Parallelklasse im Landschulheim, außer ihrem eigenen Klassenlehrer war auch Zint dabei, ihr alter Sportlehrer, der sie in der Unterstufe mit schon an Bösartigkeit grenzender Regelmäßigkeit immer nur Sitzfußball hatte spielen lassen. Zint unterrichtete die Parallelklasse jetzt in Latein. Zum Abendessen hatte er ein Paar Boxhandschuhe neben seinem Teller platziert und erklärt, dass er jeden, der sich irgendeiner Anweisung widersetzen sollte, zum »fairen Kräftemessen« herausfordern würde.

»Wundern Sie sich nicht, meine Herren«, hatte er zwischen zwei Bissen von seinem dick mit Mettwurst belegten Brot gesagt, »aber es gab da einen ärgerlichen

Vorfall mit einem Schüler der neunten Klasse, und so was passiert mir nicht noch mal. Diesmal bin ich vorbereitet. Ein sportlicher Wettkampf wird ja wohl noch erlaubt sein, da kann mir hinterher keiner was am Zeug flicken.«

Er hatte auf die Boxhandschuhe gezeigt und auffordernd in die Runde geblickt.

»Au Mann, der ist ja wohl echt nur noch fertig«, hatte Kerschkamp gestöhnt und kopfschüttelnd seine dicke Brille abgesetzt, als könnte er die pädagogische Bankrotterklärung damit ungeschehen machen.

Jetzt hockten sie in dem kleinen Aufenthaltsraum neben dem Treppenhaus, Johnny und Ratte versuchten sich an Johnny Winters »Rock'n'roll Hoochie Koo«, was allerdings schon nach kurzer Zeit an Rattes mehr als stümperhaftem Gitarrenspiel scheiterte. Nurminski saß mit angezogenen Knien auf der Eckbank und las »Die Funktion des Orgasmus« von Wilhelm Reich, ein paar andere spielten Mau-Mau. Rockenbauch hatte den Kopf gegen das Fenster gelehnt und stierte nach draußen. Jedes Mal, wenn Appaz zu ihm hinübersah, fasste er erneut den Entschluss, mit Rockenbauch zu reden, aber er wusste weder, was er eigentlich sagen sollte, noch hatte er überhaupt den Mut dazu.

Dann kamen ein paar Leute aus der Parallelklasse und brachten eine Flasche Wein mit. Die beiden Lehrer ließen sich nicht blicken, »sie sitzen bei Zint im Zimmer und gucken Fernsehen«, berichtete Gremlitz, als er vom Klo zurückkam. Irgendjemand schlug vor, Tischtennis spielen zu gehen, aber obwohl sie alle nickten, machte keiner irgendwelche Anstalten, aufzustehen. Johnny spielte inzwischen allein vor sich hin, immer wieder das gleiche Grundschema: Dominante, Subdominante, Tonika. »Sag mal, kannst du eigentlich auch noch was anderes als Blues?«, fragte einer aus der Parallelklasse. Beleidigt legte Johnny die Gitarre beiseite und drehte sich eine Zigarette. Ratte ließ sich Johnnys Tabak geben, Appaz machte das Fenster auf, damit der Rauch abziehen konnte. Buchmann erzählte, dass in dem alten Schuppen unterhalb der Tischtennishalle ein Motorrad stehen würde, »eine Herkules K 100, ein alter Ofen, aber sieht noch gut aus.«

Sie machten ein paar Witze, dass Frau Bolle, die Heimleiterin, in Wirklichkeit eine Rockerbraut wäre und nachts manchmal heimlich über den Nienstedter Pass brettern würde.

»Nackt.« Ratte grinste. »Und bei jeder Teernaht hüpfen ihre dicken Titten.«

»Es gibt keine Teernähte auf der Passstraße«, sagte Gremlitz. »Bloß Schlaglöcher.«

»Aber ihre dicken Titten hüpfen trotzdem«, beharrte Ratte.

»Müsst ihr immer gleich so schweinisch werden, Leute?«, fragte Lepcke. »Das ist doch echt voll daneben irgendwie.«

»Wetten, dass du der Erste wärst, der zu ihr in die Kiste klettern würde, wenn sie ihn dazu einlädt?«, fragte Ratte zurück. »Also laber nicht von Sachen, von denen du keine Ahnung hast.«

»Aber du, was?«

»Allerdings«, nickte Ratte. »Und du wirst es noch früh genug sehen, was, Alter?«

Er boxte Johnny in die Seite.

Dann rückten sie damit heraus, dass Ratte und Johnny ihre Freundinnen eingeladen hatten, sie im Landschulheim zu besuchen.

»Am Freitagabend kommen sie mit dem Bus«, sagte Ratte. »Und dann gehe ich mit meiner irgendwo in den Wald und stecke erst mal schnell einen weg. Und du, Alter?«

»Dito«, nickte Johnny.

»Und wie sollen die dann wieder nach Hause kommen?«, gab Lepcke zu bedenken. »Ich meine, die müssen doch auch wieder nach Hause ...«

»Vielleicht schmuggle ich sie mit in den Schlafraum«, meinte Ratte mit einem anzüglichen Grinsen. »Meine würde das glatt bringen. Die hätte sogar noch Spaß daran, wenn sie wüsste, dass ihr alles mitkriegt und so!«

»*Lying in bed all alone*«, fing Johnny an, eine Textzeile von John Mayall zu singen, »*with my rod in my hand ...*«

»Ihr seid echt solche Schweine«, stellte Lepcke fest. »Ich geh schlafen.«

»*With my rod in my hand*«, sang Johnny wieder.

Inzwischen rauchten sie fast alle. Trotz des offenen Fensters war die Luft zum Schneiden.

»Was meint ihr, können wir's riskieren?«, fragte Ratte und fummelte ein zerdrücktes Päckchen Silberfolie aus seiner Jeans.

»Ich muss pissen«, sagte Rockenbauch unvermittelt und stand auf. Er ging zur Tür und drückte die Klinke. »Was ist das denn?«, fragte er irritiert, als sich die Tür nicht öffnen ließ. »Ist abgeschlossen!«

»Du spinnst«, behauptete Nurminski und versuchte es jetzt selber. Ohne Erfolg.

»Lepcke, die dumme Sau«, stellte Ratte fest. »Das findet der wahrscheinlich witzig, wetten? – Dann musst du wohl aus dem Fenster pissen«, setzte er gleich darauf hinzu und fing ungerührt an, sich einen Joint zu drehen.

Rockenbauch trat mit dem Fuß gegen die Tür.

»Hör auf, Alter«, sagte Kerschkamp. »Ist doch egal. Irgendwann wird er auch wieder aufschließen. Und sonst klettern wir nachher alle zum Fenster raus, ist ja nicht so hoch.«

»Aber ich muss pissen!«, wiederholte Rockenbauch. Er hob die Faust und hämmerte gegen das Türblatt. Im nächsten Moment splitterte Glas. Ratte war der Erste, der reagierte, als die beige überstrichenen Scherben klirrend auf den Boden fielen: »Scheiße, Mann, da hat einer Farbe draufgepinselt! Da war ein Fenster drunter ...«

Vorsichtig zog Rockenbauch seinen Arm aus dem gezackten Loch. Von seinem Handgelenk tropfte Blut.

»Zeig mal her«, sagte Nurminski und griff nach Rockenbauchs Hand. »Nur ein paar Kratzer«, stellte er dann fest, »du hast echt Glück gehabt. Stecken keine Splitter drin oder so. Musst du aber trotzdem was draufmachen, am besten Jod, falls Dreck reingekommen ist. Ich hab was dabei, oben im Schlafraum ...«

Rockenbauch sagte gar nichts, sondern starrte nur auf sein blutendes Handgelenk. Er war kreidebleich.

Lepcke war mindestens genauso bleich, als er jetzt die Tür wieder aufschloss.

»He, Alter, das wollte ich nicht! Tut mir echt leid, sollte nur ein Witz sein ...«

Hinter Lepcke erschien der Klassenlehrer.

»Was ist hier los? Wer war das?«

Ratte ließ wie zufällig das Stanniolpäckchen aus dem Fenster fallen. Verschiedene Kippen nahmen denselben Weg.

»Rockenbauch hat sich verletzt«, erklärte Nurminski. »Aber ich hab was dabei, zum Verbinden und so.«

Er wollte Rockenbauch an dem Klassenlehrer vorbei zur Tür hinausschieben.

Der Klassenlehrer stemmte den Arm gegen den Rahmen und blockierte ihnen den Weg.

»So, Gerd Rockenbauch also mal wieder. Na ja, hätte mich auch gewundert, wenn es jemand anders gewesen wäre.« Er ließ seinen Blick durch den Raum wandern. »Und natürlich die üblichen Verdächtigen«, stellte er fest, als er bei Appaz angekommen war. »Wie könnte es anders sein ...«

»Es war meine Schuld«, versuchte Lepcke zu erklären, »ich wollte nur ...«

»Interessiert mich nicht. Ich habe genug gesehen. Und Alkohol war offensichtlich auch im Spiel.« Der Klassenlehrer nickte zu der leeren Flasche Rotwein auf dem Boden hinüber, die Kerschkamp vergeblich hinter seinem Bein zu verstecken versuchte. »Ich werde mich morgen früh mit dem Kollegen Zint besprechen, welche Konsequenzen das haben wird. Und für einen gewissen Herrn Rockenbauch hoffe ich nur, dass sein Vater eine gute Versicherung hat.«

»Vielleicht müssten wir mal darüber reden, dass das ja wohl voll fahrlässig war, das mit der Tür hier, meine ich«, meldete sich Kerschkamp zu Wort. »Ich meine, ist das überhaupt erlaubt? Das kann doch keiner wissen, dass da ein Fenster drunter ist, wenn die das einfach zustreichen. Rockenbauch hätte sich auch die Pulsadern aufschneiden können oder so, und was wäre dann?«

»Nicht mein Problem«, erwiderte der Klassenlehrer.

»Ich sehe hier nur eine mutwillig zerstörte Tür, und das reicht mir. Von allem anderen mal ganz zu schweigen ...« Er wedelte mit der Hand durch den Raum, in dem immer noch Zigarettenqualm hing.

»Das ist mehr als unfair«, mischte sich jetzt Appaz ein. »Das war doch nur ein Zufall, dass jetzt ausgerechnet Gerd gegen die Tür gehauen hat. Das hätte jedem von uns genauso passieren können!«

»Ich wiederhole, das ist nicht mein Problem, Schluss, aus. Ende der Diskussion. – Räumen Sie den Dreck weg und lüften Sie anständig. Und dann machen Sie, dass Sie in Ihre Betten kommen, meine Herren. Ich werde Ihnen morgen nach dem Frühstück mitteilen, wie der Kollege Zint und ich entschieden haben.«

»Komm«, sagte Nurminski und schob Rockenbauch ins Treppenhaus, »ich mach dir da erst mal einen Verband drum.«

Diesmal ließ der Klassenlehrer sie wortlos gehen.

Am nächsten Morgen warteten sie auf die Ankündigung des Klassenlehrers, der während des Frühstücks leise mit Zint diskutierte und dabei immer wieder zu Rockenbauch blickte.

Rockenbauch zupfte an dem Verband um sein Handgelenk.

»Die können uns gar nichts wollen«, sagte Ratte. »Das ist doch voll lächerlich. Mann, die Tür ist kaputt, na und? Das zahlt die Versicherung und fertig.«

Ratte war noch in der Nacht nach draußen geschlichen und hatte sein Stanniolpäckchen vor dem Fenster gesucht. Anschließend hatte er es irgendwo im Wald vergraben. »Aber ich hab die Stelle markiert«, hatte er ihnen berichtet, »das waren noch fast zehn Gramm, Mann, das nehm ich schön wieder mit nach Hause.«

Jetzt grinste er sie an und wiederholte: »Die können uns überhaupt nichts, Leute. Die haben null Beweise.«

»Es geht nicht nur um dich und dein Dope«, sagte Appaz. »Vielleicht kriegst du das langsam mal auf die Reihe, Mann. Was hier passiert, ist echt Krieg. Der will Gerd fertigmachen, das wollte er schon immer. Und es ist ihm völlig egal, wie!«

»Hat dein Vater nicht einen guten Anwalt?«, fragte Kerschkamp zu Rockenbauch hinüber. »Dann könnte er nämlich gleich mal die Lehrer verklagen, wegen Verletzung der Aufsichtspflicht oder so was. Ich meine, die hängen da rum und glotzen die halbe Nacht Fernsehen. Was ist denn das für eine Auffassung von Pädagogik, frage ich euch? Was machen wir hier überhaupt in diesem Schuppen? Das ist ja schlimmer als im Knast!«

»Hat einer von euch Streichhölzer?«, fragte Rockenbauch ohne Zusammenhang.

»Ich«, sagte Johnny, und schob ihm eine zerdrückte Schachtel über den Tisch. »Sind Alleszünder, kannst du auch an der Wand anreißen.«

»Willst du jetzt rauchen gehen oder was?«, fragte Kerschkamp. »Warte, dann komme ich mit. Hab sowieso keinen Bock mehr auf den Fraß hier.«

Rockenbauch gab keine Antwort. Er stand auf und schob sich die Streichholzschachtel in die Hosentasche. Dann ging er zum Tischende. Sie sahen, wie er sich zum Klassenlehrer beugte und leise etwas sagte.

»Jetzt wird's interessant«, tönte der Klassenlehrer laut und mit kaum zu überhörender Ironie in der Stimme. »Herr Rockenbauch bittet um eine Unterredung! Na, dann wollen wir mal ...«

Er ging hinter Rockenbauch her zur Terrassentür und die Außentreppe hinunter.

»Was wird das denn?«, fragte Kerschkamp irritiert und ging zum Fenster.

»Setzen, meine Herren!«, brüllte Zint. »Ein bisschen mehr Benehmen, wenn ich bitten darf! Malos faciunt malorum falsa contubernia!«

Schulterzuckend schob auch Ratte seinen Stuhl zurück und stelle sich neben Kerschkamp. Appaz folgte ihm.

»Sie können ja schon mal Ihre Boxhandschuhe rausholen«, sagte Nurminski halblaut zu Zint, bevor er sich ebenfalls erhob.

Im nächsten Moment standen sie alle auf, sogar Lepcke und Gremlitz. Zint schluckte krampfhaft ob dieser Ungeheuerlichkeit, aus den Augenwinkeln sah Appaz, wie seine Schläfenadern pulsierten.

Rockenbauch lief immer noch vor dem Klassenlehrer her, der aufgeregt gestikulierte und offensichtlich wissen wollte, was Rockenbauch vorhatte. Jetzt bogen sie auf den Kiesweg zu dem alten Schuppen unterhalb der Tischtennishalle ein, kurz darauf standen sie vor der hölzernen Doppeltür. Es sah so aus, als würde Rockenbauch den Klassenlehrer plötzlich am Arm packen und mit sich in den Schuppen ziehen, dann fiel die Tür hinter ihnen zu.

»Hä?«, machte Kerschkamp. »Und jetzt?«

Sie warteten.

Es war ein unerwartet heißer Tag, fast wie im Hochsommer. Sie schwitzten in der prallen Sonne hinter den Scheiben des Frühstücksraums. Auch Zint hatte sich jetzt zu ihnen gestellt, er presste die Lippen aufeinander und sagte nichts. Die Sonne spiegelte sich im Seitenfenster des Schuppens, sie konnten nicht sehen, was im Inneren vor sich ging.

Ratte guckte auf seine Uhr.

»Mann, die sind jetzt schon mindestens zehn Minuten da drin«, stellte er ratlos fest.

»Ich geh mal gucken«, sagte Appaz.

»Ich komme mit«, erklärte Kerschkamp.

Als sie auf dem Kiesweg waren, spürte Appaz, wie seine Knie zitterten. Er hatte das Gefühl, dass irgendetwas nicht stimmte, aber er hatte keinerlei Vorstellung, was los sein könnte.

»Wir fragen einfach nur, ob alles okay ist«, schlug Kerschkamp vor. »Wenn sie immer noch reden, gehen wir einfach wieder.«

Sie klopften.

»Haut ab! Lasst mich in Ruhe!«, hörten sie Rockenbauch brüllen. Seine Stimme klang krächzend.

»Holen Sie die Polizei!«, rief im gleichen Moment der Klassenlehrer. »Rockenbauch hält mich hier gegen meinen Willen fest!«

»Schnauze!«, brüllte Rockenbauch.

Kerschkamp rüttelte an der Tür.

»Mach auf, Alter! He, was soll der Scheiß? Was machst du da?« Er drehte sich zu Appaz um. »Ist zu! Er hat den Riegel vorgeschoben oder so was ...«

»Hilfe!«, kreischte der Klassenlehrer jetzt panisch. »So tun Sie doch irgendwas!« Er rüttelte von innen an der Tür.

»Weg da!«, kam wieder Rockenbauchs Stimme. »Komm von der Tür weg, du Arsch, sonst ...«

»Schon gut, schon gut, ich mach ja alles, was Sie wollen!«

Appaz drückte sich um die Ecke und hielt sich die Hände neben das Gesicht, um durch die Fensterscheibe zu blicken.

Der Klassenlehrer stand mit hilflos ausgebreiteten Armen mitten im Raum, er war kreidebleich und starrte Rockenbauch mit weit aufgerissenen Augen an.

Rockenbauch schleuderte achtlos einen leeren Reservekanister zur Seite, der Boden des Schuppens war dunkel vor Nässe, Rockenbauch musste gerade erst das Motorrad, von dem Buchmann am Abend zuvor erzählt hatte, mit Benzin übergossen haben. Jetzt beugte er sich über den geöffneten Tank, in der einen Hand hielt er Johnnys Streichholzschachtel, mit der anderen drückte er ein Streichholz gegen die Reibefläche.

Als er Appaz an der Scheibe entdeckte, forderte er ihn mit einer Kopfbewegung auf, zu verschwinden. Gleichzeitig schrie er: »Haut ab, Mann! Sonst blas ich euch alle in die Luft! Wenn ihr nicht wollt, dass es gleich knallt, dann verpisst euch! Los, geht zurück zur Terrasse!«

Seine Haare hingen ihm wirr ins Gesicht. Der Verband an seinem Handgelenk hatte sich gelöst.

»Scheiße«, stammelte Kerschkamp dicht neben Appaz. »Scheiße, Mann, der baut voll die Scheiße da! Wenn er das Streichholz anmacht, fliegt alles hoch. Die Dämpfe in dem heißen Schuppen reichen schon, das gibt voll die Verpuffung ...«

»Gerd, hör auf, Mann!«, brüllte Appaz mit sich überschlagender Stimme. »Das bringt doch nichts, lass uns reden, mach die Tür auf!«

»Haut ab!«, brüllte Rockenbauch zurück. »Ich hab's euch gesagt! Wenn ihr nicht abhaut, mache ich den Arsch fertig!«

»Hilfe! Holt die Polizei, bitte! Beeilt euch ...« Die Stimme des Klassenlehrers war dünn und hoch und brach mit einem verzweifelten Schluchzer ab. Das weiße Oval seines Gesichts war kaum mehr als eine vor Angst verzerrte Fratze.

»Weg hier, wir müssen machen, was er sagt!«

Kerschkamp packte Appaz am Arm und zerrte ihn von dem Schuppen weg. Als sie auf dem Kiesweg waren, fingen sie an zu rennen.

Die anderen standen dicht zusammengedrängt auf der Terrasse. Kerschkamp und Appaz stolperten auf sie zu.

Die Explosion war so gewaltig, dass sogar die Fensterscheiben des Frühstücksraums barsten. Die Druckwelle warf Appaz und Kerschkamp nach vorne, mit den Armen über dem Kopf blieben sie liegen. Appaz traute sich nicht zurückzublicken, Kerschkamp schluchzte leise und starrte wie blind auf seine Brille, die zerbrochen neben ihm lag.

14

Bevor Appaz sein Handy einsteckt, liest er die letzte Nachricht von Darleen. Er grinst und blickt kurz auf die Uhr. Das könnte ich gerade noch schaffen, denkt er, ich muss nur sehen, dass ich Kerschkamp loswerde. »Ich komme«, schreibt er zurück. »Warte auf mich. Unbedingt! K.«

Als sie aus dem Torgang treten, geht gerade die Sonne unter. Sie schlagen den Weg zum Parkplatz ein. Kerschkamp zündet sich im Gehen eine Zigarette an, die er schon vorher gedreht haben muss. Er nimmt aber nur zwei oder drei Züge, dann schnippt er die Kippe auf den Kies.

»So viel zu meiner Idee, dass einer zu einem Klassentreffen geht, der nie dabei war …«

»Wieso warst du dir sicher, dass er nur geblufft hat?«, fragt Appaz.

»Meinst du die Tür oder die Nummer mit der Bombe?«

»Die Bombe.«

»Keine Ahnung, so sicher war ich mir gar nicht, war eher so ein Gefühl.«

»Na prima …«

»Hammer«, sagt Kerschkamp kurz darauf ein wenig zusammenhanglos und schüttelt den Kopf. »Mann, das gibt's doch gar nicht, Rockenbauchs kleiner Bruder! Wer hätte das gedacht? – Hier, du fährst«, setzt er dann hinzu und drückt Appaz die Autoschlüssel in die Hand. Aber statt einzusteigen, steuert er kurz entschlossen den Luxusgeländewagen von Gremlitz an und tritt mit voller Wucht gegen den linken Vorderreifen, gleich darauf schlägt er mehrmals mit der flachen Hand auf die Motorhaube. Als die Alarmanlage losschrillt, hat Appaz schon den Volvo gestartet. Kerschkamp lässt sich auf den Beifahrersitz fallen. »Wir können«, sagt er, »Abflug!«

Kurz vorm Eingang zum Landheim nimmt Appaz den Fuß vom Gas und tritt die Kupplung.

»Das können wir nicht machen«, erklärt er. »Wir können ihn nicht einfach da lassen. Ich halte noch mal kurz und hol ihn da raus.«

»Das kannst du dir schenken«, erwidert Kerschkamp und zeigt auf den Torgang.

Klackler kommt angerannt, mit der Sporttasche in der Hand, verfolgt von den anderen, allen voran Buchmann. Appaz braucht einen Moment, bis er kapiert, dass Buchmann Klackler gegen seine Verfolger abschirmt. Lepcke hat Johnny am Arm gepackt und versucht, ihn festzuhalten. Die beiden Lehrer sind nicht zu sehen.

Kerschkamp beugt sich über die Lehne und drückt die hintere Tür auf. Buchmann stößt Klackler auf die Rückbank und schlägt die Tür wieder zu. Inzwischen hat sich Nölle mit ausgebreiteten Armen vor dem Volvo aufgebaut und versperrt ihnen den Weg. Als Appaz hupt und die Kupplung kommenlässt, springt er zur Seite und schlägt dann mit der Faust gegen die Fahrertür. Appaz gibt Gas. Im Rückspiegel sieht er, wie Lepcke zu Boden geht und Johnny ein paar Meter hinter ihnen herrennt. Er brüllt irgendetwas, was sie nicht verstehen.

Klackler macht das Fenster auf und leert die Sporttasche aus, Appaz kann ein Paar Turnschuhe durch die Luft fliegen sehen und irgendwelche Klamotten. Dann schleudert Klackler die leere Tasche hinterher und lacht wie irre. Gleich darauf stöhnt er: »Mann, ist mir schlecht ...«

»Kotz mir bloß nicht auf die Polster«, erwidert Kerschkamp ungerührt. Im nächsten Moment kippt Klackler einfach zur Seite und fängt an zu schnarchen.

Kerschkamp schiebt eine CD in den Schlitz über dem Autoradio. Appaz kennt den Song von Ray Davies' Soloalbum, das er Kerschkamp zum letzten Geburtstag geschenkt hat: *»You feel shite, the air bites, oh I will never learn«,* singt Ray Davies.

»Ich fühl mich auch beschissen«, sagt Kerschkamp leise. »Komisch eigentlich. Ich hätte gedacht, dass es irgendwie mehr bringt, für uns, meine ich. Dass wir ihnen die Meinung sagen und dann hinterher ganz cool rausmarschieren, wie Clint Eastwood nach dem Showdown. Die anderen liegen am Boden, und wir sind die Helden, so was in der Art. Es konnte ja auch keiner wissen, dass plötzlich ausgerechnet Rockenbauchs Bruder auftaucht und sein Ding da abzieht. Aber vielleicht war es auch gar nicht so schlecht, ein paar Sachen sind ja so immerhin auf den Tisch gekommen. Und der Bande ging der Arsch ganz schön auf Grundeis zwischendurch, du! Vielleicht denken sie ja doch noch mal nach ...«

Appaz fährt sehr langsam. Als sie am Ende des Dorfes sind, lässt er den Volvo im zweiten Gang die Bergstraße hinaufkriechen. Eine Blondine in einem grünen Mini überholt sie hupend und zeigt Appaz einen Vogel.

»Ich überlege manchmal immer noch«, sagt Appaz,

»ob Rockenbauch das damals wirklich gemacht hätte, wenn wir einfach dageblieben wären. Wenn wir nicht gleich gerannt wären, als er angefangen hat zu drohen. – Ich glaube nämlich nicht. Er hätte uns nicht mit hochgejagt, da bin ich mir fast sicher, er hat ja sogar den Klassenlehrer noch rechtzeitig zur Tür rausgestoßen, bevor … Oder es war wirklich ein Unfall«, setzt er dann hinzu. »Du weißt, dass die Schulleitung das damals in der Presse behauptet hat …«

»Haha, das mussten sie behaupten, ist doch klar.«

Appaz überlegt einen Moment.

»Du hast recht«, meint er dann. »Kein Unfall. Vergiss es.«

»Du hast doch gerade selber gesehen, wie schnell plötzlich irgendwas aus dem Ruder läuft, wenn du Leute nur lange genug klein gemacht hast«, sagt Kerschkamp. »Rockenbauchs Bruder ist doch das beste Beispiel dafür.«

»Meinst du eigentlich, dass er das geplant hatte?«

»Null. Der hat nur improvisiert, als er gemerkt hat, dass sich da von alleine gar nichts bewegt.«

»Was machen wir jetzt eigentlich mit ihm?«, fragt Appaz nach einem Blick über die Schulter.

»Lass uns erst mal in die Stadt zurückfahren, dann wecken wir ihn, irgendeine Adresse wird er ja haben, wo wir ihn hinbringen können. Ich hoffe nur, er wohnt überhaupt in Hannover! – Sag mal, glaubst du echt, dass noch irgendjemand von denen heute über Nacht bleibt?«, fragt Kerschkamp plötzlich. »Im Landheim, meine ich.«

»Keiner. Die fahren alle nach Hause, wetten? Oder vielleicht auch nicht. Vielleicht bleiben sie tatsächlich da und lassen sich volllaufen.«

»Was sie ja sowieso getan hätten«, meint Kerschkamp. »Auch ohne Klacklers Auftritt. Aber hoffentlich träumen sie wenigstens schlecht!«

Sie fahren über die Passhöhe. Appaz konzentriert sich darauf, dass der Volvo bergab nicht zu schnell wird. Lange vor der ersten Kurve schon schaltet er vom dritten in den zweiten Gang zurück.

»Und wir?«, fragt Kerschkamp. »Was machen wir jetzt noch?«

»Ich bin müde«, sagt Appaz, »ich glaube, mir reicht's für heute.«

»Lass uns wenigstens noch kurz zu Ratte in seinen Schuppen fahren«, schlägt Kerschkamp vor. »Und dann überlegen wir, ob wir nicht wieder eine Band aufmachen. Warum nicht, Mann, das wär's doch überhaupt! Buchmann würde garantiert mitmachen, der träumt noch von irgendwas, genau wie wir! Und vielleicht auch noch Lepcke, was meinst du? Er hat garantiert noch seine Stratocaster!«

»Könnte Spaß machen, die alten Sachen noch mal wieder zu spielen«, stimmt Appaz zu. »Nur so für uns, um mal zu sehen, ob es noch hinhaut.«

Kerschkamp schüttelt den Kopf. »Nicht nur für uns. Es gibt schon noch ein paar andere, die genauso denken. – Weißt du, was überhaupt unser Problem in diesem Land ist?«, fragt er plötzlich unvermittelt, um gleich darauf selbst die Antwort zu geben: »Wir sind über achtzig Millionen hier! Und wenn du jetzt mal davon ausgehst, dass der Prozentsatz der Doofen in jedem Land, egal wo, bei mindestens siebzig Prozent, wahrscheinlich sogar bei achtzig liegt, dann sind das achtzig Prozent von achtzig Millionen, macht unterm Strich mal eben … vierundsechzig Millionen Doofe! Überleg dir das mal, das ist verdammt viel! Und genau darum geht es. Wir dürfen uns nicht kleinkriegen lassen von diesen gemeingefährlichen Dummschwätzern und halbdebilen Randalierern, die da jeden Abend über den Bildschirm tanzen und uns für blöd verkaufen wollen! Hier, das ist es, hör ihm zu, dem alten Mann …« Er dreht die Musik lauter.

»Hey hey let's run away, let's run away from time«, singt Ray Davies. *»We still got mountains to climb, a day at a time, it's never too late, so why should we wait …«*

Kerschkamp schlägt einen Trommelwirbel auf dem Armaturenbrett. »Hauen wir rein, Alter, der Rock'n'Roll ist noch lange nicht tot!«

Appaz lacht. Auch wenn vielleicht nichts daraus wird, denkt er, aber es macht Spaß, sich von Kerschkamps Begeisterung anstecken zu lassen. Und ich hätte sogar Lust, tatsächlich etwas mit Buchmann und Lepcke zusammen zu machen. Vielleicht hat das Klassentreffen sogar was gebracht, überlegt er weiter, wir können endlich mit früher abschließen. Es berührt mich gar nicht mehr, stellt er fast verwundert fest, es tut nicht mehr weh. Und es gibt genug Neues, worauf ich mich freue. Jetzt gleich, heute Abend noch …

Er blickt auf die Uhr. Ich muss nur Kerschkamp irgendwie loswerden, ohne dass er beleidigt ist. Erst Klackler und dann Kerschkamp. Hoffentlich wartet sie auf mich. Natürlich wartet sie. Aber ich sollte mich trotzdem beeilen!

Inzwischen sind sie an den Hochhaussiedlungen vom Mühlenberg vorbei, gegenüber liegt das Gelände der Telefunken. Appaz biegt auf die Tankstelle am Ricklinger Kreisel ein. Sie brauchen einen Moment, bis sie Klackler halbwegs wach bekommen.

»Wo sollen wir dich hinbringen?«, erkundigt sich

Kerschkamp. »Du wohnst doch in Hannover, hoffe ich, oder?«

Klackler nuschelt irgendeinen Straßennamen, den sie beide nicht kennen.

»Kannst du mir vielleicht sagen, wo das ist?«, fragt diesmal Appaz. »Wir sind jetzt in Ricklingen …«

Klackler kichert. Dann rückt er damit raus, dass sie nur zwei oder drei Straßen von seiner Adresse entfernt sind. »Da runter«, sagt er und zeigt durchs Fenster, »und dann am Kiosk rechts rein.«

Appaz wendet. Ein paar Jugendliche mit nach hinten gedrehten Baseballmützen strecken ihnen ohne erkennbaren Anlass die Mittelfinger hinterher.

Klackler kichert wieder.

Es ist dann doch nicht die zweite oder dritte Straße, sondern noch ein ganzes Stück weiter, schon in Hemmingen. Ein Reihenhaus aus den sechziger Jahren. Der Vorgarten unterscheidet sich in nichts von den Vorgärten links und rechts. Sauber gestutzte Hecke und posthorngeschmückter Briefkasten, gelbes Riffelglas als Regenschutz über der Haustür. Auf den Stufen steht eine bunte Ansammlung von Kinderschuhen. Im oberen Stockwerk brennt Licht.

»Hier?«, fragt Kerschkamp, als Klackler keine Anstalten macht, auszusteigen. »Bist du dir sicher?«

Klackler nickt.

»Okay, Alter, kommst du klar?«, fragt Appaz. »Lass uns mal in Kontakt bleiben«, fügt er dann hinzu, »ich würde mich gerne noch mal mit dir treffen. Wenn du wieder ein bisschen klarer bist. Hier …«

Er schreibt ihm seine Telefonnummer auf eine der Werbekarten für ihr Buch über die deutschen Badezimmer und reicht sie nach hinten.

Ohne sich fürs Mitnehmen zu bedanken oder sich wenigstens zu verabschieden, klettert Klackler aus dem Volvo und schwankt zur Haustür.

»Warte noch«, sagt Kerschkamp, als Appaz den Motor starten will. Als eine blonde Frau mit einem plärrenden Baby auf dem Arm die Tür öffnet, stammelt er irritiert: »Irre, guck dir das an! Der wohnt tatsächlich hier. Und er hat eine Frau und Kinder und alles ...«

Appaz zeigt Kerschkamp einen Vogel und fährt los.

Ein paar Straßen weiter sagt Kerschkamp: »Egal, was er gesagt hat, das war alles richtig, klar, aber ich glaube, ich hab ihn schon früher nicht gemocht. Kannst du dich noch erinnern, wie er immer mit diesem Schlapphut rumgerannt ist?«

»Einmal«, sagt Appaz. »Das war nur einmal, auf dem Altstadtfest.«

»Ich dachte, es wäre öfter gewesen ... Aber sag mal, wie ist der heute eigentlich hingekommen ins Landheim? Er muss doch da irgendwie hingekommen sein!«

»Stimmt. Keine Ahnung, vielleicht steht sein Auto noch auf dem Fußballplatz.«

»Ist nicht unser Problem, was?«, brüllt Kerschkamp plötzlich und will sich ausschütten vor Lachen.

»Hör mal«, sagt Appaz jetzt und versucht, endlich auf das Thema zu kommen, das ihn im Moment als einziges interessiert. »Ich hab wirklich keine Lust mehr, noch mit zu Ratte zu fahren. Ich trinke noch einen Schluck im Voss und hau mich dann in die Falle.«

»Auch gut«, meint Kerschkamp. »Dann komme ich mit ins Voss.«

»Nee, lass mich mal alleine. Es ist alles okay, glaub mir. Ich mag nur nicht mehr reden.«

Kerschkamp beobachtet ihn argwöhnisch von der

Seite, dann zuckt er mit den Schultern. Als sie wenig später in der Vossstraße die Plätze wechseln, ist seine Verabschiedung fast frostig: »Man sieht sich. Und tschüss.«

Kerschkamp ist beleidigt! Aber Appaz ist es egal. Der kriegt sich auch wieder ein, denkt er, und ich bin nur zwanzig Minuten zu spät, das ist gut, das kann man entschuldigen, also los, Alter! We still got mountains to climb, a day at a time, it's never too late, so why should we wait …

Das Voss ist wieder gerammelt voll. Als sich Appaz an der Theke vorbeidrängt, macht ihm die Bedienung ein Zeichen hinüber zu ihrem Stammplatz am Flipper. Darleen wirkt ein bisschen verloren zwischen den Lehrern, die offensichtlich schon mit ihrer Probe fertig sind und jetzt dankbar für den neuen Zuhörer ihrer alten Geschichten zu sein scheinen. Appaz nickt ihnen nur kurz zu, dann winkt er Darleen mit dem Kopf auf die andere Seite des Flippers.

»Ist besser hier!«, brüllt er gegen den Lärm an und angelt von dem einzigen Stehtisch einen leeren Barhocker für Darleen. »Okay?«

Sie nickt und stellt ihre Weißweinschorle auf die schräge Glasplatte des Flippers.

»Bist du öfter hier?«, will Appaz wissen. »Ich hab dich hier noch nie gesehen …«

»Nur manchmal, eher selten. Aber heute hatte ich Lust. Und als du geschrieben hast, dass du vielleicht eher zurückkommst, da dachte ich …«

Appaz hält anstelle einer Antwort den ausgestreckten Daumen hoch. Die Bedienung bringt ihm unaufgefordert ein Bier und zwinkert ihm zu.

»Ist das deine Stammkneipe? Als ich nach dir gefragt

habe, haben sie mich gleich da an den Ecktisch gesetzt …«

»Und die Lehrer haben dich vollgelabert? Tut mir leid für dich! Aber wusstest du, dass das Voss in der Weimarer Republik angeblich ein Treffpunkt der Kommunisten und Anarchisten war?«

Darleen schüttelt den Kopf. »Aber ich habe heute schon zwei oder drei Leute gesehen, die mal als Patienten bei uns waren. Da drüben zum Beispiel, das ist die Fraktur, die wir neulich auf dem Tisch hatten und die uns fast verblutet wäre!«

Sie zeigt auf einen hageren Typen in einem schlecht sitzenden, bläulich-violett schillernden Anzug, von dem Appaz weiß, dass er manchmal in einer Kellerkneipe in der Nordstadt lautmalerische Gedichte à la Ernst Jandl vorträgt, nur schlechter.

»Hauptsache, es kommt nicht gleich noch unser Freund zur Tür rein«, brüllt er zurück und deutet mit der Hand ein Beil in seiner Stirn an.

Darleen lacht.

Sie zieht die Nase kraus beim Lachen, denkt Appaz, das ist witzig. Und ihr Lachen ist auch witzig. Ansteckend! Ihre Ohrringe sind echt cool, wie kleine Skalpelle, das hat was!

Die Lehrer scheinen kurzentschlossen den üblichen Ablauf ihres Freitagabend-Programms umgestellt zu haben und verschwinden jetzt wieder durch die Hintertür in den Keller. Kurze Zeit später dröhnen die Klänge von »Till the End of the Day« durch den Fußboden herauf: *»You and me are free, we do as we please, yeah! From morning till the end of the day …«*

Und dann steht plötzlich Kerschkamp neben ihnen. Mehr neugierig als irritiert blickt er zwischen Darleen und Appaz hin und her. »Ich hab gedacht, ich kann dich doch hier nicht alleine lassen, vor allem nicht nach diesem Klassentreffen! Aber wie ich sehe, bist du gar nicht alleine«, bringt er eher halbherzig an, als hätte er ohnehin geahnt, dass Appaz in Wirklichkeit verabredet war.

»Das ist Darleen«, stellt Appaz vor. »Und das ist mein ältester Freund Uwe. Oder einfach Kerschkamp für die, die ihn schon länger kennen.«

Chronologie

+++ 1966 +++ In China wird die proletarische Kulturrevolution ausgerufen + Die USA greifen in den Vietnam-Krieg ein + Kronprinzessin Beatrix der Niederlande heiratet den Deutschen Claus von Amsberg + Im deutschen Bundestag wird nach 51 Totalschäden über den weiteren Einsatz des Kampfflugzeuges »Starfighter« debattiert + Leonid Breschnew wird Generalsekretär der KPdSU + Unter Bundeskanzler Kurt-Georg Kiesinger beginnt die Zeit der ersten großen Koalition aus CDU/CSU und SPD + Der Schweizer Kanton Zürich stimmt in einem Volksentscheid gegen das Frauenwahlrecht + Die Deutsche Bundespost stellt den Betrieb der letzten Handvermittlungsstelle für innerdeutsche Gespräche ein + In Frankfurt a. M. wird Peter Handkes »Publikumsbeschimpfung« uraufgeführt + Bundesliga-Profi Sigi Held weiht die Torwand des ZDF-Sportstudios ein + England wird durch einen 4:2-Sieg gegen Deutschland erstmals Fußball-Weltmeister + Udo Jürgens gewinnt mit »Merci Cheri« für Österreich den 11. Eurovision-Song-Contest + Auf Platz 1 der Hitparade ist Frank Sinatra mit »Strangers in the Night«, gefolgt von Freddy mit »Hundert Mann und ein Befehl« +++ 1967 +++ In Griechenland wird die Regierung durch einen Militärputsch gestürzt + Während der Demonstration gegen den Schah-Besuch in Berlin wird der Student Benno Ohnesorg von einem Polizisten erschossen + Im Sechs-Tage-Krieg besetzt Israel die Golan-Höhen + Der Boxer Muhammad Ali verweigert den Kriegsdienst in Vietnam + Schweden stellt den Autoverkehr von Rechts- auf Linksverkehr um + Che Guevara wird in Bolivien erschossen + In der BRD startet das Farbfernsehen + Christian Barnard verpflanzt in Kapstadt erstmals ein menschliches Herz + Peter Schneider hält zum 2. Sit-in an der FU-Berlin seine Rede »Wir haben Fehler gemacht« + Die Kommune 1 in Berlin lässt sich unter dem Motto »Das Private ist politisch« nackt fotografieren + Die Beatles veröffentlichen »St. Pepper's Lonely Hearts Club Band« + Die Hippie-Bewegung in den USA erreicht im »Summer of Love« ihren Höhepunkt + Im Beatclub treten The Who mit »My Generation« auf + The Doors veröffentlichen ihr Debütalbum mit den Titeln »Light My Fire« und »The End« + Franz Josef Degenhardt veröffentlicht »Da frierst du vor Gemütlichkeit« + Konrad Adenauer stirbt + Im Fernsehen läuft »XY-Ungelöst« an + Auf Platz 1 der Hitparade ist die Filmmusik von »Doktor Schiwago«, gefolgt von Sandie Shaw mit »Puppet on a String« +++ 1968 +++ Im Vietnam-Krieg beginnt die Tet-Offensive nordvietnamesischer Truppen + Eine Gruppe um Andreas Baader und Gudrun Ensslin verübt zwei Brandanschläge auf Frankfurter Kaufhäuser + Martin Luther King wird in Memphis ermordet + In Berlin wird Rudi Dutschke angeschossen + In fast allen größeren Städten der BRD kommt es zu gewalttätigen Aktionen gegen die BILD-Zeitung und den Springer-Verlag + Kiesinger verabschiedet die Notstandsgesetze + Während der Mai-Unruhen in Paris wird die Sorbonne besetzt + Truppen des

Warschauer Pakts marschieren in die Tschechoslowakei ein + Richard Nixon wird 37. Präsident der USA + In Billund in Dänemark wird das erste Legoland eröffnet + Im Kino läuft der Film »Zur Sache, Schätzchen« mit Werner Enke und Uschi Glas an + Oswalt Kolles erster Aufklärungsfilm, »Das Wunder der Liebe«, wird in Hamburg uraufgeführt + Am Broadway wird das Musical »Hair« uraufgeführt + Die Kinks veröffentlichen »The Kinks Are the Village Green Preservation Society« + Johnny Cash spielt live im Folson Prison in Kalifornien + Die Hongkong-Grippe fordert 1 Million Menschenleben + Auf Platz 1 der Hitparade ist »Mama« von Heintje, gefolgt von »Du sollst nicht weinen«, ebenfalls von Heintje +++ 1969 +++ Charles de Gaulle tritt vom Amt des französischen Staatspräsidenten zurück + In der Christopher Street in New York kommt es zu gewalttätigen Auseinandersetzungen zwischen Homosexuellen und Polizei + Neil Armstrong betritt als erster Mensch den Mond + In der BRD sind gleichgeschlechtliche Sexualkontakte zwischen erwachsenen Männern nicht länger strafbar + Willy Brandt wird nach dem Sieg der SPD zum Bundeskanzler gewählt + In Washington D. C. protestieren 250 000 Menschen gegen den Vietnam-Krieg + Beim Massaker von My Lai erschießen amerikanische Soldaten über 500 Zivilisten + In Hannover beginnt die Rote-Punkt-Aktion gegen die Erhöhung der Fahrpreise + Die Beatles geben auf dem Dach der Apple-Studios ihr letztes Konzert + Die Rolling Stones veröffentlichen »Let It Bleed« + The Who veröffentlichen »Tommy« + Auf dem Woodstock Festival treten an drei Tagen 32 Bands vor über 400 000 Zuschauern auf + Der Star-Club in Hamburg wird geschlossen + John Lennon und Yoko Ono heiraten in Gibraltar + In Kalifornien wird Sharon Tate ermordet + Im Kino läuft der Sergio-Leone-Western »Spiel mir das Lied vom Tod« + Samuel Beckett erhält den Nobelpreis für Literatur + Im Fernsehen läuft »Der Kommissar« mit Erik Ode an + Die erfolgreichste Vorabendserie im ZDF ist »Bonanza« + Die vorerst letzte Folge von »Einer wird gewinnen« mit Hans-Joachim Kulenkampff wird ausgestrahlt + Auf Platz 1 der Hitparade ist Barry Ryan mit »Eloise«, gefolgt von The Edwin Hawkins Singers mit »Oh, Happy Day« und – ebenfalls auf Platz 2 – den Pop Tops mit »Mamy Blue« +++ 1970 +++ Die USA marschieren in Kambodscha ein + Bei Protesten gegen den Vietnam-Krieg werden in Ohio vier Studenten von Nationalgardisten erschossen + In Berlin befreien Ulrike Meinhof und andere Andreas Baader aus der Haft + Ulrike Meinhof veröffentlicht ihr Pamphlet »Die RAF aufbauen« + In Jordanien kommt es zu einem Aufstand der Palästinenser + Bundeskanzler Brandt kniet vor dem Ehrenmal des jüdischen Ghettos in Warschau nieder + In Polen kommt es wegen massiver Preiserhöhungen zu Arbeiterstreiks und Massendemonstrationen + In der BRD erhalten Arbeiter erstmals Lohnfortzahlung im Krankheitsfall + Thor Heyerdahl überquert den Atlantik mit einem Papyrusboot + Jimi Hendrix stirbt + Die Beatles trennen sich + Deep Purple veröffentlichen »Deep Purple In Rock« + Udo Lindenberg spielt Schlagzeug bei Klaus Doldinger + Elvis Presley wird von Richard Nixon ins Weiße Haus eingeladen + Mit »Taxi nach Leipzig« wird der erste Tatort-Krimi ausgestrahlt + Der Formel 1-Rennfahrer Jochen Rindt verunglückt tödlich + Joe Frazier wird Boxweltmeister im Schwergewicht + Brasilien wird Fußball-Weltmeister + Einer achtköpfigen Familie gelingt die Flucht aus der DDR über die zugefrorene Elbe

+ Alexander Solschenizyn erhält den Nobelpreis für Literatur + Auf Platz 1 der Hitparade ist »Song of Joy« von Miguel Rios, gefolgt von »Whole Lotta Love« von Led Zeppelin +++ 1971 +++ In der Schweiz wird das Wahlrecht für Frauen eingeführt + In der Türkei putscht das Militär + In München wird der erste Banküberfall mit Geiselnahme in Deutschland verübt + Nachfolger von Walter Ulbricht als Erstem Sekretär des Zentralkomitees der SED wird Erich Honecker + In Kanada wird Greenpeace gegründet + McDonald's eröffnet in München die erste deutsche Filiale + In New York findet auf Initiative von George Harrison und Ravi Shankar das Benefizkonzert »Concert for Bangladesh« statt + Die Rolling Stones veröffentlichen »Sticky Fingers« + Ton Steine Scherben veröffentlichen ihr erstes Album, »Warum geht es mir so dreckig?« + Jane veröffentlichen ihr Debüt-Album »Together« + Der Roman »Clockwork Orange« wird verfilmt + Jim Morrison stirbt + Willy Brandt bekommt den Friedens-Nobelpreis + Pablo Neruda erhält den Nobelpreis für Literatur + Auf Platz 1 der Hitparade ist »Butterfly« von Danyel Gérard, gefolgt von »My Sweet Lord« von George Harrison + +++ 1972 +++ In der BRD wird der Radikalenerlass beschlossen + In Nord-Irland werden am »Bloody Sunday« 14 Menschen während einer friedlichen Demonstration von britischen Fallschirmjägern erschossen + Die Bun-desregierung beendet durch Zahlung eines Lösegeldes von fünf Millionen US-Dollar die Flugzeugentführung eines Jumbo-Jets durch arabische Terroristen + Andreas Baader und andere Mitglieder der RAF werden in Frankfurt a. M. verhaftet + Ulrike Meinhof wird in Langenhagen bei Hannover verhaftet + Das Transitabkommen zwischen BRD und DDR tritt in Kraft + Willy Brandt stellt im Bundestag die Vertrauensfrage und wird ein zweites Mal zum Bundeskanzler gewählt + In den USA werden erste Informationen über die Watergate-Affäre bekannt + Bei den olympischen Spielen in München töten palästinensische Terroristen 11 israelische Geiseln + Zum ersten Mal erscheint eine deutsche Ausgabe des »Playboy« + Texaco eröffnet bei Augsburg die erste Selbstbedienungs-Tankstelle Europas + Eddy Merckx gewinnt zum vierten Mal hintereinander die Tour de France + Die Scorpions veröffentlichen ihr Debüt-Album »Lonesome Crow« + Heinrich Böll erhält den Nobelpreis für Literatur + Auf Platz 1 der Hitparade ist »Wig-Wam Bam« von The Sweet, gefolgt von »How Do You Do« von Die Windows mit Peter Petrel ...

Danksagung

Rüdiger H. für immer ausreichendes Schmierpapier; Erika H. für die guten 2B-Bleistifte von Faber-Castell; Christoph L. für den Schreibaufenthalt im Linder-Cottage; Gennaro E. für die Nudeln im »La Tombola«; Almut L. für den Rotwein; der Mannschaft vom »Celtic Tiger« für Guinness; Harald J. für den Whisky; Kirsten J. für ihre solidarische Empörung; Volker S. für die »Kassel-Connection«; Michael B. und Henning S. für »allzeit Gute Fahrt«; Diana und Thomas K. vom Rio-Reiser-Haus in Fresenhagen für die vielleicht beste Übernachtung auf einer Lesereise; Micheàl W. für »but, Kurt, listen«; Gerd B. für seinen »GBlog«; Jürgen E. für seine Freundschaft; Ray Davies für seine Songs; John Mayall für das Konzert in der Niedersachsenhalle; den Beatles für »Ob-la-di, Ob-la-da«; R. P. S. Lanrue für die Musik, Rio Reiser für die Texte von Ton Steine Scherben; Kai Sichtermann für die Scherben-Biografie »Keine Macht für Niemand«; Barrie Keeffe für das Theaterstück »Gimme Shelter«; Reinhard Hauff für den Film »Stammheim«; Peter Schneider für den Roman »Rebellion und Wahn«; den Herren Ullrich A., Rainer A., Jörg F., Andreas H., Martin K., Rolf M., Michael R., Andreas S., Dirk W. und Matthias W. für ein paar Geschichten, die ich noch nicht kannte; Wunna B. für die Berichte aus der Notaufnahme; Achim U. für jede Menge Daten; »Voice of Pain« für das Band-Motiv; allen Anettes, Sabines und Susannes für alles Mögliche und Unmögliche; Kerschkamp für die Fahrt im Volvo – und natürlich Bastian S. für seine Rückendeckung, Harald S. für sein grundsätzliches Einverständnis, Petra H. für ihre Hilfsbereitschaft, Mark D. und Holger F. für die Netzhilfe, Sven K. für die Guerilla-Taktiken, Laetita M. für ihre Interpretation von Kurt sowie der Band »Roxxon«, dem »Theater an der Glocksee« und dem »Theater im Alten Magazin« für alles, was wir vielleicht noch zusammen machen können.

Im Übrigen danke ich P&O Ferries und Irish Ferries für ihre Unterstützung.

K. A.

Hannover, im Januar 2009

Edgar Rai

Vaterliebe

Roman

Originalausgabe

ISBN 978-3-548-26693-0
www.ullstein-buchverlage.de

Falk, erfolgreicher Produzent einer Vorabendserie und überzeugter Berlin-Mitte-Single, erfährt plötzlich, dass er Vater eines fünfjährigen Sohnes ist. Da die Mutter gestorben ist, nimmt Falk den Jungen zu sich. Von einem Tag auf den anderen steht sein Leben Kopf. Plötzlich entdeckt er, dass es Dinge gibt, die man mit Geld nicht kaufen kann: Die Zuneigung eines Kindes etwa. Und die Liebe der schönen Natalie.

Komisch und herzzerreißend: ein Vater-Sohn-Roman auch für alle Mütter und Töchter

UB470

ullstein

Kurt Appaz

1975 – Im Jahr der Weiber

Originalausgabe

ISBN 978-3-548-26884-2
www.ullstein-buchverlage.de

»Sie rauchten so ziemlich alles, was sich nur irgendwie in Zigarettenpapier wickeln und anzünden ließ.«
Der Roman über die 70er Jahre – wild und witzig zugleich. Ein Blick zurück in eine Zeit, in der es schon reichte, lange Haare zu haben, um bei Eltern, Nachbarn und Lehrern anhaltendes Entsetzen hervorzurufen. Eine Zeit, in der Leute wie Appaz und seine Freunde fest davon überzeugt waren, dass sie die Welt verändern könnten. Dabei ging es eigentlich nur um Musik, Haschisch und Mädchen. In genau dieser Reihenfolge.

UB507

ullstein